Petrūska Clarkson / Jennifer Mackewn

FREDERICK S. PERLS UND DIE GESTALTTHERAPIE

Titel der Originalausgabe: Fritz Perls
Übersetzung aus dem Englischen
von Reinhard Fuhr und Martina Gremmler-Fuhr

English language edition published by Sage Publications of London, Newbury Park and New Delhi, © 1993

EHP - Edition Humanistische Psychologie, Köln
ISBN 3-926176-52-0

Petrūska Clarkson / Jennifer Mackewn

FREDERICK S. PERLS UND DIE GESTALTTHERAPIE

EHP

Inhalt **Seite**

Vorwort	7
Zum Aufbau dieses Buches	9
Der Schreibstil in diesem Buch	10
Danksagung	11
1. Das Leben von Frederick S. Perls	13
Einführung	13
Kindheit in Berlin	14
Medizinstudium in Berlin und Erster Weltkrieg	17
Praxis als Neuropsychiater in Berlin und New York 1921 bis 1926	18
Frankfurt 1926 bis 1927	19
Wien und Berlin 1927 bis 1933	23
Holland 1933	28
Johannesburg, Südafrika 1934 bis 1946	29
New York 1946 bis 1956	32
Miami, Florida 1956 bis 1959	40
Mendocino, San Francisco, Los Angeles und eine Weltreise 1959 bis 1964	41
Das Esalen Institut in Big Sur, Kalifornien 1964 bis 1969	42
Cowichan 1969 bis 1970	45
Fritz Perls, der Mensch	48
2. Beiträge zur Theorie-Entwicklung	51
Erster Bereich: Holismus	54
Zweiter Bereich: Feldtheorie	61
Dritter Bereich: Zyklen der Erfahrung	70
Vierter Bereich: Kontakt	79
Fünfter Bereich: Theorie des Selbst	84
Sechster Bereich: Psychologische Störung	94
Schlußbemerkung	113

3. Beiträge zur Praxis der Psychotherapie 115
Therapie und Veränderungsprozeß 117
Methoden 126
Therapeutische Werkzeuge 132
Aktives Experimentieren 134
Kreative Zugänge beim aktiven Experimentieren 139
»Widerstand« und die Sackgasse 157
Träume, der Königsweg zur Integration 164
Schlußbemerkung 169

4. Kritik und Gegenpositionen 173
Einführung 173
Kovels Beschreibung der Gestalttherapie 175
Massons Anschuldigungen 184
Dublin und die falsche Gleichsetzung von Gestalttherapie und »Perls-ismus« 192
Yaloms Ansichten über Perls 200
Schlußbemerkung 207

5. Der Gesamteinfluß von Fritz Perls 211
Einführung 211
Mitbegründer und Hauptverbreiter der Gestalttherapie 211
Perls' persönlicher Einfluß auf die gestalttherapeutische Praxis 213
Perls' Einfluß auf die Theorie der Gestalttherapie 217
Jenseits von Perls: Entwicklungen der Gestalttheorie seit 1970 219
Perls' Einfluß auf die Beratungs- und Psychotherapietheorie 233
Schlußbemerkung: Die Ideen sind oft größer als der Mensch 248

Literaturverzeichnis 255

Personenregister 271

VORWORT

Frederick S. Perls ist als Begründer oder Mitbegründer der Gestalttherapie weithin bekannt. Er war ein beliebter, wenn auch sehr umstrittener Psychotherapeut, Lehrer und Autor. Er begann seine professionelle Laufbahn als deutsch-jüdischer Arzt und Psychiater mit einer Leidenschaft für das Theater und entwickelte rasch Interesse an der Psychoanalyse, an Gestaltpsychologie, an der existentiellen Phänomenologie, am Holismus und an der Arbeit innovativer Psychoanalytiker wie Karen Horney, Wilhelm Reich und Stack Sullivan. Frederick S. Perls verknüpfte all diese Ideen und viele andere Quellen und schuf (zusammen mit seiner Frau Laura Perls) einen neuen Zweig der Psychotherapie, den er und seine Kollegen später Gestalttherapie nannten. In den sechziger Jahren wurde er, meist *Fritz* Perls genannt, weltberühmt als prominente Leitfigur der Wachstumsbewegung und der Humanistischen Psychotherapie in Amerika - er leitete viele Workshops und Seminare, um die praktische Anwendung einiger seiner späteren Ideen zu demonstrieren.

Fritz Perls' Arbeit hatte sowohl einen positiven als auch einen negativen Einfluß auf die nachfolgende Entwicklung der Gestalttherapie. Was die positive Seite betrifft, schrieb er den ersten theoretischen Text *Ego, Hunger and Aggression* (Perls 1947/1969a, dt.: *Das Ich, der Hunger und die Aggression*, 1978), der die Grundlage für die Gestaltpsychotherapie sein sollte, und er war Co-Autor des grundlegenden theoretischen Werkes der Gestaltpsychotherapie - *Gestalt Therapy: Excitement and Growth in the Human Personality* (Perls, Hefferline und Goodman 1951/1973 - dt.: *Gestalt-Therapie* 1981). Er trug zweifellos viel dazu bei, die Gestaltpsychotherapie bekannt zu machen und zu gewährleisten, daß sie sich als wichtige Alternative zur traditionellen Psychoanalyse etablieren konnte. Seine Demonstrationen, einschließlich der Transkripte und Filme, die er von sich selbst bei der Arbeit aufnahm, trugen viel dazu bei, die Psychotherapie zu entmystifizieren, den Psychotherapeuten berechenbar werden zu lassen und dessen Arbeit in einer Weise für die breite Erforschung zugänglich zu machen, die bis dahin völlig unbekannt war. Dies hat zum Wohle vieler Generationen von Klienten beigetragen.

Auf der anderen Seite war Fritz Perls auch angeberisch, charismatisch und anerkennungsbedürftig. Er demonstrierte oft einen sehr aktiven und dramatischen Psychotherapie-Stil. Viele hielten seinen Stil fälschlicherweise für *die* Gestalttherapie und kopierten seine sehr offenkundigen therapeutischen Mittel und Methoden, ohne über seine klinische Erfahrung oder Kreativität zu verfügen. Einige seiner Nachahmer reduzierten dabei die von Fritz Perls persönlich entworfenen Experimente zu schlichten Gags oder stereotypen Techniken; auf diese Weise verpaßten sie das eigentliche Wesen der Gestalttherapie, wie Perls und seine Kollegen sie ursprünglich konzipiert und entwickelt hatten. Denn ein zentraler Aspekt der Gestalttherapie ist ihre offene, erforschende Grundhaltung, die Imitationen, klischeehafte Deutungen oder sterile Wiederholungen vermeidet und die einzigartig kreative Lösung dieser einzigartigen Situation für diese einzigartige Person in dieser Beziehung in diesem Feld zu diesem Augenblick sucht. Obwohl Fritz Perls also einerseits die Gestaltpsychotherapie mitbegründete und populär machte, trug er auch zu einem weitverbreiteten Mißverständnis der Gestaltpsychotherapie bei, demzufolge sie häufig auf eine Reihe aktiver Techniken reduziert wird.

In diesem Buch beschreiben wir den fruchtbaren und positiven Beitrag Fritz Perls' zur theoretischen Fundierung der Gestaltpsychotherapie und seine ungeheuer lebhafte Demonstration eines spezifischen Stils in der praktischen Umsetzung von Theorie; zugleich zeigen wir, wie er seinen eigenen bedeutenden Beitrag unterminierte, indem er seinen persönlichen Arbeitsstil als *die* Gestalttherapie präsentierte, und indem er den Ruf der Gestalttherapie durch einige seiner persönlichen Verhaltensweisen schädigte. Wir erforschen den Einfluß, den Fritz Perls auf die nachfolgende Entwicklung der Gestalttherapie hatte, sowie die (oft unterschätzte) Wirkung, die sein Werk auf das gesamte Feld der Beratung ausübte.

Fritz Perls starb vor mehr als zwanzig Jahren. Aufbauend auf den grundlegenden Beiträgen von Perls und seinen Kollegen, hat sich die Gestaltpsychotherapie seither weiterentwickelt und gewandelt. Im Laufe der Zeit wurden neue Akzente gesetzt und Konzeptionen anderer Richtungen integriert. Die gegenwärtige Generation von Gestalt-

Praktikern hat dem unethischen Verhalten abgeschworen und ethische Richtlinien sowie Verfahrensstrategien im Interesse der Sicherheit des Klienten entwickelt. Wir werden die Art und Qualität des Beitrages von Perls klären und den »Schatten der Fragwürdigkeit« (Miller 1989), den er über die Reihen seiner Nachfolger geworfen hat, erforschen, und wir werden sowohl die reiche Vielfalt als auch die Begrenztheiten seines Werkes aufzeigen. Auf diese Weise hoffen wir, die Weiterentwicklung der Gestalttherapie und der Konzepte der gegenwärtigen Gestaltpsychotherapie sowohl für Gestaltpraktiker und -Trainees als auch für Berater und Psychotherapeuten anderer Richtungen zugänglicher zu machen.

Zum Aufbau dieses Buches

Das erste Kapitel gibt einen Überblick über Fritz Perls' Leben und Werdegang. Wir konzentrierten unsere Aufmerksamkeit vor allem auf die Erfahrungen, Ideen und Menschen, die auf ihn und den therapeutischen Ansatz, den er entwickelte, den größten Einfluß hatten. Das zweite Kapitel beschreibt Perls' bedeutendere Beiträge zur Theorie und stellt heraus, welche Bewegungen und Autoren spezielle Aspekte seiner theoretischen Beiträge beeinflußten. Das dritte Kapitel faßt seine Hauptbeiträge zur Praxis der Psychotherapie und der Beratung zusammen und veranschaulicht den jeweiligen Beitrag durch ein oder zwei genauere Beispiele der Arbeit Perls' mit Klienten. Dabei wird der reiche Fundus an Filmaufzeichnungen und Transkripten von Demonstrationssitzungen genutzt, der seinerseits zu den größten Vermächtnissen gehört, die Perls hinterlassen hat, und der seine Arbeit und seine Gedanken auf sehr greifbare Weise zum Leben erweckt. Wie schon erwähnt, zogen Perls und seine Arbeit viel Kritik und viele Mißverständnisse, aber auch Anerkennung auf sich. Im vierten Kapitel untersuchen wir diese Kritik, wie sie durch vielgelesene Autoren zum Ausdruck gebracht wird. Dabei wird der ehrliche Versuch unternommen, jeweils einzuschätzen, wie gerechtfertigt diese Kritik ist. Schließlich wird im fünften Kapitel der Einfluß Perls' auf einige der nachfolgenden Entwicklungen und Innovationen der Gestaltpsychotherapie beurteilt und die Wirkung untersucht, die die Arbeit von Fritz Perls auf das gesamte Feld der Beratung und Psychotherapie hatte; dabei erörtern wir, wie viele der Gedanken, die er verbreitet hatte, heute quasi durch Osmose von den Hauptströmungen der Psychotherapie absorbiert wurden.

Die berufliche Karriere von Perls als Psychotherapeut erstreckte sich über annähernd vierzig Jahre. Er war Autor oder Mitautor von sechs Büchern, hielt viele öffentliche Reden, veröffentlichte zahlreiche Aufsätze und schrieb darüber hinaus noch vieles, was bislang nicht veröffentlicht wurde. Im Verlauf dieser reichen Produktivität beschrieb er seine Ideen in jeweils etwas anderer Weise und mit unterschiedlichen Akzenten. Wir haben diejenigen Aspekte der Theorie und Praxis von Perls in dieses Buch aufgenommen, von denen wir glauben, daß sie ihre Bedeutung für die gegenwärtige Gestalt behalten haben und daß sie zum Verständnis des Lesers von Gestaltpsychotherapie beitragen könnten. Sofern mehrere unterschiedliche Versionen einer Theorie oder eines Ansatzes vorhanden sind, haben wir entweder einen kurzen historischen Überblick über die Entwicklung eines Konzepts verfaßt; oder wir haben nach eigenem Ermessen diejenige Version ausgewählt, die uns die klarste und in der Praxis der Gestaltpsychotherapie nützlichste zu sein schien; oder wir haben ein Konzept zusammenfassend beschrieben, so wie wir es auf der Grundlage des Gesamtwerkes verstehen können. Durchweg haben wir Hinweise auf spezielle Bücher und Aufsätze von Perls in den Text aufgenommen; auf diese Weise kann der Leser leicht auf das Perlssche Original zurückgreifen.

Der Schreibstil in diesem Buch

Im Gegensatz zur englischen Version dieses Buches, in der die Pronomina der dritten Person kapitelweise abwechseln, wurde in der hier vorliegenden deutschen Fassung die konventionelle Form beibehalten; die grammatikalisch maskuline Form steht durchgängig für die weibliche und männliche Person.

Eine Diskussion über die Unterscheidung zwischen Beratung und Psychotherapie ist nicht Aufgabe dieses Buches (s. Clarkson und Carroll 1993), und daher haben wir die Argumente von Nelson-Jones (1982), daß nämlich die Versuche, zwischen Beratung und Psychotherapie zu unterscheiden im allgemeinen nicht befriedigend sind, für diese Veröffentlichung akzeptiert und folgen dem Beispiel von Truax und Carkhuff (1967), die die Begriffe für austauschbar halten.

In unserer eigenen Erörterung der Schriften von Perls haben wir die gegenwärtig weithin gebräuchliche Terminologie »Klient« benutzt, um denjenigen zu bezeichnen, der zur Psychotherapie kommt; bei wörtlichen Äußerungen haben wir jedoch den Gebrauch des Wortes »Patient« durch Perls beibehalten.

Danksagung

Viele Menschen haben uns großzügig beim Schreiben dieses Buches unterstützt. Besonders hervorheben möchten wir die verstorbene Laura Perls sowie Erving und Miriam Polster, Isadore From, Gary Yontef, Ed Nevis, Joe Wysong, Robert Posner, Rae Perls, Renate Gold und Gilles Delisle, die uns halfen, indem sie sich interviewen ließen, Fragebögen beantworteten, uns Anekdoten, Erinnerungen und unveröffentlichte Texte zukommen ließen und ihren Beitrag leisteten bei der Sammlung und Zusammenstellung der Informationen für die Veröffentlichung. Wir sind auch den vielen Theoretikern der Gestalt und anderer Ansätze, die wir konsultierten, dankbar. Erving Polster, Gary Yontef, Ed Nevis, Bob Resnick und Hunter Beaumont lasen den gesamten Manuskript-Entwurf durch und fügten viele notwendige Korrekturen und wertvolle Verbesserungsvorschläge an. Lee McLeod, Malcolm Parlett und Peter Philippson gingen das gleiche Manuskript sehr sorgfältig Zeile für Zeile durch und machten Verbesserungsvorschläge. Sue Fish, Philip Raby, Patricia Shaw, Derry Watkins, Judy Ryde, Jennifer Elton Wilson, Anne Kearns, Charlotte Sills, Phil Joyce, Caro Kelly, Audrey Vollans und viele andere lasen verschiedene Teile und Vorentwürfe und schlugen Veränderungen vor. Ihnen allen sind wir dankbar verbunden. Wir möchten auch Freunden und Kollegen im *Psychotherapeutischen Trainingsinstitut Metanoia* danken, besonders den Lektorinnen Katherine Pierpoint und Camilla Sim. Die Herausgeberin der Buchreihe, Windy Dryden, gab uns Rückmeldungen und Kommentare zum Manuskript und unterstützte uns während des gesamten Schreibprozesses in nachhaltiger Weise. Die Herausgeberin von *Sage*, Susan Worsey, war gleichermaßen wirksam, warmherzig und unterstützend. Es gab natürlich noch andere, die spezielle Beiträge leisteten, denen wir unseren Dank sagen möchten.

Schließlich möchten wir unsere Wertschätzung und Anerkennung dafür zum Ausdruck bringen, daß wir starke persönliche Unterstützung und beträchtliche Geduld durch Petrūskas Ehemann, Vincent Keyter, und Jennys Partner, Philip Raby, erfuhren, deren Leben durch unser Projekt oft beeinträchtigt wurden.

1. DAS LEBEN VON FREDERICK S. PERLS

Einführung

Dieses Kapitel gibt einen Überblick über das Leben von Fritz Perls. Es erzählt von seinem Leben und den Strömungen, Menschen und Erfahrungen, die ihn und die Gestaltpsychotherapie beeinflußten, die er zusammen mit Laura Perls und Paul Goodman begründete. Die Lebensgeschichte schließt also kleine Umwege ein, auf denen einige der Einflüsse auf diese Lebensgeschichte erforscht werden. Zu diesen Einflüssen gehören: Theater, Tanz, Bewegung und Psychodrama; Freud und die orthodoxe Psychoanalyse sowie verschiedene Erneuerer der Psychoanalyse; Reich und die Körpertherapie; die Gestaltpsychologie, Goldsteins organismische Theorie, Wertheimers Feldorientierung und Kurt Lewins Feldtheorie; Existentialismus, Phänomenologie und Buber; Holismus, besonders Smuts; interaktionelle Psychoanalyse (z.B. Horney, Sullivan); und östliche Religion. Zusätzlich hatten zahlreiche politische Umwälzungen einen starken Einfluß auf das Leben von Perls: der Erste Weltkrieg; die Entstehung des Faschismus und Antisemitismus im Deutschland der Dreißiger Jahre. Seine Flucht nach Holland und dann nach Südafrika; der Wechsel von seiner Loyalität zu Deutschland zu der gegenüber England in seinem aktiven Dienst in Südafrika während des Zweiten Weltkriegs; und ein weiterer Wechsel des Kontinents und der Kultur, von Südafrika in die USA im Jahr 1946; schießlich gibt es verschiedene wichtige Personen (besonders Laura Perls und Paul Goodman), deren Lebensgeschichten mit der seinen verwoben sind und die zur Gründung der Gestalttherapie beitrugen.

Das erste Kapitel bietet also den Kontext für die Diskussion von Perls' theoretischen und praktischen Beiträgen, die jeweils im zweiten und dritten Kapitel folgen, sowie für die Einschätzung der Kritik an seinem Werk, die dem vierten Kapitel zugrundeliegt, und für die Untersuchung seines generellen Einflusses auf das Feld der Psychotherapie und Beratung im fünften Kapitel.[1]

Kindheit in Berlin

Fritz Perls wurde als Friedrich Salomon Perls am 8. Juli 1893 in einem jüdischen Viertel am Rande Berlins als jüngstes von drei Kindern von Amelia Rund und Nathan Perls geboren. Seine Geburt war schwierig, und kurz danach wurde er ernsthaft krank, als seine Mutter Probleme hatte, ihn zu ernähren. Der Vater von Fritz war Weinhändler, der viel herumreiste und wenig Interesse an seinen Kindern zeigte. Obwohl Nathan witzig, gutaussehend und unterhaltsam war, hatten seine dominante Art und seine wiederholten Affären Amelia zur Zeit von Fritz' Geburt enttäuscht. Das mittlere Kind, Grete, sagte, daß ihr Vater jeden im Hause beherrschen wollte, genauso wie er die Freimaurerloge, in der er Großmeister war, regierte (Perls 1969c, 250). Zu Fritz entwickelte Nathan eine besonders harsche und bissige Beziehung, wobei er ihn abwechselnd ignorierte, heruntermachte und verachtete.

Als Fritz drei Jahre alt war, zog die Familie aus dem jüdischen Viertel in das angesehenere Zentrum von Berlin um. Nathan war ein moderner Jude, der aus der Begrenztheit der jüdischen Welt ausbrechen wollte, um in die breitere deutsche Gesellschaft aufgenommen zu werden. Er war antireligiös und drängte der übrigen Familie seine Überzeugungen auf. Juden wie Nathan, die in die nicht-jüdische Gemeinschaft integriert werden wollten, wurden damals von den deutschen Ariern nicht voll akzeptiert; sie gehörten daher weder ganz zu der einen noch zu der anderen Gemeinschaft, sondern suchten stets nach einer Heimat, waren ständig offen für neue Ideen und neue Menschen, ganz so wie es auch Fritz in seinem späteren Erwachsenenleben praktizieren sollte; Fritz wurde dennoch nicht ganz ohne religiösen Glauben erzogen, denn er besuchte hebräische Klassen, hatte eine Bar-Mizwa, und die Familie besuchte an den höheren Festtagen auch immer wieder die Synagoge. Sobald er Teenager war, erklärte Fritz sich selbst zum Atheisten - was er für sein gesamtes Leben blieb.

Während seiner frühen Jahre scheint Fritz eine weniger schwierige Beziehung zu seiner Mutter gehabt zu haben. Amelia widmete sich hingebungsvoll ihren Kindern und lief hinter Fritz her, um ihm alles nachzuräumen; so entwickelte er die lebenslange Erwartung, daß andere seine Unordnung aufräumen sollten. Viele Menschen, die ihn im späteren Leben kannten, hielten seine Umgangsformen für sehr kläglich und stritten immer wieder auf das heftigste mit ihm, weil er ihre Gastfreundschaft für selbstverständlich hielt (Posner 1991). Amelia interessierte sich leidenschaftlich für die Kunst und vermittelte Fritz ihre Liebe zum Theater; er schrieb über dieses Erbe in warmen Worten: »Mama [...] hatte große Pläne mit mir und war keineswegs der Typ einer 'jüdischen Mutter' [...] Ihr Vater war Schneider, und angesichts ihrer Herkunft war ihr Interesse an Kunst - speziell am Theater - erstaunlich« (Perls 1969c, 182).

Die älteste Tochter der Familie, Else, war drei Jahre alt, als Fritz geboren wurde. Sie hatte eine Sehbehinderung und hing an ihrer Mutter. Fritz hatte wahrscheinlich Ressentiments gegenüber Else, und er mochte sie sicherlich nicht besonders, denn er schrieb viele Jahre später, daß er nur wenig Trauer empfand, als er von ihrem Tod in einem Konzentrationslager erfuhr. Im Gegensatz dazu kam er mit der zweiten Tochter, Grete, die eineinhalb Jahre älter war als er, gut zurecht: »Ich hatte zu meiner Schwester Grete eine enge Beziehung. Sie war ein Wildfang, eine Wildkatze mit frechen Locken im Haar« (Perls 1969c, 181). Als Grete älter wurde, hielt sie Kontakt mit Fritz und folgte ihm schließlich nach New York, wo sie zehn Jahre lang für ihn und seine Familie sorgte und stolz und erfreut darüber war, daß Fritz berühmt wurde.

Als kleines Kind scheint Fritz recht glücklich gewesen zu sein, und er wurde in der Grundschule Klassenbester. Vom zehnten Lebensjahr an wurde seine Beziehung zu den Eltern und seiner Schule jedoch zunehmend schlechter. Später schrieb er, daß seine Eltern anfingen, ihn für schlecht zu halten, als er zehn war, weil er in das Zimmer seines Vaters eingedrungen war und eine Goldmünze gestohlen hatte, die für Else gespart werden sollte; er kaufte dafür Briefmarken für einen Jungen christlichen Glaubens, dessen Freundschaft er gewinnen wollte (1969c, 249-51). Bei einer anderen Gelegenheit wurde seine Mutter so wütend auf ihn, daß sie ihn mit einem Teppichklopfer verfolgte und ihn schlagen wollte. Um ihr zu entwischen, warf Fritz ein Glas nach ihr und schlug ihr die Tür ins Gesicht. »Er war ein wildes Kind - wild, wild« (Grete Gutfreund in Gaines 1979, 1). Trotz ihres Ärgers auf ihren Sohn verbarg Amelia sein schlechtes Benehmen vor ihrem Ehemann. Dies und Nathans ständige Affären sowie seine Weigerung, die Familie finanziell zu unterstützen, trugen dazu bei, daß sich das Paar immer mehr voneinander entfremdete und die Beziehung zwischen Fritz und seinem Vater immer schlechter wurde.

Die Lehrer auf der weiterführenden Schule - dem Mommsen-Gymnasium - waren antisemitische Pauker und Fritz sehr unsympathisch. Fritz weigerte sich zu arbeiten, schwänzte die Schule und fing die Briefe mit Berichten über sein Betragen ab, die von der Schule an seine Eltern gesandt wurden. Als er schließlich wegen Nachlässigkeit sitzenblieb, wurde er von der Schule verwiesen. Nach einer kurzen und schrecklichen Episode im Geschäftsleben schrieben er und sein Freund Ferdinand Knopf, auch ein vom Mommsen-Gymnasium Verwiesener, sich im liberalen Askanasischen Gymnasium ein, wo die Lehrer an den Kindern interessiert waren und Fritz' Drang nach Unabhängigkeit, seine Intelligenz und sein Interesse am Theater unterstützten. Als Jugendlicher erhielt er Statistenrollen am Königlichen Theater in Berlin. Obwohl er nur stumme Rollen spielte, genoß er den Glanz der Vorstellung auf einer professionellen Bühne.

Fritz traf den Direktor des Deutschen Theaters, Max Reinhardt, und lernte bei ihm. Reinhardt war ein anspruchsvoller Lehrer, der darauf bestand, daß seine Schüler genau beobachteten, wie Menschen Gefühle durch Stimme und Gestik ausdrückten. Reinhardts Unterricht weckte zum ersten Mal das Interesse von Fritz am Prozeß und vermittelte ihm die Einsicht, daß die Mittel, mit denen eine Person sich ausdrückt, für ihre gesamte Botschaft ebenso wichtig sind wie das gesprochene Wort. Diese Betonung der nonverbalen Kommunikation beeinflußte Perls sehr stark. Er entwickelte eine geniale Fähigkeit beim Lesen der Körpersprache von Menschen, und in seinem späteren Leben setzte er seine Zuhörer mit dem Ausmaß an persönlicher Information, die er nur durch die Beobachtung der Art und Weise, wie sie sprachen, sich setzten oder gingen, sammeln konnte, in Erstaunen. Bei Reinhardt entwickelte Perls sein Faible und sein Talent für das Darstellerische, seine Meisterschaft der dramatischen Technik, sein Gespür für das Timing und den Aufbau einer kreativen Spannung - später alles Merkmale seiner therapeutischen Arbeit. Perls würdige seine Verpflichtung gegenüber Reinhardt, indem er ihn als »das erste kreative Genie, dem ich begegnete«, beschrieb (1969c, 282).

Fritz versöhnte sich mit seiner Mutter und rehabilitierte sich schulisch, indem er das Askanasische Gymnasium als Klassenbester abschloß. Seinem Vater blieb er entfremdet, da dieser ihn entwürdigte und beleidigte, etwa indem er ihn häufig »ein Stück Scheiße« nannte. Obwohl Fritz seinen Vater verständlicherweise nicht mochte, wurde er wahrscheinlich tiefgründig von ihm beeinflußt. Fritz Perls' eigener

Stil als Vater sollte dem von Nathan erstaunlich ähnlich werden: Auch er war während der frühen Jahre seiner Kinder oft von zu Hause fort und vernachlässigte sie (Shepard 1975). In einem umfassenderen Sinn können sein manchmal schroffer, konfrontativer Stil als Therapeut und seine absichtliche Verwendung einer Sprache, die andere schockierte, als Erbe der frühen Beeinflussung durch seinen Vater angesehen werden.

Medizinstudium in Berlin und Erster Weltkrieg

Nach dem Abitur begann Perls ein Medizinstudium an der Universität Berlin. Der Beginn des Ersten Weltkriegs hatte wenig Einfluß auf sein Leben und seine Studien, weil er wegen eines Buckels, eines vergrößerten Herzens und Asthma bei der Musterung untauglich geschrieben wurde. Bis 1916 war der Krieg stark eskaliert, und die unvorhergesehen große Zahl der Toten führte dazu, daß die Tauglichkeitsstandards für den aktiven Dienst im deutschen Heer radikal herabgesetzt wurden. Fritz Perls und sein bester Freund Ferdinand Knopf schrieben sich ein, und Perls wurde im 36. Pionierbataillon, einer Einheit, die für Gasangriffe ausgebildet wurde, zum Sanitäts-Offizier.

Von 1916 bis 1917 verbrachte Perls einige Monate im Schmutz und Elend der Schützengräben, wurde verwundet, erlitt Gasvergiftungen und erhielt einen Orden für Tapferkeit. Er litt häufig unter den Entscheidungen, die er als Sanitäts-Offizier zu treffen hatte, wenn zu viele Verletzte zu behandeln waren. Bei einer besonders schrecklichen Begebenheit drehte der Wind, kurz nachdem die Deutschen einen Gasangriff gegen ihre Feinde ausgeübt hatten; das Gas trieb daher zurück über die deutschen Schützengräben, und viele deutsche Soldaten wurden vergiftet, weil ihre Gasmasken versagten oder unzureichend funktionierten. Perls hatte nur vier Sauerstoff-Behälter für solche Notfälle und mußte den Männern, die um Luft rangen, willkürlich die Sauerstoffmasken herunterreißen, um anderen zu helfen: »Ich muß die Flasche wegreißen, um einem anderen Soldaten Erleichterung zu verschaffen. Mehr als einmal war ich versucht, mir selbst die Maske vom schwitzenden Gesicht zu reißen« (Perls 1969c, 154). 1917 wurde er zum medizinischen Unterleutnant befördert, und damit verbesserten sich die Umstände seines Dienstes ein wenig. Am Ende des

Krieges jedoch wurde seinem Bataillon befohlen, in 24-Stunden-Märschen nach Hause zurückzukehren. Unter diesem neuen Stress fing seine lebenslange Gewohnheit des Rauchens an.

Die Leiden der Kriegszeit hatten Perls tiefgehend geprägt. Ferdinand Knopf war getötet worden; er war Zeuge von Massakern gewesen; er war wegen Tapferkeit ausgezeichnet und durch die verächtliche und vorurteilsvolle Haltung vieler der ihm vorgesetzten Offiziere gedemütigt worden. Seine Überzeugung, daß die Zerstörung, die er gesehen hatte, sinnlos gewesen war, außer vielleicht für einige wenige Reiche, beeinflußte seine politischen Ansichten für den Rest seines Lebens. Nach dem Krieg wurde er in der linksgerichteten Politik aktiv und war seitdem mit den gegen das Establishment eingestellten Bewegungen verbunden.

1918 nahm er sein unterbrochenes Medizin-Studium in Berlin und Freiburg wieder auf und promovierte am 3. April 1920 zum Doktor der Medizin.

Praxis als Neuropsychiater in Berlin und New York 1921 bis 1926

Nach seinem Examen richtete Perls in Berlin seine Praxis als Neuropsychiater ein; er verschrieb für eine ganze Reihe psychologischer und neurologischer Beschwerden medizinische Heilmittel.

Gesellschaftlich schloß sich Perls der Bohéme-Szene Berlins an und kam dadurch in Kontakt mit Künstlern, Lyrikern, Architekten, Schriftstellern, Schauspielern und linksgerichteten Intellektuellen seiner Zeit, einschließlich der Mitglieder der Bauhaus-Gruppe. In diesem Milieu traf Perls den Philosophen Salomo Friedlaender (1918), der ihn in den Gedanken einführte, daß sich Gegensätze gegenseitig erklären und daß es in der Mitte zwischen ihnen einen Ruhepunkt gibt - den Punkt der kreativen Indifferenz, der beide Polaritäten umfaßt. Friedlaenders Konzept machte auf Fritz einen großen Eindruck, und er bezog sich darauf ausführlich in seinem ersten Buch (1947/1969a). Zur gleichen Zeit und durch die selbe Gruppe von Leuten machte Fritz die Bekanntschaft einer Tänzerin namens Palucca, einer Schülerin von Mary Wigman, der innovativen deutschen expressionistischen Tänzerin und Choreographin für große chorische Inszenierungen. Palucca weckte in Perls ein Interesse an

Tanz und Bewegung als Mittel für spontanen Selbstausdruck und Kreativität.

1923 ging Perls nach New York, wo er in der Abteilung für Neurologie am *Hospital for Joint Diseases* arbeitete, während er sich gleichzeitig für die Approbation als Arzt in den Vereinigten Staaten vorbereitete. In Amerika war er nicht glücklich. Durch Heimweh und seine geringen Englischkenntnisse beeinträchtigt, vermißte er am meisten den kreativen Gedankenaustausch mit seinen Freunden.

Nach nur sechs Monaten kehrte er im April 1924 nach Berlin zurück und nahm seine Praxis als Psychiater wieder auf. Er lebte immer noch im Haus der Mutter, obwohl er nun einunddreißig Jahre alt war. Folgt man Shepard (1975), war er in physischer, sexueller, sozialer und professioneller Hinsicht seiner selbst unsicher. Auf der Suche nach persönlicher Hilfe entschied sich Perls, es mit der Psychoanalyse zu versuchen. Er ging zu Karen Horney, einer undogmatischen Psychoanalytikerin, die ihren eigenen psychoanalytischen Ansatz entwickelte (1937; 1939). Obwohl Perls' Analyse mit Horney abgebrochen wurde, bevor sie wirklich in Gang kam, weil er schon bald von Berlin wegzog, kehrte er während der nächsten zehn Jahre oft zu ihr zurück, um Rat zu holen und Supervision zu erhalten. Nachdem er später in die USA gegangen war, pflegte er eine freundschaftliche, professionelle Beziehung zu ihr. Er wurde von ihr stark beeinflußt - sowohl grundsätzlich, weil es sein erster Kontakt mit der Psychoanalyse war und daher seine Karriereentscheidungen betraf, als auch wegen ihrer Neuerungen und ihrer Zweifel an der orthodoxen Psychoanalyse (Cavaleri 1992). Damals war Perls so begeistert von diesen ersten Kontakten mit der Psychoanalyse, daß er selbst eine Ausbildung als Psychoanalytiker begann.

Frankfurt 1926 bis 1927

Im Jahr 1926 zog Perls nach Frankfurt um, wo er seine Analyse bei Clara Happel, einer Schülerin von Horney, fortsetzte. Frankfurt bot zu jener Zeit eine sehr aufregende intellektuelle Atmosphäre: Die Gestaltpsychologen Gelb und Goldstein lebten und arbeiteten dort ebenso wie die Existentialisten Martin Buber und Paul Tillich. Perls besuchte Vorlesungen über die Gestaltpsychologie, hatte aber wenig Zeit, die existentielle Philosophie zu studieren. Er vertiefte sein Verständnis der Gestaltpsychologie und der existentiellen Ideen durch seine Freundschaft mit einer jungen Psychologie-Absolventin, Lore Posner, die später seine Frau wurde und als Laura Perls bekannt werden sollte (s. S. 25).

Der Einfluß der Gestaltpsychologie

In Frankfurt lernte Perls die Entdeckungen der Gestaltpsychologen Wertheimer (1938; 1944), Koffka (1935) und Köhler (1970) kennen und wurde mit den wichtigsten Gestaltprinzipien der Wahrnehmung und der Arbeit von Zeigarnik (1927) und Ovsiankina (1928) vertraut.

Das Wort Gestalt bedeutet eine Ganzheit oder ein vollständiges Muster, eine vollständige Form oder Konfiguration. Eine Gestalt oder Ganzheit schließt den gesamten Gegenstand oder die ganze Person, die betrachtet wird, ihren Kontext und die Beziehung zwischend den beiden ein. Eine einzelne Schneeflocke beispielsweise auf einer dunklen Oberfläche wird ganz anders wahrgenommen als die gleiche Schneeflocke im Verbund mit vielen anderen Schneeflocken, die während eines Schneesturmes fallen. Die Bedeutung und die Bedeutsamkeit der Schneeflocke hängen vom Kontext ab, in dem sie betrachtet wird, und sie kann davon nicht isoliert werden. Die Gestalt oder die Ganzheit der Schneeflocke besteht aus dem Gegenstand selbst und seiner Beziehung zur Umwelt. Ihre Bedeutung leitet sich aus ihrer Beziehung zu ihrem Hintergrund ab. Diese Wahrnehmungsprinzipien der Gestaltpsychologie werden wir nachfolgend weiter erörtern (s. S. 58f. und 61-70).

Die grundlegenden Prinzipien der Gestaltpsychologie, die Perls später in die Gestalttherapie integrierte, schließen die Auffassung ein, daß die Menschen ihre perzeptorische Erfahrung strukturieren, indem sie die Ganzheit dessen, was sie wahrnehmen, so organisieren, wie es gegenwärtig interessant oder uninteressant für sie ist. Sie sehen das, was gegenwärtig interessant ist, als Wahrnehmungseinheiten (Gestalten oder Figuren) und geben ihnen eine Bedeutung. Die Menschen neigen dazu, unerledigte Erfahrungen besser zu erinnern als erledigte (Zeigarnik 1927). Sie haben die natürliche Tendenz, unerledigte Aufgaben wieder aufzugreifen und zu vervollständigen, und geben unvollständigen Informationen und Situationen einen Sinn.

Obwohl Gestaltpsychologie und Gestaltpsychotherapie den gleichen Namen haben, sind es unterschiedliche Disziplinen. Gestaltpsychologie war akademisch und experimentell. Sie beschrieb Wahrnehmung. Die Gestaltpsychologen kamen nicht auf den Gedanken, ihre Forschung in irgendeiner therapeutischen Weise zu benutzen. Einige gingen sogar so weit, daß sie Zweifel daran hegten, ob das gestalttherapeutische System viel mit der Gestaltpsychologie zu tun hätte. Yontef (1982; dt.: Köln 1996) hat jedoch gezeigt, daß die grundlegende Methodologie der Gestalttherapie philosophisch von der Gestaltpsychologie herkommt, und Wheeler (1991; dt.: Köln 1993) erforschte den gestaltpsychologischen Hintergrund der Gestalttherapie sehr gründlich.

Perls war beeinflußt durch die Feldorientierung Wertheimers und durch die Feldtheorie Kurt Lewins (1935; 1952), eines Sozialpsychologen, der mit den Gestaltpsychologen Koffka und Köhler in den frühen Zwanziger Jahren in Verbindung stand. Obwohl nicht klar ist, was Fritz von den veröffentlichten Texten Lewins tatsächlich gelesen hat, erwähnte er Lewin (1952) und übernahm einige seiner Ideen (s. S. 70).

In seiner Frankfurter Zeit arbeitete Perls am Institut für Hirngeschädigte Soldaten als Assistent von Kurt Goldstein, der daran interessiert war, die relativ akademischen Studien und Entdeckungen der gestaltpsychologischen Schule auszuweiten und zu prüfen, wie er deren Prinzipien der Wahrnehmung auf lebende Menschen anwenden konnte. Bei seiner Arbeit mit Soldaten, die an Hirnverletzungen litten, entdeckte Goldstein, daß die Beschädigung eines Teils des menschlichen Wesens den ganzen Organismus beeinträchtigte. Goldstein (1939) betrachtete später das menschliche Wesen als einen ganzen Organismus und behauptete, daß der vorrangige menschliche Antrieb darin bestünde, sich als ganze Person zu verwirklichen. Sowohl der professionelle Kontakt zu Goldstein als auch die Kenntnis von dessen bereits veröffentlichter organismischer Theorie beeinflußten Perls sehr stark bei seiner späteren Entwicklung des Konzepts eines menschlichen Wesens als ganzes System, in welchem alle unterschiedlichen Aspekte miteinander verbunden und voneinander abhängig sind, und in seinen Ansichten über die Selbst-Aktualisierung (z.B. Perls 1979).[2]

Der Einfluß des Existentialismus und der Phänomenologie

Laura Perls hat darauf hingewiesen, daß sie ihr Wissen über und ihre Begeisterung für existentielle Ideen und phänomenologische Methoden mit Fritz teilte. Sie hatte den Phänomenologen Husserl studiert (1931, 1968). Als sie in Frankfurt lebte, begegnete sie dem existentiellen Theologen Buber auch persönlich (Fritz jedoch nicht) und arbeitete einige Jahre lang bei Tillich (Laura Perls in einem Gespräch mit Milan Sreckovic; s. L. Perls 1989). Diese Tatsache sollte einen starken Einfluß auf die künftige Entwicklung der Gestaltpsychotherapie ausüben; denn wahrscheinlich lernte Fritz viele der existentiellen Konzepte, die zu einem festen Bestandteil der Gestalttherapie wurden, zumindest anfänglich hauptsächlich durch Laura kennen. Direkt oder indirekt wurde Perls von den grundlegenden Themen des Existentialismus geprägt, wie beispielsweise der existentiellen Isolation, dem Miteinander, der Freiheit innerhalb enger menschlicher Grenzen, der Authentizität und der individuellen Verantwortlichkeit für die persönliche Sinngebung in einer Welt, die ohne universellen Sinn ist. Jeder Mensch ist letztlich allein: Ganz gleich, wie viele Freunde wir haben mögen, jeder von uns kommt und verläßt das Leben ganz allein. Jetzt existieren wir, aber eines Tages werden wir sterben. Ein grundlegender Konflikt der menschlichen Existenz besteht daher in der Spannung zwischen dem Bewußtsein unserer Sterblichkeit und dem Wunsch, ewig zu leben.

Perls betonte vor allem die existentiellen Konzepte der Freiheit, Verantwortlichkeit, Authentizität und Angst (1969b; 1976). Im existentiellen Sinn bezieht sich Freiheit auf die Abwesenheit äußerer Strukturen oder Verpflichtungen, und jeder Mensch ist verantwortlich für seine Entscheidungen und Handlungen. Diese Auffassung von unserer Verantwortlichkeit und daher von unserer Freiheit zu wählen, wozu wir von Augenblick zu Augenblick werden, hat erschreckende Konsequenzen. Die meisten von uns versuchen, der Wahrheit von unserer Freiheit und persönlichen Verantwortlichkeit auszuweichen, indem wir uns Verpflichtungen gegenüber anderen Menschen oder Institutionen zurechtphantasieren, oder indem wir anderen die Schuld für unser Schicksal zuschieben. Eng verknüpft mit dem Gedanken der persönlichen Freiheit ist das existentielle Konzept der Authentizität; authentisch leben bedeutet, daß wir uns entscheiden, integer zu leben und uns ohne Selbsttäuschung oder Verstellung der Tatsache zu stellen, daß wir frei und verantwortlich sind und doch gleichzeitig zum Sterben verurteilt sind. Authentizität ruft fortgesetzte Unsicherheit, existentielle Angst oder Furcht hervor. Angst ist daher kein Symptom, das gelindert oder unterdrückt werden muß, sondern unverzichtbarer

Bestandteil einer authentischen Existenz (s. S. 111 die Diskussion von Perls' Ansichten über Angst in diesem Zusammenhang).

Menschliche Wesen suchen nach Sinn, und doch sind sie dazu bestimmt, ihre Existenz in einer Welt zu bestreiten, die keinen letzten Sinn hat. Der phänomenologische Existentialismus - den Perls als philosophische Grundlage für seine Gestalttherapie übernahm - hebt hervor, daß menschliche Wesen einen Drang haben, Sinn zu schaffen, und daß sie daher Sinn in ihrem eigenen Leben konstruieren. Unsere Erfahrung der Welt ist für eine große Spannbreite der Interpretation offen - es gibt keine einzige unhinterfragbare Wahrheit; daher ist jeder Sinn, den ein Mensch konstruiert, für ihn einzigartig. Die Phänomenologie betont daher die Bedeutung sowohl subjektiver als auch objektiver Erfahrungsdaten, sie beschreibt, was wir wahrnehmen, während vorherige Annahmen über die Bedeutung dessen, was beschrieben wird, ausgeklammert werden; und dies, um einen direkten Zugriff zum Wesen des Dinges oder der Erfahrung selbst zu finden (s. S. 67, 128, 155).

Wien und Berlin 1927 bis 1933

Der Einfluß Freuds und der Psychoanalyse

1927 gingen Fritz Perls' Ersparnisse aus, und Clara Happel kündigte plötzlich an, daß seine Analyse nun beendet sei. Sie riet ihm, seine Ausbildung als Psychoanalytiker fortzusetzen, indem er unter Supervision Klienten annehme. Perls selbst fühlte sich alles andere als dafür reif und hielt Ausschau nach befriedigenderen Mitteln der Selbsterkenntnis. Er folgte jedoch Happels Rat in der Hinsicht, daß er nach Wien umzog, dem Zentrum der psychoanalytischen Ausbildung, und dort ungefähr ein Jahr lang lebte. Er begann, Klienten zu behandeln und hatte Supervision bei den Psychoanalytikern Helene Deutsch und Edward Hitschmann; außerdem studierte er bei Paul Federn.

Nachdem er 1928 seine letzte Ausbildungsphase als Psychoanalytiker in Wien beendet hatte, kehrte Perls nach Berlin zurück. Hier richtete er seine eigene psychoanalytische Praxis ein. Von 1928 bis 1933 arbeitete Perls, hauptsächlich in Berlin, als anerkannter freudscher Psychoanalytiker.

Freuds Einfluß auf Perls war beträchtlich. Die Theorie Freuds und die orthodoxe Psychoanalyse bildeten den wesentlichen Hintergrund für das neue System der Psychotherapie, das Perls entwerfen sollte. Perls glaubte, daß Freuds Gedanken äußerst wertvoll waren, aber vieles von der Philosophie und den Methoden der Psychoanalyse veraltet war (1948; 1976). Obwohl Perls im Laufe der Zeit viele von Freuds Ideen kritisierte, modifizierte, ergänzte und verwarf, integrierte er auch viele von dessen Beiträgen in die Grundlagen der Gestalttherapie. Beispielsweise akzeptierte und entwickelte er Freuds revolutionäre Gedanken, daß es hinter dem neurotischen und psychotischen Verhalten einen Sinn gab, und daß Kindheitserfahrungen das Erwachsenenverhalten beeinflussen. Seine Ansichten der homöostatischen Balance verdankte er Freuds Erhaltungsprinzip. Obwohl er anders mit Träumen arbeitete, stimmte er Freuds Einschätzung von ihrer großen Bedeutung zu.

Perls war natürlich auch beeinflußt von vielen innovativen Psychoanalytikern und von Menschen, die als Psychoanalytiker begonnen hatten, sich aber später von der orthodoxen Psychoanalyse gelöst hatten. Beispielsweise waren ihm höchstwahrscheinlich die aktiven Techniken Ferenczis und dessen Betonung der Gegenseitigkeit, die kreative Imagination von Jung und Adlers holistische Sichtweise des Individuums als unlösbarer Teil eines sozialen Systems präsent (Perls 1948). Isadore From hat behauptet, daß Perls die Vorstellung des Traums als Projektion und das Konzept des Hier-und-Jetzt von Otto Rank übernommen habe (1991). Perls war direkt beeinflußt durch Horneys Neuerungen in der Psychoanalyse, sowohl in Europa als auch später in Amerika (Perls 1948; 1978a; Cavaleri 1992). Ihre Hervorhebung der Bedeutung des kulturellen und soziologischen Hintergrunds des Individuums, der Zwischenmenschlichkeit sowohl in der Kindheitsentwicklung als auch in der therapeutischen Beziehung sowie ihre holistische Philosophie und Erforschung des wechselseitigen Einflusses von Organismus und Umwelt machten auf Perls einen großen Eindruck, und er integrierte diese Konzepte später in der Gestalttherapie. (Zu Reichs Einfluß auf Perls s. S. 26; zu Sullivans Einfluß s. S. 33)

Insgesamt war Perls drei- oder viermal in Analyse (mit Horney - allerdings so kurz, daß diese Analyse oft übergangen wird - und mit Happel, Harnik und Reich) und war bei verschiedenen Analytikern in Supervision wie Horney, Deutsch, Hitschmann, Fenichel und Landauer. Perls' frühere Schriften (1947/1969a; Perls, Hefferline and Goodman 1951/1973)[3] gehen davon aus, daß der Leser über ein

Hintergrundwissen in Psychoanalyse verfügt, weshalb Teile dieser Bücher schwer nachzuvollziehen sind, wenn dieser Hintergrund beim Leser nicht vorhanden ist.

Perls machte seine zweite Analyse im Jahr 1928 bei Eugen J. Harnik in Berlin, und diese Analyse wurde war eine schreckliche Erfahrung. Harnik glaubte an eine extreme Form distanzierter und passiver Analyse. Während der eineinhalb Jahre, die Perls bei Harnik war, sagte dieser fast nichts:

> »Ich hatte einmal einen Analytiker, der wochenlang nicht den Mund aufmachte; um anzudeuten, daß die Sitzung beendet war, scharrte er einfach mit dem Fuß auf dem Boden [...] Erst nachdem ich viele Jahre später gehört hatte, daß er unter Paranoia litt, bestürzte mich diese Einsicht sehr. Ich hörte auf, mir selbst Vorwürfe für meine Unfähigkeit, ihn zu verstehen und seine Bemerkungen wertzuschätzen, zu machen, und schob die Schuld auf seine Unfähigkeit, sich verständlich zu machen und meine Situation einzuschätzen.« (Perls 1947/1969a, 231)

Diese negative Erfahrung mit Psychoanalyse beeinflußte Perls' professionelle und philosophische Entwicklung sehr tiefgehend. Sie führte dazu, daß er viele Aspekte der Psychoanalyse zunächst in Frage stellte und dann verwarf - besonders jene Aspekte der Psychoanalyse mit Harnik, die er so wenig hilfreich und so schmerzlich empfunden hatte. Beispielsweise lehnte er später das ab, was er als die Ausblendung gewöhnlicher menschlicher Beziehung durch den Psychoanalytiker ansah, sowie das Beharren auf der Interpretation des Analytikers. Statt dessen betonte er das Gegenteil: wirklichen Kontakt und wirkliche Beziehung zwischen Therapeut und Klient im Hier-und-Jetzt und die phänomenologische Methode der Beschreibung.

Heirat mit Laura

Wie bereits erwähnt, hatte Fritz Perls Laura Posner in einem der Seminare Goldsteins über Gestaltpsychologie an der Universität Frankfurt im Jahr 1926 getroffen und war bald ihr Freund und Liebhaber geworden.[4] Laura war eine kluge und begabte Frau, die aus einer kultivierten Familie kam und eine ausgebildete Pianistin war. Als Nachdiplomstudentin der Gestaltpsychologie war sie eine talentierte und fleißige Akademikerin, die die Entwicklung der existentiellen

Ideen in den Schriften von Kierkegaard, Heidegger, Buber und Tillich studiert hatte und mit den Werken der Phänomenologen Husserl und Scheler vertraut war. Insgesamt hatte Laura einen großen Einfluß auf die Entwicklung von Fritz Perls' Ideen von 1926 an bis zum Ende seines Lebens, und sie sollte eine der drei Mitbegründer der Gestaltpsychotherapie werden (Humphrey 1986).

Als Fritz Frankfurt im Jahr 1927 verließ und nach Wien zog und dann nach Berlin, entwickelte er seine Beziehung zu Laura weiter, traf sich immer wieder mit ihr und verbrachte die Ferien mit ihr zusammen. 1928 kehrte Perls für kurze Zeit nach Frankfurt zurück, teilweise weil Laura dort war. Danach wird die Art ihrer Beziehung unterschiedlich eingeschätzt. Fritz behauptete später, daß Laura auf Heirat drängte (1969c), und Shepard wiederholt dies, als wäre es eine historische Tatsache (1975): »Laura bestand dann auf Heirat« (39). Laura selbst erinnert sich an diese Zeit in ganz anderer Weise:

> »In *Gestalt-Wahrnehmung* schreibt Fritz, daß ich ihn drängte zu heiraten. Das war schlicht unwahr. Ich erwartete nie, daß er mich heiraten würde [...] Tatsächlich war es umgekehrt. Fritz wollte ein Kind haben. Lange Zeit hatte er Angst, zeugungsunfähig zu sein. Ich glaube, er heiratete zum großen Teil, um herauszufinden, ob er ein Kind haben *könnte*.« (Laura Perls in Gaines 1979)

Fritz und Laura heirateten am 23. August 1929. Nach der Heirat führten die Perls' ein paar Jahre lang ein bequemes Leben in Berlin. Die Praxis von Perls war erfolgreich; Lauras Vater zahlte nach wie vor einen Beitrag, um sie zu unterstützen; sie hatten eine geräumige Wohnung und moderne Möbel, die speziell von der Bauhaus-Gruppe entworfen waren. Ihre Wohnung mit der modischen Einrichtung wurde sogar für die führende deutsche Architekturzeitschrift fotografiert. Fritz und Laura wurden am 23. Juli 1931 Eltern, als ihr erstes Kind, Renate, geboren wurde.

Der Einfluß von Wilhelm Reich

Nach der unbefriedigenden Analyse bei Harnik fühlte sich Fritz in seiner Suche nach Selbsterkenntnis immer noch unfertig. Er wandte sich daher noch einmal an Karen Horney, die ihm vorschlug, zu Wilhelm Reich zu gehen und zu ihm sagte: »Der einzige Analytiker, der meiner Meinung nach zu Dir durchdringen könnte, wäre Wilhelm Reich« (Perls 1969c, 49). Das war für Perls ein gelungener Vorschlag: Jahre später erzählte er dem Kunstlehrer Fritz Faiss, daß Reich der erste Mann war, dem er trauen konnte. Perls blieb in der Analyse bei Wilhelm Reich bis kurz vor dessen Verlassen Deutschlands aus politischen Gründen im Jahr 1933. Perls' Analyse bei Reich war eine ebenso positive Erfahrung wie diejenige bei Harnik negativ gewesen war. Wieder hatte die Analyse einen wichtigen Einfluß auf Perls und veranlaßte ihn, die orthodoxe Psychoanalyse in Frage zu stellen.

Reich nahm persönliche Beziehung zu Perls auf und trat in einen lebendigen Austausch über eine breite Palette von Themen ein. Endlich hatte Perls jemanden getroffen, der bereit war, sich auf ihn und seinen Prozeß einzulassen. Reich selbst kritisierte die Methoden und Prinzipien der damaligen Psychoanalyse; seine theoretischen Überlegungen (1945; 1952; 1968), Methoden und Techniken der Therapie waren aktiv und vollständig anders. Sie sprachen Fritz ebenso an wie Reichs persönlicher Stil der Beziehungsaufnahme. Reich stellte den Wert der Arbeit mit verbalen Erinnerungen in Frage und behauptete, daß die Lebensenergie durch Lebenserfahrungen blockiert oder verformt werden kann. Die Lebensenergie und ihre Unterdrückung ist sowohl physisch als auch psychologisch.[5] Der menschliche Körper bewahrt seine emotionale Erinnerung ebenso auf wie seine Abwehr gegen diese Erinnerungen, und zwar in der Form muskulärer Kontraktionen und Körperpanzerungen. Reichs Wissen um die Körpersprache und seine »Theorie der Körperpanzerung« werden von Perls in positiver Weise anerkannt.

Das Aufkommen des Faschismus

Während der Wirtschaftskrise der späten zwanziger und frühen dreißiger Jahre wurden Hitler und seine Nazi-Partei zunehmend einflußreicher, und 1933 wurde Hitler zum Reichskanzler ernannt. Während dieser Jahre waren sowohl Fritz als auch Laura politisch sehr aktiv in linksgerichteten, antifaschistischen Bewegungen. Fritz lehrte im Arbeiter-Kolleg und arbeitete mit an den Versuchen, eine Vereinigung zwischen Kommunisten und Sozialisten herbeizuführen, um den Aufstieg Hitlers zu verhindern.

Die Nazis führten zunehmend härtere anti-jüdische Maßnahmen ein, und als die Perls Pässe beantragten, erhielten sie einen anonymen Brief mit rassistischen Diskriminierungen. Obwohl der Antisemitismus also bereits sehr stark war, sagte Laura Perls, daß sie und Fritz im Frühjahr 1933 vor allem wegen ihrer politischen Aktivitäten, weniger wegen der Tatsache, daß sie Juden waren, Berlin verlassen mußten: »Während unserer letzten Nächte in Berlin schliefen wir jede Nacht an einem anderen Ort. Die Menschen wurden zwischen zwei und vier Uhr morgens aus ihren Betten gezerrt, nicht nur Juden, sondern auch Menschen, die in irgendeiner linken oder kommunistischen Bewegung aktiv waren« (Gaines 1979, 14). Am 25. März starb Lauras Vater. Die Perls flüchteten und ließen ihren gesamten Besitz zurück. Laura und Renate blieben bei Lauras Mutter in ihrer Heimatstadt Pforzheim in Süddeutschland, während Fritz mit hundert Mark, die er in einem Feuerzeug versteckte, die Grenze nach Holland überquerte.

Holland 1933

Wenn Perls gehofft hatte, in Holland sicherer zu sein, dann war es eine fragwürdige und kurzfristige Sicherheit, die er dort fand. Er bekam keine Arbeit, weil er keine Erlaubnis dazu hatte, und es war schwierig, irgendeinen Ort zum Leben zu finden. Er überlebte durch Almosen und hauste in einer Wohnung, die mit anderen jüdischen Flüchtlingen vollgestopft war. Im September 1933 schlossen sich Laura und Renate Fritz in Amsterdam an, und es gelang ihnen, eine zugige Dachkammer zu finden, wo sie äußerst elend hausten.

Es waren schlimme Monate für Laura und Fritz wie auch für die anderen Juden, die in Amsterdam lebten oder Zuflucht suchten. Sie hatten nichts, wovon sie Tag für Tag leben konnten. Laura wurde schwanger und ließ illegal abtreiben; danach litt sie an Depressionen. Fritz und Laura versuchten, Arbeitserlaubnisse zu erhalten, was ihnen aber verweigert wurde, weil es schon zu viele Flüchtlinge in Holland gab. Die Tatsache, daß sich ihr Mißerfolg tatsächlich zu ihrem Vorteil verkehrte, zeigt nur, wie unhaltbar ihre Situation war, »denn diejenigen, die dort blieben, gingen alle unter. Meine Schwester, ihre Familie, die in Holland lebte, alle starben« (Laura Perls in Gaines 1979, 17). Aus finanziellen, professionellen, politischen und Überlebensgründen mußten Fritz, Laura und Renate wieder einmal dringend das Land verlassen. Fritz erkundigte sich und erfuhr von Ernest Jones (Freuds Biograph) in London, daß ein Lehranalytiker in Südafrika gesucht wurde. Fritz und Laura reisten mit dem Schiff nach Südafrika und kamen dort Anfang des Jahres 1934 an.

Johannesburg, Südafrika 1934 bis 1946

Fritz und Laura richteten in Johannesburg psychoanalytische Praxen ein und waren sofort erfolgreich. Innerhalb eines Jahres waren sie in der Lage, sich ein luxuriöses Haus im Bauhaus-Stil mit Schwimmbad, Tennisplatz und weiträumigem Garten zuzulegen. Fritz lernte Schlittschuhlaufen, nahm Flugstunden und wurde ein fähiger Pilot. Er versuchte, ein eigenes Flugzeug zu kaufen, um nach Europa zu fliegen, aber er wurde im Preis überboten. Fritz und Laura scheinen zusammen eine Zeitlang glücklich gewesen zu sein: »Wir liebten uns und das Baby ganz schrecklich - das waren sehr gute Jahre. Er erkannte damals an, daß ich seine Frau, seine Geliebte und die Mutter seines Kindes war« (Laura Perls in Gaines 1979, 19). Fritz widmete sich seiner Tochter Renate während der ersten drei oder vier Jahre ihres Lebens sehr intensiv.

Laura wurde jedoch bald wieder schwanger. Fritz, der schon einundvierzig Jahre alt war, fühlte sich zunehmend von Kindern genervt. Er versuchte, Laura zu überreden, noch einmal abtreiben zu lassen, aber sie war unnachgiebig: »Wenn Du das Kind nicht willst, ich will es haben. Es wird mein Kind sein« (Laura Perls in Gaines 1979, 23). Am 23. August 1935 wurde ihr zweites Kind, Steve, geboren. Laura behauptete, daß Fritz seine Tochter »einfach fallenließ«, als die vierjährige Renate auf das neue Baby eifersüchtig wurde (Gaines 1979, 23). Fritz seinerseits ließ erkennen, daß er sich aus der Beziehung zwischen Laura und Renate ausgeschlossen fühlte. Was immer daran wahr gewesen sein mag, Fritz und Laura waren, wie sie selbst zugaben, äußerst beschäftigt mit ihrer Arbeit, und Renate schien darunter gelitten zu haben. Als Erwachsene hat sie sich ausgiebig über die Schwierigkeiten ihrer Kindheit und die Mißverständnisse mit ihrem Vater geäußert, aber auch über die gelegentlichen Augenblicke der Zärtlichkeit zwischen ihnen.

Fritz und Laura gründeten das *Südafrikanische Institut für Psychoanalyse* und begannen, einige Leute als Psychoanalytiker auszubilden. 1936 beschloß Perls, nach Europa zurückzukehren, um die Internationale Psychoanalytische Konferenz in der Tschechoslowakei zu besuchen. Für diesen Anlaß bereitete er einen Text vor mit dem Titel »Orale Widerstände«; darin hob er (indem er sich ausführlich auf Lauras Beobachtungen bei der Ernährung ihres ersten Kindes stützte) hervor, daß das Baby mit der Welt über die Aufnahme von Nahrung Beziehung aufnimmt, und er zog eine Parallele zwischen den Eßgewohnheiten der Menschen und ihren Interaktionen mit der übrigen Umwelt. Perls hoffte, einen wertvollen Beitrag zur damals gültigen psychoanalytischen Theorie des Widerstands zu leisten - indem er vorschlug, daß Widerstand mit der Phase in Verbindung gebracht werden kann, in der das wütende Kind sich weigert, Nahrung von der Mutter aufzunehmen. Perls wollte während seines Europaaufenthaltes auch gern Freud treffen und ihm von der erfolgreichen Begründung der Psychoanalyse in Südafrika berichten.

Perls' sämtliche Hoffnungen, die mit seinem Europaaufenthalt verbunden waren, wurden enttäuscht. Freud sprach kaum mit ihm. Perls' Vortrag wurde von den anderen Analytikern auf der Konferenz kühl aufgenommen; die meisten von ihnen verstanden ihn nicht oder betrachteten ihn mit Skepsis, weil er deutlich von Reich beeinflußt war. Perls war auch über Reich selbst bestürzt: Sein früherer Analytiker war in sich zurückgezogen und unkommunikativ geworden. Ein oder zwei Jahre später entschied die *Internationale Psychoanalytische Vereinigung*, daß Psychoanalytiker, die nicht zuvor als Trainer in Europa gearbeitet hatten, nicht in anderen Teilen der Welt tätig sein durften. Daher wurde die Stellung der beiden Perls als Trainer in Südafrika widerrufen. Diese Erfahrung der Zurückweisung hatte beträchtlichen Einfluß auf Perls. Er wollte ein aktives und Neuerungen schaffendes Mitglied der psychoanalytischen Gemeinschaft sein: Nach 1936 wurde er zunehmend aggressiver gegenüber Freud und der Psychoanalyse.

Der Einfluß von Jan Smuts

Perls wurde mit dem Werk von Jan Smuts, dem damaligen Premierminister von Südafrika bekannt. Smuts war ein großer General und Philosoph, und er ermöglichte die Gründung der Vereinten Nationen und des Pan-Afrikanischen Kongresses. Obwohl Perls Smuts nur einmal traf, war er von seinem Buch *Holism and Evolution* (1987; zuerst: 1927) stark beeindruckt; es hatte durchgreifende Wirkung auf das intellektuelle Klima in Südafrika (Clarkson 1991b; Laura Perls in Gaines 1979, 31). In Smuts' Buch kann man die Saat einer außergewöhnlich großen Zahl von Perls' späteren Ideen finden, einschließlich derer, von denen man normalerweise glaubt, sie wären einzig und allein aus der Gestaltpsychologie und Feldtheorie abgeleitet. Beispielsweise führte Smuts aus der Physik den Gedanken ein, daß alles ein Feld hat und daß Dinge und Organismen nicht verstanden werden können, wenn man sie ohne dieses Feld betrachtet. Er kritisierte die Wissenschaft des 19. Jahrhunderts, weil sie versuchte, isolierte Einheiten in zu enger und rigider Weise zu untersuchen. Er hob den Prozeß hervor und behauptete, daß alle Dinge ständig im Prozeß kreativen Wandels seien und nahm an, daß Organismen charakteristischerweise strukturierte Ganzheiten bilden. Smuts hob die holistische Natur des Menschen und des Universums sowie die Verbundenheit alles Lebendigen und Nicht-Lebendigen hervor und sprach davon, wie der einzelne und das Universum aktiv Ganzheiten schüfen. Perls hat vielleicht auch den Gedanken seiner zyklischen Wechselbeziehung von Organismus und Umwelt bei Smuts gefunden.

Ich, Hunger und Aggression

Zur gleichen Zeit überarbeitete und erweiterte Perls auch seinen Vortrag über orale Widerstände und machte daraus sein erstes Buch *Ego, Hunger and Aggression* (1947/1969a; dt. *Das Ich, der Hunger und die Aggression*, 1978). Der Text für dieses Buch wurde 1941-42 geschrieben. Es wurde 1942 in Südafrika veröffentlicht; in Großbritannien erschien es 1947 mit dem Untertitel »*A Revision of Freud's Theory and Method*«. Obwohl das Buch bestimmte Apekte der Psychoanalyse heftig angreift, weist der ursprüngliche Untertitel auf ein Zögern hin, vollständig mit der Psychoanalyse zu brechen.

Über das Ausmaß der Zusammenarbeit von Perls mit seiner Frau Laura an dem Buch gibt es unterschiedliche Auffassungen. Shepard erwähnt keine nennenswerte Kooperation (1975), aber Laura selbst weist darauf hin, daß ihr unmittelbares Interesse am Stillen und an der Entwöhnung den Vortrag und das Buch inspirierte. Sie sagt auch, daß sie und Fritz an den Wochenenden zusammen an dem Buch arbeiteten, als Fritz während des Zweiten Weltkriegs Psychiater beim Militär war. Zwar anerkannte Fritz 1947 in der britischen Ausgabe einen wesentlichen Beitrag Lauras zu seinem Buch, doch wurde später in der amerikanischen Edition (1969a) das Original-Vorwort und jede Erwähnung Lauras getilgt.

Das *Ich, der Hunger und die Aggression* war eine neuartige Mischung aus freudscher Psychoanalyse, Friedlaenders differentiellem

Denken, Smuts' Holismus, Reichs Gedanken zur organismischen Theorie, der Gestaltpsychologie, Wertheimers und Lewins Feldtheorien, der Phänomenologie, dem existentiellen Gedankengut und eigenständigen Beiträgen. Perls nannte seinen neuen Zugang zur Therapie »Konzentrationstherapie«. In diesem Buch führt Perls, manchmal in rudimentärer Form, viele der Gedanken ein, die später für die Gestaltpsychotherapie zentral wurden. Das Buch ist in drei Teile gegliedert: Die beiden ersten Teile sind der theoretischen Diskussion gewidmet, während der dritte Teil eine Reihe von Übungen darstellt, die dem Leser dabei helfen sollen, den praktischen Wert von einigen Ideen aus den vorausgegangenen Teilen zu erforschen und einzuschätzen.

Der Zweite Weltkrieg

Im Januar 1942 meldete sich Fritz Perls freiwillig für den Dienst in der afrikanischen Armee, die sich den Alliierten im Krieg gegen die Deutschen anschloß. Er arbeitete als Sanitätsoffizier und Psychiater der Armee von 1942 bis 1945 in der Nähe von Pretoria und kam nur selten nach Hause. Er und Laura führten notwendigerweise zwei unabhängige Leben, und seine Kinder Renate und Steve erinnern sich beide daran, daß er während dieser Jahre abwesend war. Gegenüber Steve scheint er eine kühle Distanz aufrechterhalten zu haben, während seine Beziehung zu Renate weiterhin sehr stürmisch verlief.

Nach dem Krieg entschieden Fritz und Laura, Südafrika zu verlassen; sie erlebten es zunehmend als kulturelle Wüste, da andere Intellektuelle in dem sich verändernden politischen Klima emigrierten. Smuts mußte 1948 als Premierminister zurücktreten und wurde durch die Nationalistische Partei, die die Apartheid einführte, ersetzt. Karen Horney war jetzt in Amerika und bereit, als Sponsorin für Perls' Immigration einzutreten.

New York 1946 bis 1956

Perls traf 1946 in den Vereinigten Staaten ein. Zunächst fühlte er sich so unglücklich, daß er ernsthaft überlegte, ob er nach Johannesburg zurückkehren sollte, wo Laura mit den Kindern geblieben war. In dieser Situation traf er dann aber Erich Fromm, der ihn, nachdem er *Das Ich, der Hunger und die Aggression* gelesen und gut gefunden hatte, ermutigte zu bleiben und eine Praxis in New York einzurichten. Das tat Perls dann auch.

In New York nahm Perls freundschaftliche Beziehungen zu Clara Thompson auf, die eine der führenden Persönlichkeiten im Lehrkörpers des *William Alanson White Institute* - damals New Yorks erstes psychoanalytisches Lehrinstitut - war. Ende 1946 oder Anfang 1947 hielt er mindestens einen Vortrag am *White Institute* (Perls 1979), währenddessen er wohlwollend davon sprach, daß er in den Mitgliedern des Instituts Menschen getroffen habe, die die gleiche Sprache sprachen und die Welt auf ähnliche Weise sahen. Er tat sich mit Clara Thompson, Erich Fromm, Karen Horney und den Nachfolgern von Harry Stack Sullivan zusammen, die damals Schlüsselfiguren in einer Bewegung waren, die schließlich *»Interpersonale Psychoanalyse«* genannt wurde (Greenberg und Mitchell 1983). Perls wurde vor allem von Horney und Sullivan in vieler Hinsicht beeinflußt. (Wir haben einige der Beiträge Horneys auf S. 24 erörtert.) Sullivans Bestehen darauf, daß die Existenz ein Prozeß sei, hat sicherlich zu Perls' Ansichten über Erfahrungen, Verhalten, Symptome, Gedanken und das Selbst als Prozeß sowie zu seiner Abneigung gegenüber einer Sprache, die »reifiziert« oder Prozesse in Strukturen verwandelt, beigetragen (Perls 1969b). Sullivans Beharren darauf, daß geistige Krankheit eine Reaktion auf Ereignisse sei, die zwischen dem Individuum und seiner Umgebung stattfinden, beeinflußte wahrscheinlich Perls', Hefferlines und Goodmans Betonung des Hintergrunds der behandelten Person (1951/1973); Sullivans Glaube daran, daß die zwischenmenschliche Beziehung zwischen Patient und Therapeut der wichtigste bestimmende Faktor im Erfolg der Therapie sei, hat wahrscheinlich zu Perls' Betonung der menschlichen Beziehung im Hier-und-Jetzt beigetragen. Sullivans tiefer Respekt vor der Einzigartigkeit der persönlichen Erfahrung spiegelt sich im gesamten Werk von Perls, Hefferline und Goodman wider.

Laura und die Kinder kamen im Herbst 1947 nach New York. Im Januar 1948 hielt Fritz Perls einen Vortrag mit dem Titel *»Theory and Technique of Personality Integration«* (Perls 1948) vor der *Association for the Advancement of Psychotherapy*. Dieser Vortrag wurde im *American Journal of Psychotherapy* im Laufe des Jahres veröffentlicht und wurde als »vermutlich sein bestes frühes Werk beschrieben« (Yontef 1992b, 101; dt. Yontef 1995).

Innerhalb der ersten Jahre nach Lauras Ankunft bildeten Fritz und Laura eine wöchentliche selbsterfahrungsorientierte Trainigs-/Therapiegruppe, zu der der pädagogische Neuerer Elliot Shapiro, der Arzt Paul Weisz, Isadore From, Ralph Hefferline, Professor der Psychologie an der *Columbia University* und der Philosoph und Schriftsteller Paul Goodman gehörten. Laura Perls und Paul Goodman wurden neben Fritz zu Mitbegründern der Gestalttherapie; viele andere Mitglieder dieser Gruppe leisteten wichtige Beiträge für die frühe Entwicklung der Gestalttherapie (Laura Perls im Gespräch mit Milan Sreckovic: Perls, L. 1989).[6]

Der Einfluß östlicher Religionen

Ungefähr zu dieser Zeit erhielt Perls vor allem durch seine Freundschaft mit Paul Weisz einen besseren Einblick in die östliche Religion, besonders in den Zen-Buddhismus (Laura Perls im Gespräch mit Milan Sreckovic: Perls, L. 1989). Weisz war Arzt und ein ernsthafter Schüler des Zen; er führte mit den Perls Trainings durch und wurde zu einem begabten Gestalttherapeuten. Weisz erklärte Perls die Zen-Gedanken, der sie in seine Philosophie und seine Methoden zu integrieren versuchte. Perls war sehr erfreut von der Weisheit und nichtmoralischen Haltung des Zen, zumal sie seine Zurückweisung dessen verstärkte, was er bereits als »schuldorientiertes« Verhalten bezeichnet hatte. Besonders die Zen-Überzeugung des Gewahrseins hatte einige Ähnlichkeit mit Perls' Ansicht von der gegenwärtigen Bewußtheit; und das Zen-Konzept des Paradoxen paßte auch zu Perls' paradoxer Überzeugung, daß Wandel geschieht, wenn wir aufhören, uns selbst verändern zu wollen (s. S. 125). Perls blieb fasziniert vom Zen und glaubte, daß seine Bewußtheitsübungen eine Zen-Weise der Selbst-Transformation für westliche Menschen anboten. Später studierte Perls Zen in Kyoto und wurde von Alan Watts beeinflußt, der an der Westküste in den sechziger Jahren, als Perls dort lebte, Vorlesungen hielt (1951; 1957). Obwohl Perls häufig seine Skepsis gegenüber spirituellen Disziplinen äußerte, verwob er doch fortgesetzt Zen-Konzepte und Paradoxa in seine Lehre.

Paul Goodman

Goodman (1911-1972) war ein Mann großer und vielfältiger Begabung. Während einige der Mitglieder der New Yorker Trainingsgruppe wesentliche Beiträge zur Begründung und Entwicklung der

Gestalttherapie leisteten, wird Paul Goodman zusammen mit Fritz und Laura Perls im allgemeinen als einer der drei hauptsächlichen Begründer der Gestalttherapie anerkannt. Er war Sozialphilosoph und Kritiker, aber auch Autor von Theaterstücken und ein Held der Gegenkultur in den sechziger Jahren (Laura Perls im Gespräch mit Milan Sreckovic: Perls, L. 1989). Er war politisch und philosophisch interessiert an Anarchie als Bewegung und widmete sich sowohl in seinem Leben als auch in seinen Schriften der Erforschung des Anarchismus als Grundlage für die Gemeinschaft, wobei er glaubte, daß es sowohl für die einzelnen als auch für die Gesellschaft besser wäre, wenn die Personen ihre eigenen Lebensstrukturen und Normen entwickeln würden, als daß dies durch die Regelungen der Regierung geschah (Goodman 1947; 1960; 1962; vgl. auch Blankertz 1988; Blankertz 1990; Gestalttherapie 1993).

Goodmans nachhaltiger kultureller Einfluß wird durch die Tatsache bestätigt, daß seine Bücher gegenwärtig neu aufgelegt werden (Goodman 1991, 1947), daß eine neue Biographie erscheint (Stoehr, 1994; dt. Köln 1996) und daß seine Stücke wieder aufgeführt werden. Im Jahr 1941 schrieb er fünf No-Stücke, deren Wiederaufführung in seltsamer Synchronizität der Ereignisse von einer der Autorinnen dieses Buches am Tag der Gedenkfeier für Laura Perls in New York besucht wurde (Clarkson 1991a). Die Programmankündigung für diese Stücke legt Zeugnis ab von Goodmans Spannbreite der Begabungen und seiner Hingabe an den Holismus:

> »Obwohl er Romanschriftsteller, Lyriker, Psychologe, Experte für Stadtplanung und Literaturkritiker war, beschreibt Herr Goodman sich selbst als ‘in Wirklichkeit ein Stückeschreiber und Romancier’. Er ‘bestand darauf, alle Teile zusammenzuhalten, Freiheit und Macht, Sexualität und Erwachsen-Sein, Dichtung und Bürger-Sein’« (Goodman 1990, 3).

Perls und Goodman übten aufeinander einen starken Einfluß aus. Goodmans intelligente und radikale Herausforderung der etablierten Konventionen in vielen Bereichen sowie sein ungehemmtes Verhalten unterstützten und ermutigten Perls’ eigene subversive Einstellung. Ein wesentlicher Teil ihrer Herausforderung an die etablierten gesellschaftlichen Normen war ihre offene Mißachtung sexueller Konventionen. Goodman bekannte sich öffentlich zu seiner Bi-Sexualität,

Isadore From zu seiner Homosexualität, und Perls war sehr bekannt wegen seiner häufigen sexuellen Abenteuer, sowohl mit als auch ohne Laura (Shepard 1975). Der Bruch mit der Moral und den psychologischen Voreingenommenheiten sowie den stereotypen Formen von Beziehung war ein fester und bedeutsamer Aspekt des *Zeitgeistes*, den Perls und Goodman zum Ausdruck brachten. Ein fragender Geist und Risikobereitschaft waren notwendige Bestandteile der Bewegung, die immer weiter weg von der Institution freudscher Psychoanalyse führte, die, wie Perls glaubte, erstarrt war. Die Rebellion von Paul Goodman und von Fritz und Laura Perls war jedoch nicht nur Rebellion um ihrer selbst willen; sie geschah um der Vergrößerung des menschlichen Potentials willen. Später sollte Perls schreiben:

> »Gestalttherapie ist eine der rebellischen, humanistischen, existentiellen Kräfte in der Psychologie, die die Lawine der selbstvernichtenden, selbstzerstörerischen Kräfte von einigen Mitgliedern der Gesellschaft zum Stillstand zu bringen versucht [...] Unser Ziel als Therapeuten besteht darin, das menschliche Potential durch den Prozeß der Integration zu vergrößern. Wir versuchen dies, indem wir die ursprünglichen Interessen, Wünsche und Bedürfnisse des einzelnen unterstützen.« (Perls in Stevens 1975, 1)

Durch Goodman erhielt Perls Verbindungen zu einer Gruppe von anarchistischen und revolutionären Intellektuellen und Künstlern, einschließlich Julian Beck und seiner Frau Judith Malina, die Direktoren des *Living Theater* waren. Diese beiden versuchten, Schauspieler und Zuschauer in eine »Ich-und-Du«-Beziehung einzubinden (Julian Beck in Shepard 1975). Ihre pragmatische Interpretation von Bubers existentiellem Konzept des Dialogs beeinflußte Perls, der sein Interesse daran zum Ausdruck brachte, etwas zu verwirklichen, was zwischen einer Theatervorstellung und einer therapeutischen Sitzung lag - ein Anliegen, das Perls in seinen öffentlichen Demonstrationen der Gestalttherapie in den sechziger Jahren verwirklichen würde, die tatsächlich eine Synthese aus Drama und Therapie darstellten.

Der Einfluß Morenos

In den fünfziger Jahren lernte Perls das Psychodrama kennen; es hatte damals einen sehr großen Einfluß auf die intellektuellen und radikalen Kreise, in denen er sich in New York bewegte, und er traf den Begründer Moreno mindestens bei einer Gelegenheit im Jahr 1958. Moreno war außerordentlich kreativ, und von ihm wird gesagt, daß er den Begriff »Gruppentherapie« prägte und schon seit den zwanziger Jahren Urheber der Betonung von Spontaneität und Erfahrung im Hier-und-Jetzt war (1934; 1964; dt. 1989). Er führte das Psychodrama in Amerika im Jahr 1925 ein. Das Psychodrama hebt die Rollen hervor - das Kind, die Eltern, der Freund, Lehrer, Liebhaber, Chef usw. -, die jeder von uns im Laufe seines Lebens spielt. Eine Person kann eine fixierte und unbewegliche Rolle im Hinblick auf andere Personen in ihrem Leben spielen, oder die verschiedenen Rollen, die sie spielt, können im Konflikt miteinander sein. Moreno entwickelte einen therpeutischen Ansatz, der es der Person ermöglichte, den Rollenkonflikt hier und jetzt im kontrollierten therapeutischen Rahmen neu zu inszenieren. Der Klient wird zum Protagonisten und spielt eine dieser Rollen in seiner Geschichte, während die anderen Gruppenmitglieder andere Rollen übernehmen und spielen. Von Zeit zu Zeit wechselt der Protagonist die Rollen mit anderen Gruppenmitgliedern, und auf diese Weise erforscht er die Problemsituation in umfassender Weise.

Perls übernahm einige Aspekte des Psychodramas in den aktiven Ansatz von Therapie, den er in den sechziger Jahren demonstrierte, und er erkannte den Einfluß Morenos in seinem späteren Werk an (1976). Eric Berne, der Begründer der Transaktionsanalyse hat Perls' Verpflichtung gegenüber Moreno deutlich hervorgehoben: »Dr. Perls ist ein gelehrter Mann [...] In seiner Auswahl spezieller Techniken teilt er mit anderen 'aktiven' Psychotherapeuten das 'Moreno'-Problem: die Tatsache, daß fast alle bekannten 'aktiven' Techniken erstmals von Dr. J.L. Moreno im Psychodrama ausprobiert wurden, so daß es schwierig ist, in dieser Hinsicht eine neue Idee zu haben« (Berne 1970, 163f.). Tatsächlich modifizierte Perls das Psychodrama in grundlegender und origineller Weise (s. S. 141f.).

Gestalttherapie: Erregung und Wachstum in der menschlichen Persönlichkeit

Perls bat Ralph Hefferline und Paul Goodman, Mit-Autoren eines Buches zu sein, das er geplant hatte. Perls lieferte eine Art erstes Manuskript für das Buch (Isadore From in Wysong und Rosenfeld 1982). Er wollte es mit seinen Kollegen weiterentwickeln. Tatsächlich probierte Hefferline die praktischen Übungen mit seinen Studenten in Columbia aus und trug damit sehr viel zur ersten Hälfte des Buches bei; Paul Goodman dagegen arbeitete zusammen mit Perls an der zweiten Hälfte und war wahrscheinlich der Hauptautor vieler Teile. »In Paul Goodmans Text über Gestalttherapie findet man Perls' Eingebungen, die zu umfassenden Konzepten ausgestaltet wurden« (Miller 1989, 21).[7] Die genaue Art und der Umfang der Beiträge Perls' zum Buch bleibt sehr kontrovers und wird es wahrscheinlich auch immer bleiben. Die Samen vieler der Ideen, die in *Gestalt Therapy* entwickelt wurden, kann man nicht nur in *Ego, Hunger and Aggression* (Perls 1947/1969a) finden, sondern auch in Texten (Perls 1948; 1979), die Perls in den Jahren 1946-47 und im Jahr 1948 vor der Zusammenarbeit mit Goodman veröffentlichte. Traditionellerweise bezieht man sich bei Gestalt Therapy auf das Werk von Perls, Hefferline und Goodman. Trotz des jüngsten Trends, den theoretischen Teil als das Werk von Goodman und Perls anzuerkennen (Wheeler 1991; dt. 1993), folgen wir der traditionellen Weise und zitieren es, indem wir im gesamten Text alle drei Namen erwähnen, statt nur die gewöhnliche Abkürzung »Perls u.a.« zu verwenden, um dadurch den wesentlichen Beitrag von Goodman und Hefferline wertzuschätzen.

Dies ist der grundlegende Text der Gestalttherapie, und er rief tatsächlich eine neue Therapie-Schule ins Leben. Nach einigem Streit hinsichtlich des Namens für den neuen Ansatz entschied sich Fritz Perls für »Gestalttherapie«. Laura war gegen diese Entscheidung, und später gab es auch Einwände von jenen, die herausfanden, daß sich Gestalttherapie und Gestaltpsychologie widersprachen (z.B. Sherrill 1974; Henle 1978). Yontef hat jedoch nachgewiesen, daß Gestalttherapie philosophisch, wenn auch nicht historisch aus der Gestaltpsychologie hervorging (1982; dt. 1995).

Gestalt Therapy ist in zwei Bücher eingeteilt: Das erste Buch wurde von Hefferline und Perls geschrieben und ist praktischen Übungen gewidmet, die den Zweck haben, die Bewußtheit und die gegenwärtige Funktionsweise der Person zu erhöhen. Das zweite Buch (wahrscheinlich initiiert oder entworfen von Perls, und im allgemeinen als das Gemeinschaftswerk von Perls und Goodman anerkannt) ist eine theoretische Diskussion der Gestalttherapie. Ursprünglich war beabsichtigt, die »Bücher« in umgekehrter Reihenfolge herauszubringen, aber der Verleger riet dazu, die Übungen an den Anfang zu setzen, weil er dachte, daß der *Do-it-yourself*-Charakter dieses Teils ansprechender wäre. Buch zwei ist in drei Teile unterteilt. Der erste Teil beginnt mit dem Kapitel »Die Struktur des Wachstums«; es bietet dem Leser in Form einer Übersicht über den theoretischen Teil des Buches eine wertvolle Orientierung. Der Leser, der das Buch zum ersten Mal in die Hand nimmt, möchte vielleicht vom Ende dieses Kapitels auf den Beginn von Teil drei springen, da er einige der besten theoretischen Aspekte der Gestalttherapie enthält, wie wir im zweiten Kapitel dieses Buches beschreiben. Perls verfaßte 1969 eine neue Anmerkung der Autoren für einen Nachdruck des Buches, und das *Gestalt Journal* veröffentlichte eine neue Ausgabe (Perls, Hefferline, Goodman 1951/1993) mit einer Einführung von Isadore From und Michael Miller, bei der die Reihenfolge der Bücher der ursprünglich geplanten entspricht.

Kurz nach der Veröffentlichung von *Gestalt Therapy* gründeten Fritz und Laura Perls das *Gestalt Institute of New York*. In der Zwischenzeit hatte sich der neue therapeutische Ansatz über New York hinaus ausgebreitet, und Perls wurde eingeladen, seine Gedanken darzulegen und mitzuteilen. Er reiste regelmäßig nach Cleveland, Detroit, Toronto und Miami und leitete dort kleine Gruppen für Professionelle und Laien, die an Gestalttherapie interessiert waren, und im Jahr 1954 unterstützten er, Laura, Paul Goodman und Isadore From die Gründung des *Gestalt Institute of Cleveland*. Fritz Perls besuchte Cleveland weiterhin und lieferte damit ein einflußreiches Modell für die Arbeit als gelegentlicher brillanter Gast-Therapeut bei der Cleveland-Gruppe (Polster 1992). Sein Freund und Kollege Isadore From jedoch hatte einen weitreichenderen und kontinuierlicheren Einfluß auf die frühe Entwicklung der Gestalttherapie in Cleveland, denn er reiste regelmäßig für mehrere Tage dorthin, zunächst fünf Jahre lang zweimal im Monat, und dann für weitere fünf Jahre einmal im Monat (From in Wysong und Rosenfeld 1982). From hatte Mitglieder der Cleveland-Gruppe in der Gruppen- und Einzeltherapie, und er bot auch eine Theorie-Gruppe an, in der die Teilnehmer den theoretischen Teil von *Gestalt Therapy* im einzelnen erörterten.

Zu Hause in New York zwischen 1952 und 1956 gab es zunehmend Rivalitäten zwischen Fritz auf der einen Seite und Paul Goodman und Laura auf der anderen. Fritz hatte das Gefühl, daß sie ihn kritisierten und abwerteten, während Laura und Paul Fritz beschuldigten, daß er gegenüber Kritik überempfindlich sei und es ihm an intellektueller Stringenz fehle. 1956 wurde bei Perls ein Herzleiden festgestellt. Er fühlte sich wegen der Situation in New York krank und desillusioniert und verließ Laura, um nach Miami zu gehen, wo die Winter milder waren. Er war schon dreiundsechzig Jahre alt. Obwohl Fritz und Laura niemals wieder für längere Zeit zusammenlebten, behauptete sie, daß er sich nicht wirklich trennte, sondern nur für immer längere Zeiträume von zu Hause wegblieb. Sie ließen sich niemals scheiden, und Fritz besuchte Laura in New York immer wieder einmal. Ihre Schwiegertochter Rae Perls hat beschrieben (1992), wie sie sie abwechselnd besuchten und sich übereinander beschwerten.

Miami, Florida 1956 bis 1959

In Miami traf Perls Marty Fromm, die er später als die wichtigste Frau in seinem Leben betrachtete. Shepard (1975) sieht ihre Beziehung als Anziehung zwischen zwei sehr ähnlichen Menschen, die einander wechselseitig die extremen, tiefgehenden und widersprüchlichen Persönlichkeitsanteile widerspiegelten, obwohl eine beträchtliche Altersdifferenz zwischen ihnen bestand (sie war 32, er 64 Jahre alt). Sie begegneten sich bei einer Gesellschaft, dann fing Marty Einzeltherapie bei ihm an. Über einen Zeitraum von mehreren Jahren blieben sie Liebhaber und Freunde, während sie weiterhin in Therapie bei ihm war. Da er radikal alles in Frage stellte, verachtete Perls auch oft die bestehenden Konventionen - sogar das Verbot sexuellen Kontakts zwischen Psychotherapeut und Klient. Obwohl Marty Fromm hin und wieder ihre sexuelle Beziehung als Mittel der eigenen Entwicklung rechtfertigte, glauben wir, daß Perls' Einstellung gegenüber sexuellem Kontakt zwischen Therapeut und Klient unverantwortlich und unethisch war, und daß er in der gegenwärtigen Gestalt-Szene nicht geduldet würde, zumal besondere Ethik-Richtlinien für Gestalttherapeuten festgelegt wurden, um die Sicherheit des Klienten zu garantieren und sexuelle Ausbeutung von Klienten durch die Therapeuten zu verbieten.

Im Jahr 1958 zog Perls kurz nach Ohio um, um dort Assistenzärzte der Psychiatrie im *Columbus State Hospital* auszubilden, aber Ende des Jahres war er wieder in Miami, da er Marty Fromm mehr vermißte, als er gedacht hatte. Mit der Zeit entwickelte sich ein offener Konflikt zwischen seiner therapeutischen Unterstützung ihrer Entwicklung und Freiheit als Person und seiner persönlichen Bedürftigkeit und sexuellen Eifersucht. Zur gleichen Zeit nahm er, wie Marty Fromm erzählte, eine Menge Drogen zu sich, besonders LSD, und wurde immer paranoider. Perls' Gesundheit verschlechterte sich, und er wurde zweimal ins Krankenhaus gebracht, zuerst wegen einer Hämorrhoiden- und dann wegen einer Prostata-Operation. Er war siebenundsechzig Jahre alt.

Aus der Zeit, die er mit Marty Fromm verbrachte, existieren zahlreiche bisher unveröffentlichte Manuskripte von Fritz Perls (Joe Wysong 1992).

Mendocino, San Francisco, Los Angeles und eine Weltreise 1959 bis 1964

1959 engagierte Wilson Van Dusen, der Chef-Psychologe im *Mendocino State Hospital* an der Westküste, Perls als Berater. Hier arbeitete er mit vielen Gruppen professioneller Sozialarbeiter, Psychologen und Psychiater und setzte diese Gruppen mit seiner Fähigkeit, Menschen zu beobachten und die Bedeutung von oberflächlichen Manierismen, Blicken und Verhaltensweisen zu erkennen, in Erstaunen. Bei einer Gelegenheit betrat er den Raum, in dem er niemanden außer Van Dusen kannte. Er bedeutete ihnen, daß sie nicht sprechen sollten und ging im Raum herum, um zu beobachten, was er an Körperhaltung, Selbstdarstellung und Gesichtsausdruck jedes Teilnehmers erkannte. Seine Beschreibung dessen, was er sah, spiegelte das Leben und den Charakter jeder einzelnen Person in einem Ausmaß wider, das die Teilnehmer schockierte. Zwischen zwei Beratungsphasen in Mendocino lebte und praktizierte Perls in San Francisco.

Gegen Ende 1960 wurde Perls ruhelos und zog nach Los Angeles um, um mit Jim Simkin, einem Freund und früheren Studenten zu arbeiten, der später einen eigenständigen Einfluß auf die Entwicklung der Gestalttherapie gewann (Simkin 1974); sie hatten bald zwei Ausbildungsgruppen. Zusätzlich baute Perls eine Praxis auf und konzipierte das, was er und Simkin *freeway routes* nannten. Er unternahm wöchentliche Ausflüge entlang der San-Bernardino- und Santa-Anna-Autobahn, hatte Gruppen in ein oder zwei Krankenhäusern und Privatklienten.

1962 wurde ihm die Arbeit in Los Angeles langweilig. Da er wieder einmal desillusioniert war und Neuorientierung in seinem Leben suchte, begab sich Perls auf eine Weltreise, während der er den Orient, den Mittleren Osten und Europa besuchte. Höhepunkte der Reise waren für Perls Kyoto in Japan und Elath und Ein Hod in Israel. In Kyoto studierte Perls den Zen-Buddhismus mit einer Mischung aus Vergnügen und Zynismus. Er verbrachte zwei Monate in Ein Hod, einer Künstler-Gemeinschaft in der Nähe von Tel Aviv, und lernte dort malen.

1963 kehrte er erfrischt nach Los Angeles zurück. Zur Weihnachtszeit wurde er von dem Psychologen Gene Sagan eingeladen, an einer Konferenz der Führer der humanistischen, existentiellen und körperorientierten Heilmethoden im Esalen-Institut, Big Sur, teilzunehmen. Im Sommer 1964 leitete Perls das erste Blockseminar in Gestalttherapie in Esalen. Von da an war Perls von Esalen begeistert und hat in herzlichen Worten darüber geschrieben, wie er dort eine Heimat fand: »Das Ziel Esalen erzielte einen Volltreffer mit dem Pfeil Fritz Perls« (1969c).

Das Esalen Institut in Big Sur, Kalifornien 1964 bis 1969

Perls zog im Jahr 1964 nach Esalen und blieb dort als ständiger Gestalttrainer bis zu seinem Weggang vom Institut im Jahr 1969. Hier schließlich konnte er Tausende von Leuten mit Gestalttherapie bekanntmachen und den persönlichen Respekt, die Zuneigung und Wertschätzung erhalten, nach der er sich immer gesehnt hatte. Esalen liegt auf den Klippen der Küste zwischen San Francisco und Los Angeles. Es hat einen phantastischen Ausblick auf den Pazifischen Ozean und natürliche, heiße Schwefelquellen, in denen man baden kann. Perls liebte den Ort, und innerhalb eines Jahres ließ er ein speziell für ihn entworfenes, halbrundes Haus dort erbauen, das direkten Ausblick zum Ozean hatte.

Als Perls in Esalen ankam, war sein Herzleiden schlimmer geworden. Er hatte Schmerzen und war häufig gemein und schlecht gelaunt. Ida Rolf (1977) war damals gerade dabei, ihr System tiefer Muskelmassage - der strukturellen Integration oder des *Rolfing* - zu entwickeln, das von Reichs Theorie der Körperpanzerung inspiriert war und habituelle, chronische Spannungen aufbrechen sollte. 1965 kam sie nach Esalen und arbeitete mit Fritz. Am Ende einer Woche war er beschwerdefrei. Er war sehr erfreut darüber und drückte ihr seine

Wertschätzung und Dankbarkeit in seiner Autobiographie aus (1969c; dt. 1981, S. 208ff u.ö.). Er glaubte, daß ihm Ida Rolf sowie das gute Klima in Esalen die letzten sechs Jahre seines Lebens schenkten.

Mitte der sechziger Jahre wurde das Esalen Institut sehr erfolgreich. Das Programm war vielseitig und schloß alle Aspekte der neuen Wachstumsbewegung und des *Human Potential Movement* ein. Ständige Trainer waren Perls, der Masseur Bernard Gunther und William Schutz, einer der Hauptbegründer der Encountergruppen-Bewegung und Autor vieler Bücher über Gruppenarbeit, Ekstase, Ehrlichkeit, Begegnung und Einfachheit.[8] Esalen sprach viele Menschen an, die ihr Leben bereichern wollten und begierig darauf waren, sich selbst emotional, physisch und empfindungsmäßig sowie kognitiv besser kennenzulernen. Es hatte auch einen sehr breiten Einfluß auf viele, die Esalen niemals besuchten, und zwar durch den Film *Bob and Carol and Ted and Alice* (über ein fiktives Zentrum, das aber Esalen zum Vorbild hatte), durch den Bestseller *Joy* (Schutz 1967) und durch die Videos, Filme und Bücher, die Perls von seiner eigenen Arbeit dort machte.

Zwischen 1964 und 1969 arbeitete Perls mit vielen künftigen Therapeuten,Trainern, Künstlern und anderen Professionellen. Er beeinflußte deren Stil, und durch sie verbreiteten sich seine Philosophie, seine Ideen und seine Techniken. Unter den vielen Menschen, die Perls auf diese Weise beeinflußte, waren Robert Hall, Claudio Naranjo, Abe Levitsky, Janet Lederman, Anna Halprin, John Stevens, Barry Stevens, Joe Wysong, Stanley Keleman, Janie Rhyne, George and Judith Brown, Gabrielle Roth, Edward Rosenfeld und Sam Keen (Gaines 1979). Viele der Esalen-Ausbilder einschließlich William Schutz, Virginia Satir und Rollo May nahmen an Perls' Workshops teil oder wurden seine Freunde und wurden auch von ihm beeinflußt. Abraham Maslow, der Pionier des *Human Potential Movement*, besuchte oder leitete zumindest eine Veranstaltung, an der Perls teilnahm, blieb aber gegenüber Perls reserviert. Es wird erzählt, daß Perls von Maslows ernsthaften Beiträgen gelangweilt war und anfing, auf seinem Bauch herumzukrabbeln. Maslow tat ihn als verrückt ab.

Perls führte immer größere Gruppen durch, sowohl in Esalen als auch auf seinen häufigen Rundreisen. Er stürzte sich in einen neuen Veranstaltungsstil, den er seine »Zirkusse« nannte, bei denen er Gestalttherapie auf einer Bühne vor hundert oder mehr Leuten demonstrierte. Für diese größeren Veranstaltungen entwickelte er die heute berühmte Technik des *heißen Stuhls*. Er pflegte Mitglieder der Zuhörerschaft, die mit ihm arbeiten wollten, einzuladen, auf dem heißen Stuhl neben ihm vor allen anderen zu arbeiten. Dies war eine dramatische Art und Weise der Demonstration seiner Methoden, seiner scharfen Beobachtungsgabe und seiner einzigartigen Intuition. Bei dieser Methode konnte Perls alles zeigen, was er an lebenslanger praktischer Erfahrung mit dem Theater und mit theatralischen Methoden gewonnen hatte: »Jedesmal, wenn er mit jemandem arbeitete, war es wie eine Vorstellung ... Fritz war gern der Theater-Direktor, er liebte das« (Anna Halprin in Gaines 1979, 200). Zwischen den Demonstrationen gab Perls kurze Erläuterungen über seine Denkweise oder Theorie, die hinter der Arbeit steckte, die er gerade durchgeführt hatte.

Im Jahr 1968 wurde für Perls eine Feier zu seinem 75. Geburtstag im *Miyako Hotel* in San Francisco organisiert. Mindestens zweihundert Menschen besuchten das feierliche Abendessen, und Gratulationsansprachen wurden gehalten. Als Perls' Popularität etabliert war, wurde er offensichtlich ausgeglichener. Er konnte immer noch barsch und unhöflich sein und sich sozial daneben benehmen, aber viele Menschen sprachen von seiner Vitalität und Liebe, sowohl gegenüber den Kollegen als auch gegenüber den Besuchern von Esalen während jener Zeit.

Gestalttherapie in Aktion

John Stevens lektorierte Transkripte von Perls' Demonstrationsworkshops und seine Kurzvorträge über Theorie und brachte sie als Buch heraus, das als *Gestalt Therapy Verbatim* (1969b; dt.: *Gestalt Therapie in Aktion* 1974) veröffentlicht wurde. Das Buch ist anregend und leicht zu lesen, aber es gibt im Transkript keine in sich stimmige, übergreifende Entwicklung eines theoretischen Zusammenhangs. Die Workshops, die in dem Buch repräsentiert sind, sind hauptsächlich Workshops über Träume und demonstrieren und veranschaulichen Perls' Methode der Traumarbeit (s. S. 164). In einigen Ausgaben des Buches wird behauptet, daß diese verbalen Transkripte vollständige *Therapie*-Sitzungen seien. Perls selbst machte sich die Mühe, zwischen Therapie und großen Demonstrations-Seminaren zu unterscheiden und betonte, daß diese Demonstrationen *keine* Therapie seien (1969b, 74).

Eines der herausragenden Merkmale dieses Buches besteht darin, daß es voll kluger, griffiger Schlagwörter ist - wie zum Beispiel

»Angst ist die Kluft zwischen dem Jetzt und dem Danach« (30), »Die wenigsten Menschen gehen zur Therapie, um geheilt zu werden, sondern um ihre Neurose zu pflegen« (39), »Verliere immer mehr von Deinem Verstand und komm' zu Deinen Sinnen« (50) - die zu Markenzeichen von Perls in den sechziger Jahren wurden. Diese griffigen Schlagwörter erregten die Aufmerksamkeit der Menschen, konnten leicht wiederholt werden und halfen auf diese Weise sicherlich, die Gestalttherapie populär zu machen; aber dadurch wurde sie auch zugänglich für Menschen, die sie trivialisierten und mißverstanden. In jener freizügigen und lockeren Zeit besuchten die Leute einen Workshop oder zwei, lernten die Schlagwörter, griffen ein paar Techniken auf und nannten sich Gestalttherapeuten, wobei sie wenig oder keine theoretische Orientierung oder klinische Erfahrung hatten, die ihren Anspruch hätten untermauern können. 1969 wurden Perls schließlich die Gefahren für die Gestalttherapie bewußt, die in seinem eigenen, schlagwortartigen Lehrstil begründet lagen, und er benutzte das Vorwort von *Gestalt Therapy Verbatim*, um dies zu beklagen und sich selbst von denen zu distanzieren, die sofortige Heilung anbieten oder spektakuläre Techniken als Reklamegags benutzen.

Cowichan 1969 bis 1970

Nach fünf Jahren Esalen wurde Perls wieder ruhelos, teilweise aus politischer Angst, daß Amerika mit der Wahl von Richard Nixon faschistisch werden könnte; teilweise, weil er mit Esalen selbst immer unzufriedener wurde und ihm wahrscheinlich die Konkurrenz zu seiner eigenen Arbeit durch andere Ansätze und Führungspersönlichkeiten wie Schutz mißfiel. Vor allem aber war Perls zu der Überzeugung gelangt, daß der nächste Schritt in der Wachstumsbewegung in irgendeiner Form von Gemeinschaftsleben sei, durch das die Menschen ihren Wachstumsprozeß integrieren konnten.

Perls kaufte ein altes Motel am Cowichan-See auf Vancouver Island in Kanada und zog im Jahr 1969 dorthin, um eine Gestaltgemeinschaft zu gründen. Perls führte in Cowichan, zunächst allein und dann mit Unterstützung von Teddy Lyon, Barry Stevens und Janet Lederman, Ausbildungsseminare vor Ort durch. Später in diesem Sommer experimentierte er mit einem anderen Stil oder einer anderen Struktur der Ausbildung in Cowichan. Er leitete keine der Gruppen mehr selbst, sondern wanderte statt dessen von Gruppe zu Gruppe, folgte dabei seinen spontanen Interessen und intervenierte, wenn es ihm gefiel:

> Das war das, wie er es immer machte: immer anders. Sobald er bemerkte, daß wir uns in einer Situation eingerichtet hatten, zog er uns den Teppich unter den Füßen weg, indem er die Situation veränderte [...] Es ist so leicht, in ein Muster zu verfallen (was ja nur ein anderer Name für stupide Routine ist) und diesem Muster zu folgen, statt mit Achtsamkeit und Bewußtheit zu leben, denn das ist Gestalt. (Barry Stevens in Gaines 1979, 360)

Cowichan war Perls' Heimat, und er war sehr stolz auf das, was er dort geschaffen hatte. Er hieß dort gern alte Freunde und Studenten, aber auch neue Anhänger willkommen: »In dem Sommer, in dem Fritz nach Kanada ging, besuchten wir ihn ein paar Tage. Er verließ das Haus und spazierte über den Rasen wie ein König. Glücklich. Er war wirklich glücklich« (Ilana Rubenfeld in Gaines 1979, 369). Tatsächlich scheint Perls in Cowichan glücklicher gewesen zu sein als zu irgend einer anderen Zeit in seinem Leben. Barry Stevens vertraute er an: »Zum ersten Mal in meinem Leben habe ich Frieden gefunden. Ich kämpfe nicht mit der Welt« (Gaines 1979, 369). Er war auch zufrieden mit seiner Arbeit: »Ich habe es erreicht. Etwas Besseres kann ich nicht mehr zuwege bringen.« Insgesamt hatte er das Gefühl, daß er eine Familie geschaffen hatte, und daß viele von denen, die um ihn waren, ihn ebenso als geschätztes und geliebtes Familienmitglied erlebten, wie auch als brillanten Therapeuten und Trainer.

Aus meiner Mülltonne

1968, während er noch in Esalen war, hatte Perls entschieden, eine Autobiographie zu schreiben, die dann als *In and Out the Garbage Pail* (1969c; dt.: *Gestalt-Wahrnehmung - Verworfenes und Wiedergefundenes aus meiner Mülltonne*, 1981) veröffentlicht wurde. Dieses Buch ist eine Mischung aus Reflexionen, Erinnerungen, theoretischen Erörterungen, Versen und Diskussionsbeiträgen, die alle in einer lebendigen, sehr spontanen und persönlichen Weise geschrieben sind; sie spiegelten Perls' damalige Betonung des sich entfaltenden Augenblicks. Es gibt wenig Struktur in diesem Buch, und leider fehlt sowohl den ersten amerikanischen als auch der deutschen Ausgabe ein Register.

Andere Bücher und Manuskripte

Perls arbeitete an zwei weiteren Büchern, während er am Cowichan-See war, die nach seinem Tod veröffentlicht wurden. *The Gestalt Approach, and Eye Witness to Therapy* (1976, ursprünglich 1973 veröffentlicht; dt. *Grundlagen der Gestalttherapie* 1976) besteht aus zwei getrennten Bänden. In *The Gestalt Approach* versuchte Perls, eine einfache Darstellung der Gestalttherapie-Theorie zu formulieren, die auch für Laien verständlich war. Obwohl es hauptsächlich in den fünfziger Jahren geschrieben wurde, überarbeitete Perls es 1969 am Cowichan-See daran und integrierte einige seiner Erfahrungen der vergangenen zwanzig Jahre hinsichtlich östlicher Religion, Meditation und Körperarbeit. *Eye Witness to Therapy* ist ein Buch aus Transkripten von Filmen über Perls' Arbeit. Seine Absicht war es gewesen, Transkripte, Filme und Theorie als Lehrmaterialien, die den Menschen helfen konnten, seinen Ansatz zu verstehen, zu produzieren.

Legacy from Fritz (Baumgardner und Perls 1975; dt. *Das Vermächtnis der Gestalttherapie* 1990) besteht wiederum aus zwei Bänden. *Legacy from Fritz* enthält eine theoretische Arbeit - »*The Teachings*« - und weitere Transkripte von Perls' Arbeit in Esalen und in Cowichan - »*The Therapy*«. Der zweite Band, *Gifts from Lake Cowichan*, ist eine Beschreibung und Integration der Erfahrungen einer von Perls' Trainees, Patricia Baumgardner.

Über diese zwei posthum erschienenen Bücher hinaus hinterließ Perls zahlreiche bisher unveröffentlichte Manuskripte bei Marty Fromm und bei seiner Frau Laura Perls.

Krankheit und Tod

Während des ganzen Jahres 1969 ging Fritz weiterhin auf Reisen, um Gestalt zu verbreiten und um Leute nach Cowichan einzuladen. Einige sagen, er war unermüdlich; andere erwähnen, daß er sehr leicht ermüdete und sich dessen bewußt zu werden schien, daß seine Zeit begrenzt war. Im Dezember 1969 machte sich Perls nach Europa auf. Aber er fühlte sich nicht wohl und schrieb an seine Schwester Grete, daß seine geliebte Oper nicht mehr die gleiche war. Nach seiner Rückkehr aus Europa war Fritz sehr krank. Er war zunächst entschlossen, seinen dichten Terminkalender mit Workshops durchzuhalten, aber nach seiner Ankunft in Chicago suchte er Dr. William Shlaes auf, der ihm sagte, daß er möglicherweise an einem Pankreas-Karzinom litt.

Fritz rief Laura an, um ihr dies mitzuteilen, aber als Laura sagte, daß sie zu ihm reisen würde, brummte er, daß er sie nicht dahaben wolle. Fritz und Laura Perls hielten ihre ambivalente Beziehung bis zum Ende durch. Sie kam ein paar Tage später an und setzte sich während seiner letzten Krankheit an sein Bett, während er sich ihr abwechselnd anvertraute, sie sonstwohin wünschte oder sie anschrie und ignorierte.

Nach einer Untersuchung durch den Arzt wurde Perls in das *Weiss-Memorial-Krankenhaus* aufgenommen, wo man ihn einer Operation unterzog, um herauszufinden, was los war. Obwohl Perls die Operation überlebte, hatte er danach große Schmerzen und Qualen zu erleiden und starb am 14. Mai 1970 an einem Herzanfall. Die Autopsie bestätigte später, daß er tatsächlich ein Pankreas-Karzinom hatte.

Trauerfeiern wurden an der Ost- und Westküste abgehalten. Während der Trauerfeier in Manhattan hielt Paul Goodman einen recht zwiespältigen Nachruf, der die Beiträge sowohl von Fritz als auch Laura zur Gestalttherapie beschrieb; gegen diesen Nachruf hatten viele von Fritz Perls' Trainees und Kollegen von der Westküste tiefe Ressentiments. Die Trauerfeier in San Francisco wurde von 1.200 bis 1.500 Menschen besucht. Anna Halprin choreographierte einen Tanz und Abe Levitzky würdigte Fritz auf sehr witzige Weise, ohne seine Schwächen zu ignorieren, aber doch voller Respekt und Liebe:

> »Fritz, Du warst ganz sicher kein guter Junge und, offen gesagt, es ist ein wenig verwirrend, genau herauszufinden, wohin man diese Abschiedsbotschaft senden soll: Du könntest fast überall sein. Ich glaube, daß Du typischerweise zwischen den Polaritäten hin- und hersaust. Du würdest an keinem Ort steckenbleiben wollen [...] Wir, die wir hier heute abend versammelt sind, würdigen, daß Du bei uns warst, daß wir Dich trafen und einander berührten. Und wir sagen Dir, Fritz, leb wohl und Danke, daß es Dich gab.« (Shepard 1975, 196)

Fritz Perls, der Mensch

Fritz Perls ist als Mensch in seiner Eigenart schwer zu fassen. Als wenn er sich jeder Festschreibung entziehen wollte, bewegt und verändert er sich bei jeder Beschreibung. Wer Perls war, hängt davon ab, mit wem man spricht und zu welchem Zeitpunkt. Für einige war er ein Held, für andere ein Scheusal; zu einigen grausam, zu anderen zärtlich; zu einigen großzügig, für andere der Welt größter Ausbeuter; für einige ein Genius, für andere ein fast analphabetischer Nicht-Intellektueller; einigen schien er gesellig und glücklich zu sein, anderen einsam und kaum fähig, authentischen Kontakt zu Menschen um ihn herum aufzunehmen; für einige war er ein schöner, sensibler Mann, für andere eine häßliche Kröte, ein schmutziger, alter Lüstling; für einige ein narzißtischer Exhibitionist, für andere ein scheuer, zurückgezogener Introvertierter, der zu stolz war, um Liebe zu bitten.

Er selbst war stolz darauf, originell, authentisch und sich selbst gegenüber wahr zu sein. So verhielt er sich, so redete und fühlte er, ganz so, wie er es wollte, und nicht wie andere es von ihm erwarteten. Beschreibungen von Perls sind fast immer extrem und paradox. Er verstieß im allgemeinen gegen soziale und professionelle Konventionen, ignorierte gewöhnliche Höflichkeit und provozierte gern. Aber selbst in dieser seiner beständigsten Eigenart war er unvorhersagbar. Denn wenn er Lust dazu hatte, konnte er sehr höflich und galant sein. Im allgemeinen schien es ihm gleichgültig zu sein, was andere von ihm dachten; und doch stimmen die meisten darin überein, daß ihm sehr an Anerkennung und Respekt durch Kollegen des psychiatrischen Standes gelegen war.

Theoretiker entwickeln oft die Theorie, die sie selbst am besten beschreibt. Perls' Theorie des Selbst vermittelt am besten die Art von Mensch, die er war: »Das Selbst ist also veränderlich. Es manifestiert sich auf unterschiedliche Weise in unterschiedlichen Situationen ganz nach den Anregungen der Umwelt. Es verändert sich ständig« (Perls, Hefferline und Goodman 1951/1973, 281).

Anmerkungen

1. Wir beziehen uns hinsichtlich der biographischen Details in diesem Kapitel hauptsächlich auf Shepards Biographie (1975), auf Gaines' Anekdoten-Sammlung (1979) und auf die persönlichen Mitteilungen derer, die Fritz Perls kannten, aber auch auf Fritz Perls' eigene Autobiographie (1969c) und autobiographische Angaben in seinen nachgelassenen Papieren.
2. Maslow war auch von Goldstein beeinflußt (1954; 1968).
3. Perls, F.S., Hefferline, R.F. und Goodman, P., *Gestalt Therapy: Excitement and Growth in the Human Personality* (1951/1973) wurde ursprünglich von Julian Press in New York im Jahr 1951 veröffentlicht und von Penguin Books

im Jahr 1973 neu aufgelegt. Im ganzen Buch beziehen wir uns auf die Penguin-Ausgabe.

4. Laura Perls hieß vor ihrer Heirat Lore Posner und anglisierte ihren Vornamen später zu Laura.
5. Später entwickelte Alexander Lowen auf der Grundlage von Reichs Neuerungen seine *Bioenergetik* (1975). Die Kraft, die der Reichschen »Lebensenergie« gleicht, wird von Bergson als *élan vital* (1965) und von Clarkson (1991c; 1992) als Prinzip der Physis beschrieben .
6. Natürlich hatten auch andere fruchtbaren Einfluß auf die grundlegende Qualität von Gestalttherapie, zum Beispiel Erving und Miriam Polster (1974; 1987), Joseph Zinker (1978) und James Simkin (1974) (s. Yontef 1982).
7. »Beispielsweise gibt es eine schwierige Definition der Kontaktgrenze als Ort, an dem das Selbst und die Welt sich treffen und jedes psychologische Wachstum geschieht, eine sorgfältige Eingrenzung der Kontaktwiderstände als Bausteine des neurotischen Charakters und eine phänomenologische Beschreibung der Gestaltbildung (Figur/Grund) als mächtiges Erklärungsprinzip für das Verständnis menschlicher Erfahrung« (Miller 1989, 21).
8. Siehe John Rowans *Ordinary Ecstasy* (1988) hinsichtlich einer Erörterung der Ursprünge der humanistisch-psychologischen Bewegung und der Rolle von Esalen und einzelnen Persönlichkeiten wie Schutz und Maslow ebenso wie Perls in dessen Entwicklung.

2. BEITRÄGE ZUR THEORIE-ENTWICKLUNG

Alle Ideen von Fritz Perls sind miteinander verwoben und können nicht isoliert voneinander verstanden werden. Der Kern seines Beitrages zur Theorie der Psychotherapie ist die holistische Überzeugung, daß alles mit allem verbunden ist; daß alle Dinge und Wesen wechselseitig voneinander abhängen; und daß eine ganze Theorie mehr ist als die Summe ihrer einzelnen Teile. Die Beschreibung von Perls' theoretischer Position stellt daher eine Herausforderung dar, die sich aus der Position selbst ergibt. Das Verständnis irgendeines einzelnen Aspekts seiner Theorie erfordert das gleichzeitige Verständnis der anderen Aspekte und eigentlich des Ganzen, und setzt dies gleichzeitig voraus.

Perls und seine Kollegen haben scheinbar vor der gleichen Herausforderung gestanden, als sie versuchten, *Gestalt Therapy* (1951/1973) zu strukturieren, denn sie formulieren: »Sowohl für das Schreiben als auch für das gründliche Verständnis des Buches ist eine Haltung unerläßlich, die als Theorie wirklich den Inhalt und die Methode des Schreibens durchdringt. Der Leser wird daher offensichtlich vor eine unmögliche Aufgabe gestellt: Um das Buch zu verstehen, muß er die 'Gestaltisten'-Mentalität haben, um sich diese aber aneignen zu können, muß er das Buch verstehen« (14). Glücklicherweise ist die Gestaltsicht für den Leser jenes Buches (und auch unseres) nicht schwer zu erwerben, denn es ist ein einheitlicher, harmonischer Zugang zum Leben, von dem Perls glaubte, er sei für jeden von uns natürlich, wenn wir nur unsere erworbene Gewohnheit loslassen, in Konzepten dualistischer und trennender Kontraste und Kategorien zu denken.

Um diesen Geist der wechselseitigen Verbundenheit einzufangen, haben wir Perls' Theorien zu sechs Gruppen voneinander abhängiger Konzepte zusammengestellt. Da eine von Perls' wichtigsten Erneuerungen darin bestand, daß er behauptete, die Menschen hätten die angeborene Fähigkeit, gesund zu sein und sich selbst zu regulieren, haben wir uns entschieden, ein Bild von Perls' Theorie des menschlichen Wesens als ganze Person, die auf spontane, verantwortliche und selbstregulierende Weise mit ihrer Umwelt interagiert, zu entwerfen, bevor wir seine Theorien psychologischer Störungen einführen. Die ersten fünf Bereiche in diesem Kapitel handeln daher von Holismus, Feldtheorie, Zyklen und Erlebnissequenzen, Kontakt und der Theorie des Selbst; während der sechste und viel umfassendere Bereich von psychologischen Störungen handelt (s. Abb. 2.1 und 2.2).

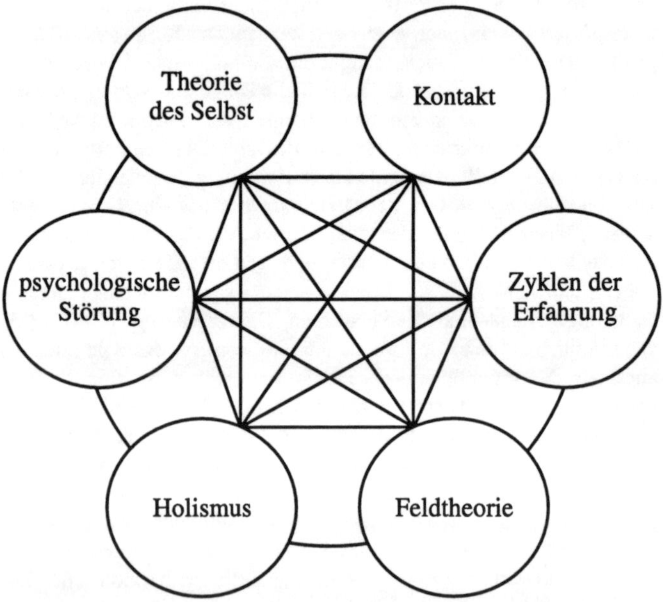

Abb. 2.1: Übersicht über die sechs Bereiche wechselseitig voneinander abhängiger Konzepte

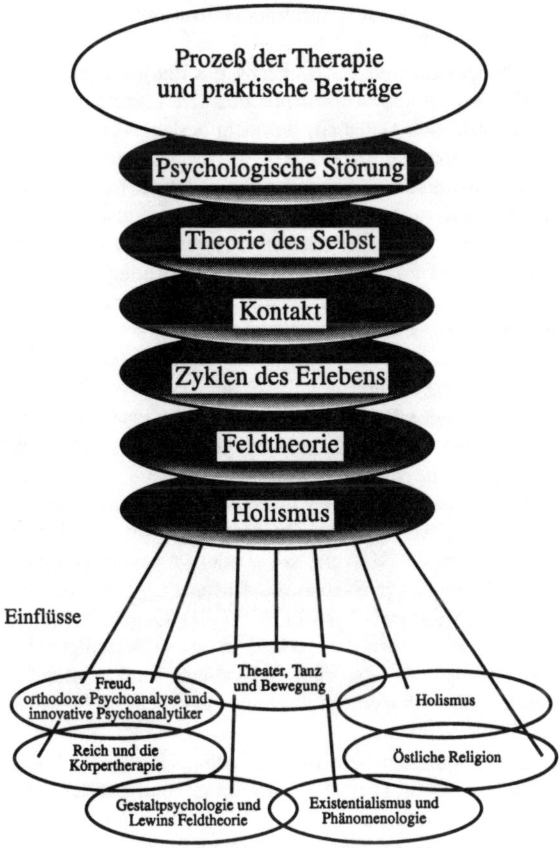

Abb. 2.2: Diagramm über die Einflüsse des Feldes, die zu Perls' Ideen beitrugen. Diese Ideen sind alle miteinander verbunden und verwoben und können nicht isoliert voneinander verstanden werden.

Erster Bereich: Holismus

Das wichtigste theoretische Konzept, das die gesamte Gestalttheorie durchdringt, ist die Auffassung von der Ganzheit. Tatsächlich bedeutet Gestalt eine Ganzheit, die nicht zerlegt werden kann, ohne ihre Natur zu zerstören. Perls (1976) führte das Beispiel eines Dreiecks an, das aus drei Holzteilen zusammengebaut ist: Wenn man sie auseinandernimmt, verschwindet das Dreieck, und diese besondere Gestalt wird zerstört. Die englischen Übersetzungen des Wortes *Gestalt* erfassen nicht im vollen Umfang die Bedeutung, daß die Ganzheit den Teilen vorausgeht und *daß das Ganze immer mehr und anders als die Summe seiner Teile ist.*

Die Ganzheit der Person

Ein grundlegendes Prinzip des Holismus ist, daß die Natur einer einheitlichen und zusammenhängenden Ganzheit aus kleineren Ganzheiten besteht. Alle Elemente des Universums - Dinge, Pflanzen, Tiere, Menschen - koexistieren in einem sich ständig verändernden Prozeß koordinierter Aktivität. Existentiell gesehen sind Menschen nicht im Zentrum des Universums, sondern ein aktives Element im komplexen ökologischen System des Kosmos.

Perls beschäftigte sich besonders mit der Ganzheit des menschlichen Organismus (oder der Person) in seiner jeweiligen Umwelt. Perls' holistischer Zugang zum Individuum umfaßt und bestätigt Komplexität, Einschließung und Vielfalt und widersteht jedem Versuch des Reduktionismus.

Von seinen frühesten Schriften an betonte Perls sein holistisches Verständnis der Menschheit. Sein Ansatz gründet auf der untrennbaren Einheit körperlicher, emotionaler und geistiger Erfahrung, auf der Integration von Sprache, Gedanken und Verhaltensweisen. Er glaubte, daß der Körper, der Geist und die Seele alle gemeinsam als ein ganzheitlicher Prozeß funktionieren. Alle Teile des menschlichen Wesens sind so koordiniert und angeordnet, daß sie vollständig miteinander kooperieren und sich gegenseitig sowie den gesamten Organismus unterstützen: »Körper und Geist sind *in re*, wenn auch nicht *in verbo* identisch; die Worte 'Körper' und 'Seele' bezeichnen zwei Aspekte desselben Phänomens« (Perls 1947/1969a, 33), und »Wir glauben weiterhin, daß die Aufspaltung 'mental-physisch' oder 'Geist-Körper' völlig künstlich ist und daß die Konzentration auf einen der beiden Pole in dieser falschen Dichotomie die Neurose aufrechterhält, statt sie zu heilen« (Perls 1976, 53). Wenn also eine Person beispielsweise ein Gefühl der Traurigkeit oder der Angst erlebt, gibt es immer eine physiologische Empfindung und eine psychologische Komponente, die diese Erfahrung begleiten. Es gibt keinen Anfall von Angst ohne Atemschwierigkeiten, beschleunigten Puls oder ähnliche Symptome. Ein Gefühl des Kummers ohne Schwere, Herzschmerzen, Tränen oder aber Muskelverspannungen, um solche Reaktionen zu verhindern, ist ebenfalls unmöglich. Der Geist oder die Emotionen sind nicht die Ursache der Körperreaktionen - wie man oft glaubt -, noch bewirkt der Körper, daß der Geist arbeitet. Körper und Geist kooperieren simultan. Wenn also jemand durstig ist, existiert das Bedürfnis im Körper als Mangel (Dehydration) in Form einer Durstempfindung, und im Geist als ein entsprechendes Bild - sagen wir ein Glas Wasser oder ein sprudelnder Quell. Wenn die Person ihren Durst löschen kann, verschwinden der Durst, der Mangel, die Empfindung und die Vorstellungen von Wasser alle spontan in einem einheitlichen, holistischen und synchronen Prozeß.

In seinen Schriften kam Perls immer wieder auf die holistische Natur des Menschen zurück und drückte in verschiedener Weise die Vorstellung aus, daß Menschen einheitliche Geschöpfe sind, in denen Körper und Geist grundsätzlich zusammenarbeiten und harmonieren: »Wenn guter Kontakt da ist, kann man immer die Kooperation der Sinne und der Bewegung (und auch des Gefühls) nachweisen« (Perls, Hefferline und Goodman 1973, 274), und »Die wahre Natur des Menschen wie die wahre Natur jedes anderen Lebenwesens ist Integrität« (Perls 1976, 49). Der moderne Mensch hat nach Perls (1948; 1976) gelernt, Körper und Geist künstlich zu trennen, und das Ziel der Gestalttherapie ist, diese ursprüngliche Harmonie des Individuums wiederherzustellen: »Wir sind, wie wir heute sind - fragmentierte Menschen - Menschen, die in Stücke und Teile aufgespalten sind. Und es hat keinen Sinn, diese Stücke und Teile zu analysieren und sie noch weiter aufzuteilen. Was wir in der Gestalttherapie beabsichtigen, ist, all diese verstreuten und entfremdeten Teile des Selbst zu integrieren und die Person wieder ganz zu machen« (1976, 181).

In Übereinstimmung mit seiner holistischen Sichtweise glaubte Perls, daß die menschlichen Qualitäten und Aktivitäten sowohl mit der linken als auch mit der rechten Hemisphäre des Gehirns gekoppelt sind (Perls 1948; 1976; 1978a; Ornstein 1972). Die psychologische

Theorieorientierung, die das Feld der Psychotherapie durchzog als Perls sein Werk begann, war vor allem psychoanalytisch oder behavioristisch. Beide betonen die Rationalität, die Kausalität und die Analyse - alles Aktivitäten, die an die linke Hemisphäre gekoppelt sind. Perls glaubte, daß die Überbetonung dieser rationalen, kausalen Aktivitäten eine Kluft zwischen absichtlichem Verhalten einerseits und spontanem Sein andererseits geschaffen habe; diese Kluft wäre die Ursache von vielerlei Unbehagen sowohl im Einzelnen als auch in der modernen Gesellschaft. Perls war besonders begabt in seinem unmittelbaren, intuitiven Wissen und seinem Zugang zur Phantasie, zu einfallsreichem Spiel und zur Spontaneität (rechtshemisphärische Aktivitäten). Er schöpfte aus den neuen Ansätzen von Moreno, Ferenczi und Jung, betonte die kreativen Aspekte des Klienten sowie des Therapeuten und machte alle Arten experimenteller, spielerischer und aktiver Zugänge zur Psychotherapie populär (s. 3. Kapitel). Das heißt nicht, daß er analytisches Verständnis ausschloß, aber daß er alle Seiten des menschlichen Wesens bestätigte und wertschätzte: »Dies schließt die Harmonisierung sowohl der absichtlichen als auch der spontanen Einstellungen ein« (Perls 1948, 572).

Perls stellte also eine Synthese zwischen Körper und Geist, linker und rechter Hemisphäre in seinem Konzept der ganzheitlichen Person her und entwickelte eine einheitliche Therapiemethode, die verschiedene Zugänge und Techniken integrierte, um effektiver mit dem Klienten arbeiten zu können: »Wir sind ganz offen gegenüber einer Vielzahl verschiedener Theorien und Techniken als wirksame Ansätze: Sie sind im gesamten Feld bedeutsam, und wie unvereinbar sie auch immer ihren jeweiligen Vertretern erscheinen mögen, müssen sie trotzdem vereinbar sein, wenn man es zuläßt, daß eine Synthese unter ihnen entsteht« (Perls, Hefferline und Goodman 1951/1973, 292. Sämtliche Zitate aus diesem Text wurden für die deutsche Ausgabe aus dem Original neu übersetzt.)

Interdependenz der Person und ihrer Umwelt

Eine Person bildet eine interaktive Ganzheit mit ihrer Umwelt. Die Gestalt eines Individuums schließt die ganze Person mit ihrem Kontext und der Beziehung zwischen beiden ein. Beispielsweise wird ein einsamer Soldat, der davonläuft, ganz anders wahrgenommen als der gleiche Soldat mitten unter anderen Soldaten, die auf den Beobachter in einer Kampfformation zumarschieren. Seine Bedeutung für den

Beobachter hängt vom Kontext ab und kann nicht isoliert davon verstanden werden. Wir sind Beziehung, denn wir existieren und definieren uns selbst in Verbindung zu unserer Umwelt, zu anderen Menschen, anderen Kreaturen, anderen Gedanken (s. S. 84).

Perls, Hefferline und Goodman (1951/1973) nannten die Beziehung der Person und ihrer Umwelt das Organismus/Umwelt-Feld. Sie bestanden darauf, daß es unsinnig ist, sich eine Person ohne ihren Kontext vorzustellen. Menschliche Wesen sind immer Teil des ganzheitlichen Universums und nehmen teil an der Einheit, die ihre Beziehung zu anderen Menschen, Pflanzen, Gegenständen und Ereignissen bildet. Die Person überlebt in ihrer Umwelt durch kreativen Austausch, den Perls Kontakt und Assimilation nannte (s. S. 79). Der Austausch kann physisch oder emotional, sprachlich-buchstäblich oder metaphorisch sein, aber er ist wesentlich.

Die Natur der Einheit des Menschen und seiner Umwelt wurde uns in letzter Zeit gewaltsam durch die ökologische Zerstörung vor Augen geführt, die wir selbst dadurch hervorgerufen haben, daß wir die wechselseitige Beziehung ignoriert haben. Perls war ein früher und stimmgewaltiger Exponent der holistischen Interdependenz des menschlichen Wesens mit seiner Umwelt: »Der Schutz gegen solch eine Gefahr [einseitiger Ansätze] besteht im Konzept und in der Erfahrung der menschlichen Persönlichkeit als unteilbare Ganzheit, die immer in ein personales und soziales Umwelt-Feld eingebettet und auf es bezogen ist« (Perls 1979, 21; Vortrag a. d. Jahr 1946/47).

Kritik der wissenschaftlichen analytischen Techniken

Perls bezog sich auf die Arbeiten moderner Physiker wie Planck und Heisenberg (1947/1969a) und kritisierte die experimentellen Psychologen und Wissenschaftler des ausgehenden 19. Jahrhunderts, weil sie reduktionistisch, analytisch und kausal statt holistisch waren. Perls, Hefferline und Goodman (1951/1973, 287) glaubten, daß die akademischen Psychologen wenig zum Verständnis von Gefühl und Persönlichkeit oder für die Praxis der Psychotherapeuten, die von Anfang an mit der gesamten Komplexität eines ganzheitlichen menschlichen Wesens zu tun haben, beitragen. Die Untersuchung von isolierten Teilen des Organismus führt lediglich zu einem Verständnis dieser isolierten Teile. Das Wesen des Ganzen kann niemals durch eine Analyse der Teile erfaßt werden: Phänomene, die als einheitliche Ganzheiten in Erscheinung treten, müssen in ihrer Ganzheit respektiert werden und können nur um den Preis in analytischer Weise in ihre Einzelteile zerlegt werden, daß man »den Gegenstand vernichtet, den man ursprünglich untersuchen wollte«.

Statt dessen schlugen Perls, Hefferline und Goodman (1951/1973) einen radikal anderen Zugang vor, in welchem sie experimentelle Techniken mit klinischen Situationen verknüpften. Durch eine Reihe praktischer Experimente wird der einzelne in die Lage versetzt, sich selbst zu erfahren, indem er sich verschiedener Aspekte seiner selbst bewußt wird und sie beschreibt. So kommt er zu einem vollständigeren Verständnis dessen, wie er als ganzer Organismus und als ganze Person funktioniert.

Innewohnender Drang zur Ganzheit und Selbstaktualisierung

Nach Perls' Überzeugung steht hinter seiner holistischen Philosophie die Annahme, daß alles Lebendige einen innewohnenden Drang zum Wachstum und zur Selbstverwirklichung besitzt. Unsere frühe Erziehung und Sozialisation jedoch führt fast immer dazu, daß wir viele Aspekte unserer authentischen Natur verleugnen, unterdrücken oder uns ihrer schämen. Wir lernen, das zu sein, was man uns lehrt, wie wir sein sollten. Als Ergebnis fühlen sich viele Menschen schuldig, wenn sie sich auf eine Art und Weise verhalten, daß sie »wollen«, statt daß sie »sollten«. Nur menschliche Wesen wollen zu etwas werden, was sie nicht sind. Existentiell gesehen ist eine Person in jedem Augenblick ihr vollständiges Potential. Er braucht sich selbst nur zu akzeptieren, wie er ist und sich dem Leben und den Situationen um ihn herum nur in authentischer Weise zu stellen: *»Der Mensch transzendiert sich nur über seine wahre Natur, nicht über Ehrgeiz und künstliche Ziele«* (Perls 1976, 99).

Unsere Naturen zu zwingen, daß sie sich so verhalten, wie sie sollten, ist der Versuch, ein Selbstbild zu aktualisiern statt das Selbst (Perls 1969c). Es ist der Versuch, ein inauthentisches Bild seiner selbst zu erzeugen, statt sich als authentisches Selbst zu erkennen, zu akzeptieren und es zu sein. Solch ein Versuch führt die Menschen dazu zu simulieren, zu spielen und Rollen zu übernehmen, die in allen möglichen Arten von verrücktem Verhalten und geistiger Qual enden. Menschliche Wesen brauchten sich nicht auf diese Weise zu vergewaltigen. Mit Bewußtheit, Selbstakzeptanz und dem Wissen um das Recht, so zu existieren, *wie sie gegenwärtig sind*, können sie auf natürliche Weise wachsen und sich so verändern, daß die ganze Person darin unterstützt wird, ihre Lebenskraft zu entfalten.

Der Drang zur Vervollständigung

Die Gestaltpsychologen (s. S. 20f.) hatten gezeigt, daß die Person ihre Wahrnehmung in bedeutungsvollen Ganzheiten organisiert. Sie hatten auch nachgewiesen, daß die Person dazu tendiert, auch dann das Ganze zu sehen, wenn es unvollständig ist, indem sie die fehlenden Teile ergänzt oder errät, um aus der unvollständigen Form eine vollständige und sinnvolle werden zu lassen. Perls, Hefferline und Goodman (1951/1973) übernahmen dieses Wahrnehmungsprinzip als Grundlage für ihre Art, die Person in der Welt zu konzipieren. Sie veranschaulichten die dem Menschen innewohnende Tendenz zur Vervollständigung, indem sie dem Leser eine Reihe unvollständiger Bilder zeigten.

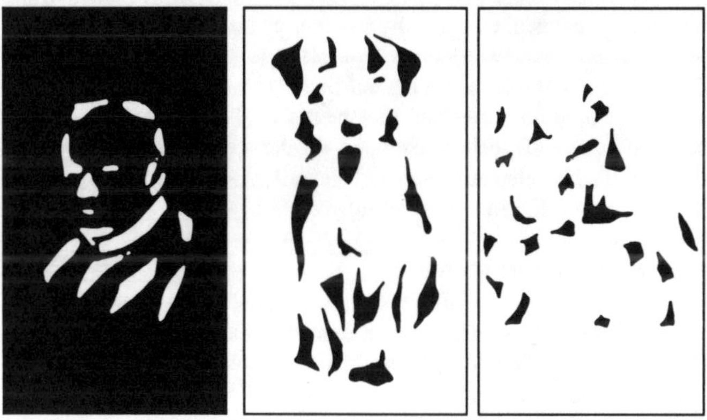

Abb. 2.3: Gestaltvervollständigungstest (aus: Roy Street, Gestalt Completion Test, *Bureau of Publications, Teachers College, Columbia University, 1931; Wiedergabe mit Genehmigung des Herausgebers und des Autors)*

Wenn Menschen Bilder wie jene in Abb. 2.3 zum ersten Mal sehen, »vervollständigen« sie sie so, daß sie einen Sinn für sie ergeben. Das linke und das mittlere Bild werden gewöhnlich sofort und in ähnlicher Weise vervollständigt. Das rechte Bild erzeugt mehr Unsicherheit und

Diskussion, denn es liefert weniger Informationen - daher müssen die Menschen verschiedene mögliche Wege der Vervollständigung erraten und finden oft unterschiedliche Lösungen, je nach ihrer eigenen Erfahrung.

Auf der Grundlage dieser Entdeckungen der Gestaltpsychologen hinsichtlich der den Menschen innewohnenden Tendenz zur Vervollständigung unvollständiger Formen demonstrierte Zeigarnik experimentell, daß die Menschen unvollendete Aufgaben besser erinnern als vollendete (1927), während Ovsiankina (1928) diese Arbeit erweiterte, um zu zeigen, daß die Menschen unterbrochene Aktivitäten spontan wieder aufnehmen. Deshalb nagt die Erinnerung an die unausgefüllte Steuererklärung, die auf unserem Schreibtisch liegt, an uns. Nur wenn wir solche Aufgaben erledigt haben, können wir sie wirklich vergessen.

Da die Menschen dazu neigen, ihre Erfahrungen zu vervollständigen, versuchen sie auch, irgendwelche emotionalen Situationen, die aus der Vergangenheit ungelöst blieben, abzuschließen. Perls nannte solche Situationen 'unerledigte Geschäfte' (s. S. 96). Er wendete die Tendenz zur Vervollständigung auf praktische und neue Weise in der Psychotherapie an. Er erfand therapeutische Techniken, die der Person helfen, unvollendete Situationen aus der Vergangenheit wieder an die Oberfläche treten zu lassen und sie in der Gegenwart zu lösen, wie dies im dritten Kapitel veranschaulicht wird.

Einflüsse auf Perls' Holismus

Perls war stark beeinflußt von den holistischen Gedanken Jan Smuts' (1987) (s. S. 30) und von den Entdeckungen der Gestaltpsychologen (s. S. 20): daß Menschen dazu neigen, bedeutungsvolle Ganzheiten aus ihrer Erfahrung zu machen (Wertheimer 1959; Koffka 1935); daß die ganze Konfiguration, nicht die einzelnen Teile die Wahrnehmung anregen, so daß das Ganze den Teilen vorausgeht (Koffka 1935); und daß, wenn das Ganze als unterbrochen oder unvollständig wahrgenommen wird, die Person trotzdem dazu neigt, das Ganze zu sehen, indem sie die benötigten fehlenden Teile ergänzt (Wertheimer 1925).

Perls' Betonung der wechselseitigen Beziehung zwischen der Person und ihrer Umwelt wurde auch von Sullivans Konzept des interpersonalen Feldes und von Horneys Interesse an dem kulturellen Hintergrund der Person beeinflußt.

Aus seiner Analyse bei Reich sowie aus seinen Studien bei dem Theaterdirektor Max Reinhardt und seiner Verbindung zu der modernen Ausdruckstänzerin Palucca hatte Perls ein bleibendes Interesse an körperlichem Ausdruck und einen Glauben an die Authentizität der Körpersprache. Kurt Goldstein, bei dem Perls im Jahr 1926 arbeitete, war ein weiterer wichtiger Einfluß auf Perls' Holismus und auf sein Konzept der Selbstaktualisierung.

Perls' einzigartiger Beitrag zum Holismus bestand darin, daß er holistische Auffassungen aus vielen verschiedenen Quellen sammelte und eine Reihe von verschiedenen holistischen Prinzipien zusammenfaßte und sie im Bereich der Psychotherapie anwandte, indem er eine holistische Therapiemethode entwickelte, die alle Aspekte der Person einschließt. Verschiedene Teile des Klienten mögen zu unterschiedlichen Zeiten des Therapieprozesses hervorgehoben werden, aber der Gestaltpsychotherapeut wird immer die Integration all der verschiedenen Facetten dieser einzigartigen Person als leitendes Prinzip vor Augen haben.

Zweiter Bereich: Feldtheorie

Wie im ersten Kapitel erörtert, bildeten die deutschen Gestaltpsychologen eine Schule akademischer und experimenteller Psychologen, die mit Wahrnehmung befaßt waren. Der zweite Themenbereich erklärt das Gestaltprinzip von Figur und Grund, durch das die Person ihre Wahrnehmung von sich selbst und ihrer Umwelt organisiert; dann wird die Feldorientierung erklärt, die Perls von den Gestaltpsychologen, besonders Wertheimer, und - weniger unmittelbar - von dessen Kollegen Kurt Lewin (1935; 1952) übernahm und adaptierte.

Das Gestaltprinzip von Figur und Grund

Das Figur/Grund-Konzept erklärt den Prozeß, mit dessen Hilfe eine Person ihre Wahrnehmungen organisiert, um ganze Konfigurationen zu bilden, denen sie Bedeutung gibt: »Der Mensch nimmt Dinge nicht in unverbundener Isolation wahr, sondern organisiert sie im Wahrnehmungsprozeß zu bedeutungsvollen Ganzheiten« (Perls 1976, 3). Wir sehen die Ganzheit unserer selbst und unserer Umwelt nicht zur gleichen Zeit; wir wählen etwas aus, woran wir interessiert sind und konzentrieren uns darauf, und dieses Ding wird dann zur hervortretenden Figur gegenüber einem verschwommenen Hintergrund. Sobald wir das Interesse an diesem einen bestimmten Aspekt unserer selbst oder unserer Umwelt verlieren, tritt in den Hintergrund zurück und etwas anderes nimmt statt dessen unsere Aufmerksamkeit in Anspruch. Wir organisieren daher ständig unsere Wahrnehmungen von uns selbst und unserer Umwelt in bedeutungsvollen Figuren oder Gestalten. Perls (1947/1969a) führt das alltägliche Beispiel an, daß die Menschen normalerweise keine Briefkästen bemerken, aber sobald sie einen dringenden Brief aufgeben wollen, »springt ein Briefkasten aus einem unterschiedlich wahrgenommenen Hintergrund hervor ... wird zu einer Figur (Gestalt) vor einem indifferenten Hintergrund« (41).

Um das grundlegende Prinzip der Figur/Grund-Formation zu veranschaulichen, verwendeten Perls, Hefferline und Goodman (1951/1973) das inzwischen berühmt gewordene Bild in Abbildung 2.4. Je nachdem, ob man das Weiße oder das Schwarze zum Vordergrund macht, sieht man entweder einen weißen Kelch auf einem schwarzen Hintergrund oder zwei schwarze Köpfe in einer Profil-Silhouette. Man kann seine Aufmerksamkeit schnell von dem einen zu dem anderen verschieben, aber man kann nicht beide zu gleicher Zeit wahrnehmen. Während man seine Aufmerksamkeit dem einen Fokus zuwendet, scheint der andere zurückzutreten und wird zum Hintergrund.

Abb. 2.4: Veranschaulichung des Figur/Grund-Prinzips (ursprünglich aus: Edgar Rubin, Visuell wahrgenommene Figuren, *Kopenhagen 1921)*

Der Feld-Ansatz

Kurt Lewin nahm die Entdeckungen der Gestaltpsychologen über Wahrnehmung aus dem Labor in das Reich realen Lebens und persönlicher Beziehungen. Er entwickelte eine Theorie der Person innerhalb der Umwelt, in welcher die Person die gesamte Umwelt - Figur und Grund - sowohl den vorherrschenden Bedingungen als auch ihren eigenen dominanten Interessen und Bedürfnissen in dieser Umgebung oder diesem Feld gemäß organisiert. Perls übernahm Aspekte von Wertheimers Feldorientierung und Lewins Feldansatz.[1] Hier beschreiben wir jene Adaption der Feldtheorie, die Perls (1947/1969a; 1976) und Perls, Hefferline und Goodman (1951/1973) zu zentralen Aspekten der Gestalttherapie machten.

Das Feld besteht aus allen gemeinsam existierenden, wechselseitig abhängigen Faktoren einer Person und ihrer Umgebung. Nach Perls' holistischer Feldtheorie kann das Verhalten einer Person nur im Zusammenhang ihrer wechselseitigen Abhängigkeit mit ihrer Umwelt verstanden werden, denn ihr soziales, historisches und kulturelles Feld gehört zu ihr. Das Verständnis menschlichen Verhaltens muß mit einem Empfinden für die Situation oder das Feld als Ganzes beginnen, und kann dann dazu übergehen, die Bestandteile immer weiter zu differenzieren.

Alle Aspekte der Person und ihres Feldes sind wechselseitig aufeinander bezogen und bilden auf diese Weise eine Ganzheit oder ein System. Jeder Wechsel eines Teiles dieser Person oder dieses Umfeldes schlägt sich im gesamten System nieder. Wenn ich beispielsweise Schmerzen habe, weil ich mir einen Muskel in meiner Schulter gezerrt habe, kompensieren dies andere Muskeln in meinem Körper, indem sie sich zusammenziehen, und meine gesamte Haltung wird verändert, während meine Stimmung reizbar und meine Beziehung zu den Mitgliedern meiner Familie anstrengender als gewöhnlich wird. Auf diese Weise ist es möglich, daß die Familiendynamik auf subtile oder dramatische Weise verwandelt wird, weil sich ein Teil einer Person in dem gesamten Familiensystem verändert.

Alle Phänomene des Feldes haben potentiell die gleiche Bedeutsamkeit. In jedem Augenblick kann sich der Fokus der Aufmerksamkeit verlagern, und das ganze Feld kann dann auf dramatische Weise eine neue Bedeutung annehmen. Daher beachten Gestaltexperten alle Aspekte des Feldes in dem Vertrauen, daß die Bedeutung dieses oder jenes scheinbar »irrelevanten« Details oder Phänomens plötzlich in den Vordergrund treten und die ganze Art und Weise verändern kann, wie der Klient oder der Therapeut die gegenwärtige Situation versteht - wie zum Beispiel, wenn eine Person merkt, daß ihr Fuß ein bißchen zwickt, und in dem Augenblick, in dem sie sich dessen bewußt wird, merkt sie, daß sie Lust hätte, dem Freund, den sie zuvor ganz freundlich beschrieben hatte, einen Tritt zu geben. Perls war genial im Bemerken aller Aspekte des gegenwärtigen Feldes, angefangen von einer jammernden Stimme oder einem kaum wahrnehmbaren Zittern der Hände, bis hin zu einer Qualität oder physikalischen Eigenschaft, die fehlte (s. 3. Kapitel).

Denn der Hintergrund, der normalerweise ignoriert wird, ist ebenso Teil des Feldes wie die Person oder der Aspekt der Umwelt, der fokussiert wird. Daher kann das, was fehlt oder in der gesamten Situation zu fehlen scheint, ein genauso bedeutsamer Kommentar zur Funktionsweise der Person sein wie das, worauf sie sich konzentriert. (Zum Beispiel Perls' therapeutische Anwendung der Konzentration der Aufmerksamkeit auf das, was im Feld fehlt, s. S. 155ff.)

Bedeutung, Organisation und Differenzierung des Feldes

Der Mensch ist aktiv bei der Organisation seines Erfahrungsfeldes und bei der Erfindung von Bedeutungen, die er diesem zuweist. Existentiell gesprochen gibt es keine letzte oder universelle Bedeutung für die menschliche Erfahrung. Aber menschliche Wesen sind bedeutungssuchende Kreaturen; daher geben die Personen den verschiedenen Aspekten ihres Erfahrungsfeldes sowie dem Gesamtfeld aktiv Bedeutung. Die Bedeutung, die jede Person ihrem Wahrnehmungsfeld zuschreibt, ist für diese Person einzigartig.

Perls (1947/1969a) gibt ein Beispiel für dieses Prinzip, indem er darauf hinweist, daß ein Getreidefeld eine ganz andere Bedeutung für einen Bauern, einen Piloten, einen Maler, einen Agronomen, einen Kaufmann oder ein Liebespaar hat. Der Bauer sieht das Getreide, das geerntet werden muß, der Pilot hält Ausschau nach einem Notlandeplatz, der Maler sucht eine Komposition, die er malen kann, das Liebespaar nimmt einen geschützten Platz wahr, um sich zu lieben, der Agronom erwägt die wahrscheinliche Zusammensetzung des Bodens, während der Kaufmann den finanziellen Gewinn beim Verkauf der Ernte kalkuliert. So veranschaulicht Perls die phänomenologische Sichtweise, daß Objekte in der Weise existieren, wie sie durch die Bedeutung, die jeder Mensch ihnen gibt, existieren. Die Bedeutung des Getreidefeldes entsteht aus dem Kontext, den Interessen und den zuvor gesammelten Informationen und Einstellungen von jeder solch einzigartigen Person, die sich damit zu diesem Zeitpunkt beschäftigt.

Wenn die Person oder ihr Feld durch ein Bedürfnis oder einen äußeren Reiz gestört wird, beginnt sie, Aspekte des Feldes in Figur und Grund zu differenzieren, ganz entsprechend den vorherrschenden Bedingungen und ihren eigenen Bedürfnissen oder Interessen innerhalb dieser vorherrschenden Bedingungen. Daher nimmt sie im Krieg auf der Flucht vor den feindlichen Truppen einen Heuhaufen als möglichen Unterschlupf wahr; dagegen würde sie den feuchten, unansehnlichen Heuhaufen in Friedenszeiten an einem regnerischen Tag noch nicht einmal bemerken, während sie auf eine warme und trockene Scheune zuläuft. Das Bedürfnis (oder das Interesse) organisiert das Feld (Lewin 1926). Die Person differenziert ihr Feld in polare Gegensätze - Dinge, die ihre Bedürfnisse befriedigen können und solche, die es nicht können. Diejenigen Dinge, die ihre Bedürfnisse oder Interessen befriedigen können, werden figural (zur Figur), während die Gegensätze im Hintergrund (dem Grund) verschwinden. Phänomenologisch gesprochen konstruieren wir unsere bedeutungsvolle Wahrnehmung der Objekte durch selektive Aufmerksamkeit auf bestimmte Reize gegenüber anderen (Spinelli 1989).

Differenzierung des Feldes in Polaritäten

Aus dem undifferenzierten Hintergrund entwickeln sich zwei Richtungen der Differenzierung; Gegensätze werden geboren. Diese Gegensätze erscheinen vielleicht unvereinbar. Wenn sie jedoch veranschaulicht werden als zwei polare Extreme auf einer Linie mit einem Nullpunkt der Prädifferenzierung in der Mitte, kann man erkennen, daß sie jeweils wesentliche Aspekte des jeweiligen anderen sind, wie Perls' Beispiele dies zeigen (1947/1969a, 17-20):

	Nullpunkt	
Anfang	Mitte	Ende
Vergangenheit	Gegenwart	Zukunft
Konvexität	Ebenheit	Konkavität

Kontraste oder Polaritäten sind nötig, um klare, starke Figuren des Interesses gegenüber einem indifferenten Hintergrund zu bilden. Gegensätze koexistieren: Das Gegenteil von dem, was im Augenblick Figur ist, muß unausweichlich im Hintergrund sein. Licht könnte nicht ohne Dunkelheit existieren, noch Dunkelheit ohne Licht; sie bestimmen sich wechselseitig, sie sind zwei miteinander verbundene Pole eines Kontinuums der Bewußtheit. In gleicher Weise determinieren und definieren sich wechselseitig Schwarz und Weiß, Nacht und Tag, Begehren und Aversion, Liebe und Haß. Diese Art des Denkens in Polaritäten ist eine holistische und existentielle Konzeption der Differenz. Gestalt ist sowohl an den polaren Aspekten des Feldes, die trennen, interessiert, als auch an denen, die zusammenführen. Sowohl die Differenzen als auch die Interdependenz der polaren Gegensätze im Organismus/Umwelt-Feld werden erforscht. Beispiele der Arbeit Perls' mit Klienten bei der Erforschung der bedeutsamen Polaritäten im Person/Umwelt-Feld werden im dritten Kapitel angeführt (s. S. 143-147).

Das Konzept gegenwärtiger Bewußtheit

Bewußtheit ist für Perls die menschliche Fähigkeit, mit dem ganzen Wahrnehmungsfeld in Berührung zu sein. Es ist die Fähigkeit, mit seiner eigenen Existenz in Berührung zu sein, zu bemerken, was um einen herum und in einem geschieht, und mit der Umwelt, anderen Menschen und sich selbst Verbindung aufzunehmen; zu wissen, was man fühlt oder empfindet oder denkt; wie man in diesem Augenblick reagiert. Bewußtheit ist nicht nur ein mentaler Prozeß: Sie beinhaltet alle Erfahrungen, seien sie physisch oder mental, sinnlich oder emotional. Es ist ein ganzheitlicher Prozeß, der den ganzen Organismus einbezieht: »Bewußtheit ist wie das Glühen der Kohle, das von ihrer eigenen Verbrennung her kommt ... Bei Bewußtheit findet ein Prozeß in der Kohle (im ganzen Organismus) statt« (Perls, Hefferline und Goodman 1951/1973, 106).

Bewußtheit ist die Erfahrung des *Hier-und-Jetzt*. Man kann sich nur dessen bewußt sein, wozu man einen direkten Kontakt hat, das heißt, durch die Sinne; man kann ein Ereignis nicht erleben und sich dessen bewußt sein, wenn es jenseits der Reichweite dieser Rezeptoren liegt. Man kann es sich vorstellen, aber die Vorstellung oder das Bild davon ist *hier*, wo man *jetzt* ist. Gleichermaßen kann man die Vergangenheit erinnern oder über sie reflektieren, und man kann für die Zukunft planen, aber das Erinnern, die Reflexion und das Planen geschehen tatsächlich in der Gegenwart. Perls differenziert daher phänomenologisch zwischen dem Prozeß der Erfahrung, *wie sie stattfindet*, und den Reflexionen über diese Erfahrung, die unausweichlich nach der Erfahrung selbst erfolgen. Interpretieren, sich in Erinnerungen ergehen, erklären oder »reden über« sind kein Ersatz für die gegenwärtige Erfahrung als lebendige Essenz unserer Existenz, unserer Lernmöglichkeit und unserer Einsicht.

Perls bestand darauf, daß die einzige psychologische Realität die Gegenwart sei: »Indem man die größte Betonung auf dieses Empfinden der Aktualität legt - darauf, daß es wichtig ist, sich zu vergegenwärtigen, daß es keine andere Realität als die Gegenwart gibt« (Perls 1947/1969a, 208). Das Verhalten einer Person kann nur in Begriffen der Phänomene des gegenwärtigen Feldes erklärt werden.

Perls leugnet nicht, daß alles seinen Ursprung in der Vergangenheit hat und nach weiterer Entwicklung in der Zunkunft drängt, aber er betont, daß die Vergangenheit und die Zukunft ihre Bedeutung immer aus dem gegenwärtigen Feld beziehen und auf dieses bezogen sein müssen: »Die gegenwärtige Situation ist immer, daran müssen wir denken, ein Beispiel der Wirklichkeit, wie sie jemals war oder sein wird« (Perls, Hefferline und Goodman 1951/1973, 508). (Zur Bedeutung der Vergangenheit in der Gestaltpsychotherapie s. S. 131f.)

Perls kritisiert Freuds Ansicht, daß das Unbewußte eine Einheit ist, in der verdrängte Gefühle und Erfahrungen lokalisiert sind. Er ersetzt dies durch ein fließenderes Konzept bewußter und unbewußter Vorgänge:

> »[...] wir verwenden das Wort 'unbewußt', geben ihm aber eine viel weitere Bedeutung als die, die Freud dem Unbewußten zuschrieb. Letzteres ist identisch mit dem Verdrängten, das heißt mit dem Material, das einmal bewußt war. Freud vergleicht das Bewußte und das Unbewußte mit einem Eisberg. Statt dessen vergleichen wir bewußt und unbewußt mit der Oberfläche des Globus und behaupten, daß das, was wir nicht sehen, zuvor nicht notwendigerweise auf der Oberfläche gewesen sein muß.« (Perls 1978a, 36)

Phänomenologie als philosophische Methode der Untersuchung

Die Phänomenologie hebt hervor, daß unsere Realität phänomenologisch und als solche für eine Vielzahl von Interpretationen offen ist. Die Bedeutung, die jede Person ihrer Wahrnehmung der Welt gibt, ist für diese Person einzigartig. Eine phänomenologische Methode der Erforschung betont daher, daß eine Person die Wahrheit der Realität einer anderen nicht wissen kann. Daher glaubte Perls, daß sich der Therapeut gegenüber allen Möglichkeiten des Feldes öffnen muß und, statt das Klientenverhalten zu interpretieren, dem Klienten helfen muß, sein eigenes, einzigartiges Empfinden für Sinn und Richtung in seinem Leben durch die phänomenologische Methode zu entdecken, die aus drei miteinander verknüpften Schritten besteht (Spinelli 1989):

1. *Einklammern* oder Beiseitelassen vorheriger Annahmen und Tendenzen, um sich auf die unmittelbare Erfahrung zu konzentrieren;
2. *Beschreiben* unmittelbarer und konkreter Eindrücke, statt zu erklären oder zu interpretieren;
3. *Gleiche Geltung* aller Aspekte des Feldes annehmen, die auf diese Weise beschrieben wurden (oder sie zunächst als gleichermaßen bedeutsam behandeln), statt irgendeine Hierarchie der Wichtigkeit anzunehmen.

Perls' vorrangige therapeutische Methode bestand darin, durch phänomenologische Beschreibung dessen, was ist, Bewußtheit zu entwickeln. Therapeut und Klient beschreiben das, was sie erfahren oder wahrnehmen, ohne zu interpretieren: »Ich verlasse mich auf die detaillierte Beschreibung der Erfahrung durch den Klienten und auf meine eigenen Beobachtungen und versuche, so wenig Konstruktionen und Vermutungen - z.B. Interpretationen - wie möglich zu verwenden« (Perls 1979, 13). Zumindest am Anfang vermeidet es der Therapeut, irgendeine Bedeutungshierarchie über die Beschreibungen des Klienten zu legen, und er hält seine eigenen vorausgegangenen Annahmen über das, was in jedem gegebenen Augenblick bedeutsam ist, in der Schwebe. Die Phänomenologie drängt uns dazu, jede Information hinsichtlich des Wahrnehmungsfeldes einer anderen Person so zu behandeln, als wäre sie ein Stück eines Puzzles, das wir zusammenzusetzen versuchen, ohne vorher zu wissen, wie das vollständige Bild aussieht. Phänomenologie beschreibt also die Oberfläche des Objekts des Verhaltens oder der Erfahrung (und versucht, die vorhergehenden Annahmen des Untersuchers einzuklammern), um seine wirkliche Essenz zu begreifen. Im dritten Kapitel werden Beispiele von Perls' Verwendung der phänomenologischen Methode in der Praxis gegeben (s. S. 128 und 155).

Einflüsse auf Perls' Gestalt-Feldtheorie

Bei der Entwicklung seiner Version der Feldtheorie in *Ego, Hunger and Aggression* (1947/1969a) übernahm Perls viele Begriffe der Gestaltpsychologie - Wörter wie Gestalt, Grund, Figur, Differenzierung des Feldes usw. Diese Begriffe werden in dem Buch bei ihrer Einführung erklärt. Perls (1947/1969a; 1976) und Perls, Hefferline und Goodman (1951/1973) übernahmen viele der Wahrnehmungsprinzipien, die Gestaltpsychologen wie Wertheimer, Köhler, Koffka, Gelb und ihre Studenten Zeigarnik und Ovsiankina herausgearbeitet hatten. Yontef (1982; dt. 1995) behaupet, daß »der Gestalt-Ansatz beider Gestalt-Bewegungen eine Form der phänomenologischen Feldtheorie ist. Im Kern ist er eine Erklärungsweise (Wertheimer 1938, 3) ..., [die] Einsicht in die funktionale Wechselbeziehung zu erhalten versucht, welche die immanente Struktur der Ganzheit jeder zu erforschenden Situation bildet (Köhler 1969)« (24).

Perls (1947/1969a; Perls, Hefferline und Goodman 1951/1973) bezieht sich auf Kurt Lewin, einen Sozialpsychologen, der Verbindung mit Wertheimer und Köhler hatte und »das Gestaltmodell aus dem Laborzusammenhang herauslöste und in den viel komplexeren Kontext alltäglichen Lebens stellte« (Wheeler 1991, 27). Lewin entwickelte den Gedanken des Feldes der Gestaltpsychologen zu einem komplexen theoretischen Ansatz, der als Feldtheorie bekannt ist, mit eigenen besonderen wissenschaftlichen Konstrukten und Begriffen, die die Interaktion zwischen Bedürfnissen und Feld betonen. Wheeler (1991) behauptet, daß Perls und Goodman die Schriften von Lewin nicht sehr gut kannten, und daher wesentliche Aspekte der Feldtheorie Lewins, besonders sein reichhaltiges Konzept des differenzierten Grundes nicht recht verstanden.[2]

Perls war auch vertraut mit Husserls (1931; 1968) Prinzipien der Phänomenologie (Perls 1948; Isadore From in Wysong und Rosenfeld 1982) und glaubte, daß die phänomenologische Methode ein Mittel der Untersuchung des gesamten Wahrnehmungsfeldes der Person darstelle, ohne es durch analytische Interpretation zu reduzieren. Perls' Konzept des Feldes (1947/1969a) war von Jan Smuts beeinflußt (1987), der die Vorstellung, daß alles ein Feld hat, und daß Dinge und Organismen nicht ohne diese Felder verstanden werden können, aus der Physik übernahm. Perls (1978a) erkannte den Beitrag von Harry Stack Sullivan und dessen interpersonalen Beziehungen für seine eigene Betonung der Wechselbeziehung zwischen Organismus und Feld an.

Perls' einzigartiger Beitrag bestand darin, daß er die Gestaltprinzipien der Wahrnehmung und Elemente aus Wertheimers und Lewins Feldtheorie auf die Psychotherapie anwandte. Er bestand darauf, daß die allgemeinen Prinzipien der Feldtheorie respektiert werden müssen, wenn man versucht, menschliches Verhalten in der therapeutischen Situation zu verstehen. Er kristallisierte aus der Feldtheorie und aus Husserls Phänomenologie ein Therapiesystem heraus, das die Struktur und den Prozeß der gegenwärtigen Situation oder des Feldes als Arbeitsmethode beachtete und beschrieb.

Dritter Bereich: Zyklen der Erfahrung

Gestaltpsychotherapie gründet auf dem natürlichen Fluß oder den Zyklen der Natur. Sie ist von der biologischen Funktionsweise und Struktur inspiriert, weil der Mensch Teil der Natur und den Gesetzen der Natur unterworfen ist. Perls betonte gern, daß er Gestalttherapie nicht entdeckt oder neu erfunden, sondern sie gefunden oder wiedergefunden habe, denn »Gestalt ist so ursprünglich und alt wie die Welt selbst« (Perls 1969b, 15), und sie ist eine Philosophie, die in Übereinstimmung mit dem natürlichen Universum, mit dem zu sein versucht, was *ist*. Er hob hervor, daß alles Lebendige Prozeß und Fluß ist und nichts statisch sein kann: »Alles ist im Fluß. Nur wenn wir uns von der unendlichen Vielfalt der Prozesse, die das Universum ausmachen, haben überwältigen lassen, können wir die Bedeutung des Organisationsprinzips verstehen, das Ordnung aus dem Chaos entstehen läßt; nämlich die Figur-Hintergund-Formation« (Perls 1958, 571). Bei einer Gelegenheit anerkannte Perls, daß diese Betonung des Prozesses bis zu Heraklit zurückreicht: »Wir sind schließlich wieder beim vorsokratischen Philosophen Heraklit angelangt, der behauptete, daß alles Fluß, Wechsel, Prozeß sei« (Perls 1970, 19).

Dieser Bereich von theoretischen Konzepten erforscht zunächst die zyklische Natur der Selbstregulierung, wie Perls sie verstand, und beschreibt dann den Gestaltzyklus, der die Konkretisierung des Selbstregulationsprozesses darstellt.

Organismische Selbstregulierung

Perls glaubte, daß alle lebendigen Organismen sich auf natürliche Weise selbst regulieren. Sie haben Bedürfnisse, die erfüllt werden müssen, wenn sie überleben sollen. Und wenn man sich nicht einmischt, regulieren sich menschliche Wesen selbst, um jene Bedürfnisse zu erfüllen, ohne irgendeine Notwendigkeit des »absichtsvollen Planens, der Ermutigung, der Behinderung, der Beeinflussung des Appetits oder der Sexualität usw. im Interesse der Gesundheit und der Moral« (Perls, Hefferline und Goodman 1951/1973, 294). Wenn Defizite auftreten, versucht das organische System spontan, diese zu kompensieren. Wenn es Exzesse gibt, trennt es sich in gleicher Weise spontan von diesen in einem ständigen Zyklus des Erreichens, Verlierens und Wiedergewinnens der homöostatischen Balance.

Eine Person erfährt auf diese Weise immer wieder Störungen in Form von Bedürfnissen (z.B. Defiziten oder Exzessen) sowie einen darauf reagierenden und in gleicher Weise sich wiederholenden automatischen Drang, ihr Gleichgewicht wiederherzustellen. Die Defizite oder Bedürfnisse können dadurch hervorgerufen werden, daß innerhalb der Person etwas geschieht (z.B. ein Bedürfnis nach Zuneigung oder Wasser), oder wegen irgendeiner Störung, die außerhalb der Person geschieht (beispielsweise kann starker Lärm irritieren oder ein Bedürfnis nach Stille hervorrufen). Der Mensch wird wechselweise von beiden Polen des Kontinuums zwischen Störung und Balance angezogen. (Zu den Polaritäten der Homöostase und der Störung s. S. 75f.)

Die Person organisiert ihre Erfahrung - ihre Empfindungen, Vorstellungen, Energie, Interesse und Aktivität - um das Bedürfnis herum, bis sie es befriedigt hat. Wenn das einmal geschehen ist, fühlt sich die Person zufrieden - so daß das spezielle Bedürfnis an Interesse für sie verliert und in den Hintergrund zurücktritt. Die Person ist dann in einem Zustand des Rückzugs, der Ruhe oder des Gleichgewichts, bevor ein neues Bedürfnis auftaucht und der Zyklus wieder von vorn beginnt. Bei einem gesunden Menschen ist diese Sequenz selbstregulierend, dynamisch und zyklisch. Selbstregulierung sichert natürlich nicht notwendigerweise die Befriedigung der Bedürfnisse der Person. Wenn es der Umwelt im Hinblick auf das Bedürfnis an etwas mangelt - Wasser in der Wüste oder Zuneigung in der Familie -, ist die Person nicht in der Lage, ihren Durst zu stillen oder ihr Bedürfnis nach Liebe zu befriedigen. Selbstregulierung beinhaltet, daß der Mensch sein Bestes tut, um sich in der Umwelt angesichts der vorhandenen Ressourcen zu regulieren.

Wenn es einen Bedürfniskonflikt gibt, wird das dominante Bedürfnis Vorherrschaft gewinnen. Um die Vorherrschaft des dominanten

Bedürfnisses im Augenblick zu veranschaulichen, erzählen Perls, Hefferline und Goodman (1951/1973) und Perls (1948) die Geschichte von einem Korporal, der sich in der Wüste verirrte und erschöpft und ausgelaugt in das Lager zurückkehrte. Sein Freund begrüßte ihn mit der Neuigkeit, daß er befördert worden war, während der Korporal nur davoneilte, um an Wasser zu kommen. Später behauptete der Korporal zum Erstaunen des Freundes, daß er von seiner Beförderung nichts wüßte. Er hatte seinen Freund tatsächlich nicht gehört, weil er in diesem Augenblick alles außer seinem Bedürfnis nach Wasser außer acht ließ. Aber kurz bevor der Korporal sicher in das Lager zurückkehrte, hatte ein feindliches Flugzeug angegriffen, und während der Korporal sich schnell versteckt hatte, hatte er auch seinen Durst vergessen. Hier ist eine Hierarchie der Vorherrschaft: Die akute Bedrohung des feindlichen Flugzeugs dominierte den Durst; der Durst dominierte das Interesse an Beförderung.

In seiner leidenschaftlichen Verteidigung des Prinzips der Selbstregulation leugnete Perls nicht, daß die Person manchmal ihre Impulse kontrollieren muß. Er anerkannte, daß Selbstregulierung im offensichtlichen Interesse des Selbst oder anderer manchmal eingeschränkt werden muß - beispielsweise, wenn ein Mensch, der eine mörderische Wut fühlt, sich davon zurückhält, jemand anderen zu töten. Auch leugnet Perls nicht die Notwendigkeit der Person, Rücksicht auf die Bedürfnisse anderer zu nehmen. Da die Menschen im Grunde soziale Geschöpfe sind, die mit ihrer Umwelt eine Ganzheit bilden, besteht ein grundlegender Aspekt der Selbstregulierung in der Berücksichtigung der Bedürfnisse anderer, die Teil des ganzen Feldes sind: »Der Gestalt-Ansatz, der den Menschen als eine Funktion des Organismus/ Umwelt-Feldes ansieht, und der dessen Verhalten als Reflex seiner Verwobenheit in dieses Feldes ansieht, sieht auch den Zusammenhang mit seiner Konzeption des Menschen als Individuum und als soziales Wesens zugleich«, denn »der Mensch braucht Kontakt mit anderen Menschen« und sein »Empfinden für die Bezogenheit auf die Gruppe ist ebenso natürlich für ihn wie sein Empfinden für die Bezogenheit auf seine physiologischen Überlebensimpulse« (Perls 1976, 25).

Trotzdem empfand Perls, daß die Selbstregulierung der Menschen in unnötiger Weise durch Regeln und Institutionen unserer gegenwärtigen Gesellschaft behindert wird: »Laßt uns daran denken, daß wir in demselben Ausmaß, wie wir Situationen akzeptieren, in denen Selbstregulierung selten stattfindet, auch damit zufrieden sein müssen, daß wir mit verminderter Energie und Klarheit leben (Perls, Hefferline und Goodman 1951/1973, 32).

Der Gestalt-Zyklus

Perls kristallisierte die Sequenz der organismischen Selbstregulation zu dem heraus, was er wahlweise »Störungszyklus«, den »Zyklus der wechselseitigen Abhängigkeit von Organismus und Umwelt« (1947/1969a, 44) und den »Zyklus des Stoffwechsels zwischen Organismus und Welt« nannte.[3] Ursprünglich schlug Perls vor, daß der Zyklus aus sechs Gliedern bestehen sollte. Obwohl seine Beschreibung der sechs Glieder in einer Sprache geschrieben ist, die heute als überholt gilt, zitieren wir sie wegen ihrer historischen Bedeutung und um dem Leser eine Gelegenheit zu geben, diese erste Version mit der zweiten Version, die später von Perls, Hefferline und Goodman (1951/1973) entwickelt wurde, zu vergleichen:

1. der Organismus im Ruhezustand
2. der Störfaktor, der (a) intern oder (b) extern sein kann
3. Ausbilden einer Vorstellung oder Realität (Figur-Hintergrund-Phänomen)
4. die Antwort auf die Situation, die zielt auf
5. eine Verminderung der Spannung, die ihrerseits resultiert in
6. der Rückkehr der organismischen Balance (Perls 1947/1969a, 69)

Perls, Hefferline und Goodman (1951/1973) nannten ihre Entwicklung des ursprünglichen Zyklus von Perls den »Kontaktprozeß«[4] oder eine »kontinuierliche Sequenz von Grund und Figur« (459). Sie identifizierten vier Phasen im Prozeß (oder Zyklus) des Kontakts - Vorkontakt, Kontakt, Kontaktvollzug und Nachkontakt - und betonten, daß diese unterschiedlichen Phasen nicht losgelöst voneinander vorkommen, sondern unterschiedliche Fokusse im Prozeß der Gestaltbildung und -zerstörung darstellen. Wenn eine Phase auftaucht, treten die anderen in den Hintergrund. Nachfolgend fassen wir die Beschreibung des »Kontaktprozesses« von Perls, Hefferline und Goodman zusammen und geben ein veranschaulichendes Beispiel.

Erste Phase: Vorkontakt

Die Person erlebt ein Bedürfnis oder wird durch einen Umweltreiz gestört. Der Körper ist der Hintergrund, die Empfindung des Bedürfnisses oder der sensorische Reiz aus der Umwelt ist die Figur. Beispielsweise erlebt eine Person einen Schmerz in ihrer Brust. Die Person wird dessen gewahr und gibt der Empfindung, die sie zuvor festgestellt hat, eine Bedeutung. Sie fühlt eine Emotion - beispielsweise erlebt sie den Schmerz jetzt als Einsamkeit oder ein Bedürfnis nach physischer Zuneigung. Ein Objekt des Begehrens oder ein Mittel, um diesem Bedürfnis nachzukommen, wird für sie zur Figur.

Zweite Phase: Kontaktnahme

Der Bewußtheit eines Bedürfnisses folgen Erregung und Aktivierung des Selbst und der Ressourcen, um diesem Bedürfnis nachzugehen. Der gesunde Mensch in dieser Phase ist mit Energie aufgeladen und bereit, sich zu bewegen. In unserem Beispiel bereitet sich die Person, die sich gerade dessen bewußt wurde, daß sie einsam ist, darauf vor, mit einem Freund Kontakt aufzunehmen. Sie wird aktiv und ergreift versuchsweise jene Möglichkeiten, die in der gegenwärtigen Situation existieren, um ihr Bedürfnis zu erfüllen. Sie muß aktiv werden, um irgendwelche Hindernisse, die sich in den Weg stellen, zu überwinden, während sie sich immer mehr mit der gewählten Handlung identifiziert und andere Optionen, die sie überlegt hatte, zurückweist. Der einsame Mensch telefoniert vielleicht mit einem Freund, erhält keine Antwort, versucht eine andere Nummer und verabredet ein Treffen.

Dritte Phase: Kontaktvollzug

Der Kontaktvollzug ist das Stadium, in dem die Person sich voll auf das einläßt, was immer sie gewählt hat, um ihr Bedürfnis zu erfüllen, während alles andere zeitweise in einen völlig bedeutungslosen Hintergrund zurücktritt. Für einige Momente wird die lebhafte Figur zur einzigen Gestalt, die es gibt, und erfüllt das *Hier-und-Jetzt* mit dem Reichtum und der Klarheit, die Wahrehmung, Bewegung und Emotion in einer einheitlichen Erfahrung vereinigen, sei es der Ausdruck von Kummer, lustvolles Essen oder sexueller Höhepunkt. Der einsame Mensch umarmt seinen Freund und geht voll in der Freude auf, daß er ihn wiedersieht.

Vierte Phase: Nachkontakt

Wenn der Kontakt voll und vollständig war, erlebt die Person eine tiefe organismische Befriedigung wie ein Nachglühen oder Schmekken des Austausches mit der Umwelt. Die Person in unserem Beispiel hat sich mit ihrem Freund unterhalten und fühlte sich ihm nahe. Da sie nicht mehr einsam ist, ist ihr Bedürfnis nach menschlichem Kontakt für den Augenblick befriedigt. In diesem Stadium vollzieht sich Verdauung, Assimilation und Wachstum, obwohl der tatsächliche Prozeß des Wachstums außerhalb der Bewußtheit liegt. Je nach der Art der Erfahrung kann das Wachstum sehr unterschiedliche Formen annehmen, einschließlich des Wachstums in Größe, Verjüngung, Erholung, Assimilation und Lernen. Die Figur, die vor kurzem noch so lebendig war und sie voll vereinnahmt hatte, tritt jetzt in den Hintergrund zurück. Die Gestalt wird zerstört.

Rückzug

Die Person zieht sich in eine Ruheposition oder einen Zustand des Gleichgewichts zwischen der Gestaltzerstörung und der Bildung der nächsten Gestalt zurück. Es gibt keine klare Figur, und der Organismus ist im Zustand vollständiger Ausgewogenheit. Er betritt die fruchtbare Leere, von der aus Empfindungen, die ein neues Bedürfnis ankündigen, allmählich wieder auftauchen, und der Zyklus der organismischen Selbstregulierung beginnt von neuem, denn eine Person kann nicht für unbestimmte Zeit in Ruhe verharren.

Unser Beispiel der Einsamkeit ist mit Absicht einfach, um eine klare Veranschaulichung möglich zu machen. Der Gestaltzyklus bezieht sich sowohl auf emotionale als auch auf biologische Bedürfnisse und kann über kurze oder längere Zeit reichen. Daher gehen wir viele Male an jedem Tag durch den Zyklus, indem wir unsere auftauchenden Bedürfnisse befriedigen, arbeiten, spielen, lieben, uns mit unseren Freunden auseinandersetzen, unsere Zähne putzen oder aus Kummer weinen. Gleichzeitig durchlaufen wir langfristigere Zyklen. Ein Student beispielsweise erfährt einen drei oder vier Jahre dauernden Zyklus des Studiums, bevor er seine Qualifiktion erreicht, während Eltern einen zwanzigjährigen Zyklus der aktiven Elternschaft erleben.

Die Polaritäten der Homöostase und Störung im Gestaltzyklus

Perls (1947/1969a; Perls, Hefferline und Goodman 1951/1973) erörterte den organismischen Drang der Person zur Homöostase oder zum Gleichgewicht häufig und ohne Vorbehalte. Weniger offensichtlich, aber dennoch klar, behauptete Perls auch, daß der Mensch einen ebenso starken Drang hat, seine eigene Balance durch spontan entstehende Gelüste und Aufregungen zu stören: »Appetit scheint entweder durch etwas im Umfeld angeregt zu werden oder *spontan aus dem Organismus zu entstehen*. Aber natürlich würde die Umwelt nicht erregen, sie wäre kein Stimulus, wenn der Organismus nicht bereit wäre zu antworten« (Perls, Hefferline und Goodman 1951/1973, 460; kursiv d. A.). Ganz so, wie der biologische und emotionale Organismus nicht für lange Zeit *außerhalb* der homöostatischen Balance sein kann, kann er auch nicht lange *in* Balance sein. Appetit, Erregung, der Drang, das Gleichgewicht zu stören, sind in gleicher Weise intrinsisch. Sie sind der Impuls nach Kontakt und Wachstum und so das Mittel der Selbstverwirklichung. Wenn die Person einmal ausgeglichen ist, sucht sie nach Störung, Erregung, Neuigkeit und der Assimilation von Neuem. Aber wenn sie durch ein Bedürfnis oder eine Erregung gestört wird, sucht sie, genauso natürlich, dieses Bedürfnis zu stillen und ihre Balance wiederzugewinnen - zumindest zeitweise. Der Drang nach homöostatischer Balance und der Drang nach Störung und Aufregung sind komplementäre Gegensätze, die miteinander koexistieren. Sie sind in gleicher Weise wesentlich für das Funktionieren und Blühen des menschlichen Wesens. Es liegt in der Natur des Wachstums der Dinge, *in* und *außerhalb* der Spur zu sein; Störung/Erregung *und* Balance zu suchen. Von daher sind Menschen in einen fließenden, wechselnden und bedeutungsvollen Tanz zwischen den Polen der Balance und der Störung eingebunden.

Der Punkt kreativer Indifferenz oder die existentielle Leere

Perls war besonders interessiert an jenem Augenblick im Zyklus, in dem die Person im Gleichgewicht ist, was er den Nullpunkt, den Punkt kreativer Indifferenz (Friedlaender 1918) oder die fruchtbare Leere nannte. Obwohl die Person sich nichts Besonderem bewußt ist, ist sie wach und offen für alle Möglichkeiten. Ihr Interesse könnte in jede erdenkliche Richtung gehen. Sie ist in Balance und zentriert. Sie ist einfach. Das Feld ist noch undifferenziert: Figur und Grund sind eins. Perls (1947/1969a) verwendete das chinesische Symbol des *Wu Gi* oder des leeren Kreises, um den prädifferenten Zustand oder das Nicht-Beginnen darzustellen, im Gegensatz zum *Tai Gi*, das die progressive Differenzierung in Gegensätze ausdrückt (s. S. 65). Diese Symbole werden in Abbildung 2.5 dargestellt.

In östlichen Religionen meint »Nichtigkeit« (no-thing-ness), daß es keine Dinge gibt: Es gibt nur den Prozeß, das Geschehen, reines Sein.

Die phänomenologischen und existentiellen Philosophen (wie
1931; 1968; Heidegger 1962; Sartre 1938; 1958) haben das
Konzept des »Nichts« auch erforscht, das aus der existentiellen Furcht erwächst, welche durch die Vergegenwärtigung ausgelöst wird, daß jeder allein ist und daß es keinen letzten Sinn im Leben gibt. Viele Menschen im Westen fürchten und vermeiden die Erfahrung des Nichts. Unter dem Einfluß der existentiellen Vorstellung, daß Menschen, die die Realität der Angst, des Todes und des Nichts verleugen, unauthentisch leben, kam Perls zu der Auffassung, daß die Konfrontation mit der existentiellen Leere bedeuten kann, daß man seine persönliche Authentizität findet.

Statt die Leere zu verleugnen, ermutigte Perls die Menschen, in sie einzutreten und sie kennenzulernen. In seinem ersten Buch (1947/1969a) verwendete er ein ganzes Kapitel, um den Leser zu lehren, auf seine innere Stille zu horchen - eine Praxis, die der Meditation ähnelt. Er glaubte, daß die innere Stille einem Menschen helfen kann, mit den tieferen intuitiven Schichten seiner Existenz in Berührung zu kommen. Mehr als zwanzig Jahre später sprach Perls immer noch in lyrischer Weise von der Leere: »Und wir finden heraus, daß die Wüste zu blühen beginnt, wenn wir die Nichtigkeit, die Leere akzeptieren und in sie eintreten. Die Leere erwacht zum Leben und wird erfüllt. Die furchtbare Leere wird zur fruchtbaren Leere« (1969b, 57).

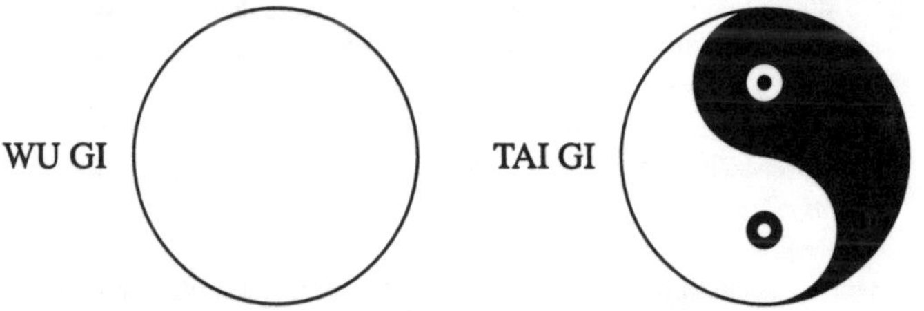

Abb. 2.5: Wu Gi *und* Tai Gi *(aus: Perls 1947/1969a)*

Einflüsse auf den Gestaltzyklus

Die ursprüngliche Version von Perls' »Zyklus der Störung« oder »Zyklus der wechselseitigen Abhängigkeit von Organismus und Umwelt« kann man in *Ego, Hunger and Aggression* (1947/1969a, 44 und 69) finden. Das Vorhandensein dieser frühen Version belegt, daß der erste Prototyp des Gestaltzyklus von Perls vor seiner Zusammenarbeit mit Hefferline und Goodman formuliert wurde. Die Erarbeitung des Zyklus (1951/1973), wie sie in diesem Abschnitt beschrieben wird, geht zu einem großen Teil auf Goodman zurück.

Die Vorstellung, daß lebendige Erfahrung zyklisch ist und sich in einem immer wiederkehrenden Wechsel zwischen dem Auftauchen der Gestalt und ihrem Verschwinden wiederholt, stammt natürlich nicht von Perls (Clarkson 1992a), sie wohnt den Zyklen der Jahreszeiten und der Natur inne, und Perls selbst behauptete, daß Gestalt nichts anderes sei als die natürliche Art und Weise, die Dinge wahrzunehmen. Schon 500 v. Chr. erforschte Heraklit, , erforschte das Konzept des Seins als einen ständigen Fluß, und er beschrieb die zyklische Natur des Wandels in Worten, die jene von Perls und anderen Existentialisten des zwanzigsten Jahrhunderts vorwegnahmen: »Der Zyklus ist die intensive, erfahrungsmäßige Versöhnung von Unvergänglichkeit und Zerfall. Der mythische Mensch existiert im Zyklus oder in der Ganzheit« (Heraklit nach Guerriere 1980, 88). Bei wenigstens einer Gelegenheit (1978b) bezieht sich Perls auf Heraklit.

In unserem Zeitalter beschreibt Smuts (1987) die Erfahrung in Begriffen, die verschiedene Elemente des Gestaltzyklus von Perls beinhalten:

> »Sie [die Erfahrung] involviert nicht nur *Empfindungen* und *Wahrnehmungen*, sondern auch komplexere Konzepte wie *Gefühle* und *Wünsche* im Hinblick auf das angestrebte Ziel und *Willensakte* im Hinblick auf die beabsichtigte Handlung; und all diese Elemente werden zu einem einzigartigen Zweck verschmolzen und verwoben; welcher dann in *Handlung* oder *Ausführung* umgesetzt wird« (258).

Harry Stack Sullivans (1953; 1962; 1964) Glaube, daß das Leben Prozeß und Fluß sei, stimmte mit Perls eigenem Denken überein und beeindruckte ihn sicherlich in den späten vierziger und frühen fünfziger Jahren, als er mit Nachfolgern von Sullivan Kontakt aufnahm.

Was sein Interesse an dem Punkt kreativer Indifferenz und an der Leere betraf, war Perls Friedlaender gegenüber zu Dank verpflichtet, den er persönlich in Berlin in den zwanziger Jahren kennengelernt hatte, und dessen Leistungen er ebenso voll anerkannte (1947/1969a) wie die der Existentialisten (z.B. Sartre 1958).

Vierter Bereich: Kontakt

Allgemeine Theorie des Kontakts und der Assimilation

Kontakt, wie Perls, Hefferline und Goodman (1951/1973) ihn beschreiben, bedeutet die Begegnung einer Person mit einer anderen oder das Aufeinandertreffen von einer Person und ihrer Umwelt. Es ist der Punkt, an dem ich »mich« erfahre in Beziehung zu allem, was nicht »mich« ist, wenn ich »mich« als unterschieden vom »Du« erlebe. Kontakt ist das, was zwischen uns geschieht. Kontakt beinhaltet daher nicht nur ein Empfinden meiner selbst, sondern auch ein Empfinden der anderen Person oder der Sache, mit der man Kontakt aufnimmt. Kontakt kann nur zwischen zwei verschiedenen Wesenheiten oder Einheiten stattfinden: »Statt in einem ständigen Hin- und Herschwappen zwischen einer gallertartigen Konfluenz mit seiner Umgebung oder in vollständiger Isolation von ihr zu leben, weiß derjenige jetzt, daß 'Kontakt' die Anerkennung von Unterschieden bedeutet« (Perls 1948, 585f.).

Kontakt beinhaltet irgendeine Art von Austausch, in welchem etwas (im wörtlichen oder metaphorischen Sinn) über die Grenze des Selbst hinweg angenommen und für brauchbar erachtet wird. Kontakt ist der kreative Austausch oder die Anpassung zwischen dem Organismus und der Umwelt. Er ist jede Art von lebendiger Beziehung, die in der Interaktion zwischen der Person und ihrer Umgebung geschieht, einschließlich beispielsweise Annäherung, Essen, Ausscheiden, Fühlen, Schreien, Lachen, Umarmen, Kämpfen und Lieben.

Wesentliche Aspekte des Kontaktprozesses sind: die Aufrechterhaltung des Unterschieds der Person zur Umwelt; die Zurückweisung von Gefahr und Vergiftung; das Überwinden von Hindernissen, die Kontakt beeinträchtigen könnten; und die Selektion und Aneignung von verarbeitbarem Neuen wie Nahrung, Liebe, Lernen, intellektuelle Anregung: »Der Organismus besteht, indem er das Neue durch Wandel und Wachstum assimiliert ... In erster Linie ist Kontakt Bewußtheit des assimilierbaren Neuen und das Verhalten diesem gegenüber; und die Zurückweisung von unassimilierbarem Neuen« (Perls, Hefferline und Goodman 1951/1973, 276).

Einer der Gründe, weshalb das Kontaktkonzept für die Gestalttherapie so wichtig ist, besteht darin, daß Kontakt das Mittel ist, durch das der Mensch wächst und sich verändert. Wenn der Kontakt vibrierend und dynamisch ist und die Assimilation gründlich geschieht, dann führt dies automatisch zu Veränderung und Wachstum.[5] Das Ergebnis wahren Kontakts und wahrer Assimilation ist niemals nur ein Neu-Arrangement der alten Elemente, sondern die Schöpfung einer neuen Konfiguration, die Aspekte der alten Persönlichkeit und neues Material aus der Umwelt enthält. Nach jeder kontaktvollen Erfahrung hat eine Person ein neues, erweitertes und verändertes Empfinden ihrer selbst. Die Person ist notwendigerweise in diesem Prozeß aktiv und kreativ: Sie »erinnert sich nicht nur an sich selbst, indem sie die Karten neu mischt, sondern 'findet und erschafft' sich selbst« (Perls, Hefferline und Goodman 1951/1973, 281).

Da Kontakt zu Wandel führt, kann das Ergebnis nicht vorhergesagt werden. Jedesmal, wenn eine Person sich an den Rand ihrer gegenwärtigen Begrenzungen wagt und neue Risiken in der Art und Weise, wie sie Kontakt bekommen will, auf sich nimmt, wächst ihr Empfinden davon, wer sie ist und was sie sich selbst zu tun gestattet. Zur gleichen Zeit zerstört sie Teile ihrer alten Gewohnheiten (die alte Gestalt). Um authentisch und dynamisch zu leben, muß sie ihre zuvor etablierte Identität auf diese Weise riskieren. Bewußtheit und Kontakt im Gegensatz zu routinehaftem Verhalten sind unausweichlich von existentieller Angst begleitet. Im gesunden Zustand wird Angst toleriert, weil die störende Energie rasch in eine neue Konfiguration hineinfließt, und auf diese Weise als Erregung in einem neuen Abenteuer verwendet wird. Beispielsweise erlebte ein Mann akute Angst und Schlaflosigkeit, als er sich entschied, von seinem Haus, in dem er dreißig Jahre lang gelebt hatte, wegzuziehen. Als er jedoch tatsächlich das neue Haus gekauft hatte, verwandelte sich all seine unterbrochene Energie in Aufregung, als er sich damit beschäftigte, seinen Garten zu planen.

Kontaktgrenze

Die Kontaktgrenze besteht aus der empfindsamen Haut und den Mitteln, mit denen man Kontakt aufnimmt, das heißt den fünf Sinnen sowie der Propriozeption und der Fähigkeit, sich zu bewegen und Töne von sich zu geben. Die Kontaktgrenze hält den Menschen zusammen und trennt ihn von ihrer Umgebung, *während sie gleichzeitig* der Kontaktpunkt mit der Umgebung ist. Dort ist er in Berührung mit Dingen und Menschen, die er zum Leben braucht und auch mit den möglichen Gefahren für sein Leben. Die Kontaktgrenze verändert sich: Manchmal glaubt man, es sei die Haut, während sie zu anderen Zeiten viel weiter weg von einem erlebt wird. Die Menschen verhärten oder lösen ihre Muskulatur, ihre Haut und sich selbst, um sich für den Kontakt zu öffnen oder zu verschließen - im wörtlichen und im metaphorischen Sinn. Sie können ihre Kontaktgrenze mehr oder weniger durchlässig werden lassen, je nachdem, wie sicher oder gefährlich sie ihre Umwelt oder andere Menschen in einem gegebenen Augenblick erleben (Kepner 1987).

Perls behauptete, daß die Erfahrung der Menschen an der Kontaktgrenze zwischen ihnen selbst und ihrer Umwelt geschieht. Erfahrung ist die Funktion der Kontaktgrenze des Organismus und seiner Umwelt: »Das Studium der Art und Weise, in der das menschliche Wesen in seiner Umwelt funktioniert, ist das Studium dessen, was an der Kontaktgrenze zwischen der Person und ihrer Umwelt geschieht. An dieser Kontaktgrenze finden die psychologischen Ereignisse statt. Unsere Gedanken und Handlungen, unser Verhalten und unsere Emotionen sind unsere Art und Weise, diese Grenzereignisse zu erfahren und ihnen zu begegnen« (Perls 1976, 17).

Die Rolle der Aggression und der Zerstörung im Kontakt

Aggression und Zerstörung sind eine zum Kontakt gehörende Phase. Perls, Hefferline und Goodman (1951/1973) hoben hervor, daß sie mit dem Wort »Aggression« alles meinen, was die Person tut, um zuzugreifen oder Kontakt mit der Umwelt zu initiieren - *nicht* im üblichen Sinne des unmotivierten Angriffs. Um zu assimilieren und zu wachsen, muß eine Person aktiv auf Aspekte der Umwelt, die sie benötigt, zugehen, ihrer habhaft werden, sie zerstören und sie sich zu eigen machen:

> »Die psychologische Nahrung, die die äußere Welt uns präsentiert - die Nahrung der Tatsachen und Einstellungen, auf denen unsere Persönlichkeiten aufgebaut sind -, muß in genau der gleichen Weise assimiliert werden wie unsere wirkliche Nahrung. Sie muß zerstört, auseinandergenommen und dann wieder in der Form, in der sie am wertvollsten für uns ist, zusammengesetzt werden.« (Perls 1976, 33f.)

Wahrer Kontakt ist also immer kreativ und dynamisch. Er kann nicht routinehaft oder stereotyp sein, und er kann das Neue nicht einfach passiv akzeptieren oder sich ihm bloß anpassen, denn das Neue muß zerstört werden, um assimiliert werden zu können.

Hunger-Instinkt

Perls (1947/1969a) kritisierte Freud, weil dieser den Hunger-Instinkt zugunsten der Libido und des Todes-Triebes vernachlässigte. Er behauptete, daß das Verständnis des Hunger-Instinktes wesentlich für ein Verständnis der menschlichen Persönlichkeit sei und verwendete es als Metapher, die sein Kontaktkonzept untermauerte.

Perls unterteilte die Entwicklung des Hunger-Instinktes in die pränatale Phase, die Saug-, Beiß- und Kauphase. In der pränatalen Phase wird der Embryo durch die Nabelschnur ohne irgendeine Anstrengung seinerseits ernährt. Nach der Geburt nimmt der »Säugling« seine Nahrung auf, indem er sich (an die Brustwarze) anhängt, saugt und schluckt. Wenn er seine ersten Zähne entwickelt - die Schneidezähne -, greift der »Beißling« die erste solide Nahrung aktiv an, indem er Stücke aus der teilweise vorbereiteten Nahrung abbeißt und die Nahrung, die er nicht will, ausspuckt. Sobald die Backenzähne gewachsen sind, kann der »Kauling« Nahrungsstücke zerstören, indem er sie gründlich zermahlt, bevor er sie schluckt.

Perls hatte den Eindruck, daß der natürliche Ausdruck des Hungers des Kleinkindes oft unterbunden wird. Besonders wird das Beißen des Beißlings oft bestraft, so daß die Babies lernen, ihren natürlichen biologischen Impuls zu beißen, zu unterbinden. Wenn sie einmal gelernt haben, ihren Beißimpuls zu unterdrücken, behandeln viele Kinder und Erwachsene feste Nahrung - und andere Aspekte der Umwelt - als wären sie Flüssigkeiten, die man schlucken kann, wie ein Baby die Milch schluckt. Aggression und die Tendenz zu zerstören sind natürliche, gesunde Impulse, die nicht genutzt werden, wenn die Menschen ihre Nahrung abreißen und sie herunterwürgen, ohne sie zu kauen. Die Person, die ihre Zähne nicht benutzt, um ihre Nahrung gründlich zu kauen, verliert den Kontakt mit ihrer eigenen Fähigkeit zur Aggression und projiziert diese entweder auf andere, indem sie sich vorstellt, daß diese ihr selbst gegenüber aggressiv seien, oder sie drückt sie auf losgelöste Weise aus, indem sie Krieg führt oder sie gegen sich selbst in Selbstquälerei richtet.

Perls wiederholte oft die Überzeugung, daß die Art und Weise, wie eine Person sich in Bezug auf Nahrung verhält, ihre gesamte Haltung gegenüber dem Leben spiegelt. Wenn ein Mensch Autoritätsfiguren oder Prinzipien beispielsweise introjiziert, verhält er sich wie ein neugeborener »Säugling«, indem er das Ganze ohne Unterschied schluckt (zur Diskussion der Introjektion s. S. 101). Perls (1947/1969a) erörterte auch die Haltung des Anhängens, die auftritt, wenn eine Person andere Menschen oder Theorien wie »Schnuller« behandelt, an die sie sich in der Hoffnung anhängen kann, daß sie einfach dadurch genährt wird, daß sie sich anhängt. Sie kann sich niemals wirklich befriedigt fühlen, weil sie Angst hat, die Gegenstände ihres Interesses in Frage zu stellen oder zu zerstören.

Einflüsse auf Perls' Kontakttheorie

Perls filterte sein Kontaktkonzept aus Vorstellungen heraus, die sich auf die Entwicklung des Hunger-Instinktes beim Kleinkind bezogen, und bei dieser Konzeptualisierung war er stark beeinflußt von Wilhelm Reich (1952) und von seiner Frau Laura Perls. Laura Perls bekam Interesse am Hunger-Instinkt und an oralen Widerständen, als sie ihr erstes Kind in den frühen dreißiger Jahren fütterte. Fritz entwickelte ihre Erforschungen weiter und schrieb einen Text über orale Widerstände im Jahr 1936 und dann das Buch *Ego, Hunger and Aggression* (1947/1969a; südafrikanische Ausgabe 1942; erste britische Ausgabe 1947). Er und Laura arbeiteten an *Ego, Hunger and Aggression* zusammen, und Laura steuerte beispielsweise das Kapitel über den »Schnuller-Komplex« bei. In diesem Buch schlug Perls bereits vor, daß wirklicher Kontakt zwischen Therapeut und Klient der Abstinenz und Übertragung vorzuziehen sei. Perls wurde auch von Smuts dahingehend beeinflußt, daß er mentalen und physikalischen Stoffwechsel miteinander in Verbindung brachte: »Ganz so, wie organische Assimilation zum Wachstum des Lebewesens wesentlich ist, so ist intellektuelle, moralische und soziale Assimilation seitens der Persönlichkeit der zentrale Vorgang für ihre Entwicklung und Selbstverwirklichung« (Smuts in Perls 1947/1969a, 105).

Obwohl die Bedeutung des Hunger-Instinktes, die Zahnentwicklung und die Parallele zwischen physikalischem und mentalem Stoffwechsel in *Ego, Hunger and Aggression* (1947/1969a) erforscht werden, wird das Kontaktkonzept nur auf recht rudimentäre Weise eingeführt. Die Ausarbeitung der Theorie und des Kontaktprozesses, wie sie hier zusammengefaßt sind, wurde in *Gestalt Therapy* (Perls, Hefferline und Goodman 1951/1973) vorgenommen und wurde daher wahrscheinlich hauptsächlich von Goodman entwickelt (Wheeler

1991; dt. 1993). Goodmans und Perls' Kontaktkonzept wurde wahrscheinlich auch angereichert durch Harry Stack Sullivans Vorstellung (1964) zur oralen Dynamik und Nahrungsaufnahme und durch die Vorstellungen Bubers (1965; 1987) zur Beziehung (s. S. 85, 92).

Fünfter Bereich: Theorie des Selbst

Das Selbst als Prozeß

Für Perls ist das Selbst, zumindest während der Phase mit Goodman, kein Ding, auch keine Struktur oder feste Institution, sondern ein Prozeß. Das Selbst ist ein Organisationsprozeß, der sich ständig verändert. Es ist das Ich-im-Prozeß. Das Selbst ist das Integrierende, der Künstler des Lebens; es spielt die entscheidende Rolle bei der Suche und Bildung von Bedeutungen, die wir leben und durch die wir wachsen. Perls, Hefferline und Goodman (1951/1973) beschreiben die Aktivität oder Funktion des Selbst als Gestaltbildung und -zerstörung - die Bildung von Figuren und dem jeweiligen Grund. Das Selbst ist also das Gesamtsystem der Kontakte und Reaktionen der Person, die notwendig sind für die Anpassung im gegenwärtigen Feld. Da Assimilation und Wachstum das unausweichliche Ergebnis von Kontakt sind, folgt daraus, daß das Selbst der Agent des Wachstums ist.

Kontakt oder kreative Anpassung findet an der Kontaktgrenze zwischen Person und Umwelt statt, und daher wurde das Selbst von Perls, Hefferline und Goodman auch als die Kontaktgrenze in Aktion bezeichnet: »Das Selbst kann als die Grenze des Organismus betrachtet werden« (427). Perls (1978b) behauptete, daß das Selbst nur in der Interaktion zwischen Person und Umwelt oder in der Interaktion zwischen einer Person und einer anderen existierte. Es gibt kein »Selbst« ohne den oder das »andere(n)«. Ganz so wie Dunkelheit im Kontrast zu Licht definiert wird, wird das Selbst durch das definiert und unterschieden, was »Nicht-Selbst« ist. Ich existiere nur insoweit, als es andere (Menschen oder Dinge) gibt, die sich von mir unterscheiden. Ein wirklich einsames Selbst ist eine Illusion, denn wenn ich völlig allein wäre, hätte ich kein Konzept von »Ich«; ich weiß, daß ich ein getrenntes Selbst habe, weil es andere (Menschen oder Dinge) gibt, die nicht ich sind. Phänomenologisch gesprochen definiert das »Ich« sich selbst durch seine Kontaktprozesse und Interaktionen mit anderen oder mit »Nicht-Ich« :

»Oder wie Buber, ein berühmter Existentialist, sagen würde, ‘zwischen dem ‘Ich’ und dem ‘Du!’’ ... Was ist da das ‘Selbst’? Das ‘Selbst’ kann also nicht anders verstanden werden als durch das Feld, ganz so, wie der Tag nicht anders verstanden werden kann als im Gegensatz zur Nacht. Wenn es ewigen Tag gäbe, ewiges Licht, hätte man kein Konzept für ‘Tag’, man hätte nicht einmal die Bewußtheit von einem ‘Tag’, weil es nichts gäbe, dessen man bewußt sein könnte, keine Differenzierung. Das ‘Selbst’ kann nur im Gegensatz zum Anderssein gefunden werden. Es gibt eine Grenze zwischen dem Selbst und dem anderen, und diese Grenze ist der Kernpunkt der Psychologie.« (Perls 1978b, 55)

In Worten, die Bubers Philosophie widerspiegeln, sagen Perls, Hefferline und Goodman: »Das Selbst ist sich seiner selbst nicht abstrakt bewußt, sondern es ist sich seiner selbst als mit etwas in Kontakt Seiendem bewußt. Sein ‘Ich’ ist der andere Pol zum ‘Du’ und zum ‘Es’« (1951/1973, 432).

In Augenblicken intensiver Interaktion oder besonderen Kontakts hat die Person ein größeres Empfinden des Selbst, während sie in Phasen, in denen sie kaum mit der Welt um sie herum interagiert, ein geringeres Selbst-Empfinden hat. Beispielsweise erlebt eine Frau ein starkes Empfinden davon, wer sie ist, wenn sie auf unvorhergesehene Weise feststellt, daß sie hinsichtlich ihrer Kindheitserfahrungen mit ihrer Schwester nicht übereinstimmt; im Gegensatz dazu nimmt ihr Selbstempfinden ab, wenn sie angenehm mit eben dieser Schwester plaudert.

Perls bezweifelt also die alltägliche Annahme des Selbst als einer recht dauerhaften Einheit und schlägt statt dessen vor, daß das Selbst sich wandelt und verändert, gemäß den sich verändernden Umständen und den unterschiedlichen Menschen, auf die es trifft. »Was uns als ... Psychotherapeuten in diesem sich ständig verändernden Feld beschäftigt, sind die sich ständig verändernden Konstellationen des sich ständig verändernden einzelnen. Denn er muß sich ständig verändern, wenn er überleben will« (Perls 1976, 25). Das ist eine phänomenologische Konzeption des Selbst, die das Selbst als das ansieht, »was wir in irgendeinem beliebigen Augenblick zu irgendeiner Zeit interpretieren und für es halten, [als] sowohl zeitweiligen und im besten Fall partiellen Ausdruck einer unendlichen Vielzahl von möglichen angenommenen Selbsten« (Spinelli 1989, 84).

Weil das Selbst sich ständig verändert, um die Anforderungen jeden neuen Kontakts mit der Umwelt zu bewältigen, differenzieren Perls, Hefferline und Goodman (1951/1973) unterschiedliche Aspekte des Selbst - das Ich, das Es, die Mitte und die Personalitätsfunktionen. Sie heben jedoch hervor, daß, obwohl sie in psychoanalytischen Begriffen der Es- und Ich-Funktion sprechen, sie doch das Selbst als Prozeß meinen. Es *gibt* kein Es oder Ich - nur den Prozeß der Figurbildung und -zerstörung.

Das aktive Selbst und die Rolle der Verantwortung

Die Erfüllung unserer Bedürfnisse erfordert nicht nur, daß wir ihrer bewußt werden, sondern auch, daß wir absichtlich wählen, handeln und uns selbst und unsere Umwelt organisieren. Perls legte sehr großen Wert auf die Tatsache, daß das Selbst in dieser Weise aktiv und nicht passiv ist. Er behauptete daher, daß jede reife Person in der Lage ist, existentielle Verantwortung für sich selbst und für die meisten Aspekte ihres Lebens zu übernehmen und vor allem für den Sinn, den sie ihrem Leben gibt. Perls (1969b; 1976) schrieb das Wort »Verantwortung« (*responsibility*) oft als »Ver-Antworten« (*response-ability*), um diesen Punkt hervorzuheben.

Wenn man sich der Ereignisse in seinem Leben intensiv bewußt wird, worum es dabei geht und welche Rolle sie für die eigene Funktionsweise spielen, »dann ist man dafür verantwortlich - nicht in dem Sinn, daß man jetzt eine Last übernommen hat, die es vorher nicht gab, sondern daß man jetzt erkennt, daß man selbst derjenige ist, der in den meisten Fällen bestimmt, ob sie weiter existieren sollen oder nicht« (Perls, Hefferline und Goodman 1951/1973, 49). Wenn wir den Kontakt zur existentiellen Wahrheit unserer eigenen Verantwortlichkeit verlieren, werden wir von unserer Existenz entfremdet; wir versuchen, andere für das, was wir tun, zu tadeln oder zu loben, und wir schätzen oder diskriminieren uns selbst für das, was andere tun.

Perls meinte damit nicht, daß der einzelne persönlich für alle Situationen, in denen er sich befindet, verantwortlich sei. Eine Person, die wegen ihrer Rasse in ein Konzentrationslager eingesperrt wird, hat ganz sicher nicht die schrecklichen Umstände, in denen sie sich jetzt befindet, hervorgebracht. Aber sie ist dennoch aktiv verantwortlich dafür, wie sie ihr Leben in dieser Umgebung führt. Frankl[6] beispielsweise beschrieb (1973), wie seine Mitgefangenen in den

Konzentrationslagern ihrem Leben auf aktive Weise Sinn gaben, obwohl sie normalerweise nicht in der Lage waren, die bitteren Umstände, in denen sie existierten, zu verändern.[7]

Die Sprache der Verantwortlichkeit

Ein deutliches Beispiel der Verleugnung persönlicher Verantwortung liegt im Gebrauch unserer alltäglichen Sprache in Formulierungen wie »es macht mich traurig, wenn Du das tust«, oder »sie brachte mich dazu, sie zu schlagen«. In der ersten Formulierung wird ein abstraktes »Es« für mich verantwortlich gemacht, während in der zweiten Formulierung jemand anders als »ich« für meine Handlung verantwortlich ist. »Ein Mann ist, statt wütend zu sein, von einer schlechten 'Laune' besessen, die er nicht 'kontrollieren' kann. Statt zu denken, 'kommt' ihm ein Gedanke. Er wird von einem Problem 'verfolgt'. Seine Sorgen 'quälen' ihn - wenn er tatsächlich sich selbst und alle möglichen anderen quält« (Perls, Hefferline und Goodman 1951/1973, 259). Wenn die Person sich auf diese Weise ausdrückt, projiziert sie die Initiative und die Verantwortlichkeit und erlebt sich selbst ständig in einer passiven Rolle. »Noch genauer bezieht sich dies auf den Patienten, der nicht gewillt ist, sich mit seinen Aktivitäten zu identifizieren, der über sein Pech und über das Schicksal spricht; der das Opfer der Umstände ist. Wenn seine Sprache von einer 'Es-' Sprache zu einer 'Ich-'Sprache rückverwandelt wird, kann eine beträchtliche Integration allein durch diese Anpassung erreicht werden« (Perls 1948, 583).

Perls' therapeutische Aufmerksamkeit für die Sprache seiner Klienten (s. S. 149) sollte dem einzelnen dabei helfen, die persönliche Bedeutung der Ausdrücke, die er benutzt, zu erforschen, und das Empfinden, daß er aktiv im Zentrum seines Lebens und verantwortlich für sich selbst ist, neu zu verankern.

Konzepte der Selbstunterstützung und der Selbstgenügsamkeit

Perls (1969b; 1976) definierte den Prozeß menschlicher Reifung als Evolution von der Unterstützung durch die Umwelt, die man als Kleinkind benötigt, zur Selbstunterstützung des Erwachsenseins. Die Kindheitsentwicklung geht ursprünglich mit einer natürlichen Interdependenz zwischen Kind und Erwachsenem einher, in der das Kleinkind nicht isoliert und hilflos ist, weil es auf spontane Weise von dem Erwachsenen versorgt wird (Unterstützung durch die Umwelt), der wiederum einen integralen Bestandteil des gleichen Feldes darstellt. Allmählich wächst das Kleinkind an Stärke, Wissen und Fähigkeiten, wird beweglicher und kann sich besser ausdrücken. Während dieser Zeit wird eine neue Ganzheit geschaffen, in der das Kleinkind den Erwachsenen immer weniger braucht und sich an der zunehmenden Unabhängigkeit erfreut. In physischer und psychologischer Hinsicht läßt es seine Abhängigkeit von der äußeren Unterstützung in fortschreitenden und spontan sich ereignenden Stufen los, bis es sich als junger Erwachsener weitgehend selbst unterstützen kann und in der Lage ist, sowohl buchstäblich als auch im übertragenen Sinne auf seinen eigenen Füßen zu stehen.

Eine gesunde, reife Person wird daher eher Selbstunterstützung hervorbringen als (in unnötiger Weise) auf die Unterstützung durch andere angewiesen zu sein. Wenn einem Erwachsenen Selbstunterstützung aus irgendeinem Grund fehlt, manipuliert er wahrscheinlich andere, damit sie ihm die fehlende Unterstützung liefern. Beispielsweise manipuliert ein Elternteil mittleren Alters eines seiner Kinder dahingehend, daß es weiterhin zu Hause wohnen soll, indem er bewirkt, daß es sich schuldig fühlt, wenn der Elternteil allein zurückbleibt. Perls sah diese Art manipulativer Strategie als Zeichen für Neurose und behauptete (1969b; 1976), daß ein Neurotiker unvermeidlicherweise versucht, den Therapeuten dahingehend zu manipulieren, daß er seine Bedürfnisse erfüllt, indem er seine gewohnheitsmäßigen Strategien oder erstarrten Verhaltensmuster anwendet (s. S. 147).[7]

Perls, Hefferline und Goodman hatten betont, daß Selbstunterstützung nicht Selbstgenügsamkeit oder Isolation bedeutet, sondern eine gesunde, wechselseitige Abhängigkeit mit anderen Erwachsenen als »Teil in einem sozialen Ganzen« einschließt. Sie bestanden auch darauf, daß viele Bedürfnisse nach Spiel oder körperlicher Erforschung, die die Freudianer seinerzeit vielleicht als »kindisch« bezeichnet hätten, ein legitimer, wenn nicht sogar vitaler Teil eines gesunden Erwachsenen seien. Vermutlich sind kindliche Gefühle wichtig »als einige der schönsten Kräfte, die in einem Erwachsenen ruhen und wiederentdeckt werden müssen: Spontaneität, Vorstellungskraft, unmittelbare Bewußtheit« (1951/1973, 348). Der reife, sich selbst unterstützende Erwachsene kann irgendwelche nicht manipulativen Wege finden, um die sogenannten kindlichen Bedürfnisse zu erfüllen. Es ist das Ziel der Gestalttherapie, dem Klienten solche Bedürfnisse nicht auszureden, sondern ihm zu helfen, daß er sich ihrer bewußt wird, sich ihnen stellt und sie auf ehrliche Weise in seinem Umfeld zu erfüllen versucht.

Während der sechziger Jahre führte Perls sein Konzept der Selbstunterstützung zu einem Extrem, das mehr einer inselhaften Selbstgenügsamkeit entsprach als der menschlicheren Selbstunterstützung innerhalb der Umwelt, die Perls, Hefferline und Goodmann im Sinn hatten:

> »Ich tu, was ich tu; und du tust, was du tust.
> Ich bin nicht auf dieser Welt, um nach deinen Erwartungen zu leben,
> Und du bist nicht auf dieser Welt, um nach den meinen zu leben.
> Du bist du, und ich bin ich,
> Und wenn wir uns zufällig finden - wunderbar.
> Wenn nicht, kann man auch nichts machen.« (Perls 1969b, 4; zit. n. d. dt. Ausg.: *Gestalt-Therapie in Aktion*, 1969, 13)

Perls' Absicht bei diesem oft zitierten Vers war es, Inauthentizität und falschen Altruismus auf knappe Weise zurückzuweisen. Sein »Gebet« repräsentierte jedoch mit der Zeit die rücksichtslose Polarität Perlsscher Theorie, die dem Individualismus und der Verantwortung für sich selbst eine höhere Priorität einräumt, als der Verantwortung für das Selbst in der Gemeinschaft mit anderen. Erving Polster erzählte uns (1989), daß er Perls wegen seiner Betonung der Individualität in den späten sechziger Jahren ablehnte. Nachdem er den einen Pol der Selbstgenügsamkeit im vollen Umfang erforscht hatte, erkannte Perls dessen Begrenztheit und begann mit einem Experiment zum Gemeinschaftsleben in Kanada. Die Polsters (1974), Elaine Kepner (1980) und Clarkson (1991c) haben neben anderen die Themen der Individualität und des Gemeinschaftssinns in der Gestalt untersucht, und Clarkson weist darauf hin, daß, wann immer Perls Individualität betonte, der Gemeinschaftssinn unausweichlich Hintergrund ist; und wenn das Bedürfnis nach Verbundenheit zur Figur geworden ist, ist das nach Individuation im Hintergrund. Gemeinschaftssinn und Individualität sind Pole, die koexistieren, sich gegenseitig bestimmen und definieren:

> »Wir haben uns Mühe gegeben nachzuweisen, daß im Organismus, bevor er überhaupt eine Persönlichkeit genannt werden kann, und bei der Bildung der Persönlichkeit die sozialen Fakto-

ren wesentlich sind ... Die zugrundeliegende soziale Natur des Organismus ... Pflege und Abhängigkeit, Kommunikation, Imitation und Lernen, Entscheidungen für Liebespartner und Partnerschaft, leidenschaftliche Sympathie und Antipathie, gegenseitige Hilfe ... all dies kann ... verdrängt werden, aber es ist unauslöschlich.« (Perls, Hefferline und Goodman 1951/1973, 386)

Selbstaktualisierung

Das Konzept des Selbst als Prozeß, der sich aus der Umweltunterstützung über unangemessene Selbstunterstützung und unechte Manipulationen zu echter/authentischen Selbstunterstützung entwickelt, ist ein wesentlicher Aspekt von Perls' Glauben an den dem Menschen angeborenen Drang zur Selbstaktualisierung. Die neurotische Person, die wenig Empfindung für sich entfaltende Kraft hat, auf die sie zurückgreifen kann, klammert sich an den Status quo, an ihre früheren Errungenschaften, ihre Gewohnheiten, ihr Sicherheitsbedürfnis, letztlich an ein unauthentisches, fixiertes Empfinden ihrer selbst. Das gesunde Selbst dagegen besitzt und braucht kein Empfinden von Sicherheit. Da es über die Kraft zur Entfaltung verfügt, akzeptiert es sich selbst als im ständigen Wandel begriffen. Es ist im Zustand der Bereitschaft, akzeptiert die Erregung beim Zugriff auf die neue und noch unbekannte Zukunft und fühlt sein eigenes Potential zur authentischen Selbstaktualisierung in jeder neuen Situation, die auftaucht - wie Perls, Hefferline und Goodman (1951/1973) dies in erfrischend lebendigen Bildern beschreiben:

> »Aber wo das Selbst Kraft hat, auf die es zurückgreifen kann, fühlt es sich gerade nicht sicher. Es fühlt sich vielleicht in Bereitschaft: Das Akzeptieren der Erregung, ein gewisser närrischer Optimismus hinsichtlich der Veränderbarkeit von Realität und eine gewohnheitsmäßige Erinnerung daran, daß sich der Organismus selbst reguliert und sich am Ende nicht verschleißt oder explodiert ... Die Antwort auf die Frage: 'Kannst Du das?' kann nur sein: 'Es ist spannend.'« (472)

In einem wichtigen, aber wenig bekannten Abschnitt definieren Perls, Hefferline und Goodman das Selbst tatsächlich als »Aktualisierung des Potentials« , und sie beschreiben den Prozeß in poetischer Weise, die typisch für Goodmans kreativen Schreibstil ist:

»Die Gegenwart ist ein Übergang von der Vergangenheit zur Zukunft hin, und dies sind die Stadien eines Aktes, in dem das Selbst mit der gegenwärtigen Wirklichkeit in Kontakt tritt ... Bei der Konzentration der Bewußtheit auf die gegenwärtige Situation ist das Vergangensein der Situation als ein Zustand des Organismus und der Umwelt gegeben, aber im unmittelbaren Augenblick der Konzentration löst sich das unveränderlich Gegebene in viele Möglichkeiten auf, und man erkennt, daß es eine Potentialität ist. Während die Konzentration fortschreitet, werden diese Möglichkeiten zu einer neuen Figur, die aus dem Grund der Potentialität auftaucht, umgeformt ... Die Zukunft, das Kommende, ist die Gerichtetheit dieses Prozesses hin auf eine einzige neue Figur unter den vielen Möglichkeiten.« (429)

Die Fülle des Lebendigen wird nicht aus unechter Manipulation und der Kontrolle anderer Menschen und der Umgebung geboren, sondern aus authentischer Selbstverwirklichung. Die Menschen verwirklichen ihr vollständiges Potential, indem sie sich selbst erkennen und sich in ihrer Ganzheit wahrnehmen.[8]

Einflüsse auf Perls' Konzepte des Selbst

In seinem ersten Buch (1947/1969a) sagt Perls kaum etwas über das Selbst, obwohl seine Beschreibung der Ich-Funktion einen Vorgeschmack der Art und Weise bietet, in der er und seine Kollegen das Selbst später beschreiben sollten (139). Das Selbstkonzept, wie es in dieser Gruppe beschrieben wird, ist im großen und ganzen dasjenige von Goodman und Perls (Perls, Hefferline und Goodman 1951/1973). Sie waren direkt oder indirekt von einer ganzen Reihe sich überlappender Quellen beeinflußt, einschließlich der existentiellen Tradition Kierkegaards, Heideggers, Bubers und Tillichs, der Gedanken von Kurt Goldstein und des Ansatzes von Harry Stack Sullivan sowie der Prinzipien der Wahrnehmung in der Gestaltpsychologie.

Perls bezieht sich in *Ego, Hunger and Aggression* auf Kierkegaard (1947/1969a), während Laura Perls darauf hinwies, daß sie Kierkegaard und Heidegger studierte und jahrelang mit Paul Tillich zusammenarbeitete, und sie bestätigte, daß sie wie auch Fritz an der Entwicklung der existentiellen Philosophie interessiert waren (Wysong und Rosenfeld 1982).

Von Heidegger (1962) kommen die Vorstellungen, daß eine Person *Möglichkeit* ist; daß sie frei ist, von Augenblick zu Augenblick unter ihren Möglichkeiten zu wählen; und daß sie sich selbst durch diese Wahlen erschafft. Die Wahl ist niemals endgültig, und daher ist eine Person nicht endgültig determiniert, sondern entwickelt und verwandelt sich. Vor allem ist sie frei, zwischen einer unechten und einer echten Art der Existenz zu wählen. Kierkegaard (1939; 1941; 1944) führte den Gedanken der Selbstverwirklichung ein: Er glaubte daran, daß es die Aufgabe jeder Person sei, eine vollständige Person zu werden, indem sie sich selbst in den kritischen Entscheidungen des Lebens gestaltet und erneuert. Auch Kierkegaard hob die persönliche Verantwortung, die Wahrheit subjektiver Erfahrung und Individualität hervor. Unsere Wahlen sind absolute Abenteuer, es sind persönliche Entscheidungen, die mit größtmöglicher Verantwortung getroffen werden. Jedes Individuum ist allein und dazu verurteilt, für sich selbst zu existieren. Der Phänomenologe Merleau-Ponty (1962) und der Existentialist Marcel (1952) haben in besonderer Weise die Reziprozität und unser gleichzeitiges Bedürfnis nach Verbundenheit und Individuation hervorgehoben; dies schließt die Überzeugung ein, daß sich das Selbst durch den Kontakt zu anderen definiert: »Weit davon entfernt, meiner selbst sicher zu sein ... *ist es die Existenz eines anderen, der mir meine erste Überzeugung der Existenz gibt*, und insofern glaube ich an die Existenz anderer und handele aus der Grundüberzeugung, daß ich meine eigene Existenz bejahe« (Marcel 1952, 66; kursiv d. A.).

Harry Stack Sullivans Auffassung (1964), daß die Persönlichkeit keine konkrete Struktur ist, die erforscht und gemessen werden kann, sondern ein »zeitweises Phänomen, eine Strukturierung der Erfahrungen und Interaktionen über die Zeit« (Greenberg und Mitchell 1983, 90), beeinflußte Perls' und Goodmans Auffassung vom Selbst als Prozeß fast mit Sicherheit. Perls' und Goodmans Auffassung des Selbst, das sich in Beziehung zu anderen definiert, muß sicherlich (auf direkte oder indirekte Weise durch Laura Perls) durch Martin Bubers Erforschung der Ich-Du-Beziehung inspiriert worden sein. Buber behauptet, daß es kein »Ich« gibt ohne ein »Du« oder »Es« und daß das Wort »Ich« zu sprechen schon impliziert, daß wir das »Du«, welches sich vom »Ich« unterscheidet, anerkennen. Bei wenigstens einer Gelegenheit (1978b) anerkannte Perls seine Verpflichtung Buber gegenüber, und bei anderer Gelegenheit (zit. S. 85) verwenden

Perls, Hefferline und Goodman (1951/1973) Wörter, die an Bubers »Ich-Du«-Abhandlungen erinnern. Darüber hinaus studierte Laura Perls bei Buber und hat mitgeteilt, wie sehr sie von seinen Gedanken angetan war; wir können mit ziemlicher Sicherheit annehmen, daß ihr Enthusiasmus Fritz beeinflußte.

Kurt Goldstein, mit dem Perls 1926 in Frankfurt arbeitete, prägte den Begriff »Selbstaktualisierung«. Er glaubte, daß es die primäre Motivation jedes Menschen sei, sein einzigartiges Potential zu verwirklichen - wobei die vielen anderen offensichtlichen menschlichen Triebe lediglich ein Ausdruck dieses vorherrschenden Motivs sind. Selbstaktualisierung ist für Goldstein eine kreative Tendenz der menschlichen Natur, wobei die Person ihr Potential in der aktuellen Welt entfaltet.[9] Auch Moreno (1964; zuerst: 1946), mit dessen Arbeit Perls in den fünfziger Jahren in New York vertraut wurde, hebt die Fähigkeit des Individuums, zu heilen und sich selbst zu verwirklichen, hervor.

Perls war zudem von Goldsteins und Sullivans sehr unterschiedlichen Interessen an Sprache als Ausdruck des Selbst beeinflußt. Goldstein hob die Tatsache hervor, daß unsere Verwendung der Sprache unsere Art zu denken und zu erfahren repräsentiert, und behauptete, daß es ein wichtiger Weg sei, Einsicht in tief vergrabene Muster unseres Weltverstehens zu entwickeln, wenn wir darauf achten, wie wir gewöhnlicherweise sprechen. Sullivan, der leidenschaftlich daran glaubte, daß das Leben Prozeß sei, war skeptisch gegenüber irgendeiner Sprache, die Prozesse in Begriffen von Strukturen beschrieb, und kritisierte eine Sprache, die Prozesse in Einheiten verwandelt (oder sie vergegenständlicht). Perls übersetzte Goldsteins und Sullivans Gedanken zur Bedeutung der alltäglichen Sprache in praktische Interventionen und Experimente, in denen er vorschlug, daß die einzelnen versuchen sollten, andere Ausdrücke zu verwenden (wie zum Beispiel, indem sie Verantwortung für ihre Erfahrung übernehmen, wenn sie das Pronomen »Ich« oder Verben statt Substantive verwenden, um die Reifizierung des Prozesses zu vermeiden) und dann darauf zu achten, wie ihr veränderter Sprachgebrauch die Art und Weise berührte, in der sie sich selbst und ihre Welt auffaßten.

Perls', Hefferlines und Goodmans einzigartiger Beitrag für die Theorie des Selbst bestand darin, daß sie Goldsteins Konzept der Selbstaktualisierung mit dem existentiellen Konzept des Selbst, das von Augenblick zu Augenblick wählt, wer es innerhalb der Begrenztheit menschlicher Existenz ist, verknüpften. Sie untermauerten diese beiden Konzepte mit dem Gestaltprinzip der Figur-Grund-Bildung, und auf diese Weise lieferten sie eine theoretische Erklärung dafür, wie das Selbst sich aktualisiert.

Sechster Bereich: Psychologische Störung

Dieser relativ umfassende Bereich wird in die folgenden Abschnitte unterteilt:

1. Eine Übersicht über Perls' Beschreibungen psychologischer Störungen;
2. eine Erklärung der wesentlichen Prozesse, durch die nach Perls die Entwicklung einer Person gestört werden kann, das heißt unerledigte Geschäfte, fixierte Gestalten und Wiederholungszwang;
3. eine Beschreibung der Kontaktunterbrechungen, die von der Person genutzt werden, um die Verleugnung oder Verschiebung einer fixierten Gestalt aufrechtzuerhalten;
4. eine Diskussion des Fünf-Ebenen-Modells der Neurose von Perls;
5. eine Erforschung von Perls' Konzepten von Angst und Erregung.

Perls' Beschreibungen psychologischer Störungen

Perls' Beschreibungen psychologischer Störungen müssen vor dem Hintergrund seines Ideals von psychischer Gesundheit verstanden werden, auf das sich dieses Kapitel bisher konzentrierte. Zusammengefaßt sind psychisch gesunde Menschen sich selbst regulierende Individuen, die sich selbst unterstützen, während sie wechselseitige Abhängigkeit zu anderen Menschen akzeptieren (Perls, Hefferline und Goodman 1951/1973; Perls 1947/1969a; 1976). Sie akzeptieren die Verantwortung für die Entscheidungen, die sie in ihrem Leben treffen, einschließlich der Bedeutungen, die sie diesen Entscheidungen geben. Sie kennen ihre Fähigkeit, sich in den (manchmal schwierigen) Gegebenheiten des Umfeldes zu verwirklichen. Sie sind selbstbejahend und handeln in Übereinstimmung mit ihrer inneren Erfahrung und ihren Wertorientierungen. Sie beziehen sich aktiv auf ihre Mitmenschen und ihre Umwelt. Sie sind sich potentiell aller Phänomene ihrer selbst - ihrer Empfindungen, Gefühle und Gedanken - und ihrer Umwelt bewußt und in Kontakt mit diesen. Sie können daher ihre Bedürfnisse erkennen und ständig kreative Anpassungen an der

Kontaktgrenze zwischen sich selbst und der Welt vollziehen; dabei reagieren sie auf die Umwelt, nehmen Einfluß auf sie und ziehen sich von ihr zurück, um ihre eigenen Bedürfnisse zu erfüllen, ohne von der Gesellschaft aufgesogen zu werden oder auf diese zu stark einzuwirken (Perls 1976). Die Attribute psychologischer Gesundheit, die in dem vorherigen Abschnitt zusammengefaßt wurden, sind natürlich ein Ideal, und Perls hob oft hervor, daß wir alle Störungen oder Verzerrungen dieses Ideals aufweisen. Diese Störungen des Ideals werden wir im folgenden betrachten.

Im Laufe seines Berufslebens beschrieb Perls psychologische Störung auf verschiedene, jedoch miteinander verbundene Weisen, jeweils mit etwas unterschiedlichen Betonungen. In *Ego, Hunger and Aggression* (1947/1969a) beispielsweise betonte er unter dem Einfluß von Reich die Rolle übermäßiger muskulärer Kontrolle und behauptete, daß bei einer Neurose ein Krieg stattfinde zwischen der kontrollierenden Körperpanzerung und den natürlichen, aber nicht akzeptierten organismischen Impulsen. Perls, Hefferline und Goodman (1951/1973) behaupteten, daß Störung das Fortbestehen nicht mehr zeitgemäßer Einstellungen und Verhaltensweisen sei, wenn die Situation die letzteren nicht mehr rechtfertige.

In *Gestalt Therapy Verbatim* (1969b) konzentrierte sich Perls auf die Unfähigkeit der gestörten Person, sich selbst im Feld zu unterstützen; während in *The Gestalt Approach* (1976) hingegen liegt die Betonung auf der Balance zwischen den Bedürfnissen des einzelnen und den Anforderungen der Gesellschaft sowie der Grenze zwischen diesen. Die gestörte Person betrachtet die soziale Gruppe, zu der sie gehört, als groß und wichtig und sich selbst als klein und unwichtig. Wenn der einzelne und die Gruppe unterschiedliche Bedürfnisse haben, ist er unfähig herauszufinden, welche der konkurrierenden Anforderungen (seine eigenen oder die der Gruppe) im Augenblick dominant sind. Er schwankt hin und her: »Wenn er keine Entscheidung treffen kann oder er mit der getroffenen Entscheidung unzufrieden ist, kann er weder guten Kontakt machen, noch sich auf gute Weise zurückziehen, und sowohl er als auch die Umwelt sind davon betroffen« (Perls 1976, 28).

Für Perls war psychologische Störung nicht mental, sondern organismisch. Er glaubte, daß die Trennung von Geist und Körper künstlich und dazu angetan sei, Neurosen hervorzubringen oder zu ihrem Entstehen beizutragen. Aus der Gestaltperspektive kommt es zur organismischen Krankheit, wenn die Person übermäßig kontrolliert, ängstlich oder unfähig ist, sich einzulassen und Sinn in ihrem Leben zu finden. Die Fähigkeit des Menschen, durch Kontakt und Assimilation neuer Elemente aus seiner Umwelt zu wachsen, ist unterbrochen und er erstarrt in überholten Verhaltensmustern. Perls schlug daher vor, daß das Wort »Neurose« durch *Wachstumsstörung* (1969b) ersetzt werden sollte, obwohl er weiterhin den Begriff »Neurose« und »neurotisch« verwendete.

Unerledigtes Geschäft, fixierte Gestalt und Wiederholungszwang

Wenn der Organismus sich auf flexible und kreative Weise selbst reguliert, wie kommt es dann zu fixierten Verhaltensmustern (wie sie oben beschrieben wurden)? Was löst die Verzerrung der Balance zwischen dem Individuum und seiner Umwelt im Organismus-Umwelt-Feld aus? Perls glaubte, daß diese Störungen der natürlichen Wachstumstendenz Ergebnis einer Anhäufung von unerledigten Situationen aus der Vergangenheit sei, sowie von unreifen Problemlösungversuchen, die habituell und unbewußt geworden sind (fixierte Gestalten). Die Konzepte des unerledigten Geschäfts, der fixierten Gestalt und des Wiederholungszwangs werden nun im einzelnen erläutert, weil sie *die* Schlüsselprozesse darstellen, durch die die Entwicklung der Person gestört werden kann.

• *Unerledigtes Geschäft:* Wie auf Seite 59 und 73 erörtert, gibt es einen natürlichen und zwingenden Drang, den Zyklus von Kontakt und Rückzug zu vollenden. Der gesunde Mensch nimmt den intensivsten möglichen Kontakt auf mit dem, was ihn jeweils gegenwärtig interessiert, sei es ein Bild, das ihn begeistert oder eine Mahlzeit, auf die er hungrig ist. Wenn ihm der volle Kontakt mit dem Gegenstand seines Interesses gelingt, so ist er zufreiden und zieht sich dann zurück. Wenn die Person im Hinblick auf irgendein Objekt ihres Interesses aktiviert werden kann, aber nicht in der Lage ist, Kontakt mit dem aufzunehmen, was sie interessiert, bleibt die Gestalt unvollendet. Eine unvollendete Gestalt stellt eine gewaltige unterbrochene Kraft oder ein uneingelöstes Energiepotential dar. Bis die Person in der Lage ist, den unterbrochenen Zyklus zu vollenden, interpretiert sie wahrscheinlich alles in ihrer Welt im Sinne dieser unvollendeten Gestalt. »Die Gestalt will geschlossen werden. Wenn die Gestalt nicht vollendet ist, bleiben wir mit unerledigten Situationen zurück, und diese unerledigten Situationen drängen und drängen und drängen und wollen vollendet werden. Wenn Du beispielsweise einen Kampf hattest, Du wurdest wirklich wütend auf diesen Kerl, und Du willst Rache nehmen. Dieses Bedürfnis nach Rache wird an Dir nagen und nagen und nagen, bis Du quitt mit ihm bist« (Perls 1976, 121).

Natürlich erleben Menschen im Alltag Unterbrechungen in der Verfolgung ihrer Bedürfnisse, und sie sind in der Lage, einen beträchtlichen Aufschub in der Bedürfnisbefriedigung zu erdulden. Indem sie das Bedürfnis, das nicht unmittelbar befriedigt werden kann, ausklammern, sind sie in der Lage, ihre Aufmerksamkeit auf andere Dinge zu lenken. Wie jedoch zuvor erläutert, übt die unvollendete Gestalt des nicht erfüllten Bedürfnisses eine starke Anziehung aus; solange es unerfüllt bleibt, zieht es unsere Aufmerksamkeit auf sich. Das Ausklammern für eine spätere Befriedigung fordert also von der Person eine Menge Energie. Je häufiger eine Person gezwungen ist, ihre Bedürfnisbefriedigung zu unterbrechen, desto mehr Energie ist erforderlich, um das unerledigte Geschäft, das jetzt neu dazukommt, aufzuschieben. Eine Person, die ihre Energie darin investieren muß, das Drängen einer Reihe wichtiger, unerledigter Situationen zu ignorieren, hat nicht alle ihre Aufmerksamkeit für die gegenwärtige Situation zur Verfügung. Die Akkumulation unerledigter Geschäfte ist daher wirksam bei der Entwicklung von Wachstumsstörungen oder Neurosen in solchen Menschen. Solange die Person jedoch in Berührung mit dem ursprünglichen Bedürfnis bleibt, gibt es immer noch eine Möglichkeit, daß dieses auf ganz natürliche Weise irgendwann in der Zukunft befriedigt wird.

• *Fixierte Gestalt:* Wenn andererseits der Aufschub chronisch wird, verliert das Bedürfnis an Dynamik, wird verzerrt oder »fixiert« : »Die unerledigten Situationen schreien nach einer Lösung, aber wenn sie von der Bewußtheit ferngehalten werden, resultieren daraus neurotische Symptome und die neurotische Charakterbildung« (Perls 1948, 573). Ursprünglich strebt der Mensch mit aller Macht danach, sein unbefriedigtes Bedürfnis zu befriedigen oder die unvollendete Gestalt zu schließen. Beispielsweise verlangte John als Kind auf spontane Weise nach Liebkosungen, Aufmerksamkeit und Wertschätzung seines alltäglichen Verhaltens. Wenn sein Verlangen nicht beantwortet wurde, verstärkte er zunächst seine Anstrengungen, um die Aufmerksamkeit seiner Eltern zu gewinnen, dann schrie er vor Wut. Allmählich, als die Verleugnung seines Bedürfnisses chronisch wurde, hatte er keine Hoffnung mehr, er gab sich auf. Er starb nicht physisch, aber er erlitt eine begrenzte Art emotionalen Todes: Nach besten Kräften tötete er dieses besondere Bedürfnis oder diese Gestalt, und sie wurde »fixiert«.

Da die Menschen holistische Organismen sind, hob Perls hervor, daß die Fixierung der Gestalt das ganze Sein der Person betrifft, also die physischen, emotionalen und kognitiven (oder bedeutunggebenden) Prozesse. Physiologisch unterbricht die Person vielleicht den Atem und verhärtet ihr Brustmuskeln, so daß sich eine rigide Tonnenbrust entwickelt als Möglichkeit, sich selbst von der Schmerzempfindung abzuschneiden, die sie jedesmal erlebt, wenn sie sich nach liebevoller Unterstützung sehnt. Kognitiv erklärt sie die fehlende Unterstützung so gut sie kann mit den wenigen Informationen, die ihr zur Verfügung stehen, so daß sie sich selbst vielleicht sagt, sie würde nicht unterstützt, denn »Mit mir stimmt etwas nicht«, oder »Ich habe eben keinen Vater mehr«, oder »Ich bin einfach zuviel für meine Mama«. Das ursprüngliche Bedürftigkeitsgefühl wird durch ein anderes Gefühl ersetzt, wie zum Beispiel »Ich brauche keine anderen Menschen« oder »Ich kümmere mich um jeden anderen«, denn das ist für das Kind leichter zu ertragen und beschützt es vor dem Schmerz der Zurückweisung.

Da das Kind noch klein ist, fehlen ihm die notwendigen Informationen, um über das, was ihm widerfährt, angemessen urteilen zu können. Beispielsweise ist es sich wahrscheinlich nicht bewußt, daß seine Mutter eine Alkoholikerin ist oder eine junge und alleinstehende Frau, die daher selbst noch der elterlichen Liebe bedarf. Aber es hat dieses drängende Bedürfnis nach liebevoller Unterstützung, dem nicht nachgekommen wird. Es muß irgendwie einen Sinn darin entdecken und macht daraus also das Beste, was ihm möglich ist: Es vollendet die Gestalt in physiologischer, emotionaler und kognitiver Hinsicht, aber es ist ein vorzeitiger Abschluß, der auf falschen oder unvollständigen Informationen beruht. Indem es die Gestalt auf diese Weise fixiert, fühlt es sich besser, als wenn es sie ewig offen ließe, da sie ein gähnendes Loch schmerzhafter Bedürftigkeit ist; auf diese Weise ermöglicht das Kind dem Organismus, zu dem nächsten auftauchenden Bedürfniss fortzuschreiten: »In jeder einzelnen Erfahrung werden alle Kräfte des Selbst mobilisiert, um die Situation so gut wie möglich abzuschließen, sei es in einem Kontaktvollzug oder in einer

Fixierung« (Perls, Hefferline und Goodman 1951/1973, 520). Das vorzeitige Abschließen kann jedoch niemals befriedigend sein, weil das ursprüngliche Bedürfnis unerfüllt bleibt.

Wenn man ein natürliches Bedürfnis nicht befriedigt, wird es auf die zuvor beschriebene Weise fixiert; das Bedürfnis wird verzerrt, verleugnet oder verschoben: »Das Bedürfnis wurde frustriert: Die Befriedigung stellte eine Gefahr dar: Und die Spannung der Frustration war unerträglich. Daher blockierte man das Bedürfnis und die Bewußtheit des Bedürfnisses, um nicht zu leiden und um die Gefahr von sich fernzuhalten« (Perls, Hefferline und Goodman 1951/1973, 345). Wenn das ursprüngliche Bedürfnis verleugnet wird, wird es aus der Bewußtheit hinausgedrängt und vergessen; daher sagte John (s. o.) als Erwachsener, der als Kind keine Unterstützung erhielt, immer noch: »Es geht mir gut, ich brauche keine Unterstützung«, auch wenn sein Geschäft pleite ging und er und seine Familie verarmten. Alternativ dazu kann das ursprüngliche Bedürfnis auf andere verschoben werden und kann dann »befriedigt« werden, indem man diese beachtet und unterstützt. In seiner Therapiegruppe sagte John: »Ich brauche keinen Trost, danke. Wir schmusen viel in meiner Familie: die Kinder und meine Frau schnappen mich oft, damit ich sie in den Arm nehme.« Er gab Unterstützung, statt sie selbst zu erhalten und war sich des Unterschieds nicht bewußt.

• *Wiederholungszwang:* Die Person, die die unerledigte Situation »fixiert« hat, reagiert weiterhin in der gleichen Weise wie als Kind, obwohl die Umwelt jetzt ganz anders ist - John war weiterhin ausschließlich der Unterstützung Gebende, obwohl die Mitglieder der Therapiegruppe, die instinktiv sein verborgenes Bedürfnis spürten, ihm anboten, ihn zu halten. Obwohl eine gestörte Funktionsweise in der Vergangenheit erworben wurde, geschieht die Fortsetzung der persönlichen Störung in der Gegenwart. Immer wieder versuchte der einzelne, das ursprüngliche Bedürfnis, das weiterhin unaufgelöst im Hintergrund besteht, zu befriedigen. Beipielsweise begab sich John in Lebenssituationen, in denen er Unterstützung brauchte, und er redete viel über Unterstützung, während er sie gleichzeitig zurückwies. Unterstützung ist für ihn ein Leitmotiv, ein befrachtetes und interessantes Thema.

Dieses Bedürfnis nach Wiederholung ist ein organismisch gesunder Drang, denn es ist das grundlegende menschliche Bedürfnis, das unerledigte Geschäft, das auf irgendeiner Ebene nach Beachtung schreit, abzuschließen und aufzulösen. »Zwanghafte Wiederholungen ... sind keineswegs automatisch. Im Gegenteil, es sind starke Versuche, relevante Probleme zu lösen« (Perls 1947/1969a, 102). Da das ursprüngliche Bedürfnis unterbrochen, aus der Bewußtheit verbannt und fixiert wurde, trägt jeder Versuch den Samen des Scheiterns in sich. Die Person vollendet den verzerrten Bedürfnis-Zyklus immer wieder unbewußt, erlebt aber dabei keine Befriedigung, weil das darunterliegende Bedürfnis unberührt bleibt:

> »...die neurotische Spannug wird nicht zum Abschluß gebracht; dennoch ist sie vorherrschend, sie muß zum Abschluß kommen, bevor man sich irgend etwas anderem zuwendet; daher nimmt der Organismus, der nicht durch Erfolg und Assimilation gewachsen ist, die gleiche Haltung ein, um noch einmal dieselbe Anstrengung zu unternehmen. Unglücklicherweise ist die fixierte Haltung, die vorher schon versagte, angesichts der veränderten Umstände notwendigerweise noch untauglicher geworden; daher ist der Abschluß immer weniger wahrscheinlich. Dies ist ein unglücklicher Kreislauf: Nur durch Assimilation und Abschluß lernt man irgend etwas und ist für eine neue Situation bereit; aber was nicht abgeschlossen werden konnte, bleibt unbekannt und außer Reichweite und wird daher immer unvollständiger.« (Perls, Hefferline und Goodman 1951/1973, 344)

Jedesmal, wenn eine Person beispielsweise in der Therapie in die Nähe einer Erfahrung gelangt, bei der sie die rigide, fixierte Gestalt lösen und betrachten könnte, erlebt sie akute Angst - denn wenn sie die fixierte Gestalt auflöst, muß sie den Schmerz und die Verzweiflung wieder fühlen, die sie empfand, als sie ihr Bedürfnis erstmalig aufgab. Diese Angst ist typisch für die Sackgasse des Klienten, in der sein Bedürfnis, die fixierte Gestalt festzuhalten (und sich auf diese Weise vor den schmerzlichen Gefühlen zu schützen), mit seinem organismischen Wunsch konkurriert, sie ungeschehen zu machen oder zumindest in befriedigender Weise aufzulösen. Die Kunst der Gestalttherapie besteht darin, dem Klienten zu helfen, daß der die Sackgasse oder den *Impasse* erreichen und spüren kann, und ihm dann Erfahrungen vorzuschlagen, in denen er andere Optionen erforschen kann; Perls war darin ganz besonders fähig (s. S. 160).

Kontaktunterbrechungen

Der Prozeß der Aufrechterhaltung einer fixierten Gestalt oder der Verleugnung oder der Verschiebung eines menschlichen Bedürfnisses ist eine aktive Störung an der Kontaktgrenze zwischen Individuum und Umwelt, die Anstrengung und Energie erfordert, obwohl das aktive Bemühen ebenso wie das ursprüngliche Bedürfnis aus der Bewußtheit herausgehalten werden. Die Mechanismen, die die Person benutzt, um die Verleugnung oder Verschiebung einer fixierten Gestalt aufrechtzuerhalten, sind die Kontaktunterbrechungen. »Die Kontaktstörungen funktionieren in erster Linie durch vier Mechanismen, die voneinander unterschieden werden können: Introjektion, Projektion, Konfluenz und Retroflektion« (Perls 1976, 31). Obwohl Perls (1976) nur vier Kontaktunterbrechungen beschrieb, führen Perls, Hefferline und Goodman sechs auf, nämlich die vier bereits genannten und Desensibilisierung und Egotismus.[10]

• *Introjektion:* Introjektion besteht darin, daß wir in unser System Aspekte der Umwelt aufnehmen, ohne sie zu assimilieren. Dinge, die wir ganz schlucken oder introjizieren, sind wie Fremdkörper. Da sie nicht Teil von uns, sondern immer noch Teil der Umwelt sind, können wir sie nicht zum Wachsen nutzen. Nahrung, die gründlich assimiliert ist, nährt; während Nahrung, die ganz geschluckt wird, schwer im Magen liegt und schwer zu verdauen ist. Der psychische Assimilationsprozeß ist ähnlich dem physikalischen: Tatsachen, Gedanken, moralische Standards und Werte müssen je nach Geschmack ausgewählt und durchgekaut werden, und die Teile, die gut zu sein scheinen, müssen verdaut werden, während andere ausgesondert werden.

Ein Mensch introjiziert normalerweise dann, wenn er von den Umweltkräften wie zum Beispiel Eltern, Schule, Kirche oder durch Erfahrungen physischer oder emotionaler Deprivation überwältigt wird. Seine individuellen Bedürfnisse stehen im Gegensatz zu den Anforderungen der Gruppe. Beispielsweise teilen ihm seine Eltern immer wieder mit, daß es nicht richtig ist, wenn er bei Verletzungen weint, und sie entziehen ihm vielleicht die Liebe und den Kontakt, wenn er es trotzdem tut. Das Kind, das den Kontakt zu seinen Eltern als primäres psychologisches Überlebensbedürfnis erlebt (Perls 1976), unterjocht seine eigenen Bedürfnisse und übernimmt die Werte seiner Eltern. In der Notsituation des Konflikts vollzieht das Kind die bestmögliche Anpassung: Es introjiziert den Glauben, daß es dumm sei zu weinen, und unterdrückt daher seine Tränen.

Unglücklicherweise beeinträchtigt die Introjektion seine eigene Funktionsweise: Es lernt, sich mit den Wünschen seiner Eltern zu identifizieren und seine eigenen spontanen Verhaltensweisen zu kontrollieren. Es kann nicht mehr weinen: Sein natürlicher Zyklus von Kontakt und Rückzug wurde unterbrochen und vorzeitig beendet. Der Impuls zu weinen verschwindet jedoch nicht einfach, sondern bleibt als unerledigtes Geschäft bestehen, das auf natürliche Weise nach Lösung sucht und jederzeit hochkommen kann. Der Introjektor kann den verbotenen Impuls nur solange unterdrücken, wie er konsequente Selbstbeherrschung übt. Er lernt vielleicht, seinen Atem anzuhalten, wann immer er weinen möchte, und spannt seine Brustmuskulatur an, während er sich selbst sagt, daß große Jungen nicht weinen. Er ist gespalten und im Krieg mit sich selbst, und ein Teil seiner Lebensenergie muß fortan dazu verwendet werden, seine ursprünglichen Wünsche zurückzuhalten und zu vergessen.

Introjektion hindert den Menschen daran, seine eigene Persönlichkeit und seine eigenen Werte zu entwickeln, denn sie »läßt uns zu so etwas wie einem Haus werden, das so sehr mit dem Eigentum anderer Menschen vollgepackt ist, daß es keinen Raum für den eigenen Besitz gibt. Wir werden zu Mülleimern für fremde und irrelevante Informationen« (Perls 1976, 34). Sie zerstört auch die holistische Funktionsweise des Menschen, denn er ist innerlich zwischen dem ursprünglichen Impuls und dem Introjekt gespalten. Perls (1948) widersprach Freuds Auffassung, daß nur *vollständige* Introjektion ein pathologisches Phänomen sei, während *partielle* Introjektion ein gesunder Prozeß sei, der die Bausteine für das Ich liefert. Perls behauptete, daß jedes Introjekt, sei es partiell oder vollständig, ein Fremdkörper im Organismus sei, der zerstört und assimiliert werden muß.

Typischerweise identifiziert sich der Introjektor mit den Werten seiner sozialen Gruppe; er wird durch Autoritäten leicht beeinflußt und stimmt jeweils der letzten Person, mit der er gesprochen hat, zu. Er ist damit beschäftigt, herauszufinden, was er tun »sollte«, und gerät oft in Verlegenheit, wenn man ihn fragt, was er möchte. Er schluckt eine Verbesserungsmethode nach der anderen und geht auf eine andere über, wenn die jeweils letzte Begeisterung ihm keine Befriedigung mehr bringt - was notwendigerweise eintreten muß, weil er diese nicht zerstört, assimiliert und zu seiner eigenen gemacht hat. »Er möchte seine Lösungen in flüssiger, vorgekauter Form haben, so daß er sie nur zu schlucken braucht« (Perls, Hefferline und Goodman 1951/1973, 235).

• *Projektion:* Projektion ist eine Qualität, ein Gefühl oder ein Verhalten, das zu mir gehört, das ich aber nicht als solches empfinde. Statt dessen schreibe ich die Qualität, das Gefühl oder das Verhalten anderen Menschen oder Institutionen meiner Umgebung zu. Wenn Projektion bewußt gewählt wird, kann sie eine normale und gesunde Annahme sein, die auf Beobachtung gründet, und als solche ist sie ein wesentlicher Teil menschlicher Beziehungsaufnahme. Planung, Vorausschau und Mitgefühl gehen mit Projektionen oder Annahmen einher, die auf Beobachtung der äußeren Welt gründen. Wenn ich mitfühle, versetze ich mich in die Situation des anderen Menschen hinein und stelle mir vor, wie es wäre, wenn ich er wäre. Wenn ich beispielsweise mit meiner eigenen Scheu im reinen bin, projiziere ich mein Wissen, indem ich annehme, daß der andere Mensch ähnliche Gefühle hat, und ich habe Verständnis für ihn. Die Projektion wird als eine Vermutung erkannt, und ich bin mir dessen bewußt, daß ich mich irren kann.

Wenn ein Mensch jedoch gelernt hat, daß bestimmte Züge oder Gefühle oder Verhaltensweisen unakzeptabel oder gefährlich sind, dann projiziert er sie wahrscheinlich auf unbewußtere Weise. Beispielsweise kann er gelernt haben, daß man andere Menschen nicht zurückweist: Wenn dies jedoch der Fall ist, wenn er sich selbst als Zurückweisenden erlebt, klammert er das aus seiner Bewußtheit aus und glaubt statt dessen, daß andere ihn zurückweisen. Der Prozeß unbewußter Projektion verläuft (nach Perls, Hefferline und Goodman) wie folgt: Die Person hat eine vage Vermutung über einen Impuls, um den es geht, zum Beispiel Zurückweisung; sie unterbricht den nach draußen gerichteten Impuls, da sie diesen speziellen Impuls (zum Beispiel Zurückweisung) aus ihrem Selbstbild ausklammert. Da sie sich dessen bewußt ist, daß es diesen Impuls gibt, glaubt sie, daß er von irgendwoher kommen muß - und sie erlebt ihn so, als käme er von der anderen Person. »Bei der Projektion verschieben wir die Grenze zwischen uns und dem Rest der Welt also ein wenig zu sehr zu unseren Gunsten - auf eine Weise, die es uns ermöglicht, jene Aspekte unserer Persönlichkeit, die wir schwierig oder beleidigend oder unattraktiv finden, zu verleugnen und zu verdrängen« (Perls 1976, 37). Perls, Hefferline und Goodman (1951/1973) schlagen vor, daß man, wenn man andere Menschen ständig im Verdacht hat, daß sie einen zurückweisen, den Prozeß umkehren sollte, um zu erkunden, weshalb man in Wirklichkeit umgekehrt die Menschen, die man beschuldigt, zurückweist. Entsprechend schlagen sie auch vor, daß jemand, der zu sexueller Eifersucht neigt und seinen Partner der Untreue verdächtigt, überlegen sollte, ob er nicht selbst den Wunsch unterdrückt, auf ebendiese Weise untreu zu sein, die er seinem Geliebten anlastet.

Unbewußte Projektion ist eine Unterbrechung authentischen Kontakts und authentischer Beziehung zwischen Menschen. Sie kann zu vielen Mißverständnissen und Konflikten führen. Wenn der Projizierende seine verleugneten Gefühle oder Einstellungen anderen Menschen gegenüber einmal projiziert hat, kann er sich der Verantwortung für die Situation entziehen und sich selbst als passives Opfer aller möglichen unfreundlichen Behandlungen betrachten. Der chronisch Projizierende ist oft eine mißtrauische oder vorsichtige Persönlichkeit, manchmal sogar paranoid und voller Vorurteile. Er neigt dazu, andere Menschen zu beschuldigen oder Ausdrücke zu verwenden, in denen er die Verantwortung für seine Gefühle verleugnet und projiziert. Er sagt viel eher: »Das ist Unsinn«, als sich seine Gefühle wirklich zu eigen zu machen, indem er direkt sagt: »Ich will das nicht tun.«

• *Konfluenz:* Konfluenz geschieht, wenn zwei Menschen oder zwei Teile des Feldes ohne ein Empfinden von Differenzierung zusammenfließen. Nach einem lebhaften Austausch, in dem tatsächlicher Kontakt stattgefunden hat, gibt es eine natürliche und völlig gesunde Verschmelzung oder Konfluenz der Energie: »Nachdem der Kontakt erreicht worden ist ... am Ende irgendeiner erfolgreichen Erfahrung - eine, die nicht unterbrochen wird, sondern der man es zugesteht, sich zu vollenden - gibt es immer Konfluenz der Energie oder der Energie hervorbringenden Materialien« (Perls, Hefferline und Goodman 1951/1973, 153). Perls (1976) gibt ein Beispiel einer Person, die in einem Chor singt. Die Person fühlt vielleicht, wie ihre eigenen Grenzen in der erhebenden und bewegenden Identifikation mit der Gruppe verschwinden. »Wenn die Person überhaupt keine Grenze zwischen sich und ihrer Umwelt fühlt, wenn sie das Gefühl hat, sie und die Gruppe sind eins, dann ist sie mit ihr in Konfluenz« (Perls 1976, 38).

Konfluenz ist eine Kontaktunterbrechung, wenn sie unbewußt als Mittel verwendet wird, um Kontakt zu vermeiden oder zu verhindern. Die chronisch konfluente Person weiß nicht, wo sie endet, und wo die anderen anfangen. Da sie sich der Grenze zwischen sich und den anderen nicht bewußt ist, kann sie keinen guten Kontakt schaffen; aber sie kann sich den anderen auch nicht entziehen. Ein Mensch beispielsweise, der Kontakt durch Konfluenz unterbricht, weiß nicht, wann er eine Beziehung oder Handlung beenden soll; er hängt an der Situation und hofft, Nahrung und Freude zu bekommen, selbst wenn keine kommt. Er fürchtet sich davor loszulassen, denn er fühlt sich nicht sicher dabei, eine neue Situation zu schaffen, in der er seine Bedürfnisse erfüllen kann. Häufig sagt er »wir« statt »ich«.

Unbewußte Konfluenz hat soziale Konsequenzen. Hochgradig konfluente Menschen verlangen Gleichheit und weigern sich, Unterschiede zu erdulden. Konfluente Eltern beispielsweise betrachten ihre Kinder lediglich als Erweiterungen ihrer selbst und erwarten von ihnen, daß sie in ihre Fußstapfen treten. Wenn die Kinder es versäumen, sich mit den Erwartungen ihrer Eltern zu identifizieren, können die Eltern ihre Kinder verbal oder auf subtilere Weise durch Entzug von Liebe und Aufmerksamkeit zurückweisen.

• *Retroflektion:* Retroflektion bedeutet, daß man sich selbst das antut, was man ursprünglich anderen Menschen oder Dingen angetan hat oder antun wollte. Statt sich kreativ auf die Umwelt einzulassen und seine Energien beim Versuch, Kontakt mit der Umwelt aufzunehmen und seine Bedürfnisse zu befriedigen, nach draußen zu richten, lenkt man seine Energie und Aktivität nach innen gegen sich selbst: »Retroflektion bedeutet, daß irgendeine Funktion, die ursprünglich von der Person auf die Welt hin gerichtet war, zum Urheber zurückgewendet wird« (Perls 1947/1969a, 120). Der Retroflektierende spaltet seine Persönlichkeit in Täter und Opfer und behandelt sich selbst, wie er ursprünglich andere Personen oder Dinge behandeln wollte.

Perls, Hefferline und Goodman (1951/1973) erklären Retroflektion als eine Gewohnheit, die normalerweise in der Kindheit erworben wird, wenn das Kind etwa bestraft oder mit Strafe bedroht wurde, sobald es seine Bedürfnisse oder Gefühle frei äußerte:

> »Aber Strafe hat nicht die Wirkung, daß das Bedürfnis, sich in einer Weise zu verhalten, die die Strafe hervorruft, gelöscht wird, sondern daß dem Organismus beigebracht wird, die strafbaren Reaktionen zurückzuhalten ... Das Zurückhalten wird erreicht, indem diejenigen Muskeln, die der Gegenpart zu denjenigen sind, die beim Ausdruck des strafbaren Impulses beteiligt sind, angespannt werden. In diesem Stadium sind zwei Teile der Persönlichkeit, die nach diametral entgegengesetzten Richtungen streben, miteinander verhakt. Was ursprünglich ein Konflikt zwischen Organismus und Umwelt war, ist zu einem 'inneren Konflikt' zwischen einem Teil der Persönlichkeit und einem anderen geworden - zwischen einer Verhaltensweise und ihrem Gegenteil.« (183f.)

Natürlich kann kein menschliches Wesen durch das Leben gehen, wenn es allen nach draußen gerichteten Impulsen vollständigen und unmittelbaren Ausdruck gibt. Wesentlich ist, daß die Menschen sich dafür entscheiden können, einige ihrer Impulse manchmal zurückzuhalten: Beispielsweise ist es wichtig für einen Erwachsenen, einen Impuls, ein Kind zu schlagen, zurückzuhalten oder sich daran zu hindern, jemanden, auf den man eine mörderische Wut hat, zu töten. Wenn Retroflektion bewußt ist, ist sie oft ein gesundes und notwendiges Verhalten.

Chronisch unbewußte Retroflektion jedoch ist eine Kontaktunterbrechung und entwickelt sich normalerweise, wenn der Ausdruck aggressiver oder anderer, nach außen gerichteter Gefühle als gefährlich eingeschätzt wird. Ein Kind, das ärgerlich ist, möchte die Person anschreien, auf die es ärgerlich ist, aber wenn es für dieses Verhalten bestraft wird, kann es sogar den Wunsch, ärgerlich zu sein, aus seiner Bewußtheit ausklammern. Das Bedürfnis, Ärger auszudrükken, verschwindet nicht, es ist nicht irgendwohin gegangen: Das Kind kann daher, ohne sich bewußt zu werden, was es tut, die Gestalt vorzeitig schließen, indem es den Ärger gegen sich selbst richtet. Wenn es trotz veränderter Umstände und obwohl niemand es bedroht, auf seiner »Lösung« besteht, ist sein Verhalten fixiert worden und die Retroflektion kann chronisch und unbewußt sein. Wenn es also anfängt, Ärger zu fühlen, stoppt es dieses Gefühl automatisch und ruft sich zur Ordnung oder verletzt sich selbst auf irgendeine Weise.

Eine zweite Form der Retroflektion besteht darin, daß man sich selbst das antut, was man ursprünglich wollte, daß es einem andere antun. Man behandelt einen Teil seiner selbst, als wenn er zur Umwelt gehörte, und tut sich selbst das an, was man gewünscht hätte, daß es einem angetan wird. Wenn man sich also nach Zuneigung sehnt, gibt man sie sich selbst. Auf der Suche nach Trost, wenn man Sorgen hat, streichelt man vielleicht unbewußt sein eigenes Haar: »Bei der passiven Retroflektion ersetzt das 'Ich' das fehlende aktive Objekt; ich bedaure mich selbst, weil niemand anders es tut; ich bestrafe mich selbst, weil ich vorwegnehme, daß jemand anders es mir antun könnte« (Perls 1948, 584).

Eine unflexible Haltung, schwache Atmung, mit erstickter Stimme sprechen, auf die Lippen beißen oder die Hand vor den Mund halten, *können* alles Zeichen dafür sein, daß man etwas zurückhält, also für unbewußte Retroflektion. Perls war besonders geschickt darin, die Aufmerksamkeit auf solche nonverbalen Gesten zu lenken, aber er betonte, daß der Therapeut die Geste nicht deuten oder *vorwegnehmen* darf, daß es sich um Retroflektion handelt. Statt dessen sollte er die Person dazu ermutigen, die jeweilige persönliche Bedeutung für sich selbst zu erforschen.

• *Desensibilisierung:* Desensibilisierung ist der Prozeß, durch den wir uns gegenüber den Empfindungen unseres Körpers betäuben. Das Vorhandensein von Schmerz oder Unwohlsein wird von der Bewußtheit ferngehalten. Selbstverständlich ist es manchmal nützlich, dazu in der Lage zu sein: Wenn man Zahnschmerzen hat, ist es wünschenswert, den Schmerz auszublenden oder sich abzulenken, bis man das Problem vom Zahnarzt beseitigen lassen kann. Desensibilisierung kann auch eine kreative Anpassung für ein Kind sein, das mißbraucht wird und keine anderen Möglichkeiten hat.

Perls, Hefferline und Goodman glaubten, daß die westlichen Menschen gelernt haben, körperliche Empfindungen auf schädigende Weise auszublenden. Perls führte oft das Beispiel von Menschen an, die an Schlaflosigkeit leiden und gewohnheitsmäßig Schlaftabletten schlucken, statt bei der Erfahrung der Rastlosigkeit zu bleiben, um ihre existentielle Bedeutung oder Botschaft zu entdecken. Desensibilisierung anästhesiert uns für unsere wahre Existenz und betäubt unseren Kontakt mit anderen. »Fast alle Menschen in unserer Gesellschaft haben die Propriozeption großer Bereiche ihres Körpers verloren« (1951/1973, 117).

• *Egotismus:* Egotismus ist das Verlangsamen der Spontaneität durch absichtsvolle Introspektion und Umsicht, um sicherzugehen, daß keine Gefahr, Überraschung und kein Risiko existieren. Normalerweise ist ein gewisses Maß an Egotismus bei jeder wichtigen Entscheidung oder bei langfristigen Prozessen unverzichtbar. Wenn wir nicht in der Lage sind, unsere spontane Begeisterung zu verlangsamen, können wir uns beispielsweise Handlungen hingeben, die wir später bedauern oder mühsam wiedergutmachen müssen. Gesunder Egotismus gestattet uns, von uns selbst oder der angebotenen Gelegenheit einen Schritt zurückzutreten und kühl zu überblicken, ob dies im Licht unseres Wissens über unseren Gesamtcharakter und unser gegenwärtiges Erleben etwas ist, was wir wirklich wollen.

Egotismus wird zu einer neurotischen Unterbrechung des lebendigen Kontakts, wenn die Person die unkontrollierbaren und überraschenden Momente in ihrem Leben durch permanente Selbstreflexion und frei flottierende Wachsamkeit zu kontrollieren versucht. Das Beispiel, das Perls, Hefferline und Goodman (1951/1973) anführen, ist der Mann, der eine Erektion aufrechterhält und das spontane Entstehen eines Orgasmus verhindert. Er befriedigt sein Bedürfnis, sich selbst etwas zu beweisen, aber wehrt Spontaneität und Loslassen ab. Der chronische 'Egotist' erscheint vielleicht 'unter Kontrolle' seiner selbst, aber es fehlt ihm die unreflektierte Leichtigkeit, durch die er mit sich und seiner Welt 'in Einklang' ist.

• *Die Wechselbeziehung der verschiedenen Kontaktunterbrechungen:* Die sechs Kontaktunterbrechungen, die wir hier beschrieben haben, treten nicht isoliert auf. Perls wies darauf hin, daß Personen zwar eine Präferenz für einen Stil der Selbst-Unterbrechung haben können, aber unvermeidlich alle Kontaktunterbrechungen verwenden; und jede besondere Art neurotischen Verhaltens beinhaltet eine Kombination wechselseitig aufeinander bezogener Unterbrechungen. Perls, Hefferline und Goodman (1951/1973) führten als Beispiel einen Mann an, der ängstlich statt befriedigt wird, wenn er einige Bewußtheitsübungen erfolgreich durchgeführt hat. Sie beschrieben, wie er, wenn der Therapeut die Aufmerksamkeit auf die Art und Weise lenkt, in der er seine eigene Befriedigung unterbindet, zunächst retroflektiert, indem er sich selbst beschuldigt, dann projiziert, indem er annimmt, daß der Therapeut ihn bewertend anstarrt.

Wenn der Therapeut fragt, was er fühlt, wenn er angestarrt wird, reagiert er mit dem Introjekt, daß »man natürlich liebevoll oder wenigstens wohlgesonnen gegenüber einer Person sein muß, die einem zu helfen versucht« (521). Dann wird er wütend, weil die Experimente langweilig und manchmal schmerzvoll sind. Er gibt schließlich auf, indem er still wird; der Therapeut muß sich anstrengen. Er projiziert alle seine Macht auf den Therapeuten und wird mit seiner eigenen Hilflosigkeit konfluent.

Perls, Hefferline und Goodman betonten auch, daß die Kontaktunterbrechungen Prozeßbeschreibungen und nicht Charaktertypen darstellen. Diese sehr wichtige Differenzierung in der Gestaltpsychotherapie wird auf Seite 122f. im Zusammenhang mit dem Thema Diagnostik ausführlicher diskutiert.

Das Fünf-Schichten-Modell der Neurose

Gegen Ende seines Lebens entwickelte Perls ein Neurosenmodell[11], in dem er eine Struktur neurotischer Störung auf fünf Ebenen vorschlug (1969b; 1970). Es wendet einige der Konzepte existentieller Phänomenologie auf die psychotherapeutische Praxis an (Abb. 2.6). Dieses Verhaltensmodell stellt ein relativ strukturiertes Konzept des Selbst dar und widerspricht so in wesentlichen Aspekten den Theorien des Selbst, wie sie von Goodman und Perls entwickelt wurden (s. S. 84).

Die erste Schicht von Perls' Modell ist die *Klischee-Schicht.* Auf dieser Schicht sind alle bedeutungslosen Zeichen der Begegnung angesiedelt, die klischeehaften Begrüßungen, die oft überhaupt keine Beziehung zu den wahren Gefühlen der betroffenen Personen haben. Auf dieser Schicht wird der Mensch oft von Introjekten über erwartetes, kulturell akzeptiertes Verhalten angetrieben.

Die zweite Schicht nennt Perls die *Rollen-Schicht.* Hier verhalten wir uns, als wären wir das, was unsere Rolle ausmacht - als wären wir ein hilfloses Opfer oder ein mächtiger Chef. Wir geben vor, besser, zäher, höflicher, pathetischer zu sein, als wir uns wirklich fühlen. In dem berühmten Film über Perls' Arbeit mit Gloria (1964) konfrontiert er ihr Verhalten wiederholt als unecht: Sie verhält sich, »als ob« sie verschreckt, in eine Ecke gedrängt usw. wäre. Viele Menschen beziehen sich auf andere und ihre Umwelt grundsätzlich auf der Klischee- oder Rollen-Schicht. Existentiell gesehen leben sie routinehaft oder inauthentisch.

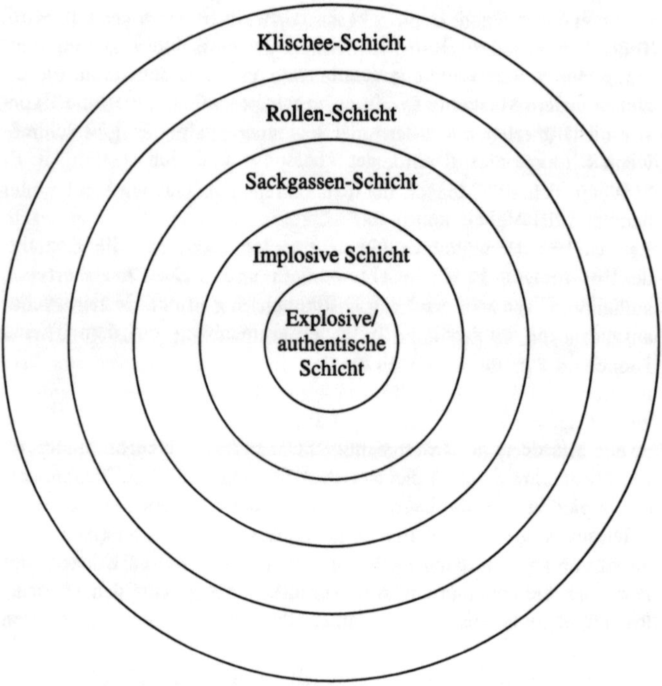

Abb. 2.6: Perls' Fünf-Schichten-Modell der Neurose

Wenn wir die Rollen fallenlassen, erreichen wir die dritte oder die *Sackgassen-Schicht*. Wir erfahren zwei Aspekte unserer selbst, die in einem Konflikt gefangen sind: die gesunde Seite, die die unerledigte Geschichte abschließen will, und die andere Seite, die das Leiden vermeiden will. Viele von uns versuchen, das Erleben der Sackgasse zu vermeiden, weil wir die Verantwortung für unser Steckenbleiben vermeiden wollen. Wir ziehen es vor, die existentielle Furcht oder Angst zu leugnen, die unausweichlich erlebt wird, wenn wir sowohl unsere Freiheit als auch unserer Begrenzungen wahrnehmen. Die Sackgasse ist durch Gefühle des Steckenbleibens, der Verwirrung und Angst gekennzeichnet und wird normalerweise als sehr unangenehm erlebt.

Hinter der Schicht der Sackgasse und sie beeinflussend liegt die Todes-Schicht oder *implosive Schicht*. Diese Schicht ist eine Lähmung durch gegensätzliche Kräfte. Wir reißen uns zusammen, wir ziehen unsere Muskeln zusammen, wir implodieren. Wir glauben, daß wir nicht überleben würden oder uns niemand mehr lieben würde, wenn wir explodieren würden.

Wenn sich der Mensch der existentiellen Angst des Steckenbleibens und der Verwirrung in der Sackgasse wirklich stellt und bei der Leblosigkeit der implosiven Schicht bleibt, erwacht er schließlich in der *explosiven Schicht* zum Leben. Auf dieser Schicht ist der Mensch authentisch, er ist in der Lage, seine wahren Gefühle zu erleben und auszudrücken. Er explodiert im Kummer, im Ärger, in der Freude, im Lachen oder im Orgasmus. Er handelt. Er lebt: »meiner Meinung nach ist diese Abfolge notwendig, um authentisch zu werden. Es gibt im wesentlichen vier Arten von Explosion: die Explosion in die Freude, in den Kummer, in den Orgasmus, in den Ärger. Manchmal sind die Explosionen sehr sanft - das hängt von dem Maß an Energie ab, das in die implosive Schicht investiert wurde« (Perls 1970, 22).

Dieses Modell beleuchtet einen großen Teil der Demonstrationsarbeit von Perls in den sechziger Jahren und stimmt nicht überein mit Perls', Hefferlines und Goodmans (1951/1973) Theorie des Selbst als Prozeß, denn es scheint von einer Struktur und einem Kernselbst auszugehen (McLeod 1991). Im dritten Kapitel erklären wir, wie Perls bestrebt war, so bald wie möglich auf der Sackgassen-Schicht der Person zu arbeiten, denn dies ist der Punkt, an dem das größte Potential für Wandel zu finden ist. Es enthält mehrere Beispiele zur Veranschaulichung dessen, was Perls mit der Sackgasse, der implosiven und explosiven Schicht der Neurose in der Praxis meinte (s. S. 160ff.).

Angst und Erregung in gesunder und gestörter Funktion

Die existentielle Philosophie betont die Rolle der Angst in der menschlichen Erfahrung (Kierkegaard 1944; Heidegger 1962; Sartre 1938, 1958; May 1950; van Deurzen-Smith 1988; Spinelli 1989). In existentieller Sichtweise ist Angst unvermeidlicher Bestandteil eines authentischen menschlichen Lebens. Angst ist die grundlegende *Malaise* oder Furcht, die Menschen erfahren, wenn sie sich der Tatsache stellen, daß sie sterben werden, daß es letztlich keinen Sinn im menschlichen Leben gibt, und daß sie allein die Verantwortung haben zu wählen, wer sie sind und welchen Sinn sie ihrem Leben in jedem Augenblick geben.

Perls betrachtete Angst von einem breiten existentiellen Standpunkt aus als ein Zeichen für das Potential zur authentischen Lebendigkeit des Menschen, als einen notwendigen ersten Schritt in seinem Streben nach Sinn. Beispielsweise empfindet der Mensch, der sich einer bis dahin »fixierten« oder inauthentischen Weise des Daseins bewußt wird, oft Angst, Verwirrung oder Verzweiflung bei der Annäherung an den Wendepunkt (die Sackgasse), von dem aus er in der Lage ist, seine frühere Entscheidung zu revidieren und sein Verhalten zu ändern. Er empfindet Angst, weil er jetzt all die Gefühle, die er bei den ursprünglichen Ereignissen unterdrückt oder vermieden hat, wieder erleben muß - und weil er dessen gewahr wird, daß er die Wahl hat, sich gegenüber dem, was zu seiner Gewohnheit geworden war, anders zu verhalten. Er wird mit seiner existentiellen Freiheit konfrontiert, die er bis dahin vermieden hat, indem er sich auf fixierte oder rigide Weise verhielt. Statt Angst als Symptom zu betrachten, das behandelt oder unterdrückt werden muß, ermutigte Perls den Klienten, sich ihrer Bedeutung zu stellen und sie zu erforschen:

> »Ängstlich zu sein ist die Grundlage dafür, daß wir uns weiterentwickeln können.« (Perls 1978b, 59)
>
> »Die Erfahrung der Verwirrung ist sehr, sehr unangenehm, und wie bei Angst haben wir ein starkes Bedürfnis, sie auszulöschen - durch Vermeidung, durch Verbalisierungen oder durch irgendeine andere Art der Unterbrechung. Und doch kann der Kampf gegen die Neurose einfach dadurch zum großen Teil gewonnen werden, daß man dem Patienten hilft, sich seiner Verwirrung bewußt zu werden, sie zu ertragen und bei ihr zu bleiben.« (Perls 1976, 97)

In einer originellen Weiterführung des Themas behauptete Perls, daß Angst tatsächlich Ausdruck der unterbrochenen Erregung oder Vitalität erfüllten Lebens ist. Eine gesunde, sich selbst regulierende Person wird automatisch tiefer atmen, um den gesteigerten Bedarf an Sauerstoff, der die Aktivierung und den Kontakt begleitet, zu erfüllen. Eine neurotische oder gestörte Person versucht oft, sich und ihre Spontaneität zu kontrollieren und unterbricht auf diese Weise die gesteigerte Energie und Erregung, die eintreten, wann immer es ein starkes Interesse oder Kontakt gibt, indem sie mit Absicht gleichmäßig atmet. Angst entsteht aus der Verengung der Brust und der eingeschränkten Aufnahme von Sauerstoff. Wenn die Unterbrechung jedoch habituell geworden ist, ist der Mensch, der seine Atmung einschränkt und Angst erlebt, normalerweise nicht in der Lage, sich unmittelbar dafür zu entscheiden, tiefer aus- und einzuatmen und die Angst in Erregung umzuwandeln. Er muß sich und sein Feld in phänomenologischer Weise erforschen, muß erkunden, »*welche* Erregungen [er] gegenwärtig nicht als zu sich gehörig akzeptieren kann ... [er muß] herausfinden, *wie* [er] durch verschiedene Muster muskulärer Kontraktion die volle Ausatmung unterbricht« (Perls, Hefferline und Goodman 1951/1973, 167). Solch eine Erforschung ist ein wesentliches Merkmal von Perls' Therapieansatz, den wir im nächsten Kapitel im einzelnen erörtern werden.

Schlußbemerkung

In diesem Kapitel wurden einige von Fritz Perls' philosophischen und theoretischen Gedanken vorgestellt, die einen wesentlichen Teil der Grundlagen für die nachfolgende Entwicklung der Gestaltpsychotherapie bildeten. Das Kapitel widmete sich Perls' holistischer Konzeption des Universums und des Menschen, der Wechselbeziehung des gesamten Organismus/Umwelt-Feldes und der zyklischen Natur menschlicher Erfahrung innerhalb dieses Feldes; und es stellte Fritz Perls' Theorie des Kontakts sowie seine Konzeption des Selbst dar. Schließlich skizzierte es ausführlicher seine Ansichten über psychologische Störungen und erläuterte seine Konzepte des unerledigten Geschäfts, der fixierten Gestalten und der Kontaktunterbrechungen sowie seine Auffassung von Angst, weil diese grundlegend für ein Verständnis seiner praktischen und klinischen Arbeit sind, der wir uns im dritten Kapitel widmen.

Anmerkungen

1. Wheeler (1991) argumentierte, daß Perls wahrscheinlich wenig oder kein Wissen aus erster Hand von Lewins Arbeiten besaß, und er zeigte auf, wie Perls Lewin seiner Überzeugung nach mißverstand. Yontef (1992b, 101) dagegen behauptet, daß Wheeler Lewin nicht angemessen wiedergibt und den Einfluß von Wertheimers Feldorientierung auf Perls oder die »Feld-

theorie, die ganz offensichtlich in *Ego, Hunger und Aggression* eingegangen ist«, nicht berücksichtigt.

2. Yontef (1992b) widerspricht Wheeler hinsichtlich des Verständnisses der Feldtheorie von Perls (s. Anm. 1).
3. Dieser Zyklus wurde auch Zyklus des Erlebens genannt; der Prozeß von Kontakt und Rückzug; der Bedürfniszyklus; der Zyklus der Bewußtheit; und der Zyklus der Figurbildung und Zerstörung. Der Zyklus ist einer der bekanntesten und einflußreichsten Aspekte von Perls' Werk, und er wurde in vielfältiger Weise als Diagramm neu definiert und veranschaulicht durch viele nachfolgende Gestalttheoretiker (s. Abb. 5.1 und 5.2). Die Mitglieder des Gestalt Instituts von Cleveland, besonders Bill Warner, nannten Perls' konzeptuelles Modell zum ersten Mal den »Zyklus des Erlebens« (Nevis 1992). Dieser Name für den Zyklus wurde viel häufiger verwendet als Perls' ursrüngliche Terminologie.
4. Perls', Hefferlines und Goodmans (1951/1973) Konzept des Kontakts wird im vierten Bereich dieses Kapitels erklärt.
5. Perls (1969b, 178) glaubte, daß sich ein Mensch verändert, wenn er in vollem Maß in Kontakt mit dem ist, was er ist, und nicht versucht zu werden, was er nicht ist (s. S. 124).
6. Perls bezieht sich auf Frankl in *Gestalt-Wahrnehmung* (1969c).
7. Solch ein fixiertes Muster unbewußten Verhaltens wird auch eine fixierte Gestalt genannt (s. S. 97).
8. Clarkson (1992) erforschte das Phänomen der innewohnenden Tendenz zu Wachstum und Heilung, indem sie Parallelen zwischen Smuts holistischer, kreativer Evolution, Perls' selbstaktualisierender Lebenskraft, Bergsons *élan vital* und dem griechischen Konzept der Physis oder der Naturkraft zog. Ausführlichere Diskussion der Physis s. Kapitel 5..
9. Maslow (1954; 1968) wurde auch von Goldsteins Konzept der Selbstaktualisierung beeinflußt, aber es gibt keinen Beleg dafür, daß Maslow Perls (1947/1969a) oder Perls, Hefferline und Goodman (1951/1973) direkt beeinflußte, obwohl Perls Maslow in den Jahren in Esalen begegnete.
10. Erving und Miriam Polster (1974) führten eine zusätzliche Kontaktunterbrechung - Deflektion - ein, die heute vollständig in die Gestalttheorie integriert ist.
11. Obwohl Perls den Begriff Neurose verwendete (1969b, 28), glaubte er, daß »Wachstumsstörung« eine genauere Bezeichnung sei.

3. BEITRÄGE ZUR PRAXIS DER PSYCHOTHERAPIE

Fritz Perls' originellste und genialste Beiträge im Bereich der Psychotherapie waren praktischer Natur. »Wie Alan Watts ein kultureller Held auf der intellektuellen Ebene war, so war Fritz das gleiche auf der Handlungsebene, wo er auf das Leben der Menschen in einem Ausmaß direkten Einfluß nahm, das heute allmählich vergessen wird« (Claudio Naranjo in Gaines 1979, 331). Perls erweckte die holistische Konzeption des menschlichen Wesens in der Therapie voll zum Leben durch eine einzigartige und bis dahin unbekannte Mischung aus Bewußtheit, aktivem Experimentieren, Visualisieren, Phantasie, Inszenierung, Aufmerksamkeit für die Sprache und alle Aspekte nonverbalen Verhaltens, Körperarbeit, Intuition und Denken. Einige der praktischen Beiträge Perls' wurden - quasi durch Osmose - vom gesamten Feld der Psychotherapie übernommen, so daß ihm nicht immer die Anerkennung für innovative Methoden und Konzepte, die er einführte oder verbreitete, zuteil wird. Tatsächlich sind einige seiner Beiträge heute so akzeptiert, daß es nicht leicht für den modernen Leser ist, in vollem Umfang einzuschätzen, welche frischen und kreativen Sprünge dies waren, als sie eingeführt wurden. Perls' praktische Beiträge, die assimiliert oder wiedererfunden wurden, schließen seine holistische Synthese des Körpers und der Psychotherapien ein; seine Betonung der wirklichen Beziehung von Mensch zu Mensch; seinen Akzent auf dem Hier-und-Jetzt; sein Bestehen auf der existentiellen Verantwortlichkeit des Menschen; seine Verbreitung der phänomenologischen Erforschungsmethode; seine Anwendung der Feldtheorie auf die Psychotherapie; seine aktiven Experimente und seine Traumarbeit; und seine Akzentsetzung auf die Gesundheit. Der zweite Teil des fünften Kapitels untersucht die Parallelen zwischen diesen Innovationen und gewissen Aspekten der Praxis und Theorie humanistischer und psychodynamischer Therapien sowie der Objektbeziehungstheorie, die sich seit Perls entwickelt haben.

Perls verfügte über eine außerordentliche Wahrnehmung. Da er fähig war, sich in die Stimme der Menschen oder in ihre körperlichen Gesten in wenigen Augenblicken einzufühlen, konnte er den Kern der Charaktere erreichen, deren Sackgasse, Unnatürlichkeit oder Abwehr herausarbeiten und ihnen dabei helfen, innerhalb einer bemerkenswert kurzen Zeit zu einem genuinen Erwachen oder Wandel zu gelangen. Die Teilnehmer seiner Workshops dachten oft, daß sie magische Transformationen erlebt hatten oder deren Zeugen waren, aber in den letzten Lebensjahren bereitete Perls ein multimediales Lehrbuch vor, um den Leuten beizubringen, daß seine therapeutischen Methoden nicht magisch waren, sondern von anderen auf ihre je eigene Weise verstanden, assimiliert, weiterentwickelt und verwendet werden konnten.

Dieses Kapitel ist in sieben Abschnitte untergliedert. Der erste Teil beschreibt Perls' Auffassung von Psychotherapie und vom Veränderungsprozeß einschließlich der Rolle des Therapeuten, der Art der therapeutischen Beziehung, der Bedeutung der Diagnose und der Kriterien für Erfolg in der Therapie. Der zweite Teil des Kapitels gibt die Methoden der gegenwärtigen Bewußtheit und der phänomenologischen Untersuchung wieder und arbeitet die Rolle der Vergangenheit in Perls' Gestalttherapie heraus. Der dritte Teil erörtert Perls' therapeutische Mittel und »Techniken«. Der vierte Abschnitt beschreibt die Neuerung aktiven Experimentierens und gibt ein Beispiel für ein Experiment von Perls sowie einen erklärenden Kommentar dazu. Der fünfte und längste Abschnitt beschreibt verschiedene kreative Aspekte aktiven Experimentierens einschließlich Perls' Verwendung von Phantasie, Visualisierung, geschickter Frustration, Aufmerksamkeit für die verbale Sprache, Verstärkung der Körpersprache, Bewegung, Tanz und »Intuition« und gibt Beispiele der kreativen Ansätze, die zuvor diskutiert worden waren. Der sechste Abschnitt betrachtet die Arbeit von Perls mit »Widerstand« und der Sackgasse in der Therapie einschließlich einiger Beispiele.[1] Der letzte Teil dieses Kapitels erörtert Perls' Ansatz zur Traumarbeit und zeigt, wie er all seine individuellen praktischen Beiträge in einer kreativen Synthese oder Ganzheit in den Traumseminaren integrierte. Wieder schließen wir einige Transkripte von Perls' Arbeit ein.

Therapie und Veränderungsprozeß

Definitionen von Therapie

Während vierzig Jahren der Praxis definierte und beschrieb Perls Psychotherapie auf viele verschiedene, normalerweise miteinander verbundene, manchmal auch in Widerspruch zueinander stehende Weisen. In *Ego, Hunger and Aggression* (1947/1969a) behauptete er, daß Therapie sowohl Synthese als auch Analyse des ganzen Organismus des Patienten - Psyche und Körper - einschließen muß, und nannte seinen neuen Ansatz Organismische Reorganisation oder Konzentrationstherapie. Perls, Hefferline und Goodman (1951/1973) waren sehr leidenschaftlich und poetisch bei ihrer Erörterung des therapeutischen Prozesses. In ihrem Versuch, das Wesentliche ihrer persönlichen Definition von Therapie mitzuteilen, verwenden sie eine Reihe unterschiedlicher Analogien und Metaphern, die uns sagen, daß Gestalttherapie ein Abenteuer des Lebens ist, das dem Patienten dabei hilft, seine wahre Natur wiederherzustellen, indem er auf das Offensichtliche achtet; eine chemische Reaktion, die, wenn sie einmal begonnen hat, sich selbst in Gang hält; eine Schulung in Phänomenologie und eine Erziehung der Gefühle.[2] Therapie erweitert die Wahrnehmung des Klienten von seiner gegenwärtigen Funktionsweise, während gleichzeitig sein unerledigtes Geschäft, das immer noch ihr gegenwärtiges Leben beeinträchtigt, scharf fokussiert wird. Sie besteht aus der Beachtung und der Analyse der inneren Strukturen der gegenwärtigen Erfahrung des einzelnen Klienten in seinem unmittelbaren Feld. Der Prozeß der Interaktion ist ebenso wichtig wie der Inhalt; jeder Aspekt des gesamten Feldes ist bedeutsam:

> »Therapie besteht also in einer Analyse der inneren Strukturen gegenwärtiger Erfahrung, welches Maß an Kontakt sie auch immer aufweist: Nicht so sehr, was erfahren, getan, erinnert, gesagt etc. wird, sondern wie das, was erinnert wird, erinnert wird, oder wie das, was gesagt wird, gesagt wird, mit welchem

Gesichtsausdruck, welcher Stimme, welcher Syntax, welcher Haltung, welchem Affekt, welcher Auslassung, welcher Beachtung oder Nichtbeachtung der anderen Person usw.« (Perls, Hefferline und Goodman 1951/1973, 278)

Später wiederholt Perls (1976) das Thema vom Lernen des Klienten über sich selbst und seine Unterbrechungen, aber er betont stärker das Kennenlernen der abgespaltenen Teile des Selbst durch den Klienten, so daß er wieder wachsen und ganzheitlicher werden kann.

Ziele der Therapie

Perls machte oft recht kategorische Aussagen über die Ziele von Therapie. Auch hierbei gibt es eine große Variationsbreite. Er schien das, was er als Therapieziel setzte, je nach der Hypothese, die ihn gerade beschäftigte, zu modifizieren. In seinem ersten Buch behauptete er daher, daß die Ziele der Konzentrationstherapie darin bestünden, »das Gefühl für uns selbst wiederzugewinnen« (1947/1969a, 185), und die Fähigkeit wiederzugewinnen, uns auf den gegenwärtig ablaufenden Lebensprozeß zu konzentrieren und davon fasziniert zu sein. In *»Theory and Technique of Personality Integration«* (1948) drückte Perls auf elegante Weise den Gedanken aus, daß das Ziel der Therapie ist, genau den Grad an Integration der Persönlichkeit zu erreichen, der ihre eigene Entwicklung fördert, und er bot das folgende lebhafte Bild an, um seine Auffassung zu veranschaulichen: »Ein kleines Loch, das man in einen Schneehaufen macht, genügt manchmal, um das Wasser abzuleiten. Wenn der Abfluß einmal eingesetzt hat, verbreitert das Rinnsal sein Bett von allein; es ermöglicht seine eigene Entwicklung« (1948, 572). Perls, Hefferline und Goodman (1951/1973) betonen, daß Ziel der Therapie Integration, gesteigerte Bewußtheit und Kontakt sind, denn diese führten unausweichlich zu Veränderung und Wachstum. Das Ziel besteht nicht darin, den Klienten zu heilen, sondern ihm beizubringen, wie er etwas über sich selbst lernen kann, und ihn mit einem Werkzeugkasten zu entlassen, so daß er nicht nur seine gegenwärtigen, sondern auch seine zukünftigen Probleme lösen kann. Später wiederholt Perls das Bild, daß man dem Patienten das »Werkzeug der Selbstunterstützung« an die Hand gibt (1976, 185), aber er schließt auch die intentionalen Ziele ein, den Klienten zu lehren, seine eigenen Bedürfnisse mit den Anforderungen der Gesellschaft in eine Balance zu bringen.

Die Rolle des Therapeuten

In *Ego, Hunger and Aggression* (1947/1969a) bezeichnete Perls den Praktiker mit dem traditionellen Begriff des Analytikers oder Psychoanalytikers und schrieb der Rolle des Analytikers viele Funktionen zu, die er später verwarf (z. B. die Vorstellung, daß es die Aufgabe des Analytikers sei, den Klienten neu zu »konditionieren« und seine »falsche Einstellung« zu korrigieren). Es gibt jedoch schon wichtige Anzeichen für den radikalen Wandel, den Perls für die Auffassung davon, was ein Therapeut ist, später einführen sollte. Beispielsweise bestand Perls darauf, daß der Analytiker damit aufhören muß, eine distanzierte, neutrale Figur zu sein und daß er sich in ein »menschliches Wesen auf der gleichen Ebene wie der Patient« verwandeln muß (1947, 231) (s. S. 120).

1951 lösten sich Perls, Hefferline und Goodman von dem traditionellen Modell des Analytiker-Arztes, von dem man erwartet, daß er herausfindet, was mit dem Klienten nicht in Ordnung ist, und ihn dann heilt. Sie schlagen vor, daß die Aufgabe des Therapeuten darin besteht, den Klienten zu einer aktiven Partnerschaft einzuladen, wobei er den Klienten in die Lage versetzt, etwas über sich selbst zu lernen und eine experimentelle Haltung gegenüber dem Leben zu entwickeln, in welchem er neue Verhaltensweisen erprobt und dann sieht, was geschieht. Der Therapeut beachtet und lenkt die Aufmerksamkeit auf all die offensichtlichen und für gegeben gehaltenen Eigenarten der gegenwärtigen Funktionsweise des Klienten (z.B. die Art, wie er geht, atmet, sich bewegt oder spricht) und hilft dann dem Klienten, Selbstbewußtheit zu entwickeln. Der Gestalttherapeut achtet darauf, was fehlt (z. B., was gegenwärtig im Hintergrund ist), aber auch auf das, was offensichtlich ist.

Weit davon entfernt, neutral oder objektiv zu sein, benutzt der Therapeut sich selbst als ein legitimes Instrument für das Verstehen des Klienten. Er entwickelt Empathie mit dem Klienten - er »Fühlt die Erfahrung des Klienten durch seine eigene Erfahrung« (47). Er teilt mit, was ihm selbst alles bewußt wird, seine Gefühle und Reaktionen, während sie auftauchen - denn »Er ist kein Therapeut, wenn er sich weigert, Teil des fortlaufenden Prozesses der psychotherapeutischen Situation zu sein« (19). Er verwendet seine Fähigkeiten, sein Hintergrund-Training, sorgfältige Beobachtung und Intuition, um nach der Dringlichkeit des unerledigten Geschäfts des Klienten im gegenwärtigen Austausch Ausschau zu halten. In Partnerschaft mit dem Klienten entwickelt er experimentelle Situationen, in denen der Klient seine zuvor fixierten Einstellungen erforschen, seine Wahlmöglichkeiten erweitern und in vollständigerer Weise er selbst werden kann: »Die Aufgabe besteht darin, ihn mit einem Problem zu versorgen, in welchem seine gewohnheitsmäßig unvollendeten Lösungen nicht mehr die angemessensten möglichen Lösungen sind ... denn sie bewirken nichts mehr: Ihre Bedeutung hat sich von einer Technik zu einem Hindernis entwickelt« (509).

Später (1976) definierte Perls »Empathie« ganz anders - indem er sie als eine Identifikation mit dem Patienten betrachtete, die die Persönlichkeit und die Reaktionen des Therapeuten selbst und damit das halbe Feld ausschloß. Zu jener Zeit glaubte er, daß der empathische Therapeut oft den subtilen Manipulationen seines Klienten unterliegt und auf diesem Irrweg all die Umwelt-Unterstützung bereitstellt, die der Klient haben will. Der Therapeut muß sich vor dieser Gefahr schützen, indem er bewußt sowohl mit Sympathie/Unterstützung als auch mit Frustration arbeitet (s. S. 147).

Die therapeutische Beziehung: Von der Übertragung zum Kontakt

In einer radikalen Neudefinition der therapeutischen Beziehung verschob Perls die Betonung der Psychotherapie von der Übertragung und der Interpretation auf den Kontakt im Hier und Jetzt.

In *Ego, Hunger and Aggression* (1947/1969a) war er schon sehr kritisch gegenüber dem, was er als die unrealistischen und ritualisierten Aspekte der Beziehung in der freudschen Analyse ansah: »Das psychoanalytische Interview hat sich von einer Beratung zu einem (fast zwanghaften) Ritual entwickelt, in dem eine Anzahl unnatürlicher - fast religiöser - Bedingungen beachtet werden müssen« (82). Besonders glaubte er, daß die traditionelle analytische Beziehung die Vergangenheit (»Freuds 'archäologischer' Komplex, sein einseitiges Interesse an der Vergangenheit« (88)) und die Rolle der Übertragung überbetone: »Wir finden die Quintessenz der historischen Sichtweise im Konzept der Übertragung ... was immer in der Psychoanalyse geschieht, wird nicht als spontane Reaktion des Patienten, als Antwort auf die analytische Situation angesehen, sondern man geht davon aus, daß es von der unterdrückten Vergangenheit diktiert wird« (88).

Statt dessen betonte Perls (1947/1969a) das Bedürfnis des Klienten nach einer viel wirklicheren Beziehung, in der Klient und Therapeut menschlichen Kontakt aufnehmen. Um dies zu bewerkstelligen, gab er das klassische analytische Setting, in dem der Patient auf der Couch liegt und der Psychoanalytiker hinter ihm sitzt, auf.[3] Statt dessen war Perls einer der ersten Analytiker, der seinen Klienten während eines Teils jeder Sitzung gegenübersaß. Dies war eine grundlegende und wichtige praktische Neuerung, die einen riesigen Einfluß auf die zukünftige Entwicklung der therapeutischen Beziehung hatte: Wenn Therapeut und Klient einander gegenübersitzen, bedeutet dies, daß sie sich auf einer gleichen menschlichen Ebene begegnen und auf ganz natürliche Weise in Blickkontakt miteinander treten. Der Klient »muß das menschliche Wesen sehen und nicht die Leinwand, auf die er seine 'Übertragungen' und die verborgenen Teile seiner selbst projiziert ... Er bekommt ursprünglichen Kontakt mit der Realität statt eines Pseudo-Kontakts mit seinen Projektionen« (239). In diesem Abschnitt verlagerte Perls die Betonung in der therapeutischen Beziehung weg von der Übertragung und hin zum Kontakt.

Perls, Hefferline und Goodman (1951/1973) entwickelten und verfeinerten das Konzept des menschlichen Kontakts als Kern der therapeutischen Beziehung. Sie betrachteten die therapeutische Beziehung als eine Begegnung und als einen Dialog, eine existentielle Begegnung zwischen Therapeut und Klient. Da er es ablehnt, sich hinter der Rolle oder Maske eines neutralen Arztes zu verbergen, teilt der Gestaltkliniker seine eigenen Reaktionen und Antworten in einem authentischen Dialog mit dem Klienten: »Er begegnet dem Ärger [beispielsweise] mit der Erklärung des Mißverständnisses oder manchmal mit einer Entschuldigung oder mit Ärger, je nach der Wahrheit der Situation ... Das unterscheidet sich von dem ... Weg-Erklären als 'negative Übertragung'« (297).

Es ist wahrscheinlich schwer für den Leser der neunziger Jahre, der dreißig und mehr Jahre des *Human Potential Movement* assimiliert hat, sich im vollen Maße vorzustellen, was für ein radikaler Wandel dies gegenüber dem Ideal der freudschen Analytiker war, die zumindest in der Theorie so neutral wie möglich in ihren Interaktionen mit den Klienten waren. Perls leugnete nicht die Existenz der Übertragung als Phänomen, und viele Gestalttherapeuten werden darin geschult, mit der Übertragungs-Beziehung als einem Aspekt des therapeutischen Prozesses zu arbeiten. Perls' einzigartiger Beitrag bestand jedoch darin, zusätzlich dazu den größeren Wert der lebendigen Begegnung zwischen zwei wirklichen menschlichen Wesen zu bestätigen.

Obwohl Klient und Therapeut in ihrer Menschlichkeit gleich sind und gemeinsam dafür verantwortlich sind, daß sie eine nützliche und kreative Arbeitsbeziehung herstellen, erklärte Perls (1976), daß sie eine besondere Art von Gleichheit haben, in der der Therapeut zunächst die größere Verantwortung für die Entwicklung einer Art von Atmosphäre und Beziehung hat, in der wirklicher menschlicher Kontakt, Begegnung von Person zu Person und Kommunikation stattfinden können.

Elaine Kepner (in Shepard 1975) beschrieb Perls' dialogischen Stil in den fünfziger Jahren:

> »In seinen Sitzungen in den frühen Fünfzigern war er niemals interpretierend und hatte auch seine Technik des »heißen Stuhls« noch nicht entwickelt ... Er betonte auch viel mehr als in der nachfolgenden Zeit die *Begegnung* zwischen Patient und Therapeut. Wenn man sein Patient war, arbeitete er auch ganz explizit mit dessen Projektionen darüber, was man glaubte, was alles in ihm vorging - also mit all dem, was man aus ihm machte - und dann sagte er einem, was er *tatsächlich* erlebte ... Ich erinnere mich, wie ich einmal in Cleveland mit ihm arbeitete. Ich war deprimiert ... Ich behauptete, daß er niemals irgendetwas anderes fühlen würde als Gutes. Nachdem ich geendet hatte, sagte er: 'Das ist Deine Phantasie.' Dann erzählte er mir seinen eigenen Zustand, der deprimiert war, er fühlte sich ziemlich am Boden und voller Angst.« (66; kursiv d.A.)

Perls' Gewohnheit, zu seinen eigenen Gefühlen ohne die üblichen Umschreibungen zu stehen, hatte zur Konsequenz, daß er manchmal erfrischend direkt war, aber er konnte auch barsch und abrupt erlebt werden. Er wurde wegen seines Stils oft genug kritisiert (s. 4. Kapitel). Seine Direktheit konnte aber auch soziale Nettigkeiten durchbrechen und das Herz des Menschen erreichen.

Die Bedeutung der Diagnose

Perls, Hefferline und Goodman (1951/1973) waren mißtrauisch gegenüber den diagnostischen Methoden, die im medizinischen und analytischen Bereich der Zeit üblich waren. Sie hatten den Eindruck, daß diagnostische Etikettierungen den Therapeuten dazu ermutigen könnten, den Klienten zu objektivieren und ihn als eine Form von

Krankheit statt als einzigartigen Menschen zu behandeln. Falsch angewandt, kann Diagnose einen objektivierenden oder »Ich-Es«-Stil der Beziehung fördern und mit einer Begegnung oder einem Dialog zwischen Menschen unvereinbar sein. Darüber hinaus erklären Perls, Hefferline und Goodman uns, daß solche Kategorien für normales Verhalten oder Anpassungen an die Realität wegen der beobachtbaren Qualitäten des Gestaltbildungsprozesses der Person unnötig sind. Wenn die Figur der gegenwärtigen Interaktion der Person gedämpft oder energielos ist, können wir sicher sein, daß die Person nicht ganz da ist: Etwas Vitales wird aus ihrer Bewußtheit ausgeklammert.

Trotz der Antipathie von Perls gegenüber Diagnosen liefern Perls und seine Kollegen (1951/1973) uns dennoch eine Typologie, die die Grundlage dafür bietet, daß der »Therapeut seine Konzeption braucht, um eine Orientierung zu erhalten und um zu wissen, wohin er schauen muß« (507). Sie weisen jedoch darauf hin, daß die Herausforderung bei jeder Typologie - einschließlich der, die sie selbst anbieten - darin besteht, sie nicht ohne das einzigartige Gespür für die Person im sich von Augenblick zu Augenblick verändernden Prozeß zu verwenden. Sie schlagen eine Diagnose nicht der Person, sondern des *Prozesses* vor und beschreiben immer die *Mittel*, durch die die Menschen ihren Kontakt mit der gegenwärtigen Erfahrung unterbrechen - Konfluenz, Introjektion, Projektion, Retroflektion, Egotismus und Desensibilisierung (s. S. 101ff.). Sie beenden diesen Abschnitt des Buches, indem sie hervorheben, daß ihre Typologie nicht benutzt werden sollte, um eine Person zu etikettieren, sondern um die Struktur eines *einzelnen* Verhaltens zu beschreiben.

Kriterien für therapeutischen Fortschritt und Erfolg

Die Kriterien von Perls, Hefferline und Goodman für therapeutischen Fortschritt hängen nicht von gesteigerter »sozialer Akzeptabilität« oder von verbesserten »zwischenmenschlichen Beziehungen« ab. Ihr Ansatz ist existentiell und legt mehr Wert darauf, daß der Klient seine eigenen Maßstäbe und Werte erkennt, als daß ihm geholfen wird, sich an die gegenwärtigen Auffassungen von angemessenem Verhalten anzupassen. Der Klient selbst beurteilt durch seine eigene Bewußtheit und seine gesteigerte Vitalität, seine effektivere Funktionsweise oder sein tiefergehendes Empfinden von Sinn und Zweck, ob er Fortschritte macht oder nicht. Zweifellos merken der Therapeut und die Freunde des Klienten wahrscheinlich die Veränderungen, die er empfindet, weil die neuen Wege der Bedürfnisbefriedigung und der Lebensgestaltung bemerkbar sind und direkten Einfluß auf andere haben. Die Bildung und Zerstörung von Gestalten weist spezifische und beobachtbare Eigenarten auf. Bei einer schwachen Gestalt ist die Figur gedämpft, verwirrt, ohne Grazie und energielos, während, wenn eine Person einen dynamischen Prozeß der Figur-Grund-Formation neu gestaltet, die vorherrschende Figur interessant, klar und voller Energie ist, so daß die Menschen um ihn herum auf natürliche Weise darauf reagieren: »Der Prozeß der Figur-Grund-Formation ist dynamisch, da in ihm die Erfordernisse und Ressourcen des Feldes in progressiver Weise zum Interesse, zur Klarheit und zur Kraft der vorherrschenden Figur beitragen« (Perls, Hefferline und Goodman 1951/1973, 278). Daher werden die Freunde der Person ihre größere Vitalität und ihr Engagement im Leben unmittelbar in den eigenen Reaktionen auf sie erleben.

Wenn die Therapie erfolgreich ist, wird der Klient ein besseres Gespür für den Sinn und die Richtung seines einzigartigen Lebens haben, und er wird sich selbst besser unterstützen können und nicht länger den unterbrechenden Kräften ausgeliefert sein, die er nicht kontrollieren kann (Perls 1976). Besonders lernt der Klient zu erkennen, wann er den Kontakt zur Realität verliert; er merkt, wie und wo er keine Berührung mehr hat, um dann wieder mit seiner gegenwärtigen Erfahrung Kontakt aufzunehmen:

> »Wenn er eine Technik der Bewußtheit lernt, um die sich verändernde Situation zu verfolgen und mit ihr in Kontakt zu bleiben, so daß das Interesse, die Erregung und das Wachstum weitergehen, ist er nicht mehr neurotisch, ganz gleich, ob er innere oder äußere Probleme hat ... *Wenn das Selbst in einer Notsituation in Kontakt bleiben und weitermachen kann, ist die Therapie beendet.*« (Perls, Hefferline und Goodman 1951/1973, 526; kursiv d.A.)

Der Veränderungsprozeß

Für Perls geschieht keine Veränderung durch Anstrengung, Selbstkontrolle und Vermeidung. Er weist im Gegenteil häufig darauf hin, daß die gewollte oder absichtliche Veränderung kurzlebig oder ineffektiv ist. Die Kontrolle unseres Verhaltens in der Kindheit durch Eltern und Lehrer hat die meisten von uns sicherlich »Selbstkontrolle« gelehrt, aber diese Selbstkontrolle schafft ernorme und unnötige innere Konflikte für uns. Das innere Sein ist quasi im Krieg mit sich selbst. Der kontrollierende Teil hält den natürlichen Impuls der spontaneren Teile zurück. Wir schwanken dauernd zwischen dem, was wir »sein sollten« und was wir tatsächlich sind. Wir versuchen die Lebensherausforderungen zu vermeiden, indem wir uns hinter Rollen und bequemen Gewohnheiten verstecken. Als radikale Neuerung bestand Perls darauf, daß der Therapeut sich nicht mit der zwanghaften Seite des Menschen einläßt (den er oft den *topdog* nannte), die die anderen Teile dazu bewegt, gehorsam zu sein, sich zu verändern oder zu handeln. Der Therapeut darf ebensowenig gemeinsame Sache mit der vermeidenden Seite des Menschen machen.

Perls, Hefferline und Goodman (1951/1973) glaubten, daß Veränderung und Wachstum die natürlichen und *unvermeidbaren* Ergebnisse sind, wenn wir uns selbst und der Natur der Existenz durch volle Bewußtheit, lebendigen Kontakt und Assimilation begegnen (s. S. 79). Veränderung geschieht im Sinne eines existentiellen Paradoxons, wenn die Person sich dem stellt und vollständig das wird, was sie schon *ist*, nicht, wenn sie versucht, das zu werden, was sie nicht ist (siehe Beisser 1970).[4] Gestalttherapie *strebt* keine Veränderung an sich an. Die Aufgabe des Therapeuten besteht darin, dem Klienten zu helfen, daß er seine eigene Bewußtheit entwickelt und vollen Kontakt mit dem aufnimmt, was er gegenwärtig ist. Veränderung kann nur geschehen, wenn der Klient seine Bemühungen, das zu werden, was er sein möchte, aufgibt, zumindest für den gegenwärtigen Moment, und statt dessen so vollständig wie möglich das erlebt, was er ist. In einer Sitzung mit Ellie beleuchtet Perls die Tatsache, daß absichtliche Veränderung nicht funktioniert:

Ellie: Mein Name ist Ellie ... Also, ich fühle jetzt ein Flattern in meiner Brust, und ich möchte mich gern lösen.
F: Das ist ein Programm.
E: Was?
F: Das ist ein Programm - wenn Du sagst: »Ich möchte mich lösen.«
E: Ich versuche das, jetzt.
F: »Ich versuche es«. Das ist auch ein Programm. Du verwechselst das, was Du sein möchtest, mit dem, was ist.

E: Jetzt - jetzt bewege ich meine Arme, damit es mir besser geht. Und ich würde gern über mein ...
F: Ich würde Dir gern etwas sagen, Ellie. Die Grundlage dieser Arbeit ist das Jetzt. Du bist die ganze Zeit in der Zukunft. »Ich möchte daran arbeiten«. »Ich möchte das versuchen«, usw. Wenn Du arbeiten kannst, fang jeden Satz mit dem Wort jetzt an.
E: Jetzt sage ich zu Ihnen, Dr. Perls, daß ich mich unwohl fühle. Jetzt fühle ich, wie meine Brust auf und nieder geht. Ich fühle einen tiefen Atemzug. Ich fühle mich jetzt etwas besser.
F: Siehst Du, statt zu versuchen, in die Zukunft auszuweichen, kamst Du in Berührung mit Dir selbst in der Gegenwart. Natürlich fühlst Du Dich dann besser ...

Perls schloß seine Arbeit mit Ellie mit den folgenen Bemerkungen über Veränderungen:

»Wir beschäftigen uns alle mit der Idee der Veränderung, und die meisten Menschen gehen daran, indem sie Programme machen. Sie möchten sich verändern. 'Ich möchte dies sein' usw. usf.. Was tatsächlich geschieht, ist, daß die Vorstellung von absichtsvoller Veränderung nie, nie, nie funktioniert. Sobald Du sagst: 'Ich will mich verändern' - also ein Programm machst - wird eine Gegenkraft hervorgerufen, die Dich daran hindert, Dich zu verändern. Veränderungen finden von allein statt. Wenn Du tiefer in das gehst, was Du bist, wenn Du das, was da ist, akzeptierst, dann geschieht eine Veränderung automatisch, per se. Das ist das Paradoxon der Veränderung. (Perls 1969b, 175f., 178)

Methoden

Ein natürliches Ergebnis des paradoxen Gesetzes der Veränderung, wie es oben diskutiert wurde, war eine Methode der Therapie, die sich vor allem auf die gegenwärtige Bewußtheit und die phänomenologische Untersuchung verläßt. Perls (1947/1969a; 1976) behauptete, daß die einzige psychologische Realität die Gegenwart sei. Wir leben unsere Existenz in der Gegenwart, in diesem Augenblick, jetzt und hier (s. S. 66).

Die Arbeit mit der gegenwärtigen Bewußtheit

Perls machte im Feld der Psychotherapie etwas Neues: Er bot den Menschen eine experimentelle Methode für das Studium gegenwärtigen Verhaltens an, indem er ein System von Übungen entwickelte, mit deren Hilfe die Person (der Patient, Therapeut oder Laie) die Daten subjektiven menschlichen Verhaltens im gegenwärtigen Augenblick erforschen kann, und auf diese Weise eine vollere Bewußtheit ihrer selbst entwickelt. »Das grundlegende Bemühen besteht darin, jemandem zu helfen, sich dessen bewußter zu werden, wie er jetzt gerade funktioniert, und zwar als Organismus und als Person. Da er selbst der einzige ist, der die notwendigen Beobachtungen machen kann, werden wir uns natürlich mit dem beschäftigen, was wir zuvor als 'private Ereignisse' erörterten« (Perls, Hefferline und Goodman 1951/1973, 42).

Perls behauptete, daß ein solcherart erforschender Ansatz zentral für die Psychotherapie ist. In dem, was er einen ganzheitlichen Ansatz nannte, schlug er vor, daß der Gestalttherapeut seine Aufmerksamkeit auf alle Aspekte des Seins des Klienten richten sollte - den Körper, den Gesichtsausdruck, die Gesten, die Muskelaktivität, die Stimme, die habituelle Haltung oder den Gang usw. Indem wir uns der gewöhnlichen alltäglichen Verhaltensweisen bewußter werden, entdecken wir auf sehr spezifische und beobachtbare Weise, wie der Klient auf seine Umwelt zugeht, Kontakt mit ihr aufnimmt, sie manipuliert und seine Bedürfnisse erfüllt. Das kann sowohl dem Therapeuten als auch dem Klienten zeigen, wie der Klient seine Kontaktaufnahme unterbricht, und wie und wann er gegenwärtig dabei scheitert, seine Bedürfnisse zu erfüllen. Der Therapeut achtet ebenso auf seinen eigenen Prozeß und seine Reaktionen - als in gleicher Weise wichtigen Aspekt des Feldes Klient/Therapeut - und teilt sie, wenn sie bedeutsam scheinen, auch mit.

Alles war für Perls ein Prozeß des Gewahrens, und manchmal behauptete er, daß die Technik des Gewahrwerdens allein schon wertvolle therapeutische Ergebnisse hervorbringen könnte (1976). Der erste Teil von Perls' Arbeit mit Ellie (s. S. 125) zeigt, wie er die Klientin ermutigt, bei der Bewußtheit der Gegenwart zu bleiben, und manchmal die Versuche der Klientin, aus der Gegenwart auszubrechen, frustriert.

Phänomenologische Methoden der Erforschung

Perls verwendete phänomenologische Methoden, um die gegenwärtige Bewußtheit zu erhöhen. Beim phänomenologischen Ansatz beschreibt der Therapeut, was er wahrnimmt, ohne einzugreifen oder zu interpretieren. Er hält vorgefaßte Annahmen über das, was bedeutsam am Verhalten des Klienten oder an dessen Beschreibung ist, in der Schwebe und gibt allen Aspekten dessen, was gesehen, gehört oder gefühlt wird, gleiche Bedeutung. Die scheinbar einfache Methode phänomenologischer Erforschung des Feldes kann uns helfen, mit der Existenz in Kontakt zu sein: Ich bin als Ich in meiner Ichheit, Du bist als Du in Deiner Duheit - der Kern und der Puls des Universums. Indem wir das Ding oder die Person als solche beschreiben, haben wir die Fähigkeit, das Wesentliche zu erkennen. Sowohl Patienten als auch Therapeuten unterschätzen das Offensichtliche und halten es für gegeben und schauen statt dessen nach dem Geheimnisvollen und Komplizierten.

Schon in den vierziger Jahren behauptete Perls (1947/1969a; 1948), daß Beschreibung ein mächtiges Werkzeug ist, welches die Menschen von den Tieren unterscheidet und uns in Berührung mit der Gegenwart bringt und die Möglichkeit gibt, Erfahrungen neu zu erschaffen. Er drängte den Psychotherapeuten, an der Oberfläche und am Offensichtlichen zu bleiben, bei dem zu bleiben, was ist, wirklich zu bemerken, was er sieht und hört: »Seltsamerweise sind alle großen Fortschritte entstanden, indem man das Offensichtliche untersuchte. Nachdem ich erfolglose Fälle von anderen Therapeuten übernommen habe, habe ich häufig entdeckt, daß das Offensichtliche für gegeben gehalten wurde, nicht nur vom Patienten, sondern auch vom Therapeuten« (Perls 1948, 577). Perls machte einige graphische Illustrationen der Beispiele, in denen das Offensichtliche übersehen worden war. Ein Künstler beispielsweise war auf hartnäckige Weise unfähig geblieben zu arbeiten und hatte zwanghafte Gedanken, seine Frau zu töten, trotz der Analyse bei einem fortschrittlichen Analytiker. Nach nur ein oder zwei Sitzungen mit ihm schlug Perls vor, daß der Künstler damit experimentieren sollte, die Tötung seiner Frau in einer Skulptur auszudrücken. Der Künstler war in der Lage, mit Leidenschaft und Interesse zu arbeiten und hörte auf, sich mit Mordphantasien zu plagen. »Das Offensichtliche, das in diesem Fall übersehen worden war, war, daß Modellieren, nicht Sprache, sein Ausdrucksmittel war« (Perls 1948, 578).

Perls, Hefferline und Goodman (1951/1973) forderten den Leser wiederholt auf, seine vorgefaßten Meinungen und vergangenen Annahmen und Interpretationen zurückzustellen: »Ohne Vorannahmen, ohne Modelle irgendwelcher Art, ohne eine offizielle Landkarte welcher Art auch immer, *komm zu Dir selbst*« (116). Das ist ganz und gar nicht trivial, da die Oberfläche unseres Verhaltens der Ausdruck des gegenwärtig vorherrschenden Bedürfnisses und des unerledigten Geschäfts ist. Der phänomenologische Ansatz gibt uns die Möglichkeit, wieder wie ein Kind zu sein, das unschuldig sieht, tastet, berührt, schmeckt oder das Ding selbst anfühlt.

Perls selbst war genial bei der phänomenologischen Untersuchung. Seine Fähigkeit, sämtliche Phänomene im Klient/Therapeut-Feld zu bemerken, war erstaunlich. Er beobachtete beim Klienten winzige, scheinbar unbedeutende Details seiner Art zu sein, oder gab Kommentare zu offensichtlichen oder gewohnheitsmäßigen Aspekten seines Prozesses. Diese Beobachtungen machten oft wichtige, aber bisher übersehene innere Konflikte bewußt oder brachten alle Arten von unerledigten Situationen aus der Vergangenheit ans Licht, denen sich der Klient stellen sollte. Bei mehreren Gelegenheiten (s. S. 41) beschrieb er die Körperhaltung und den Gesichtsausdruck von Menschen, die er nicht näher kannte, mit solcher Genauigkeit und Einsicht, daß sie erstaunt darüber waren, was er entdecken konnte, indem er nur auf ihre gegenwärtige Erscheinungsweise achtete. Dieses Kapitel beinhaltet mehrere Beispiele therapeutischer Interaktionen, in denen Perls die Aufmerksamkeit des Klienten auf irgendein »offensichtliches« Phänomen des Feldes mit effektiven therapeutischen Ergebnissen lenkte - als er Maxines Stimmqualität (s. S. 152f.) und den Widerwillen der jungen Frau, ihre Beine zu benutzen (s. S. 156), kommentierte. Oft schrieben die Teilnehmer von Perls' Workshops seine Effizienz der Intuition oder der Magie zu, weil sie selbst nicht in der Lage waren, seiner scharfen Beobachtung und genauen phänomenologischen Untersuchung zu folgen.

Perls ermutigte den Therapeuten, die Fragen »Wie?« und »Was?« statt der Frage »Warum?« zu stellen, denn erstere fördern die phänomenologische Erforschung und Beschreibung der aktuellen Struktur der gegenwärtigen Situation.[5] Die Fragen »Wie?« und »Was?« entwickeln so die organismische Bewußtheit des Klienten über sein gegenwärtiges Feld und seine Funktionsweise darin sowie seine ganzheitliche Entdeckung dessen, was ist. Perls (1976) behauptete bei einer Gelegenheit, daß das Wesen der Gestalt-Technik der Bewußtheit auf drei Schlüsselfragen reduziert werden kann: »Was tust Du?«, »Was fühlst Du?« und »Was willst Du?« »Wir mußten die Beschäftigung der Psychiatrie mit dem Fetisch des Unbekannten, der Anbetung des »Unbewußten«, zu den Problemen und zur Phänomenologie der Bewußtheit hin wenden« (Perls, Hefferline und Goodman 1951/1973, 15).

Im folgenden Beispiel arbeitet Perls mit einer Klientin namens Liz an einem Traum, in dem eine Spinne vorkommt. Er verwendet immer wieder die Fragen »Was?« und »Wie?«, um sie zu ermutigen, ihre Reaktionen auf die Spinne zu erforschen und phänomenologisch zu beschreiben:

L: Es fühlt sich an wie eine Spinne.
F: *Was* fühlst Du? *Was* erlebst Du persönlich?
L: Du meinst physisch?
F: Physisch, emotional, bis jetzt haben wir Denken, Reden, Sachen ...
L: Ich fühle, als ob ich - eine Spinne sitzt auf mir und ich möchte etwas tun.
F: *Was* erlebst Du, wenn die Spinne auf Dir sitzt?
L: Es fühlt sich hier oben wie schwarz an.
F: Keine Reaktion auf die Spinne? Wenn eine Spinne wirklich jetzt über Dich krabbeln würde, *was* würdest Du erleben?
L: Adrenalin und Sprung und Schrei.
F: Wie? [Liz wischt die Spinne halbherzig weg]. Noch einmal. Die Spinne ist immer noch da ...
L: Ich würde schreien und -
F: Wie? ... *Wie* würdest Du schreien?
L: Ich k- ich weiß nicht, ob ich es tun könnte. Ich kann es aber hören, als ob ich es tue. Es kommt einfach heraus.
F: Wie? (Perls 1969b, 86f.; kursiv d.A.)

Perls (1979) beschrieb, wie er, inspiriert durch Husserls Phänomenologie, die Klienten ermutigte, sich auf eben die Symptome zu konzentrieren, die sie in die Therapie brachten, und auf den Prozeß, durch den sie diese Symptome aufrechterhielten. Er gab ein Beispiel für die detaillierte phänomenologische Beschreibung, durch die einer seiner Klienten wirklich mit dem Wesen seiner selbst und seinem

Prozeß in Berührung kam und wichtige unerledigte Geschichten aus der Vergangenheit heraufrief und durcharbeitete:

> »'Meine Stirn schmerzt, mein Mund ist trocken, mein Kopf will sich in das Kissen zurückdrücken. Jetzt bin ich atemlos. Ich sehe, wie ich die Straße hinunterrenne. Ein Auto überrollt mich, aber es berührt mich nicht. Ich weiß nicht, ob das wirklich geschah. Meine Knie sind sehr schwer, meine Augen möchten sich schließen, ich fühle mich, als wenn ich weinen wollte, aber ich kann es nicht. Ich habe sechs Jahre lang nicht geweint.' Dann fängt er an, über seinen Vater zu sprechen, der von einem Auto überfahren und getötet wurde. Er erzählt dies und die Details des Unfalls und des Todes mit einer sachlichen Stimme. In dem Augenblick jedoch, in dem er sich den Sarg vorstellt, bricht er in ein lautes, intensives und ursprüngliches Weinen aus.« (Perls 1979, 19f.)

Die Rolle der Vergangenheit in der Gestalttherapie

Perls' übermäßige Betonung der phänomenologischen Beschreibung des Hier-und-Jetzt hat zu einem verbreiteten Mißverständnis der Gestaltpsychotherapie geführt. Diejenigen, die Perls und andere Gestalttheoretiker nicht studiert haben, glauben manchmal, daß Gestaltpsychotherapeuten nicht mit der Vergangenheit des Menschen arbeiten. Das trifft nicht immer zu. Wenn Klient und Therapeut sorgfältig auf die innere Struktur der gegenwärtigen Interaktion des Klienten achten, kommen unerledigte Situationen aus der Vergangenheit des Klienten oft in die gegenwärtige Bewußtheit. In diesen Fällen arbeiten viele Gestaltpsychotherapeuten mit dem Klienten, um jene Erfahrungen aus der Vergangenheit zu erforschen. Auf jeden Fall arbeitete Perls mit einigen solchen vergangenen Szenen und Elementen aus dem Leben des Klienten in der Gegenwart. Das Argument, das Perls vorbringt, ist, daß Klient und Therapeut nicht in die Vergangenheit zurückkehren können; das wollen sie auch gar nicht. Das würde nur zu einer Wiederholung und möglicherweise erneuten Traumatisierung des Klienten führen. Sie erforschen Elemente der Vergangenheit unter den veränderten Bedingungen des gegenwärtigen Augenblicks.[6] Dabei hat der Klient die Möglichkeit, die unerledigten Situationen aus der Vergangenheit abzuschließen und sich wieder neu zu finden und zu erschaffen, indem er seine früheren Entscheidungen und sein Selbstbild transformiert.

Das obige Beispiel zeigt, wie die phänomenologische Beschreibung des gegenwärtigen Prozesses oft zur Entdeckung und zum Durcharbeiten des unerledigten Geschäfts (der Tod des Vaters) aus der Vergangenheit führen kann. Die Beschreibung einer Therapiesitzung (s. S. 156) veranschaulicht, wie eine wichtige unvollendete Situation aus der phänomenologischen Untersuchung aller Aspekte des gegenwärtigen Feldes spontan auftauchte, und diese brachte die zuvor ignorierte, aber »offensichtliche« Tatsache zum Bewußtsein, daß die Klientin ihre Beine nicht bewegte. Das stellte sich als Ausdruck des mächtigen ungelösten Gefühls heraus, das die Klientin immer noch gegenüber ihrer auf tragische Weise behinderten Schwester hatte. Jeans Traum (s. S. 142f.) gibt ein anderes Beispiel für Perls' außerordentliches Geschick, mit dem er Klienten half, die Vergangenheit zum Leben zu erwecken und emotionale Lösungen *vergangener* Situationen im *gegenwärtigen Augenblick* zu finden. Diese Auszüge sind notwendigerweise kurz, und der Leser wird ermutigt, die vollständigen Transkripte zu lesen, um die Wirkung von Perls' Arbeit mit der Vergangenheit umfassend würdigen zu können.

Therapeutische Werkzeuge

Die Werkzeuge und »Techniken«, die Perls entwickelte und benutzte, sind Gegenstand vieler Auseinandersetzungen gewesen. Perls und seine Nachfolger behaupteten, daß er keine Techniken benutzte, sondern einzigartige Reaktionen, Experimente und Interventionen als Antwort auf jedes neue therapeutische Dilemma, dem er bei dem einzelnen Klienten begegnete, erfand:

> »Gegenwärtig ist meine Technik auf Funktion und Experiment gegründet. Was ich nächstes Jahr machen werde, kann ich nicht sagen.« (Perls 1948, 574)
>
> »Fritz pflegte zu den Trainees zu sagen: 'Eine Technik, die ohne Verständnis verwendet wird, ist ein effektheischender Gag' ... Fritz entwickelte Werkzeuge, um zur Gestalt zu gelangen, die ein natürlicher Prozeß ist; es gibt viele verschiedene Wege, dahin zu gelangen, aber im Grunde haben Leute, die 'Techniken'

verwenden, nicht verstanden, worum es Fritz ging.« (Barry Stevens in Gaines 1979, 361)
»Meine Erfahrung mit Fritz war, daß er keine Gestalttherapie *machte*; er *erschuf* sie in jedem Augenblick. Er hatte ein bestimmtes Repertoire, aber das wesentliche Element bestand darin, daß er mit dem ging, was von Augenblick zu Augenblick, in *jedem* Augenblick geschah.« (Claudio Naranjo in Gaines 1979, 298)

Weil das, was Fritz tat, dramatisch und effektiv war, imitierten relativ unerfahrene Leute das, was sie *glaubten*, was er getan hatte. Sie machten Dinge, die so *aussahen*, wie das, was Perls tat, ohne seine Jahre klinischer Erfahrung und ohne ein Verständnis des gesamten Kontextes, in dem er arbeitete, das heißt ohne eine Kenntnis der Theorie der Gestalttherapie und ihrer Praxis. Wenn sie auf diese Weise angewandt werden, so werden Perls' kreative und einzigartige Interaktionen auf bloße Gags reduziert, die gefährlich sein können, da sie sofortige Heilung oder unmittelbare Sensationen versprechen: »Unglücklicherweise wurde dieser Workshop-Ansatz auf breiter Basis als das Wesen der Gestalttherapie akzeptiert und von einer zunehmend größer werdenden Zahl von Therapeuten angewandt, ganz gleich, mit wem sie arbeiteten. Auf diese Weise wird Gestalt zu einer rein *technischen* Angelegenheit ...« (Laura Perls 1992). Gegen Ende seines Lebens machte sich Perls selbst Sorgen über den Mißbrauch der Art von Methoden, die er und andere in Esalen so sehr publik gemacht hatten. In Lake Cowichan schrieb er ein Vorwort für *Gestalt Therapy Verbatim* (1969b), in dem er seine Leser vor den Gefahren warnte zu glauben, daß einen Durchbruch zu erreichen das gleiche sei wie Heilung:

»Diese Techniken, diese Werkzeuge, sind in irgendeinem Seminar über sinnliche Wahrnehmung oder Freude ganz nützlich ... Aber Tatsache ist, daß dieses Aufpeppen oft zu einer gefährlichen Ersatzhandlung, einer anderen Art künstlicher Therapie, die Wachstum *verhindert*, wird ... In der Gestalttherapie arbeiten wir auf etwas anderes hin. Wir sind dafür da, um Wachstumsprozesse und die Entwicklung des menschlichen Potentials zu fördern. Wir sprechen nicht von unmittelbarer Freude und unmittelbarer sinnlicher Wahrnehmung, unmittelbarer Heilung.

> Der Wachstumsprozeß ist ein Prozeß, der Zeit braucht ... In der Therapie müssen wir nicht nur durch das Rollenspielen hindurchkommen. Wir müssen auch die Löcher in der Persönlichkeit füllen, um die Person wieder ganz und vollständig werden zu lassen.« (Perls 1969b, 1ff.)

Trotzdem benutzte Perls, worauf Naranjo und Stevens hinwiesen, ein außerordentlich effektives und innovatives Repertoire an therapeutischen Zugängen und Mitteln. Yontef (1992c) wies darauf hin, daß Perls selbst manchmal seine eigenen kreativen Erfindungen wiederholt anwandte, so daß sie gelegentlich zu recht werbewirksamen Techniken wurden, obwohl er das Gegenteil beanspruchte.

Die nächsten zwei Abschnitte dieses Kapitels befassen sich mit den kreativen Mitteln, die Perls in seiner therapeutischen Arbeit integrierte, besonders seine Erforschung von Träumen. Nachdem wir Perls' theoretische Ideen (s. 2. Kapitel) und seine übergreifende Sichtweise des therapeutischen Prozesses (3. Kapitel) dargestellt haben, vertrauen wir darauf, daß der Leser die Mittel, die wir jetzt untersuchen, nicht als Gags anwenden, sondern als integrierten Teil des Ganzen verstehen, das heißt in den Rahmen von Perls' praktischen und theoretischen Beiträgen zur Psychotherapie stellen wird.

Aktives Experimentieren

Perls behauptete oft, daß volle Bewußtheit (einschließlich sinnliche Wahrnehmung, Fühlen und Verstehen) von sich aus Wachstum bewirkt, aber manchmal ging er auch davon aus, daß Bewußtheit allein eine langsame Methode der Veränderung ist (1976). Zusätzlich führte Perls die Idee des aktiven Experimentierens ein. Er gab dem Wort »Experiment« eine breitere Bedeutung als die des wissenschaftlichen Laborexperiments. Er verwendete es, um eine therapeutische Situation zu beschreiben, in der ein Klient ermutigt wird, neue Verhaltensweisen auszuprobieren und zu sehen, was geschieht. Die Gestalttherapie-Sitzung ist selbst im großen und ganzen experimentell, da weder Therapeut noch Klient, wenn sie ganz menschlich sind und sich auf die Bewußtheit von Augenblick zu Augenblick konzentrieren, das Ergebnis der Interaktion kontrollieren oder voraussagen können. Der Klient erhält die Gelegenheit, selbst gründlicher zu experimentieren und die Ereignisse in der Therapiesitzung durch Versuch und Irrtum und indem er sie auslebt zu erforschen.

Die kreative Herausforderung für den Therapeuten besteht darin, daß er sich Experimente vorstellt (oder sie in Zusammenarbeit mit dem Klienten entwirft), die sowohl für die gegenwärtigen Interessen des Klienten relevant und real genug sind, um seine unbewußten oder unterdrückten Gefühle hervorzurufen, als auch »sicher« genug für den Klienten, so daß er gewillt ist, sie zu erproben. Perls, Hefferline und Goodman (1951/1973) beschreiben das Herstellen dieser subtilen Balance als die Auslösung einer »sicheren Notfallsituation«. Sie heben die Finesse hervor, die für das Entwerfen von Experimenten erforderlich ist und behaupten, daß die Aufgabe darin besteht, dem Klienten ein Problem oder Experiment zu stellen, in welchem seine üblichen unvollkommenen Lösungen nicht mehr die adäquatesten Lösungen darstellen; auf diese Weise kann er verfestigtes Verhalten (oder Gestalten) aufgeben, weil sie zu nichts mehr nütze sind.

Perls, Hefferline und Goodman (1951/1973) geben recht detaillierte Leitlinien dafür, wie man ein Gestaltexperiment entwirft; wir haben diese wie folgt vereinfacht:

• *Voraussetzung:* Eine Voraussetzung für das Arrangieren irgendeines Experiments ist, daß der Klient bereit ist, aktiv auf das zu achten, was er fühlt, denkt, tut, sagt, und seine Bewußtheit durch Bilder, Körperempfindungen, non-verbale Kommunikation, Beschreibung, möglicherweise Bewegung oder Inszenierung zu steigern.
Stufe 1: Das Thema des Experiments muß etwas sein, was den Klienten unmittelbar interessiert, so daß er nicht absichtsvoll versuchen muß, sich darauf zu konzentrieren, sondern auf natürliche Weise dorthin gezogen wird. Es muß etwas sein, was ihm vage, aber nicht vollständig bewußt ist.
Stufe 2: Der Therapeut schlägt ein Experiment vor (oder entwickelt es in Kooperation mit dem Klienten), in dem der Klient das gegenwärtige Feld *durch aktives Ausführen* erforschen und seine Bewußtheit erhöhen kann, unabhängig vom Ergebnis.
Stufe 3: Der Klient wird eingeladen, entweder (a) sein gegenwärtiges Verhalten oder seine Haltung zu übertreiben und zu verstärken oder (b) sein gegenwärtiges Verhalten oder seine Haltung zu unterdrücken.
Stufe 4: Während der Kontakt mit dem verleugneten Verhalten oder den verleugneten Gefühlen stärker wird, wird die Aufregung/Angst

des Klienten unweigerlich gesteigert oder aktiviert werden. Er erfährt das Experiment als eine Art Notfall oder existentielle Krise und bleibt daher vielleicht zwischen Erregung und Furcht stecken. Dieser Punkt des Steckenbleibens wird auch *Impasse* genannt. (Sowohl Klient als auch Therapeut wissen, daß der Notfall, den sie erleben, tatsächlich auch sicher ist.)
Stufe 5: In der sicheren Notfallsituation kann das unterdrückte oder unbewußte Gefühl, die Haltung, das Verhalten oder die Erinnerung zum vollen Bewußtsein kommen und auf diese Weise die Erfahrung des Klienten von sich selbst oder von seiner Ich-Grenze verändern.
Stufe 6: Der Klient akzeptiert den unterdrückten Teil seiner selbst als seinen eigenen und spürt jetzt, daß »ich es bin, der fühlt, denkt und dies tut«.

• *Die zentrale Bedeutung der Angst beim aktiven Experimentieren:* Perls hob hervor, daß das Neuartige an diesem besonderen Ansatz in der Therapie darin besteht, daß die Erfahrung der Angst kein unglückliches Nebenprodukt des Prozesses ist, sondern ein wesentlicher Bestandteil. Denn nur wenn der Klient Angst fühlt, wird er die Gelegenheit haben, die fixierte Gestalt auf ursprüngliche Weise aufzulösen, und - indem er seinen Mut zusammennimmt - Stellung zu beziehen oder das auszusprechen, was er schon immer aussprechen wollte (s. S. 111f.).

Beispiel eines Gestaltexperiments

Perls (1976) gab ein vereinfachtes Beispiel eines Experiments, das wir hier kommentiert wiedergeben, um zu zeigen, wie jede der zuvor erläuterten Leitlinien für den Entwurf von Gestaltexperimenten in die Praxis umgesetzt wurde:

> »Perls' Patient hat sich darüber beschwert, daß ihn niemand mit genügend Respekt behandelt. Irgendetwas geschah in der Kantine der Firma, das ihn störte, aber er kann nicht verstehen, warum er sich so aufregte. *[Stufe 1: Das Thema ist von unmittelbarem Interesse für den Klienten und ist etwas, dessen er sich vage, aber noch nicht vollständig bewußt ist.]*
>
> Perls bat den Patienten, in der Phantasie zu der Begebenheit, die ihn aufregte, zurückzukehren und die Erfahrung in der Gegenwart wiederzuerzählen. *[Stufen 2 und 3: der Therapeut schlägt*

ein Experiment vor, durch dessen tatsächliche Ausführung der Klient seine Bewußtheit steigern kann; indem er in der Phantasie zu seiner Erfahrung zurückkehrt und sie in der Gegenwart wiederholt, ist ein Weg gefunden worden, um den Patienten dazu einzuladen, seine gegenwärtige Haltung vager Aufregung zu verstärken.]

Patient: Ich sitze in unserer Cafeteria. Mein Chef sitzt ein paar Tische weiter beim Essen.
Therapeut: Was fühlst Du?
[Stufe 3 (a): Der Therapeut konzentriert sich darauf, die gegenwärtige Bewußtheit des Patienten durch phänomenologische Erforschung zu steigern und verstärkt gleichzeitig den Kontakt des Patienten mit seiner gegenwärtigen Haltung vager Aufregung.]
Patient: Nichts. Er spricht zu jemandem. Jetzt steht er auf.
Therapeut: Was fühlst Du jetzt?
[Stufe 3 (b): Der Therapeut forscht auf phänomenologische Weise weiter und konzentriert sich darauf, die wechselnde Bewußtheit des Patienten von Augenblick zu Augenblick zu steigern, und auf diese Weise verstärkt er dessen gegenwärtige Haltung.]
Patient: Mein Herz schlägt. Er kommt auf mich zu. Jetzt werde ich aufgeregt. Er geht an mir vobei.
[Stufe 4: Während der Kontakt mit der zuvor verleugneten Einstellung oder Verhaltensweise stärker wird, wird beim Klienten Angst/Erregung ausgelöst.]
Therapeut: Was fühlst Du jetzt?
Patient: Nichts, absolut nichts.
[Stufe 4: Der Patient kehrt wieder zu dem Zustand, nichts zu fühlen, zurück. Das kann sehr gut der Punkt sein, an dem er eine Haltung oder ein Gefühl aus der vollen Bewußtheit herausschält und zwischen Erregung hinsichtlich des auftauchenden Gefühls und der Furcht, es zu erkennen und als sein eigenes zu akzeptieren, steckenbleibt.]
Therapeut: Bist Du Dir dessen bewußt, daß Du eine Faust machst?
[Stufe 5: Der Therapeut lenkt die Aufmerksamkeit des Patienten auf sein non-verbales Verhalten und bringt auf diese

Weise ein nicht wahrgenommenes Element des Feldes zur Bewußtheit.]
Patient: Nein. Wo Du das jetzt erwähnst, spüre ich es aber. Tatsächlich war ich ärgerlich darauf, daß der Chef direkt an mir vorbeiging, aber zu jemand anderem sprach, den ich überhaupt nicht mag. Ich war ärgerlich über mich selbst, daß ich so empfindlich bin.
[Stufe 5: Ein zuvor ignoriertes Gefühl des Ärgers tritt jetzt in das Bewußtsein des Patienten. Er scheint jedoch seinen Ärger zu retroflektieren, weil er sich vielleicht immer noch fürchtet, sich voll mit seinem Ärger auf jemand anderen zu identifizieren.]
Therapeut: Warst Du auch auf jemand anders ärgerlich?
[Stufe 6: Der Therapeut lädt den Patienten ein, seinen Ärger gründlicher zu erforschen, und gibt ihm die Möglichkeit, die Retroflektion aufzulösen.]
Patient: Sicher. Auf diesen Kerl, der den Chef ansprach. Welches Recht hat er, den Chef zu stören? Siehst Du - mein Arm zittert. Ich könnte ihn jetzt schlagen, diesen schmutzigen Klinkenputzer.
[Stufe 6: Der Patient fühlt den zuvor abgespaltenen Ärger jetzt als seinen eigenen.]« (Perls 1976, 89)

Perls' Experimente waren natürlich komplexer als im vorigen Beispiel, und obwohl er oft die beschriebenen Stufen durcharbeitete, ging er genauso oft zurück oder machte Umwege oder führte sogar ein Unterexperiment innerhalb des eigentlichen Experiments durch.

Offenlegung der therapeutischen Interaktionen in offenen Demonstrationen

Eine der wichtigsten praktischen Neuerungen von Perls war die Art und Weise, in der er therapeutische Interaktionen öffentlich demonstrierte (Yontef 1992a). Er hatte die Psychoanalyse wegen ihrer Tendenz zur Mystifizierung und zur Betonung des Geheimnisvollen kritisiert. Im Gegensatz dazu erklärte Perls, was er mit seinen theoretischen Schriften meinte, und war bereit zu demonstrieren, wie seine Theorie in der Praxis umgesetzt werden konnte (1969b). Besonders zeigten seine Demonstrationen, was durch aktives Engagement und phänomenologisches Experimentieren gemeint ist. Er führte Demonstrationssitzungen vor Hunderten von Menschen durch und ließ viele seiner Sitzungen in den sechziger Jahren auf Band aufnehmen und transkribieren. Dann gab er die Erlaubnis, diese Transkripte zu reproduzieren und in Buchform zu veröffentlichen. Er ließ auch Videoaufnahmen und Filme von seiner Arbeit anfertigen und stellte sie der interessierten Öffentlichkeit zur Verfügung. Auf diese Weise machte er seine Arbeit der Beobachtung und Auswertung weithin zugänglich. Das erforderte den Mut, Therapie zu entmystifizieren; und viele von denen, die Perls kritisieren, haben es nicht zugelassen, daß ihre eigene Arbeit so öffentlich untersucht wird. Diese Transskripte und Filme waren unschätzbare Quellen für angehende Therapeuten und machten es möglich, daß therapeutische Prozesse auf eine Weise öffentlich erforscht und nachvollzogen werden konnten, die zum Wohl vieler Klienten genutzt wurde.

Kreative Zugänge beim aktiven Experimentieren

Perls schloß in seinen Experimenten kreative und aktive Elemente wie Phantasie, Rollenspiel, Bewegung, Tanz und Stimmveränderung ein. Das waren entscheidende Neuerungen und eine radikale Abkehr von der Psychoanalyse, die manchmal Sprech-Kur genannt wurde, weil in ihr, zumindest zu der Zeit, als Perls zum erstenmal veröffentlichte, jede Form aktiven Ausdrucks als Ausagieren angesehen wurde, und vom Analysanden erwartete man, daß er statt dessen passiv auf einer Couch liegen sollte, um frei zu assoziieren. Perls' Betonung der kreativen Aktivität in der Therapie gründete auf seinem holistischen Glauben, daß Körper und Geist zwei miteinander verbundene Aspekte der ganzen Person sind und es daher keinen Sinn ergeben würde, mit dem einen ohne den anderen Teil zu arbeiten; aber sie gründete auch auf seinem Wissen über den Lernprozeß, daß nämlich die Menschen effektiver lernen, indem sie etwas tun, statt darüber zu reden. Wenn die Person aus irgendwelchen praktischen Gründen gegenwärtig nicht das realisieren kann, was sie lernen möchte, kann sie immer noch besser lernen, indem sie *etwas in der Phantasie ausführt*, als wenn sie darüber redet (Perls 1947/1969a).

Die Entwicklung und Dosierung von Experimenten

Das Kapitel »Aktives Experimentieren« beschrieb ausführlich, was Perls und seine Kollegen unter einem Experiment verstanden, und es gab ein veranschaulichendes Beispiel eines einfachen Experiments mit Kommentar. Perls improvisierte mit der Thematik des Experiments auf vielfache und verschiedenartige Weise. Er schlug die Dosierung von Experimenten vor, indem er eine Reihe kreativer Zugänge benutzte, um das Risikoniveau abzustimmen, das der Klient jeweils bereit ist, auf sich zu nehmen. Beispielsweise könnte ein Klient damit beginnen, sich eine Szene mit einer anderen Person vorzustellen, dann eine verbalisierte Phantasie seines Austauschs mit dieser anderen Person entwickeln, dann zu einem niedergeschriebenen Dialog fortschreiten und schließlich eine Szene als Psychodrama inszenieren.

Dieser Abschnitt beschreibt, wie Perls verschiedene kreative Zugänge benutzte (zum Beispiel Visualisierung, Inszenierung, frustrierende Unterstützung, Beachtung der verbalen und der körperlichen Sprache, Bewegung/Tanz usw.), um mit der gegenwärtigen Bewußtheit der Person zu arbeiten; er beschreibt auch das drängende unerledigte Geschäft der Person und die Erforschung der Polaritäten innerhalb des allgemeinen Kontextes aktiven Experimentierens. Weiterhin veranschaulicht dieser Abschnitt eine Anzahl unterschiedlicher Experimente, die alle für diesen Klienten in diesem Augenblick zu dieser Zeit entworfen oder besonders dosiert wurden. Nachfolgende Abschnitte erforschen, wie Perls mit »Widerstand« arbeitete,[7] mit der Sackgasse und mit Träumen, indem er eine ganze Reihe kreativer Ansätze zum aktiven Experimentieren nutzte.

Phantasie und Visualisierung

Obwohl Perls häufig die negativen und abtötenden Effekte des Lebens in unbewußten Phantasien als Weg, den Kontakt mit der Realität zu vermeiden, hervorhob, war er auch begeistert vom Potential, das in der kreativen Nutzung der Phantasie in der Therapie verborgen lag, und er widmete einen großen Teil eines Aufsatzes der Erforschung der Phantasie (1978a). Er schlug vor (1947/1969a; 1978a), daß der Klient Phantasie als Weg nutzen sollte, um den Kontakt mit sich selbst und mit Menschen, denen er gegenwärtig in der Realität nicht begegnen kann, zu erhöhen, und er gab ein Beispiel eines Mannes, der ganz unbewegt war, wenn er über seinen Vater sprach, aber in Tränen ausbrach, als er ihn sich vorstellen sollte, weil er ein sehr starkes Kontaktempfinden mit dem alten Mann hatte, als er ihn visualisierte. Später entwickelte Perls (1969b) die Verwendung phantasierten Rückzugs als Mittel für Selbstunterstützung und sagte, daß Menschen, wenn sie sich überwältigt fühlen, lernen können, sich auf einen imaginierten Ort zurückzuziehen, wo sie sich gut fühlen, um dann mit neuer Kraft in die Realität zurückzukehren: »Nimm Kontakt mit Deiner Phantasie auf, in der Du Dir vorstellst, auf einer Insel oder in einer warmen Badewanne zu sein ... Das wird Dir eine Menge Unterstützung geben, wenn Du in die Realität zurückkehrst« (1969b, 61).

Perls beschrieb, wie er mit der Phantasie arbeitete, wenn sich der Klient leer fühlt:

> »Wenn wir einen Patienten auffordern, etwas zu visualisieren, erzählt er uns vielleicht, daß seine phantasierten Bilder neblig sind. Wenn wir ihn auffordern, weiterzumachen, könnte er fortfahren und berichten, daß es so sei, als wären sie in einer Wolke oder im Nebel ... Wenn der Patient lange genug im Nebel bleiben kann, wird er sich klären.
> Nehmen Sie den Fall, in dem sich der Nebel zu einem weißlichen Grau klärte, von dem der Patient berichtete, es sei wie eine Steinwand. Der Therapeut fragte den Patienten, ob er sich vorstellen könne, über die Wand zu klettern. Und als der Patient dies tat, stellte sich heraus, daß es dort grüne Weiden gab. (Perls 1976, 99)

Psychodrama, Inszenierung und die Auflösung unerledigter Geschäfte

Schon in *Ego, Hunger and Aggression* (1947/1969a) äußerte Perls die Idee, daß der Klient einer phantasierten anderen Person gegenüber laut äußern konnte, was immer er an Gefühlen der Liebe oder des Hasses als Reaktion auf diese Person erlebte. Dies war eine Vorform der Inszenierungsmethode, die er später verbreitete. Perls' Demonstrationen in den sechziger Jahren und all seine späteren Bücher (1969b; 1969c; 1976) sind offensichtlich von Moreno und dem Psychodrama beeinflußt (s. S. 36f.). Er anerkannte seine große Verpflichtung gegenüber Moreno (1976), hob aber auch hervor, wie stark er selbst das Psychodrama zu einer neuen Methode transformierte (1969b); denn Perls modifizierte das Psychodrama beträchtlich, damit es zu seinem eigenen therapeutischen Stil und seiner theoretischen Einstellung paßte.

Statt andere Personen in der Therapiegruppe aufzufordern, die verschiedenen Rollen in der unerledigten Situation oder im Traum des Klienten zu spielen (wie es Moreno 1964 vorgeschlagen hatte), bat er den Klienten, alle Rollen zu spielen. Er führte diese Veränderung ein, um dem Klienten bei der Erforschung aller Aspekte der Situation zu helfen und sein Empfinden für die Identifikation mit seinen Anteilen und die Verantwortung für diese eigenen Teile, die er unbewußt auf andere Menschen projizierte, zu stärken: »Wenn ich den Patienten alle Rollen spielen lasse, erhalten wir ein klareres Bild, als wenn wir Morenos Technik des Psychodramas benutzen, indem wir Leute hereinziehen, die sehr wenig über einen wissen« (Perls 1969b, 121).

Arbeit mit dem leeren Stuhl

Um diese recht grundlegende Veränderung gegenüber dem Psychodrama zuwege zu bringen, mußte Perls irgendein Mittel erfinden, um die anderen Rollen zu repräsentieren. Er wählte ein schlichtes Requisit - einen leeren Stuhl - und erfand so die »Arbeit mit dem leeren Stuhl«. Perls lud den Klienten zunächst dazu ein, sich vorzustellen, die andere Person sitze auf dem leeren Stuhl, diese dann anzusprechen und in die Rolle der anderen Person zu wechseln und zu antworten. Auf diese Weise ermöglichte es Perls dem Klienten, einen Dialog zu inszenieren, in dem er alle Aspekte seines unerledigten Geschäfts mit der anderen Person erforschen konnte. Dieser aktive Zugang ermöglichte es dem Klienten oft, sich vollständiger und direkter auszudrücken, als wenn er nur über das unerledigte Geschäft sprach.

Das folgende Beispiel von Jean, die mit ihrer »toten Mutter« spricht, gibt eine Vorstellung von dem ungeheuren Potential, das diese Art von inszeniertem Dialog für die emotionale Lösung unerledigter Geschäfte hat:

> »F: Kannst Du zu Deiner Mutter sagen: »Auf Wiedersehen, Mutter, ruhe in Frieden«?
> J: Ich glaube, das habe ich ihr gesagt ... Auf Wiedersehen, Mutter. (wie ein Schrei) Auf Wiedersehen! ...
> F: (sanft) Sprich zu ihr. Geh an ihr Grab und sprich zu ihr darüber.

J: (Weinend) Auf Wiedersehen, Mami. Du konntest nicht anders. Es war nicht Dein Fehler, daß Du zuerst drei Jungen hattest und dann glaubtest, es würde ein weiterer Junge werden, und Du wolltest mich nicht, und Du fühltest Dich so schlecht, als sich herausstellte, daß ich ein Mädchen war. (immer noch weinend) Du hast einfach versucht, es mir zuzuschieben, das ist alles. Du hättest mich nicht so runtermachen sollen ... ich vergebe Dir, Mami ... Du hast schrecklich viel gearbeitet. Ich kann jetzt gehen ... Ganz bestimmt, ich kann jetzt gehen.
F: Du hältst immer noch Deinen Atem an, Jean ...
J: (zu sich selbst) Bist Du wirklich sicher, Jean? ... (sanft) Mami, laß mich gehen.
F: Was würde sie sagen?
J: Ich kann Dich nicht gehen lassen.
F: Sag *Du* das jetzt zu Deiner Mutter.
J: Ich kann sie nicht gehen lassen?
F: Ja. Du hältst sie. Du hältst sie fest.
J: Mama, ich *kann* Dich nicht gehen lassen. Ich brauche Dich. Mama, ich brauche Dich nicht.
F: Aber Du vermißt sie immer noch ... nicht wahr?
J: (sehr sanft) Ein bißchen. Nur daß da jemand ist ... Wie, wenn da keiner wäre? ... Wie, wenn alles leer und dunkel wäre? Es ist nicht ganz leer und dunkel - es ist schön ... Ich lasse Dich gehen ... (seufzt fast unhörbar) ich lasse Dich gehen, Mama ...« (Perls 1969b, 153)

Eine Analyse der Prinzipien, die bei der Arbeit mit dem leeren Stuhl eine Rolle spielen, findet sich auf Seite 142.

Inszenierung und Erforschung von Polaritäten

Perls hatte die existentielle Einstellung, daß die Menschen an sich weder gut noch schlecht sind. Er glaubte, daß wir alle eine Fähigkeit haben, jede menschliche Eigenschaft zu verkörpern, aber daß wir potentielle Merkmale oft abspalten, weil sie für uns nicht akzeptabel sind, vielleicht weil die Familie, Lehrer oder Freunde sie verboten oder lächerlich gemacht haben. Wenn wir Teile von uns selbst verleugnen oder abspalten, führt dies zu einem verborgenen inneren Konflikt oder zu einer Patt-Situation, in der der bewußte oder dominante Teil mit dem verleugneten oder hintergründigen Teil kämpft.

Energie wird gebunden, um die verleugnete Polarität aus der Bewußtheit herauszuhalten, aber es ist verschwendete Energie, denn das abgespaltene Merkmal taucht auf unerwartete Weise auf und sabotiert den scheinbar siegreichen Teil der Persönlichkeit.

Perls (1947/1969a; Perls, Hefferline und Goodman 1951/1973; Perls 1969b; 1976) glaubte, daß »Polaritäten« dialektisch seien: Sie bilden zwei Endpunkte oder Pole eines Kontinuums. Es gibt keinen Stoizismus ohne Klage oder umgekehrt; das eine definiert das andere. Gegensätzliche Merkmale sind nicht widersprüchlich: Sie bilden zwei Seiten derselben Medaille und sind komplementär. Wenn ein Merkmal Vordergrund ist (z.B. Stoizismus), dann muß die andere polare Qualität (sagen wir das jammernde Sich-Beschweren) im Hintergrund des Feldes sein. Perls' komplexe und paradoxe Ansicht der dialektischen Polaritäten ähnelt der der existentiellen Beratung, wie sie von van Deurzen-Smith (1988, 61f.) beschrieben wird:

> »Nur zu oft haben sich die Menschen auf die eine Seite einer Polarität geschlagen und geglaubt, die Wahrheit sei einfach und parteiisch statt komplex und paradox. Auf diese Weise schließen sie sich selbst kurz und verbrauchen alle Energie bei dem hoffnungslosen Versuch, eine einseitige Position aufrechtzuerhalten. Andere erkennen die Polaritäten, scheuen aber vor ihren Konsequenzen zurück. Sie versuchen, Widersprüche zu handhaben, indem sie sie beseitigen; sie bilden eine Synthese und einen Kompromiß, bis dem Leben jedes Potential entzogen ist.«

Topdog/Underdog

Die berühmtesten Polaritäten, die Perls erörterte, sind die vom Topdog und Underdog. Perls nannte den dominanten Aspekt der Person ihren Topdog und nannte den weniger bewußten oder hintergründigen Teil Underdog. Der Topdog kommandiert, gibt Anweisungen oder meckert. Im Gegensatz dazu scheint der Underdog hilflos zu sein und sich hintergangen zu fühlen; er sabotiert die Beschlüsse des Topdog durch seine Passivität und Hilflosigkeit. Perls (1969b) wies nach, daß, obwohl der Underdog so selbstverleugnend zu sein scheint, er tatsächlich auf verdeckte Weise mächtig ist und oft in einem Konflikt zwischen sich und dem Topdog gewinnt, indem er den Topdog am wirksamen Handeln hindert.

Perls glaubte, daß die ganz essentielle Vitalität in der Verleugnung irgendeiner menschlichen Eigenart und im Kampf zwischen den dominanten (oder figürlichen) und verleugneten (oder hintergründigen) Aspekten der Persönlichkeit gebunden ist. Sein Ziel bei der Arbeit mit den Polaritäten bestand darin, die beiden Charakteristiken bewußt zu machen; zu zeigen, daß Polaritäten miteinander existieren; und jeden verborgenen Konflikt zwischen ihnen offenzulegen, wobei die jeweilige Bedeutung für diesen besonderen Klienten erforscht wird. Er lud seine Klienten oft ein, zunächst die eine Polarität (z.B. der Topdog) und dann die andere Qualität (z.B. der Underdog) zu sein, und sich in einem imaginären Dialog gegenseitig anzureden, wobei er wieder einen leeren Stuhl benutzte, der den nicht redenden Teil repräsentierte. Duch den Kontakt und Dialog, der zwischen den beiden Teilen oder Stühlen inszeniert wird, wird ein größeres Wissen über die zuvor abgespaltene Polarität angestrebt. Das folgende Beispiel zeigt, wie Perls mit Liz' Topdog und Underdog arbeitete, und schließt Perls' Gedanken zu dem Thema ein:

»F: Leidest Du zufällig unter dem Fluch des Perfektionismus?
L: Oh! Ja. (lacht leise)
F: Also, was immer Du auch tust, es ist nicht gut genug.
L: Richtig.
F: Sag das zu ihr.
L: Was Du tust, ist zufriedenstellend, aber niemals richtig, niemals perfekt.
F: Sag ihr, was sie tun *sollte*, wie sie sein sollte.
L: Sie sollte ...
F: '*Du* solltest -'. Tratsche niemals über jemanden, der anwesend ist, besonders wenn es um Dich selbst geht. (Lachen) Mach immer eine Begegnung daraus. Sprich *zu* ihr.
L: Du solltest in der Lage sein, alles und jedes zu tun und es perfekt zu machen. Du bist eine sehr fähige Person, Du hast die natürliche Intelligenz, es zu tun, aber Du bist zu faul.
F: Ah! Da ist die erste Wertschätzung - Du bist fähig. Wenigstens gibt sie soviel zu.
L: Na ja, damit wurde sie geboren. Sie hat das - (Lachen)
...
F: Ja. Wir haben hier jetzt die typische Topdog/Underdog-Situation. Der Topdog ist immer rechthaberisch - manchmal hat

er recht, aber nicht sehr oft - und *immer* rechthaberisch. Und der Underdog ist geneigt, dem Topdog zu glauben. Der Topdog ist jedoch ein Richter. Er ist ein Tyrann. Der Underdog ist gewöhnlich sehr gewitzt und kontrolliert den Topdog mit anderen Mitteln wie *mañana* oder 'Du hast recht', oder 'Ich will's versuchen', oder 'Ich hab' mich so bemüht', oder 'Ich hab's vergessen' oder ähnliches ...« (Perls 1969b, 85)

In dem Maß, in dem eine Person ihre polaren Merkmale kennenlernt und das Gefühl bekommt, daß die offensichtlich gegensätzlichen Qualitäten tatsächlich komplementär sind und koexistieren können, vergrößert sich ihre Möglichkeit und Fähigkeit, geschickt zwischen den Polen ihrer Existenz hin- und herzupendeln. Sie entwickelt ihr Potential zum Handeln als ein flexibel integrierter, ganzer Organismus statt als Gruppe getrennter Parteien, die miteinander Krieg führen.

Obwohl der Topdog und der Underdog die Polaritäten sind, die durch Perls berühmt wurden, sind die Möglichkeiten der Polaritäten innerhalb eines Menschen fast unendlich. Jeder Mensch ist eine endlose Sequenz von Polaritäten: Tyrann/Opfer, Heiliger/Sünder, Hexe/Verzauberter, »Oberlehrerin«/»verletztes Baby«, »Springinsfeld«/»kummervolles Kind«. Jeder Mensch hat seine eigenen speziellen Polaritäten, die oft ganz eigene Namen besitzen.

Einer der populärstensten und bekanntesten praktischsten Neuerungen von Fritz Perls ist der Dialog mit dem leeren Stuhl, der im vorigen Abschnitt beschrieben und veranschaulicht wurde. Viele Therapeuten, die behaupten: »Ich verwende Gestalt-Techniken«, meinen, daß sie gelegentlich eine Form des inszenierten oder symbolischen Dialogs oder eine Begegnung zwischen unterschiedlichen Aspekten oder Verkörperungen des Selbst benutzen. Wenn sie nicht im Gestalt-Ansatz ausgebildet sind, verwenden solche Therapeuten diese Techniken, notwendigerweise ohne sich aller Konsequenzen bewußt zu sein - weder der Gestaltpsychotherapie und des integrativen Kontexts, noch des phänomenologischen Zugangs einer wirklich integrierten Gestalt.

Autoren wie Greenberg (1975; 1979; Greenberg und Clarke 1986) haben die Arbeit mit dem leeren Stuhl auf eine sehr subtile Ebene gehoben, und es gelang ihnen sogar, sie für die Effektivitätsforschung anzupassen. Greenberg und Rice (1984) beschreiben die Verwendung der Arbeit mit dem leeren Stuhl besonders im Hinblick auf innerpersönliche Konfliktlösungen. Sie kategorisieren die Prinzipien hinter der Arbeit mit dem leeren Stuhl und weisen drei unterschiedliche Arten nach, durch die die Arbeit hochwirksam sein kann:

> »Der Therapeut verwendet die Arbeit mit dem leeren Stuhl, um die zwei Teile der [intrapersonalen] Spaltung zu trennen und dann zwischen ihnen Kontakt herzustellen. Obwohl ein großer Teil des Gestalt-Ansatzes von der kreativen Intuition des Therapeuten abhängt, gibt es einige grundlegende Prinzipien für die Technik des leeren Stuhls, die abstrahiert und als Richtlinien für die Lösung oder Integration der gegensätzlichen Aspekte der Spaltung des Klienten benutzt werden können (Greenberg 1975). Die fünf grundlegenden Prinzipien der Arbeit mit dem leeren Stuhl sind (1) Trennung und Schaffung von Kontakt, (2) die Verantwortlichkeit des Klienten, (3) die Aufmerksamkeitsfunktion, (4) die Verstärkungsfunktion und (5) die Ausdrucksfunktion ... Die möglichen Wege, einen Konflikt in der Gestaltarbeit mit dem leeren Stuhl zu lösen, sind anscheinend: (1) eine Lösung durch irgendeine Form von Integration; (2) eine Lösung durch das Zulassen von zuvor unterdrückten Gefühlen, in Gestaltbegriffen einer Explosion (Perls 1969b); oder (3) eine Lösung durch einen Perspektivenwechsel, der den Konflikt nicht mehr relevant erscheinen läßt.« (71ff.)

Die Verwendung von angemessener Frustration und Unterstützung

Perls glaubte, daß der Prozeß der Reifung ein »kontinuierlicher Prozeß [sei], der die Unterstützung durch die Umwelt transzendiert und Selbstunterstützung entwickelt, was gleichbedeutend mit einer fortschreitender Verringerung von Abhängigkeiten ist« (Perls' Anmerkung von 1969 in Perls, Hefferline und Goodman 1951/1973, 9). Der gesunde Erwachsene zieht es vor, Selbstunterstützung zu entwickeln, statt unnötigerweise von der Unterstützung anderer abhängig zu sein. Viele Menschen sind nicht gewillt, diese Verantwortung für sich selbst zu übernehmen, und versuchen, die Umwelt so zu manipulieren, daß sie ihnen Unterstützung gibt. Perls behauptete, daß das einzelne Kind oder der Erwachsene innere Stärke und die Fähigkeit zur Selbstunterstützung hauptsächlich dadurch entwickeln, daß sie frustriert werden und diese Frustration überwinden. Er glaubte daher, daß der Therapeut mit einer feinen Mischung aus Frustration und Unterstützung zu arbeiten lernen muß. Er wies darauf hin, daß einige der Wege, wie der Gestalttherapeut auf legitime Weise Unterstützung anbieten kann, seine »ausschließliche Aufmerksamkeit« und sein Verzicht auf Beschuldigung sind (Perls 1976, 51).

Perls frustrierte geschickt die Versuche des Klienten, Unterstützung auf manipulative Weise zu erhalten, und bot ihm Möglichkeiten an, um seine Bedürfnisse ohne Manipulation zu erfüllen, wobei er die Klienten manchmal daran erinnerte, daß er nicht in ihre Spiele hineingezogen werden wollte (1976). Wenn Perls bemerkte, daß ein Klient ihn dahin manövrieren wollte, daß er die Unterstützung lieferte, die jenem fehlte, verwendete er oft humorvolle Übertreibungen der manipulativen Anstrengungen des Klienten, um sie dem Klienten vollständig bewußt zu machen. Das wird in dem folgenden Austausch veranschaulicht, in dem Perls mit Claire arbeitete, die ihm andauernd Fragen stellt, welche er als Versuche einschätzt, ihn dazu zu überreden, ihr Antworten und Selbstunterstützung zu geben, die letztlich nur sie selbst sich geben kann:

> C: Und so sage ich jetzt, nun, wie kann ich damit umgehen? Ich stecke da immer noch fest.
>
> F: 'Gib mir die Antworten. Wie kann ich damit umgehen? Komm schon, gib mir, gib mir, gib mir.'
>
> C: Ich - weißt Du - wirklich, ich will die Antworten nicht einmal mehr, weil niemand wirklich, weißt Du - jeder hat eine Antwort, und sie hilft mir nicht.
>
> F: 'Komm, gib mir die richtige Antwort, die, die wirklich nährend ist, hilf mir aus meiner Sackgasse heraus.'
>
> C: So, jetzt bin ich wieder an derselben Stelle. Ich bin diejenige, die mir die Antwort geben muß, wie ich aus der Sackgasse herauskomme.
>
> F: Nein, Antworten helfen nicht.
>
> C: Ja was zum Teufel hilft denn? ... Was hilft wirklich?
>
> F: Eine andere Frage. 'Komm schon, komm.' (Perls 1969b, 250)

[Perls weist darauf hin, wie die Klientin immer weiter Fragen stellt und auf diese Weise versucht, den Therapeuten dahin zu bringen, daß er Unterstützung liefert, statt ihre eigene Selbstunterstützung hervorzubringen. Er übertreibt auf humorvolle

Weise, was Claire macht, indem er ihre Worte in überspitzter Weise imitiert. Daher weisen das »Komm schon, komm« und »Gib mir, gib mir« darauf hin, was Perls für die wirkliche Botschaft hinter Claires Worten hält.]

Perls frustrierte auch die Versuche des Klienten, ihn dazu zu bewegen, Hilfe oder Führung zu geben. Manchmal forderte er einen Klienten auf, sein eigener »Fritz« zu sein, und auf diese Weise sich selbst all die Weisheit und die Unterstützung, die er suchte, anzubieten. Das hatte den Vorteil, daß die Manipulationen des Klienten frustriert wurden und ihm gleichzeitig ein Weg gezeigt wurde, wie er Selbstunterstützung erlangen könnte:

> »Ich, dieser Fritz, kann nicht mit Dir nach Hause gehen. Du kannst mich nicht als ständigen Therapeuten haben. Aber Du kannst Deinen eigenen, personalisierten Fritz haben und ihn mitnehmen. Und der weiß viel mehr als ich, weil er Deine eigene Schöpfung ist. Ich kann nur vermuten oder theoretisieren oder interpretieren, was Du erlebst. Ich kann nur das Kratzen sehen, aber ich kann das Jucken nicht fühlen.« (Perls 1969b, 109ff.)

Beachtung der verbalen Sprache

Perls (1947/1969a; 1948; 1969b) hob hervor, daß die Art, wie wir die Sprache verwenden, unsere gesamte Lebenseinstellung reflektiert. Er schlug daher vor, daß sowohl Therapeut als auch Klient auf die Art und Weise achten sollten, wie sie Sätze strukturieren und Wörter verwenden, und auf diese Weise die unbewußten Botschaften bemerken können, die sie sich und anderen Menschen senden.

Wie im zweiten Kapitel erörtert, gründete Perls Gestalt auf der zentralen philosophischen Annahme, daß die Menschen für ihre eigenen Gefühle und ihr Verhalten verantwortlich sind. Er zeigte, wie viele Menschen dieses übergroße Empfinden der Verantwortung vermeiden, indem sie statische linguistische Formen und unpersönliche Ausdrücke verwenden wie »es fühlt sich schlecht an«, statt »ich fühle mich schlecht«; »die Menschen glauben«, statt »ich glaube«. Diese Sprache beinhaltet eine Form der Projektion. Die Erfahrung oder der Prozeß werden externalisiert oder außerhalb des Organismus angesiedelt. Die Person hat das Gefühl, den Gedanken oder das Verhalten teilweise abgespalten.

Unter anderem inspiriert durch Harry Stack Sullivan und Kurt Goldstein ermutigte Perls die Klienten, zunächst darauf zu achten, wie sie ihre Sprache entpersönlichen und abtöten, und dann zu erforschen, was dies für sie bedeutet, um daraufhin mit einer Veränderung ihrer Redeweise zu experimentieren, damit sie sich mit den abgespaltenen und projizierten Gefühlen, Gedanken und Verhaltensweisen wieder identifizieren können. Auf diese Weise können sie verstehen, daß Leben und Kontaktaufnehmen Prozesse und nicht statische Strukturen sind. Diese Themen werden in dem folgenden Austausch mit Max veranschaulicht:

> M: Ich fühle den Stuhl. Ich fühle Hitze. Ich fühle die Anspannung in meinem Magen und in meinen Händen -
> F: *Die* Anspannung. Hier haben wir ein Substantiv. *Die* Anspannung ist ein Substantiv. Verändere das Substantiv, das Ding, jetzt zu einem Verb.
> M: Ich bin angespannt. Meine Hände sind angespannt.
> F: Deine Hände sind angespannt. Sie haben nichts mit Dir zu tun.
> M: Ich bin angespannt.
> F: Du bist angespannt. Wie bist Du angespannt? Was machst Du? Sehen Sie die ständige Neigung zur Reifikation - er versucht immer, aus einem Prozeß ein Ding zu machen. Das Leben ist *Prozeß*, der Tod ist ein *Ding*.
> M: Ich spanne mich selbst an.
> F: Das ist es. Schau Dir den Unterschied an zwischen den Worten, 'Ich spanne mich selbst an' und 'Da gibt es eine Anspannung'. Wenn Du sagst, 'Ich fühle Anspannung', bist Du unverantwortlich, Du bist nicht verantwortlich dafür, Du bist unfähig und kannst daran nichts machen. Die Welt sollte etwas tun - Dir Aspirin geben oder was immer es sein könnte. Aber wenn Du sagst, 'Ich spanne mich an', übernimmst Du die Verantwortung, und wir können sehen, wie das erste bißchen lebendige Aufregung herauskommt. Bleib also bei diesem Satz. (Perls 1969b, 107)

Eine andere Art und Weise, in der Perls zufolge die Menschen die Verantwortung für sich und was sie wirklich sagen, verleugnen, besteht im Fragenstellen. Durch Fragen versuchen sie andere Menschen dazu zu bringen, ihre Probleme zu lösen oder ihre eigenen Meinungen kundzutun. Er ermutigte Klienten daher, das Risiko zu wagen und Fragen zu Aussagen umzuformulieren wie zum Beispiel, als er mit Beverly arbeitete:

> B: Wie habe ich Dich manipuliert?
> F: Siehst Du, wieder. Diese Frage zum Beispiel. Es ist sehr wichtig für Deine Reifung. Verwandele Deine Fragen in Aussagen. Jede Frage ist ein Haken und ich würde behaupten, daß die meisten Fragen Erfindungen sind, um Dich selbst und andere zu quälen. Aber wenn Du die Frage in eine Aussage verwandelst, machst Du viel von Deinem Hintergrund zugänglich. Das ist einer der besten Wege, um eine gute Intelligenz zu entwickeln. Verwandele Deine Frage daher in eine Aussage. (Perls 1969b, 130)

Kreative Verstärkung der Körpersprache

Perls sah in der verbreiteten Spaltung zwischen Körper und Geist den wesentlichen Grund für Leiden und die moderne Neurose oder Störung. Er glaubte, daß die Psychoanalytiker der vierziger Jahre in erster Linie mit den Gedankenprozessen und verbalen Ausdrücken der Person arbeiteten, und er kritisierte sie lautstark, weil sie auf diese Weise die zerstörerische Spaltung verstärkten. Wie im ersten und zweiten Kapitel erörtert, war Perls stark von Wilhelm Reich beeinflußt. Obwohl Perls (1947/1969a) Reich manchmal wegen dessen Überbetonung des Körperlichen, auf Kosten eines umweltbezogenen Verständnisses für den einzelnen, kritisierte, lernte er eine Menge von Reich und entwickelte selbst ein außerordentliches Gespür für die Beobachtung und die Arbeit mit der Körpersprache und anderen non-verbalen Ausdrucksmitteln.

Perls behauptete oft, daß die non-verbale Sprache der Person wichtiger sei als die verbale Sprache: »Ein guter Therapeut hört nicht auf den Inhalt des Mists, den der Patient produziert, sondern auf den Klang, die Musik, die Verzögerungen. Verbale Kommunikation ist gewöhnlich eine Lüge. Die tatsächliche Kommunikation ist hinter den Worten ... Hört daher nicht auf die Worte, hört einfach auf das, was die Stimme euch sagt, was die Bewegung euch sagt, was die Haltung euch sagt, was das gesamte Bild euch sagt« (Perls 1969b, 53). In dieser Passage, wie so oft, übertrieb Perls sein Anliegen bis ins

Extrem, um seine Trainees aus ihrer Wohlgefälligkeit aufzurütteln und sie zu der Einsicht zu bringen, wie wichtig und grundlegend der oft ignorierte Ausdruck des Körpers ist. Er meinte nicht wirklich, daß Therapeuten *niemals* auf die Worte hören sollten, denn an anderen Stellen (1976) sagt er den Therapeuten, daß sie mit ihrer Aufmerksamkeit rückwärts und vorwärts zwischen Worten, Gesten und Gesichtsausdrücken hin und her pendeln sollten.

Perls' eigene Genialität bestand in seiner feinen Einstimmung sowohl auf verbale als auch auf non-verbale Sprache und in seiner Fähigkeit, auf wirklich ganzheitliche Weise zuerst mit dem einem und dann mit dem anderen und manchmal fast gleichzeitig mit beiden zu arbeiten. Er war sich sehr wohl dessen bewußt, daß es eine somatische und emotionale wie auch eine intellektuelle Komponente aller Erfahrungen gibt, und er hielt Ausschau nach Wegen, die es seinen Klienten ermöglichten, dies selbst zu spüren und alle drei Dimensionen in ihrem Leben zu integrieren. Es gibt eine Vielzahl von Beispielen für Perls' Aufmerksamkeit auf die verschiedenen non-verbalen Ausdrücke seiner Klienten (1969b; 1976). Tatsächlich gibt es nur wenige Interaktionen zwischen Perls und einem Klienten, bei denen Perls die Aufmerksamkeit *nicht* auf irgendeinen Aspekt der Körpersprache lenkte.

Er glaubte, daß die ersten Gesten oder Worte eines Menschen besonders bedeutsam sind und beachtete daher die Eröffnungs-Aussagen einer Person, wobei er seine phänomenologischen Eindrücke von den ersten Körperhaltungen oder Bewegungen oft laut mitteilte. Diese Beschreibungen repräsentierten oft genau die Lebenssituation der Person oder ihre unausgedrückten, vielleicht abgespaltenen Gefühle und ermöglichten es dem Klienten daher, schnell auf den Kern dessen, womit er arbeiten wollte, zu stoßen. Die folgende Interaktion zwischen Perls und Maxine veranschaulicht sowohl Perls' verblüffende Fähigkeit, bedeutsame non-verbale Ausdrucksweisen innerhalb der ersten wenigen Sekunden der Therapiesitzung zu bemerken, als auch seine Methoden der Arbeit mit Inkongruenz zwischen verbaler Botschaft und non-verbalem Ausdruck:

> Maxine: Mein Traum ist, daß ich zu Hause im Haus meiner Eltern bin und ...
>
> Fritz: Gut, kannst Du bitte erst Deine Stimme spielen. 'Ich bin Maxines Stimme. Ich bin laut, sanft, dröhnend, musikalisch, ich bin lebendig ..'.

M: Ich bin Maxines Stimme und ich bin sehr leblos ... wenig Gefühl darin, und ich fühle mich sehr anders, als es meine Stimme ahnen läßt.
F: Okay, dann begegne Deiner Stimme. Setz Deine Stimme da hin, und Du sitzt dort. Du sagst: 'Stimme, ich habe keine Beziehung zu Dir. Du bist ganz anders als ich.'
M: Stimme, Du bist ganz anders als ich. Ich fühle mich vollkommen anders als - als - als Du klingst. Ich bin nervös, ich zittere und ich bin zu Tode erschrocken ...
F: Das ist es, was Du fühlst.
M: In meinem Magen - in meinem Magen - brodelt es.
F: In Ordnung, jetzt sei Deine Stimme.
M: Ich - ich weiß, daß Du nicht willst - Du willst nicht, daß ich - ach - das ausdrücke, was Du wirklich fühlst, deshalb helfe ich Dir, es zu verstecken ...
M: Aber ich will nicht, daß Du das versteckst, was ich fühle. Ich will - ich will, daß Du meine Gefühle herausläßt, ich will, daß Du -
F: Sag das nochmal: 'Ich will, daß Du meine Gefühle herausläßt.'
M: (lebhafter) Ich will, daß Du meine Gefühle herausläßt, ich will, daß Du mich eine Person sein läßt. (Perls 1969b, 131f.)

[Während der Dialog weitergeht, besteht Maxine immer stärker darauf, daß sie ihr wahres Selbst nicht länger verdecken will, und während sie darauf besteht, wird sie immer authentischer und lebhafter.]

Bewegung und Tanz

Perls hatte bei Max Reinhardt und der expressionistischen Tänzerin Palucca in Europa und beim *Living Theater* in New York studiert (s. 1. Kapitel), und war sehr daran interessiert, Bewegung und Tanz als Mittel des Selbstausdrucks in seine aktive Therapie zu integrieren. In den sechziger Jahren konnte Perls seine Leidenschaft für expressive Bewegung entwickeln und ausleben, indem er mit Professionellen aus diesem Feld wie der kreativen Choreographin und Tänzerin Anna Halprin und mit Janet Lederman, einer Avantgradistin expressiver Bewegung, arbeitete. Perls führte eine Reihe von Gestalt-Workshops für Anna Halprins Tanzkompanie durch. »Er tat das gern, weil jeder so gut darauf ansprach. Wir führten den ganzen Gestalt-Workshop tatsächlich als Tänzer und als Theaterleute durch. Wir pflegten alles zu tanzen und auszuagieren. Er machte Gestalttherapie mit uns, indem er uns auf die Bühne schickte und sagte: 'Jetzt sei das ... jetzt sei das ...', und jeder wurde es, indem er es tanzte« (Anna Halprin in Gaines 1979, 200).

Der Einfluß war wechselseitig. Perls trainierte nicht nur die Tänzer und Tänzerinnen in Gestalttherapie; er integrierte den Tanz auch in die Gestalttherapie. Er schlug einem Klienten recht häufig vor, sich zu bewegen, ein Gefühl oder einen Aspekt seiner selbst pantomimisch darzustellen oder zu tanzen, und aktivierte auf diese Weise seine Energie, indem er ihn dazu anspornte, kreativ zu sein und seine Vitalität zu stärken. Als er beispielsweise mit Meg arbeitete, die von einem Hund und einigen Klapperschlangen geträumt hatte, die sie sehr erschreckten, forderte Perls Meg auf, zunächst der Hund zu sein und dann die Klapperschlange zu tanzen. Das Transkript veranschaulicht Perls' einzigartigen Arbeitsstil mit einer Mischung aus Inszenierung, Körperempfindung und expressivem Tanz, während er in engem Kontakt mit dem non-verbalen Prozeß des Klienten blieb:

> *[Meg stellt gerade den Hund dar]*
>
> F: Schließ' Deine Augen. Geh' in Deinen Körper. Was erlebst Du physisch?
>
> M: Ich zittere. Angespannt.
>
> F: Laß sich das entwickeln. Gestatte Dir zu zittern, und Deine Gefühle zu haben ... [ihr ganzer Körper beginnt, sich ein wenig zu bewegen] Jaa. Laß es geschehen. Kannst Du es tanzen? Steh auf und tanz es. Laß Deine Augen offen, gerade so, daß Du in Kontakt mit Deinem Körper bleibst, mit dem, was Du physisch ausdrücken willst ... Jaa. (sie geht, zitternd und hüpfend, fast stolpernd) Jetzt tanze die Klapperschlange ... (sie bewegt sich langsam und anmutig geschmeidig) ... Wie fühlt es sich jetzt an, eine Klapperschlange zu sein?
>
> M: Es ist - irgendwie - langsam - ganz - ganz bewußt, daß irgendetwas zu nahe kommt.
>
> F: Hm?
>
> M: Ganz bewußt etwas nicht zu nahe kommen zu lassen, bereit zuzuschlagen.

F: Sag das zu uns. 'Wenn ihr zu nahe kommt, ...'
M: Wenn ihr zu nahe kommt, schlage ich zurück.« (Perls 1969b, 164)

[Meg hat spontan ein Mittel gefunden, um sich selbst durch Tanz auszudrücken, und gelangte auf diese Weise vollständig in Kontakt mit einer sehr anderen Seite von sich - einer, die in der Lage ist, zurückzuschlagen, wenn sie bedroht wird. Nach ein wenig weiterer Erforschung ihrer Körperempfindungen beendet sie ihre Arbeit; sie fühlt sich warm und wirklich und hat mehr Vertrauen.]

Tanz, Pantomime und Spiel werden oft als rechtshemisphärische Aktivitäten angesehen (Ornstein 1972). Indem er diese Formen kreativen Ausdrucks zusammen mit verbalem Ausdruck (der stärker mit der linken Seite des Gehirns assoziiert wird) integrierte, arbeitete Perls ganzheitlich, um alle Aspekte der Person zu stärken und es dem Menschen zu ermöglichen, im umfassendsten Sinn er selbst zu sein (s. S. 56).

Intuition und feine phänomenologische Beobachtung

Perls war höchst intuitiv, und er demonstrierte und legitimierte die Verwendung von Intuition und von Gespür in der Therapie. Er pflegte oft ganz offen zuzugeben, daß er in der Arbeit einem Gespür folgte, besonders wenn er eine therapeutische Intervention machte, die etwas danebenzuliegen schien oder nicht aus dem Vorhergehenden hervorging. Viele seiner intuitiven Sprünge waren jedoch nicht so magisch wie sie erschienen, sondern gründeten auf seiner phänomenologischen Erforschung aller Aspekte des Feldes, besonders seiner Beobachtungen non-verbaler Ausdrucksweisen: »Ihm entging nichts. Er sah, wo die Menschen in ihrem Körper waren. Deshalb sah er die Menschen so klar« (Gabrielle Roth in Gaines 1979, 263).

Das folgende Beispiel für wahrscheinlich intuitives Vorgehen (das von Schwarz in Gaines 1979 beschrieben wurde) veranschaulicht die Bedeutung feiner phänomenologischer Beobachtung für die Intuition - in diesem Fall die Beobachtung der Körpersprache *und* dessen, was im gesamten Feld *fehlte* (das heißt, das *Fehlen* der Bewegung in den Beinen der Klientin).

[Fritz] sagte: 'Du benutzt Deine Beine nicht.'
Sie ignorierte das und machte weiter.
Er sagte noch einmal: 'Nun benutze Deine Beine dabei.'
Sie sagte: 'Wie? Ich weiß nicht wie.' Aber sie stand auf, ging zwei Schritte, blieb stehen ... Es schien ihr nicht bewußt zu sein, daß ihre Beine nicht dabei waren ...

[Fritz forderte sie auf, mit den Füßen Kontakt zu anderen Personen aufzunehmen. Zu ihrem Erstaunen entdeckte sie, daß ihre Füße sich gelähmt anfühlten. Nachdem sie eine Weile lang bei dem Gefühl des Gelähmtseins geblieben war, konnte sie ihre Füße wieder empfinden und fühlte die Beschaffenheit des Teppichs wie zum ersten Mal. Sie war aufgeregt und dankbar Fritz gegenüber und wollte sich setzen, aber Fritz ermutigte sie, auf den heißen Stuhl zurückzukehren und noch ein wenig weiterzuarbeiten.]

... er sagte: 'Geh nun wieder in Dich selbst. Was siehst Du?'
Sie sagte: 'Ich sitze hinten in einem Auto', und ganz plötzlich wurde es offensichtlich, daß die Freude weg war.
'Bist Du da allein?'
'Nein, meine Schwester ist bei mir.'
'Was siehst Du?'
'Weißt Du, meine Schwester hat einmal ...'
'Ich bin nicht an Deinen Erinnerungen interessiert, sag mir einfach, was Du siehst.'
'NEIN!'
'Schau sie an.'
'NEIN, NEIN!' Sie begann, bitterlich zu weinen.
Er legte eine Hand auf ihren Arm und sprach zu ihr, aber sie sagte,
'Ich kann nicht, ich kann nicht ...'
'Sage ihr, daß Du nicht zu ihr reden kannst.'
Sie zögerte, dann fing sie mit der Bemerkung an: 'Du bist so hübsch und so begabt. Es ist eine schreckliche Tragödie, daß Du mit nur einem Bein geboren wurdest.'
Wir schnappten alle nach Luft und waren erstaunt, weil er gespürt hatte, daß es etwas mit den Beinen zu tun hatte. Als er mit ihr [weiter-] arbeitete, stellte sich heraus, daß sie es sich seit

ihrer Kindheit nicht gestattet hatte, ihre Beine ungehemmt zu gebrauchen. Fritz ließ sie zu ihrer Schwester sagen, daß sie trotz ihrer Schönheit und Talente nicht mit ihr tauschen wollte.« (Gideon Schwarz in Gaines 1979, 253ff.)

[Es war die Beobachtung der Beeinträchtigung beim Gebrauchen der Beine, die Perls am Anfang der Sitzung bemerkt hatte, die zur dramatischen Entdeckung der unerledigten Geschichte der Klientin mit ihrer Schwester führte und es ermöglichte, sie (in den Tränen) auszudrücken und aufzulösen, indem die Klientin sich die Empfindungsfähigkeit in den Füßen wieder aneignete und am Ende der Arbeit ihr eigenes Selbstsein und ihr Recht, als sie selbst zu existieren, ausdrücken konnte.]

»Widerstand« und die Sackgasse

Die Arbeit mit »Widerstand»

Am Beginn der Therapie oder zu Beginn jeder einzelnen Sitzung lenkt der Klient die Aufmerksamkeit wahrscheinlich ohne Mühe auf seine gegenwärtige Funktionsweise und nimmt aktiv an Experimenten teil, die für den von ihm gewählten therapeutischen Ansatz kennzeichnend sind. Aber recht bald wird ein Klient in der Gestalttherapie wie in jeder anderen Form von Therapie irgendeine Form von Ambivalenz oder innerem Konflikt angesichts der therapeutischen Erforschung ausdrücken oder zeigen.

Perls' Beitrag zur Theorie des »Widerstands« ist der hohe Wert, den er ihm gab, was dazu führte, daß das Konzept des »Widerstands« selbst in Frage gestellt wurde. Perls (1947, 1969a; Perls, Hefferline und Goodman 1951/1973) wies darauf hin, daß »Widerstand« der dialektische Gegenpol zur Unterstützung ist - Unterstützung und »Widerstand« sind zwei Pole auf einem Kontinuum -, und er erinnerte seine Leser daran, daß das, was heute »Widerstand« genannt wird, einst eine lebenserhaltende und lebensunterstützende Entscheidung des Menschen war. Obwohl er mehrmals vorschlug, »Widerstand« in Unterstützung umzubenennen, verwendete er den Begriff »Widerstand« jedoch selbst, aber setzte ihn oft, wie wir hier auch, in Anführungsstriche, um darauf hinzuweisen, daß er diesen Begriff nicht im geläufigen psychoanalytischen Sinn verwendete.[8] Er betonte (1947/

1969a), wie wichtig es ist, die »Widerstands«-Kräfte eines Menschen nicht aufzulösen, und erklärte, daß die Menschen flexible und durchlässige Abwehrmechanismen brauchten, die sie an die Umweltbedingungen anpassen können. Menschen, die eine völlige Abwesenheit von Abwehr oder »Widerstand« zeigen, werden mit der Umwelt konfluent und können von den Umweltkräften überwältigt werden oder sehr impulsiv oder gefährlich reagieren; während andere Menschen so mit ihrem »Widerstand« identifiziert sind, daß sie ohne diesen keine Energie oder kein Interesse am Leben hätten. Perls wies darauf hin, daß alle »Widerstände« *somatisch* (was sich in der Anspannung der Muskeln und in der Zurückhaltung beim Atmen zeigt), *intellektuell* (Rechtfertigung, Rationalisierung) und *emotional* sind.

Perls, Hefferline und Goodman (1951/1973) erklärten, daß das Gestaltexperiment die Absicht verfolgt, unbewußten »Widerstand« hervorzurufen: »Wenn diese Experimente nur mit den üblichen Angelegenheiten zu tun hätten, würde man kaum Konflikte erleben, denn in diesen Situationen weiß man sehr gut, wie man Konflikte vermeidet. Statt dessen verfolgt diese Arbeit den ausdrücklichen Zweck, unbequem zu sein. Dahinter steht die Absicht, daß man sich der Konflikte in seiner Persönlichkeit bewußt wird« (73). Die »Widerstands«-Kräfte in der Person sind ebenso Teil der Person wie der Teil, der zur Therapie kommt und die Probleme lösen will. Statt zu versuchen, die »Widerstände« zu ignorieren oder anzugreifen, schlugen Perls, Hefferline und Goodman vor, daß Therapeut und Klient sie verstärken und sich auf sie konzentrieren, um ihre somatischen, intellektuellen und emotionalen Aspekte zu erforschen und den Zweck und die Bedeutung der muskulären Kontraktionen, der intellektuellen Rationalisierung, des Schreckens und der Angst herauszufinden. Diese Art von Konzentration stellt sicher, daß die Person die Erfahrung macht, daß ihre sogenannten »Widerstände« zu ihr gehören und ebenso ein Teil von ihr sind wie der, dem gegenüber sie »Widerstand« leistet.

> »Sie - die Widerstände - gehören zu uns, sind ebensosehr unser wie das, wogegen sie Widerstand leisten. Das ist schwierig, denn es bedeutet, daß wir begreifen müssen, daß wir selbst unsere eigene Aktivität behindern - kurz gesagt, daß wir, ohne uns dessen bewußt zu sein, Gegenangriffe gegen unsere eigene Bemühung, unser Interesse oder unsere Erregung unternehmen.« (70)

Perls war besonders geschickt darin, eine Körpergeste oder einen Ton in der Stimme aufzugreifen, der mit der offen geäußerten verbalen Botschaft der Person nicht kongruent war und auf eine Ambivalenz hinweisen konnte. Er pflegte den Klienten dann dazu einzuladen, seine Bewußtheit davon zu verstärken, indem er sie vergrößerte oder übertrieb, um die Bedeutung der Inkongruenz zu erforschen.

Das folgende Transkript zeigt, wie Perls mit May arbeitet, die darüber klagte, daß sie sich fühlte, als hätte sie eine Wand zwischen sich und anderen Menschen. Perls ignoriert dieses Hindernis zwischen May und ihrer Umwelt nicht und greift es auch nicht an, sondern ermutigt sie, die Wand zu sein, damit sie auf diese Weise die Energie und Kraft verkörpert, erforscht und sich mit ihr wieder identifiziert, die sie in diese Wand oder diesen »Widerstand« gegenüber dem Kontakt investiert:

> F: Also, May wollte ja jetzt hier heraufkommen und arbeiten. Sie erzählte mir, daß sie eine Wand zwischen sich und der Welt hat. Natürlich haben wir hier ein *Es*, mit dem wir arbeiten können. Sie sagt, sie hat da *etwas*: etwas außerhalb von ihr, etwas, wofür May nicht verantwortlich ist. Es geschieht einfach, daß sie ein Opfer der Umstände ist ...
> F: ... Willst Du die Wand jetzt spielen? ...
> M: Ich will Dich nicht in Kontakt mit irgend jemandem kommen lassen.
> F: Sag das zu mir. Du bist die Wand, und ich bin May.
> M: May, ich will nicht, daß Du mit irgend jemandem vollständig in Kontakt kommst. Du kannst sie kennen, Du kannst sie sehen, aber Du kannst niemals vollständig als ein menschliches Wesen, als eine Person mit ihnen in Kontakt kommen, und ich weigere mich, Dich das tun zu lassen ...
> F: Warum nicht? (spielt niedergeschlagen) Was hab' ich getan, womit habe ich das verdient?
> M: Einfach, weil Du bist, verdienst Du es. Ich bin eine sehr gemeine Wand, und ich will Dich nicht herauslassen.
> F: In Ordnung. Wechsle die Rollen jetzt. Sei nun May. Die Wand hat gerade zu ihr gesprochen ...
> M: Es ist, als wenn Du mich daran hinderst, irgend etwas vollständig zu genießen. Ich würde gern ... Ich muß einen Weg durch Dich, Wand, hindurchfinden ... Und die Wand sagt, in Ordnung,

ich trete ein kleines Stückchen zurück; gerade genug, damit Du Dich ein wenig wohler fühlst, aber ich bin immer da ... Und wenn Du es nicht erwartest, dann werde ich wieder ganz groß und zerschmettere Dich.

F: Sag das wieder zu mir.

M: (mit Energie) Oh, wenn Du es nicht erwartest, werde ich wieder *groß*, und ich werde Dich zerschmettern.

[May hat nun wirklich angefangen, mit der Stärke und Energie, die in der Wand gebunden sind, Kontakt aufzunehmen und sie sich wieder anzueignen, und Perls macht einen neuen Vorschlag, der ihr helfen soll, die Kraft der Wand, die dem Kontakt »Widerstand« leistet, zu verstärken und noch weiter zu integrieren:]

F: Kannst du eine Hexe spielen ...? (Perls 1969b, 100, 102f.)

Arbeit mit der Sackgasse

Die Sackgasse ist der Punkt in der Therapie, an dem die Person feststeckt. Es ist die dritte Schicht von Perls' Fünf-Schichten-Modell der Neurose (s. S. 110). Perls behauptete, daß jede Neurose im Kern diesen toten Punkt oder diese Sackgasse hat. Die Sackgasse ist die Stufe in der therapeutischen Erforschung, an der die scheinbar gegensätzlichen Polaritäten in der Persönlichkeit den weitesten Abstand voneinander erreichen. Die Kräfte des Wachstums und des »Widerstands« sind in einem Kampf gefangen. Hier wiederholen wir unsere fixierten Gestalten oder rigiden Verhaltensmuster endlos. Wir können keine neue Information assimilieren und wachsen. Wir stecken wirklich fest. Nach Perls vermeiden die meisten von uns das Erleben dieser Schicht und unserer selbst, weil wir die Verwirrung oder existentielle Angst fürchten, die dadurch hervorgebracht würde, weil wir Verantwortung für unser Steckenbleiben und für unsere Fähigkeit, zu wählen und Dinge anders zu erleben, übernehmen müßten. Die Sackgasse kann ein Punkt existentieller Verzweiflung sein:

»Wenn der Klient sich der existentiellen Sackgasse nähert (und damit ist nicht ein unbedeutendes Festhängen gemeint), gerät er in einen Strudel. Er wird panisch, taub und stumm - er fühlt sich unfähig, das Karussell zwanghafter Wiederholung zu verlassen. Er spürt wirklich die Verzweiflung, die Kierkegaard als »Krankheit zum Tode« erkannte. Die existentielle Sackgasse ist eine Situation, in der keine Unterstützung aus der Umwelt kommt, und der Patient ist nicht in der Lage oder glaubt, nicht in der Lage zu sein, allein mit dem Leben zurechtzukommen.« (Baumgardner und Perls 1975, 13)

Die gesamte verfügbare Energie der Person ist in diesem nach innen gekehrten Kampf gebunden und in der Sackgasse eingeschlossen. Perls beschrieb die festgehaltene und nach innen gewendete Energie, die typisch für diese Stufe der implosiven Schicht der Persönlichkeit ist (s. S. 111). In der implosiven Schicht hat die Person keine Energie für den Impuls nach draußen verfügbar, der die Sackgasse lösen und zur Explosion und Authentizität führen könnte. Die Person ist aus Furcht vor dem Unbekannten gelähmt. Sie ist entweder physisch angespannt oder übermäßig schlaff. Ihre Bilder und Träume sind Metaphern, die die Lähmung widerspiegeln.

Perls suchte und fand die Sackgasse so schnell wie möglich, denn da dies der Ort ist, wo die meiste Energie angesammelt ist, ist es auch der Punkt, an dem sich das größte Potential für Veränderung befindet. Perls bewegte die Klienten dazu, wirklich in die Sackgasse hineinzugehen und zu spüren, wie festgefahren, verwirrt, leer oder verzweifelt sie sind. Er schlug oft vor, daß der Klient das Empfinden des Steckenbleibens im einzelnen beschreiben oder inszenieren und die physischen Empfindungen der Spannung, welche immer das auch sein mögen, übertreiben sollte. Indem der Klient die Art, wie er seine Energie einschließt, verstärkt, sie gegen sich selbst richtet, wird die Implosion so groß, daß sie sich schließlich nicht mehr nach innen wenden kann, sondern die gesamte Energie muß irgendwohin; deshalb explodiert sie nach außen in die authentische Schicht. Der Klient schüttelt sich vor Angst, er lacht, singt, springt vor Freude oder macht irgend etwas anderes. Die Sackgasse ist aufgelöst, und die Person bewegt sich in eine neue und authentische Richtung. Der »Explosion« folgen oft wichtige Einsichten und eine Zeit großer kreativer Energie und Erregung. Perls' Geschick in der Arbeit mit dem Sackgassen-Phänomen wird durch die Stärkung der »Implosion«, die Lösung der »Sackgasse« und die »Explosion«, die man am Ende der Arbeit mit May sieht, veranschaulicht:[9]

[Dieser Auszug beginnt nach einer langen Sequenz, in der Perls bei Mays anhaltendem Empfinden des Steckenbleibens und dem Bild einer Wand zwischen ihr und anderen geblieben ist.]

F: ... Mach weiter; wie würdest Du Dich selbst zermalmen?

[Hier lädt Perls May dazu ein, die implosive Schicht zu stärken; s. S. 111]

M: Ich weiß nicht. Ich, ach, ich weiß nicht, was ich tue ...

F: Das ist eine Lüge. Du weißt ganz genau, was Du tust. Wie zermalmst Du Dich selbst? ...

M: Ich tue das nicht - ich halte da eine Wand aufrecht und ich lasse mich nicht durch.

[May ist immer noch in einer Sackgasse und wird sich noch einmal dessen bewußt, wie gefangen sie sich mit diesem Empfinden einer Wand zwischen sich und anderen fühlt.]

F: Wie zermalmst Du Dich? ... Wie zermalmst Du Dich? ...

[Perls erforscht auf phänomenologische Weise.]

M: Ich schließe mich ein und rede nicht.

[May wird sich ihrer implodierenden Energie in der Sackgasse bewußter.]

F: Wie zermalmst Du Dich? ... Jah? Was ist gerade passiert?

[Perls bemerkt eine Veränderung in dem non-verbalen Ausdruck - er interpretiert ihn nicht, sondern erforscht seine Bedeutung phänomenologisch.]

M: Ich zermalme mich überhaupt nicht.

[Die Sackgasse scheint gelöst zu sein: May bleibt nicht mehr in der physischen Implosion und Anspannung des Sich-selbst-Zermalmens stecken oder gefangen. Sie artikuliert eine plötzliche Einsicht und bewegt sich dabei in eine neue und authentische Richtung.]

F: Du zermalmst Dich überhaupt nicht. Du hast ein Spiel gespielt.

M: Jah.

F: Was fühlst Du jetzt? ... Ich habe bemerkt, daß Du aufgehört hast, mich mit Deinem Spiel zu quälen ...

M: (lebhaft) Was, jetzt gerade? Ich weiß es nicht. ich fühle mich nur einfach etwas dumm.

F: Schau die Zuschauer an. (May lacht) ... Schau sie an.

[Perls spürt, daß May durch die Sackgasse durch und für Kontakt in der Gegenwart verfügbar ist und macht einen Vorschlag, wie dieser Kontakt intensiviert werden kann.]

M: Sie sind alle da.
F: Sag das zu ihnen.
[Perls schlägt wieder vor, daß May direkt mit den anderen Kontakt aufnehmen soll.]
M: (erregt, fast schreiend) Ihr seid alle da, und ich kann Eure Augen und Eure Gesichter sehen, wie sie mich anschauen. Und ihr habt alle schöne Gesichter ...
[May zeigt die Energie und Erregung, die Perls mit der Explosion in die authentische Schicht der Persönlichkeit in Verbindung bringt.]
F: Könntest Du heruntergehen und jemanden, den Du siehst anfassen?
M: Ich könnte Euch alle anfassen. (May geht und berührt und umarmt Leute und fängt zu weinen an)
[May scheint in vollem Umfang ihr »authentisches Selbst« zu sein und in lebhaftem Kontakt mit ihren eigenen Gefühlen und mit anderen Menschen.] (Perls 1969b, 105f.)

In den Transkripten von Perls' Demonstrationsarbeit gibt es viele Beispiele für das Steigern und dann das Auflösen der Sackgasse innerhalb einer kurzen Sitzung. Das Lösen eines lebenslangen Dilemmas geht jedoch im allgemeinen nicht so schnell; in einer Langzeittherapie kann ein Klient durchaus während einer Reihe von Sitzungen in der Sackgasse steckenbleiben. Das ist sowohl für den Klienten als auch für den Therapeuten unangenehm; auch hier ist es die Aufgabe des Therapeuten, bei dem Steckenbleiben des Klienten, seiner Verwirrung und Verzweiflung zu bleiben und ihn zur Erforschung der Sackgasse zu ermutigen - was keine leichte Aufgabe ist. Selbst in Perls' Demonstrationen gibt es eine Fülle von Sackgassen, die nicht unmittelbar aufgelöst werden, und dann gibt er sich gewöhnlich damit zufrieden, die Sackgasse deutlich zu unterstreichen - was die beste therapeutische Arbeit ist, die er *in diesem Augenblick* tun kann, denn er betont die Wirklichkeit dessen, was ist und hofft, die Bewußtheit des Klienten auf diese Weise zu erhöhen (s. S. 124).

F: ... Nun, ich möchte hier aufhören. Alles, was ich sagen kann, ist, daß Du ein wunderschönes Beispiel des Steckenbleibens bist. Du steckst in Deiner Ehe fest, Du steckst in Deinen Phantasien fest, Du steckst in Deiner Selbstquälerei fest ... (Perls 1969b, 157)

Träume, der Königsweg zur Integration

Perls arbeitete besonders gern mit Träumen. Ein großer Teil der Transkripte seiner Demonstrationsarbeit in den sechziger Jahren ist aus Traum-Workshops, bei denen der Ausgangspunkt der meisten Einzelsitzungen der Traum des Klienten ist. Er war außergewöhnlich begabt bei der Verwendung der Traumarbeit als Mittel zur Steigerung des Selbstverständnisses und der Selbstverwirklichung. Seine Erforschung der Träume zeigt, daß er höchst einfühlsam, kreativ und intuitiv war, und dabei alle anderen Neuerungen, die in diesem Kapitel bereits erörtert wurden, integrierte.

Perls glaubte, daß Träume sehr wichtig sind. Er sagte, sie seien der spontanste Ausdruck der Existenz des menschlichen Wesens und war der Überzeugung, daß die Probleme der Existenz irgendeiner Person sich am deutlichsten in ihren Träumen zeigen. Er beschrieb Träume als den »Königsweg zur Integration« (Perls 1969b, 66) und als »existentielle Botschaft« (Perls 1976).

Träume als Projektionen

Obwohl Perls Träume in vielfältiger Weise beschrieb, ist seine bekannteste Ansicht über Träume, daß sie ein spontaner Ausdruck des Träumers seien, in denen jeder Teil des Traumes unterschiedliche projizierte und verleugnete Aspekte der Persönlichkeit widerspiegele. Sein revolutionärer Beitrag zur Traumarbeit bestand darin, daß er die analytische Methode der Interpretation durch aktive Erforschung der Bedeutung des Traumes, durch Inszenierung oder Psychodrama ersetzte. Er betonte, daß der Therapeut niemals irgend etwas interpretieren dürfe, weil das den Klienten daran hindere, selbst die Bedeutung seines Traumes zu entdecken; und nur durch aktive Entdeckung lernen Menschen und geben ihren Erfahrungen Sinn: »Laßt mich Euch warnen, es gibt nur einen großen Fehler, den ihr machen könnt. Der besteht darin, zu interpretieren. Wenn ihr anfangt, zu interpretieren, seid ihr verloren. Ihr macht ein intellektuelles, freudsches Spiel daraus, und im besten Fall werdet ihr irgendeine sehr interessante Einsicht in einem intellektuellen Archiv abheften und könnt dabei sicher sein, daß nichts Wirkliches geschieht. Interpretiert nicht, seid einfach das Ding, seid der Teller, seid der Topf, seid jener Freund von Euch« (Perls 1976, 184).[10]

Perls' Ziel bei der Arbeit mit dem Traum des Klienten bestand darin, daß der Klient sich mit allen Teilen seiner selbst und seines

Feldes, die in dem Traum repräsentiert werden, identifizieren und sie erforschen sollte. Seine vorrangige Methode der Traumarbeit bestand darin, daß er den Klienten bat, den Traum in der Gegenwart zu erzählen, und dann wechselweise jede Traumkomponente zu werden. Perls forderte den Klienten auf, Gegenstände, Tiere oder übernatürliche Kräfte, aber auch menschliche Wesen zu inszenieren, denn er glaubte, alle Aspekte des Traumes seien projizierte Teile des Träumenden; und da er phänomenologisch arbeitete, versuchte er, seine Vorurteile darüber, welche Aspekte am wichtigsten seien, in der Schwebe zu halten. Das Rollenspiel führt den Klienten oft zu unerwarteten Entdeckungen über irgendeinen Aspekt des Traums (oder von sich selbst).

Hier ist ein Traum, der Perls' Methode veranschaulicht, wie er die Klientin dazu einlädt, die verschiedenen Teile ihres Traums zu spielen, und wie Perls Inszenierung, Tanz, Bewegung, Aufmerksamkeit für die verbale und non-verbale Sprache und das Steigern der Bewußtheit in einem frischen und kreativ sich entfaltenden Dialog mit der Klientin integriert. Im Geist von Perls' letzter Intervention in diesem Ausschnitt unterlassen wir es, dem Transkript einen Kommentar hinzuzufügen, und lassen die Arbeit statt dessen für sich selbst sprechen:

> Fritz: Warte, halt an. Schließ Deine Augen. Träume weiter. Nun, das Aufwachen ist ein schöner Trick, um die Lösung des Traumes zu unterbrechen.
> Madeline: Die ...
> F: Du kamst zu uns zurück. Hast Du weitergeträumt?
> M:Den gleichen Traum? Es brauchte lange, bis ich zu dem Traum kam. Ich sah die Lichter in meinen Augen und hatte das Gefühl, das Gefühl, sehr beschäftigt zu sein.
> F: Drück das in Gesten aus. Mach weiter.
> M:Sehr geschäftig. (bewegt die Arme umher und lacht)
> F: Tanze es. (sie tanzt hauptsächlich mit Armbewegungen)
> Gut. Laß uns jetzt zur Geschichte der Figur der Statue zurückkommen. Du bist jetzt die Statue.
> M:Ich bin eine Statue in der Mitte eines Sees.
> F: Zu wem sprichst Du?
> M:Ich versuchte, mit Helen zu sprechen. (lacht) Ich bin grau und irgendwie, puh, ich schaue recht klassisch aus. Ich sehe aus

wie die meisten kleinen Statuen von Knaben, die man sehen kann. Und ich halte ein Gefäß in der Hand. Es ist eine Vase, die einen kleinen Hals hat und am Boden sehr breit ist. Und ich halte sie, und obwohl ich im Wasser bin, schütte ich sie aus - ich schütte dieses Wasser in den See. Ich weiß nicht, woher es kommt, aber dieses Wasser ist außerordentlich rein, und es würde Dir wirklich gut tun, davon zu trinken. Du würdest Dich rundum gut fühlen, denn Du hättest um Deinen Körper herum das Wasser des Sees, in dessen Mitte ich sitze. Und das Wasser um Dich herum fühlt sich wirklich gut an. Aber dann will ich wirklich von dem Wasser, das ich aus meinem Gefäß ausschütte, trinken, weil man sich danach auch innerlich wirklich gut fühlt. Ich weiß nicht, warum, aber manchmal kann man es nicht trinken. Du kommst einfach, um es zu trinken - Du bist ganz glücklich und dann schwimmst Du her und Du willst es trinken, und dann kannst Du es nicht trinken. Ich kann mich nicht zu Dir herunterbeugen. Ich kann mein Wasser immer nur weiter ausschütten und hoffen, daß Du kommen kannst, um es zu trinken.

F: Sag den letzten Satz noch einmal zu uns.

M: Ich kann nicht herunterkommen und Euch das Wasser geben. Ich kann es nur weiter ausschütten und hoffen, daß ihr kommen werdet, um es zu trinken. Ich kann es nur immer weiter ausschütten.

F: In Ordnung. Jetzt spiele das Wasser. Erzähl uns. Du bist jetzt das Wasser.

M: In dem Gefäß?

F: Ja, das Wasser in dem Gefäß. Wie heißt Dein Text? Was ist Deine Geschichte, Wasser?

M: (Pause) Ich weiß nicht viel über mich.

F: Und noch einmal.

M: Ich weiß nicht viel über mich selbst. (Pause, fängt zu weinen an) Ich komme. Ich weiß nicht, woher ich komme, aber ich weiß, daß ich gut bin, das ist alles, was ich weiß. Ich möchte, daß ihr mich trinkt, weil ich weiß, daß ich gut bin. Ich weiß nicht, woher ich komme ... Ich bin in dieser großen Vase. Es ist eine schwarze Vase.

F: Steh jetzt auf. Sage das zu jedem von uns. Steh auf. Geh zu jedem von uns und sage uns das. Du bist das Wasser.

M:(weinend und schniefend) Ich bin Wasser in einer Vase und ich weiß nicht, woher ich komme. Aber ich weiß, daß es gut ist, mich zu trinken. Ich bin Wasser in einer Vase.
F: Verwende jetzt Deine eigenen Worte.
M:Ich sehe aus, wie Wasser, und sie nennen mich Wasser, und ich bin einfach hier in der Vase. Und in der Vase ist kein Loch. Ich weiß nicht, wo, niemand, ich bin da nur die ganze Zeit, ich, einfach herausgeflossen, und ich möchte, daß Du mich trinkst.
F: Geh weiter zum nächsten.
M:Ich bin da, und ich bin weiß und rein, und wenn Du mich fragst, woher ich komme, kann ich es Dir nicht sagen. Aber es ist ein Wunder, ich komme ständig heraus, nur für Dich, damit Du mich trinkst. Du mußt aus dem anderen Wasser herauskommen und kommen. (geht zur nächsten Person und weint) Ich bin eine Vase und ich weiß nicht, woher ich komme, aber ich fließe die ganze Zeit, und Du mußt mich trinken, jeden einzelnen Schluck.
F: Was machst Du jetzt mit Dir?
M:Ich halte mich selbst.
F: Mach das mit mir. (M. geht zu ihm und reibt seine Arme) In Ordnung, setz Dich. So, was erlebst Du jetzt?
M:Ich habe den Eindruck, ich habe etwas entdeckt.
F: Jaah? Was?
M:Ich glaubte immer, ich dachte an die Träume, ich dachte immer, das Wasser in der Vase sei Spiritualität.
F: Mmhhmm ...
M:Schönheit, Geburt... es ist solch ein Geheimnis für mich, die Schönheit des Lebens, und ich dachte, die Vase sei ein Geheimnis, und ich sei nicht würdig genug, um von dem Wasser zu trinken. Deshalb wachte ich auf. Als ich sehr klein war, machte mir das nichts aus - ich bin einfach gern geschwommen. Es machte mir nichts aus, das Wasser nicht zu trinken und aufzuwachen. Aber als ich älter wurde, entwickelte ich immer mehr Ressentiments, weil ich nicht in der Lage war, das Wasser zu trinken ...
F: In Ordnung. So weit möchte ich gehen. Ihr seht wieder das gleiche, was wir vorher bei den Träumen sahen. Keine Interpretation. Du weißt alles; Du weißt viel mehr als ich, und alle meine Interpretationen würden Dich in die Irre leiten. Es ist wieder einfach die Frage des Lernens, des Enthüllens Deines wahren Selbst. (Perls 1976, 192ff.)

Alpträume

Perls ermutigte uns besonders, jene Aspekte von Träumen zu inszenieren, vor denen wir am meisten zurückschrecken oder Angst haben, weil sie oft diejenigen Teile unserer selbst repräsentieren, von denen wir am meisten entfremdet sind. Normalerweise ist in diesen gefürchteten Anteilen eine ungeheure Vitalität und Kraft; sie erscheinen in unseren Alpträumen als Magier, Hexen, Folterer, Rabauken, Riesen, schreckliche Tiere oder allmächtige Kreaturen, während wir uns selbst oft als Opfer der Alptraum-Erscheinung sehen. Um ganz zu werden und für unsere Bedürfnisse in der Welt einzustehen, müssen wir uns die verleugnete Kraft des Ungeheuers oder Monsters wieder aneignen. Bei Alpträumen pflegte Perls also dem Klienten vorzuschlagen, den Part des »Schurken« zu spielen. Er versprach immer wieder, daß die Person, wenn sie den gefürchteten Aspekt ihres Alptraums oft und gründlich genug inszenieren würde, allmählich die entfremdete und verleugnete Kraft wieder so vollständig integrieren könnte, daß der Alptraum aufhören würde: »Wenn Du von einem Ungeheuer in einem Traum verfolgt wirst, und Du wirst zu dem Ungeheuer, verschwindet der Alptraum. Du eignest Dir die Energie wieder an, die in den Dämon investiert ist. Dann ist die Macht des Ungeheuers nicht länger außerhalb, entfremdet, sondern innerhalb, wo Du sie nutzen kannst« (Perls 1969b, 164). Ein Beispiel dieses Gedankens in Aktion ist die Passage, die zuvor zitiert wurde, als Meg die Klapperschlange tanzt, die sie in ihrem Traum erschreckt hat.

Träume als existentielle Botschaften

Perls (1970; 1976) sah Träume auch als existentielle Botschaften an oder als Ausdruck dafür, wie der Träumer sich auf die Welt oder das Leben bezieht:

> Dies ist für mich die Bedeutung des Traums - eine existentielle Botschaft. Er ist nicht einfach eine unerledigte Situation, er ist nicht nur ein gegenwärtiges Problem, er ist nicht einfach ein Symptom oder eine Charakterformation. Er hat eine existentielle Bedeutung und ist eine Botschaft. Er betrifft Deine gesamte Existenz, betrifft Dein Lebensskript ... Und eines ist sicher: Wenn es ein Wiederholungstraum ist, dann steht eine sehr wichtige existentielle Frage auf dem Spiel. (Perls 1976, 186)

Er ermutigte den Klienten häufig, mit dem Traum in der Weise zu arbeiten, wie wir es schon beschrieben haben, bis die existentielle Botschaft klar wurde, die den Klienten und seine Einstellung zur Welt betrifft, so wie es auch am Ende einer Erforschung von Anns Traum über Züge und einen Bahnhof deutlich wird:

> Ann: *[sie spielt gerade den Bahnhof in ihrem Traum]* ... Warum gehst Du ... es macht keinen Sinn, daß Du immer unterwegs bist, daß Du wieder einen anderen Zug besteigst und irgendwo aussteigst, und Du weißt nicht einmal mehr, wo Du gewesen bist und wo Du hingehst ... hier hast Du Freunde, und Du verläßt sie.
> Fritz: Ja, das klingt bereits ein bißchen so wie eine existentielle Botschaft. Okay, so weit möchte ich gehen. (Perls 1976, 188)

Fehlende oder vergessene Träume

Perls entwickelte Möglichkeiten, mit Traumfragmenten, vergessenen Träumen und den Träumen von Menschen zu arbeiten, die den Eindruck haben, daß sie niemals träumen. Perls zeigte, wie es möglich ist, mit den bescheidensten Fragmenten des Traumes oder sogar nur mit der überdauernden Stimmung, die ein völlig vergessener Traum hinterlassen hat, zu arbeiten. Er lud Klienten dann etwa ein, einen Dialog zwischen sich und dem Fragment oder der Stimmung des Traums zu inszenieren.

Wenn der Klient sich an wirklich nichts aus seinem Traum erinnern konnte, schlug er vor, daß die Person den flüchtigen Traum (oder die Träume) auf einen leeren Stuhl setzen, bzw. sie ihn in der Phantasie anreden und sagen sollte, was er ihnen gegenüber empfinde. Perls lud den Klienten dann ein, sich auf den leeren Stuhl zu setzen und als Traum zu antworten und auf diese Weise einen Dialog zwischen der Person und ihrem Traum oder ihren Träumen zu halten. Das ist eine wirkungsvolle Methode, die oft Einsichten hinsichtlich der persönlichen Bedeutung des Vergessens von Träumen für solch einen Klienten anbot.

Schlußbemerkung

Dieses Kapitel erläuterte Perls' wichtige Beiträge für die Diskussion einer Definition, was Therapie ist, und für die Erforschung der Natur von Veränderungen. Es skizzierte seine wesentlichen Neuerungen bezüglich der Rolle des Therapeuten und der therapeutischen Beziehung. Es beschrieb und veranschaulichte Perls' therapeutische Methode in Beispielen, einschließlich der Verstärkung der gegenwärtigen Bewußtheit durch phänomenologische Erforschung und aktives Experimentieren. Schließlich erklärte und veranschaulichte es seine persönliche Synthese kreativer Ansätze wie Phantasie, Visualisierung, Inszenierung, Bewegung und Intuition in seiner experimentellen Praxis und in seinen Demonstrationen.

Perls' theoretische und praktische Beiträge wie auch seine persönlichen Werte und seine Ethik haben gleichermaßen hohe Wertschätzung wie heftige Kritik ausgelöst. Das vierte Kapitel widmet sich nun einigen Kontroversen um Perls' Arbeit, seine Person und seinen Stil.

Anmerkungen

1. Perls (1947/1969a; Perls, Hefferline und Goodman 1951/1973) stellte die Gültigkeit sowohl des Konzepts als auch des Begriffs von »Widerstand« in Frage, wie dieser in der orthodoxen Psychoanalyse seinerzeit verwendet wurde. Er wies darauf hin, daß »Widerstand« der dialektische Gegenpol zu »Hilfe« ist, das heißt, »Hilfe« und »Widerstand« sind zwei Pole eines Kontinuums, und er schlug vor, daß »Widerstand« als »Stütze« bezeichnet werden könnte. Das Konzept des »Widerstands« wird unter Gestalttheoretikern heiß diskutiert (siehe beispielsweise Breshgold 1989; Laura Perls im Interview mit Sreckovic; Davidove 1991; Polster 1991).
2. Siehe S. 67, 128 und 155 Erläuterung der Phänomenologie.
3. Perls (1947/1969a) schrieb in den vierziger Jahren zum erstenmal über diese wichtige Veränderung, aber Isadore From (in Wysong und Rosenfeld 1982) und James Simkin (in Gaines 1979) erläuterten, daß er die Couch immer noch eine Zeit lang in den vierziger und fünfziger Jahren verwendete.
4. Auf der Grundlage von Perls' Kommentaren über und Beispielen für die paradoxe Natur der Veränderung entwickelte Beisser (1970) die Paradoxe Theorie der Veränderung, die seither in der Entwicklung des Gestaltdenkens hinsichtlich Veränderung einen zentralen Stellenwert hat.
5. Perls kritisierte ständig die Verwendung der Frage »Warum?« als Intervention, weil er glaubte, daß sie den Klienten dazu ermutige, kognitive Introspektion zu betreiben, zu intellektualisieren und nach Rationalisierungen zu suchen, statt seine eigene Phänomenologie zu erforschen. Sie vermittele dem Klienten die Illusion, daß sein Verhalten oder seine Probleme mit Hilfe einer einzigen Ursache erklärt werden können und ermutige ihn zu glauben, daß Erklärungen ihm bei der Lösung seiner gegenwärtigen Probleme helfen würden.

6. Hinsichtlich einer Untersuchung der Relevanz der Vergangenheit in der Gestalttherapie, siehe S. 66f., 131 und 176 sowie Polster (1987) und Clarkson (1988).
7. Siehe Anmerkung 1 dieses Kapitels.
8. Das Konzept des »Widerstands« wird unter Gestalttheoretikern immer noch diskutiert: Siehe Anmerkung 1 dieses Kapitels.
9. Ein früheres Exzerpt aus der Arbeit mit May wird auf den Seiten 159f. zitiert.
10. Obschon Perls darauf bestand, daß der Therapeut nicht interpretieren sollte, interpretierte er gelegentlich sowohl Träume als auch andere Prozesse des Klienten.

4. KRITIK UND GEGENPOSITIONEN

Einführung

Der Zweck dieses Kapitels besteht darin, eine Übersicht verschiedener Einschätzungen und Kritiken zu Fritz Perls' Theorie und Praxis zu geben. Wir wollen die Meinungen solcher Autoren überprüfen, deren Werk eine breite Leserschaft gefunden hat, und daher die größte Wirkung darauf hatte, wie Perls gesehen wird. Die vier Hauptquellen der Einschätzung und Kritik, die wir erörtern, sind Kovel (1976, Neuauflage 1991), Masson (1989), Dublin (1977) und Yalom (1980; 1985); Kovel und Yalom sind vielgelesene Autoren von Handbüchern, und Masson ist der Autor eines weithin publizierten Angriffs auf das gesamte Feld der Psychotherapie einschließlich Fritz Perls und Gestalttherapie; aus diesen Quellen erhalten daher viele Studenten der Psychotherapie und eine interessierte Leserschaft ihre Eindrücke von Perls' Werk.

Wir werden versuchen zu zeigen, daß die späteren, häufig publizierten Werke von Perls *nicht* synonym mit Gestalttherapie sind und daher von Dublin auch als »Perlsismus« bezeichnet wurden, um sie von Gestalttherapie als Ganzem zu unterscheiden. Wir hoffen daher, das verbreitete Mißverständnis korrigieren zu können, daß das, was Perls in den sechziger Jahren in Esalen tat, die einzige oder sogar die Hauptform und der wesentliche Stil von Gestalttherapie sei. Obwohl wir uns im großen und ganzen auf die Diskussion der spezifischen Kritik an Perls beschränkt und nicht versucht haben, die gesamte Kritik an der Gestalttherapie zu untersuchen, haben wir doch eine Ausnahme gemacht. Einige Kommentatoren wie Kovel haben etwas beschrieben und kritisiert, was sie Gestalttherapie *nennen*, was aber tatsächlich keine Beschreibung der Gestalttherapie als Ganzes ist, sondern lediglich der Arbeit, die Perls in den sechziger Jahren durchführte oder veröffentlichte. In diesen Fällen haben wir Kritiken an der

»Gestalttherapie« so untersucht, als wären sie Kritiken an Perls, wobei wir auf dies Vorgehen jedoch jeweils hinweisen.

Perls war in dem, was er sagte, tat und schrieb, absichtlich provokativ. Er war von Natur aus ein Mensch mit vielen Facetten, eine starke Persönlichkeit mit vielfältigen und manchmal extremen Eigenschaften. Darüber hinaus entschied er sich, die akzeptierte Theorie und Praxis im medizinischen und psychoanalytischen Feld zu konfrontieren, die etablierte Autorität der Gesellschaft in Frage zu stellen und soziale und professionelle Konventionen umzuwerfen. Es ist daher nicht erstaunlich, daß Perls die Menschen nicht gleichgültig gelassen hat. Es gibt keine objektiven Zeugen für Fritz Perls und sein Werk, nur eine Bandbreite subjektiver Eindrücke. Er und seine Praxis haben bis heute starke Reaktionen hervorgerufen. Er wurde ebenso lautstark herausgefordert, wie er herausfordernd war, und ebenso offensichtlich ignoriert, wie er manchmal andere ignorierte oder zurückwies. Unsere Aufgabe in diesem Kapitel besteht darin, daß wir die Kritik so ehrlich wie möglich darstellen und dann diskutieren, welche Aspekte der Kritik gerechtfertigt sind und welche nicht oder mit welchen Modifikationen.

Die Kritiken an Perls durch Gestaltexperten werden ausführlicher im 5. Kapitel erforscht, wo sie Teil der Diskussion von Perls' Einfluß auf die Entwicklung der Gestalttherapie sind. Gestalttheoretiker und -praktiker haben Perls als Person wie auch seine praktischen und theoretischen Beiträge lautstark diskutiert. In vielen Fällen der Kritik an Perls entstanden daraus neue theoretische Perspektiven und neuartige Methoden für die Praxis der Gestalttherapie, die von Gestalttherapeuten an Stelle von oder in Ergänzung zu einigen der ursprünglichen Ideen und Techniken von Perls übernommen wurden. Dieser Prozeß der Kritik und Evolution innerhalb der Gestalttherapie dauerte seit ihrer Begründung an und wurde in den letzten zwanzig Jahren reichhaltiger und vielfältiger.

Wir betrachten zunächst Kovels Beschreibung der Gestalttherapie und der Arbeit von Perls und dann Massons Angriff auf Perls. Darauf diskutieren wir die verbreitete, aber falsche Annahme, daß Perls' Arbeit und Gestalttherapie synonym seien, und wir heben Dublins Unterscheidung zwischen Gestalttherapie und Perlsismus hervor. Schließlich erforschen wir Yaloms im allgemeinen wohlwollende Sichtweise von Perls' Werk und erkunden die gezielte Kritik, die er vorträgt.

Kovels Beschreibung der Gestalttherapie

Kovel schrieb einen Ratgeber für Klienten im Bereich der Psychotherapie aus psychoanalytischer Sicht. Er bietet eine kurze Beschreibung unterschiedlicher Formen der Psychotherapie und versucht, hinsichtlich der Stärken und Schwächen jedes Ansatzes Leitlinien aufzustellen. Kovel beschreibt die begrenzte Version von Gestalttherapie, die am ehesten mit der Praxis von Fritz Perls verbunden wird, als Gestalttherapie, ohne zu berücksichtigen, daß es sich dabei nur um das handelt, was Fritz Perls tat.[1] Wir betrachten Kovels Bemerkungen hinsichtlich der Gestalttherapie daher als Kommentare über Fritz Perls.

Zunächst fassen wir die Aspekte von Kovels Einschätzung von Perls und der Gestalttherapie zusammen. Sie erscheinen uns als vernünftige, wenn auch notwendigerweise sehr komprimierte Synopse des Geistes von Perls' Arbeit. Anschließend erörtern wir Kovels Kritik.

Zusammenfassung von Kovels Beschreibung

Kovel (1976) beginnt seine Beschreibung in positiver Weise, und er würdigt die innovative Qualität von Perls' Beiträgen ungewöhnlich eindeutig. Besonders wohlwollend kommentiert er Perls' Ablehnung der verbalen Sprache als Hauptmittel der Kommunikation und seine Zurückweisung der psychoanalytischen Konzentration auf die Psyche als Gegensatz zum gesamten Organismus der Person: »Obwohl die Gestalttherapie die Sprache nicht vollständig vermeidet ... wagt sie den entscheidenden Schritt zur non-verbalen Erfahrung. Indem sie den Sonderstatus des Geistes verneint ... unterläuft Gestalttherapie die Sprache auch als Werkzeug des Denkens und macht den Weg frei für einen Zugang, der deutlich *organismisch* ist« (165). Kovel weist seine Leser ausdrücklich darauf hin, daß die Verbreitung der Gestalttherapie an der Westküste von Amerika viele dazu verleitet hat zu vergessen, daß die Gestalttherapie eine ausgearbeitete theoretische Basis hat, die fest in der Tradition der modernen Psychologie und Psychotherapie einschließlich der Freudschen Psychoanalyse verankert ist. Später unternimmt Kovel den Versuch, Perls' Schlüsselidee zusammenzufassen, nämlich, daß Bewußtheit ein aktiver Prozeß ist, der zur Konstruktion sinnvoll organisierter Ganzheiten zwischen einem Organismus und seiner Umwelt beiträgt und als therapeutische Methode einen Heilungseffekt hat, der von Freud übersehen wurde. Kovel lobt den positiven, existentiellen Ansatz der Gestalttherapie und zitiert Perls offensichtlich wohlwollend in bezug auf die Einfachheit der Beachtung des Offensichtlichen.

Kovels Kritik

Nach einer positiven Beschreibung schließt Kovel sein Kapitel über Perls und die Gestalttherapie mit einer Reihe von kritischen Anmerkungen:

1. Perls entwertet die Vergangenheit und besteht darauf, daß alles im Hier-und-Jetzt behandelt wird.
2. Gestalttherapie findet fast ausschließlich in Gruppen statt und favorisiert kurze Workshop-Einheiten.
3. Gestalttherapie/Perls hat keine Theorie des Gruppenprozesses.
4. Gestalttherapie/Perls bietet keine namhafte Theorie der Übertragung an.
5. Gestalttherapie/Perls spielt verbale Erklärungen herunter.
6. Perls konzentriert seine Aufmerksamkeit fast ausschließlich auf Projektion als wichtigste Form gestörter Kommunikation zwischen dem Selbst und anderen Menschen.
7. Gestalttherapie/Perls ist emotional so fordernd, daß sie zu einem der Hysterie ähnlichen Zustand führen kann, und sie öffnet wegen ihrer Betonung der emotionalen gegenüber der intellektuellen Erfahrung ein Tor für Mystifizierung und hysterische Besessenheit.

Wenn Kovel mit diesen Anschuldigungen recht hat, besonders mit der letzten, dann ist seine Kritik an der Gestalttherapie schwerwiegend. Was für Belege gibt es, um Kovels Aussagen zu rechtfertigen oder zu widerlegen?

Entwertet Perls die Vergangenheit, und besteht er darauf, daß alles in der Gegenwart behandelt wird?

Kovel behauptet, daß die Aufgabe der Gestalttherapeuten darin bestehe, jeden Ausflug in die Vergangenheit oder außerhalb der unmittelbaren therapeutischen Situation zu verhindern, indem sie sich weigern, jedes Reden über oder jede Bezugnahme auf andere Dinge zu dulden. Manche Aussagen Perls' scheinen auf solch eine Haltung hinzuweisen. Beispielsweise wiederholte er mit Begeisterung die Entdeckungen der Feldtheorie, daß die einzige psychologische Wirklichkeit die Gegenwart sei, und daß das Verhalten einer Person nur durch die Phänomene des gegenwärtigen Feldes erklärt werden könne. Zu behaupten, daß Perls die Vergangenheit abwerte, ist jedoch eine zu starke Vereinfachung der Akzentuierung der gegenwärtigen Bewußtheit durch Perls.

Weit davon entfernt, die Bedeutung der Vergangenheit in der Gestalttherapie zu leugnen, behaupten Perls, Hefferline und Goodman (1951/1973), daß ein Ziel des Gestalttherapeuten darin bestehe, nach der drängenden, unerledigten Situation der Vergangenheit, die in der Gegenwart Aufmerksamkeit heischt, zu suchen und mit ihr zu arbeiten. Einer von Perls' wichtigsten Beiträgen bestand darin, daß er zusammen mit seinen Kollegen therapeutische Methoden entwickelte, die die *Vollendung* vergangener unerledigter Geschäfte im *gegenwärtigen* therapeutischen Experiment ermöglichte (s. S. 66f. und 131: Erörterung der Bedeutung der Vergangenheit in der Gestalttherapie). Obwohl Perls sicherlich ein Meister der Zentrierung auf das Gegenwärtige war, war er doch in gleicher Weise kompetent, die Neuinszenierung früher Lebenserfahrungen zu ermöglichen. Er erforschte vergangene Erfahrungen mit seinen Klienten auf lebhafte Weise im gegenwärtigen Feld, und das ermöglichte deren emotionale Lösung. Im dritten Kapitel stehen eine Reihe von Beispielen von Perls' Arbeit für das spontane Aktivieren unerledigter Geschäfte aus der Vergangenheit des Klienten.

Kovels Behauptung, daß die Gestalttherapie die Vergangenheit abwerte und keinen Kommentar *über* und auch keine Bezugnahme *auf* sie zulasse, ist daher unserer Ansicht nach weder eine genaue Beschreibung von Perls' theoretischer, noch von seiner praktischen Arbeit. Perls wiederholte jedoch tatsächlich bestimmte Sätze, die zum Mißverständnis von Kovel und anderen Kommentatoren bezüglich der Rolle der Vergangenheit in Perls' Arbeit und in der Gestalttherapie im allgemeinen beigetragen haben.

Kovels Ansicht ist besonders verkehrt bezüglich der heutigen Gestalttherapie, die die Vergangenheit als Hintergrund der Gegenwart in vollem Umfang wertschätzt und anerkennt und die einen noch flexibleren Zugang zur Lebensgeschichte der Person (Polster 1987) sowie eine Möglichkeit entwickelt hat, die Figur im Hier-und-Jetzt mit dem historischen Hintergrund zu einer Synthese zu bringen (Clarkson 1988; Yontef 1987; 1991). »Gestaltexperten ermutigen manchmal eine Wiederbelebung der Vergangenheit, gelegentlich sind sie neutral, oder gelegentlich verhindern sie dies auch (z.B. besonders dann, wenn wiederholte Regressionen in vergangene Erfahrungen als eine Vermeidung guten Kontakts im Hier-und-Jetzt zu dienen scheinen)« (Clarkson 1988, 75).

Bevorzugt Gestalttherapie Gruppen und kurze Workshop-Einheiten?

Kovel behauptet, daß Gestalttherapie gewöhnlich in Gruppen stattfinde, die sich nicht über eine längere Zeit treffen, sondern in einem konzentrierten Workshop-Setting. Selbst zu der Zeit, als Kovel schrieb, war es nicht richtig zu behaupten, Gestalttherapie finde normalerweise in Gruppen oder kurzzeitigen Workshops statt. Das gilt nur für Perls in der zweiten Hälfte der sechziger Jahre, und selbst er unterschied zwischen seinen Workshop-Demonstrationen und der Gestalttherapie (1969b). Zuvor hatte Perls selbst Klienten in individueller Langzeit-Therapie gehabt.

Damals und heute führten und führen viele Gestalttherapeuten unterschiedliche Arten von Gestalttherapie durch, einschließlich Kurzzeit-Therapie, Langzeit-Therapie, Einzel- Familien- und Gruppentherapie mit Menschen in unterschiedlichen Settings, die von der privaten Praxis bis hin zur Psychiatrie reichen. Zu der Zeit, als Kovels Buch wieder aufgelegt wurde (1991), waren die Arten der Gestalttherapie sehr vielfältig und dies wurde auch gut dokumentiert (Fagan und Shepherd 1970; Polster und Polster 1974; Kempler 1973; Zinker 1978; Feder und Ronall 1980; Frew 1983; Hill u.a. 1983; Harman 1984; Nevis 1987; Fuhr und Gremmler-Fuhr 1988; Schneider 1990 und andere).

Gibt es eine Theorie des Gruppenprozesses in Perls' Arbeit oder in der Gestalttherapie?

Perls selbst schrieb oder redete nicht über Gruppenprozesse; unseres Wissens arbeitete er auch nicht aktiv mit dem Gruppenprozeß. Tatsächlich entmutigte er in den öffentlichen Demonstrations-Workshops, die er in Esalen und anderswo in den sechziger Jahren hielt, manchmal die spontane Beteiligung von Gruppenteilnehmern. Er bevorzugte die Arbeit mit Freiwilligen aus der Zuhörerschaft, die einer nach dem anderen nach oben kamen, um sich auf den »heißen Stuhl« zu setzen und Einzelarbeit vor den anderen zu machen. Perls verwendete die Gruppe sicherlich, um die Wirkung der Arbeit zu erhöhen, und als Zeugen für alles, was sich ereignete. Manchmal lud er einen Klienten dazu ein, sich auf andere Gruppenteilnehmer einzulassen oder Rückmeldungen von Gruppenteilnehmern zu holen (Perls 1969b). In seinen Workshops gab es keinen Gruppenprozeß, wie er in psychoanalytischen Gruppen verstanden wird oder wie er jetzt in Gestaltgruppen üblich ist.

Wie bereits erwähnt, scheint Kovel anzunehmen, daß Gestalttherapie die Therapie sei, die Perls beschrieb und in den späten sechziger Jahren durchführte. Wenn also seine Annahme korrekt wäre, hätte er recht, daß die Gestalttherapie *zur damaligen Zeit* (1976) keine Theorie des Gruppenprozesses hatte. Aber wie wir herausgestellt haben, war seine Annahme falsch. *Gestalt Therapy Now* (Fagan und Shepherd 1970) war eine Sammlung von Artikeln führender Gestaltpraktiker, Psychologen und Psychiater der Zeit, einschließlich Elaine Kepner, Erving Polster, Laura Perls und James Simkin. Einige von diesen Autoren beschreiben die Integration von Perls' Methode des heißen Stuhls mit Gruppeninteraktionen, andere beschreiben Gestalt in interaktiven Therapiegruppen. Polster und Polster (1974) hatten bereits eine gründliche Erforschung der Gestalttheorie und -praxis veröffentlicht, in der sie ein Kapitel den Gruppen und dem Gruppenprozeß widmeten. Sie wiesen besonders darauf hin, daß die Methode des heißen Stuhls Perls' Stil war und daß es nicht die Theorie ist, die diesen Stil unterstützt. Sie lieferten einige nützliche theoretische Argumente für den Zugang über den heißen Stuhl, aber sie beschrieben sowohl praktisch wie theoretisch auch andere Arten, wie sie Gestaltgruppentherapie durchführten.

Zwischen 1976, als Kovel seine Kritik schrieb, und 1991, als sein Buch wieder aufgelegt wurde, hat sich das Bild in dramatischer Weise verändert. *Beyond the Hot Seat* (Feder und Ronall 1980) ist eine Sammlung theoretischer Diskussionen des Gruppenprozesses in der Gestalttherapie, von denen einige auf Seite 223 dieses Buches beschrieben werden. Obwohl Kovels Behauptung daher - mit Ausnahme der Sammlung von Fagan und Shepherd (1970) und dem Buch der Polsters (1974) - im Jahr 1976 teilweise gerechtfertigt war, war sie zur Zeit der Wiederauflage im Jahr 1991 vollständig falsch.

Die irrigen Vorstellungen, daß Gestalttherapie normalerweise in Gruppen praktiziert wird und den Gruppenprozeß nicht mit einbezieht, werden unglücklicherweise immer noch wiederholt (wie beispielsweise in Brown und Pedder 1991).

Gibt es eine Theorie der Übertragung in Perls' Werk oder in der Gestalt?

Kovel meint, es gebe in der Gestalttherapie keine Theorie der Übertragung. Welche Belege gibt es in Perls' Werk, um diese Behauptung zurückzuweisen oder zu unterstützen? Wir werden zunächst seine Praxis und dann seine Theorie betrachten.

Perls, ebenso wie viele Gestalttherapeuten der fünfziger Jahre, war gründlich in Psychoanalyse ausgebildet und daher sehr kompetent im Erkennen und im Umgang mit Übertragungsphänomenen in der Praxis. In den sechziger Jahren verwarf Perls jedoch das Konzept der Übertragung mit recht dürftigen Erklärungen. Unglücklicherweise begannen sich zu dieser Zeit einige Leute, die ein paar Gestalt-Workshops besucht hatten, selbst Gestalttherapeuten zu nennen, ohne ausreichenden klinischen Hintergrund und ohne ein Wissen der Gestalttheorie oder der Bedeutung der Entwicklung therapeutischer Beziehungen oder der Phänomene von Übertragung und Gegenübertragung zu haben. Zu der Zeit, als Kovel zum ersten Mal darüber schrieb (1976), gab es also sicherlich gute Gründe für seine Annahme, daß einige sogenannte Gestaltexperten Übertragung *in der Praxis* weder anerkannten noch wußten, wie sie mit ihr umgehen sollten. Allerdings gab es sogar schon in den sechziger Jahren Gestalttherapeuten wie Laura Perls, Erving Polster, Gary Yontef und andere, die sowohl die psychoanalytische Theorie als auch die Gestalttheorie der Übertragung anerkannten.

Kovels Annahme jedoch, daß es keine *Theorie* der Übertragung in der Gestalt gebe, ist weniger leicht nachvollziehbar. Es stimmt, daß Perls in seinen späteren Veröffentlichungen (1969b; 1976) Übertragung nicht ausführlich erörtert. Es ist ebenso wahr, daß er auch in seinen früheren Werken die psychoanalytische Theorie der Übertragung nicht erklärt. Er geht davon aus, daß seine Leser über dieses Wissen verfügen. In seinen früheren Veröffentlichungen (Perls 1947/1969a; Perls, Hefferline und Goodman 1951/1973) widmet sich Perls ausdrücklich dem *Konzept* der Übertragung. Er leugnet nicht ihre Existenz, aber er kritisiert die orthodoxen Psychoanalytiker seiner Zeit dafür, daß sie alle Reaktionen des Klienten auf bloße Übertragung reduzieren, statt sie als gültig im gegenwärtigen Austausch anzuerkennen.

Kovels Kritik ignoriert vollständig die Tatsache, daß Perls einen wesentlichen *Beitrag* zur Theorie der Übertragung und der Beziehung in der Therapie leistete. Er führte das Konzept - das damals ganz neu war - ein, daß die wirkliche Beziehung oder der Kontakt zwischen Therapeut und Klient *ebenso* bedeutsam und gültig sind wie die Übertragungsbeziehung. Perls behauptete, daß man, wenn man die Reaktionen des Klienten als bloße Übertragung verwirft, seine Authentizität und Personalität entwertet: »Was immer in der Psychoanalyse geschieht, wird nicht als spontane Reaktion des Patienten im Eingehen auf die analytische Situation interpretiert, sondern man vermutet, daß es von der verdrängten Vergangenheit diktiert wird« (Perls 1947/1969a, 88). Er schlägt statt dessen vor, daß der Psychotherapeut die Gefühle des Klienten als in sich gültig akzeptieren und auf sie in authentischer Weise von Person zu Person antworten kann (ohne sich selbst gegenüber zu leugnen, daß Übertragungselemente möglich sind): »Er reagiert auf Ärger mit der Erklärung des Mißverständnisses oder manchmal mit einer Entschuldigung oder sogar mit Ärger, je nach der Wahrheit der Situation« (Perls, Hefferline und Goodman 1951/1973, 297).

Wie Yontef aufzeigte (1991), ist es, nachdem die Psychoanalyse viele Beiträge der humanistischen Psychologie einschließlich einer positiven Wertschätzung der wirklichen oder gegenwärtigen Beziehung integriert hat, gegenwärtig schwer vorzustellen, wie rigide die Psychoanalyse in den vierziger und fünfziger Jahren geworden war, besonders hinsichtlich der Übertragung. Es ist daher für uns nicht leicht nachzuvollziehen, warum Perls so auf seiner Kritik der psychoanalytischen Überbetonung der Übertragung beharrte. Und es ist schwer zu begreifen, welch einschneidende Neuerung seine Auffassung vom wirklichen Kontakt für die Theorie der therapeutischen Beziehung darstellte.

Seit den sechziger Jahren hat sich die Gestalttherapie weitgehend von der Zufälligkeit, mit der sie zu jener Zeit praktiziert wurde, erholt; sie bezieht sich heute auf die gut begründete Theorie der fünfziger Jahre, und sie entwickelt und verfeinert neue Theorieansätze. Es gibt genügend Belege in der Gestaltliteratur, um Kovels Behauptung zurückzuweisen, es gebe keine Theorie der Übertragung in der Gestalttherapie (Polster und Polster 1974; From 1984; Yontef 1988, 1991; Clarkson 1989), einschließlich einer neueren Erforschung der Übertragung in der Gestalttheorie und Praxis (Mackewn 1991). Yontef (1991) erkennt an, daß »man keine gute Therapie machen kann, ohne kompetent mit Übertragungsphänomenen umzugehen. Man kann auch keine gute Therapie machen und Entwicklungsprobleme ignorieren. In Gestalttherapie gehen wir jedoch mit beiden um, indem wir die dialogische und phänomenologische Perspektive, die wir erörterten, verwenden« (1991, 18). Gegenwärtige Gestalt- Trainingsprogramme schließen die Lehre von Übertragung und Gegenübertragung ein bzw. verlangen von ihren Trainees, sich diese bereits als Voraussetzung für die Teilnahme angeeignet zu haben.

Spielt Perls verbale Erklärung und verbales Wissen herunter?

Kovel behauptet, in der Gestaltterapie würden verbale Erklärungen und verbales Wissen heruntergespielt. Das trifft sicherlich auf Perls' spätere Veröffentlichungen zu (besonders Perls 1976), wo er soweit geht zu behaupten, Wörter seien oft Lügen, und die non-verbale Sprache sei viel authentischer. Es trifft jedoch nicht auf die abgewogeneren theoretischen Erforschungen von Perls, Hefferline und Goodman (1951/1973) zu, die auf einer holistischen Methode der Therapie bestehen, die sich auf *alle* Aspekte der Person und des Feldes konzentriert. Sie betonen, daß der Therapeut auf die verbale Kommunikation des Klienten achten solle, auf seine Stimmführung, seine Gesten, auf die Reaktionen des Therapeuten selbst usw., die als unterschiedliche Teile des gesamten Therapeut-Klient-Feldes zur Figur werden (s. S. 63).

Konzentriert sich Perls auf Projektion als hauptsächliche Form gestörter Kommunikation?

Kovel beschuldigt Perls, daß er sich fast ausschließlich auf *Projektion* als hauptsächliche Form gestörter Kommunikation zwischen dem Selbst und anderen Menschen konzentriert. Perls bezieht sich sicherlich viel auf Projektion, aber er tut dies weder ausschließlich noch bevorzugt. Er und seine Mitautoren beschreiben sechs hauptsächliche Mittel der Unterbrechung des Kontakts oder der Kommunikation: Introjektion, Konfluenz, Retroflektion, Projektion, Egotismus und Desensibilisierung. In seinem Gesamtwerk widmet er sich der Introjektion in gleicher Weise wie der Projektion (Perls 1947/1969a; Perls, Hefferline und Goodman 1951/1973; Perls 1969b; 1976). Obwohl er sich nicht so häufig auf Konfluenz, Egotismus, Desensibilisierung und Retroflektion bezieht wie auf Projektion, erklärt er diese ausführlich, und er und seine Kollegen widmen ein ganzes Kapitel sowohl der Retroflektion und der Introjektion wie der Projektion. Sie weisen auch darauf hin, daß die verschiedenen Kontaktunterbrechungen nicht isoliert verstanden werden können, sondern miteinander verbunden sind. Kovels Mißverständnis rührt vielleicht von Perls' häufig beschriebener Arbeit an Träumen her, die als Projektionen des Träumers verstanden wurden (Perls 1969b).

Führte Perls einen der Hysterie ähnlichen Zustand herbei?

Im letzten Abschnitt seiner zehnseitigen Auseinandersetzung mit Gestalt behauptet Kovel, daß »Gestalt einen der Hysterie ähnlichen Zustand herbeiführen kann, weil sie emotional so fordernd ist«, und weil sie eine »besondere Betonung auf die emotionale gegenüber der intellektuellen Erfahrung legt, ... öffnet sie Tür und Tor für Mystifizierung und hysterische Besessenheit« (Kovel 1976, 174). Dies kommt überraschend, denn nichts im vorangehenden Text nährte beim Leser die Erwartung einer so schwerwiegenden Anklage gegen den beschriebenen therapeutischen Ansatz. Natürlich hat Kovel erklärt, daß Gestalttherapie sich dem emotionalen Leben der ganzen Person widmet, aber er hat nicht behauptet, Perls lege dem Therapeuten nahe, daß er sich den Emotionen *statt* des Intellekts, sondern nur *genauso* wie dem Intellekt widmen solle. Er hat über die Dramatisierung und Inszenierung der Topdog/Underdog-Spaltung gesprochen, als ob sie Gestalttherapie *wären*, und nicht bloß eine der vielen Möglichkeiten, in der sie demonstriert wurde (Laura Perls 1992). Und er hat uns, wie wenig akkurat auch immer, davon informiert, daß Gestalttherapie hauptsächlich dadurch heilt, daß sie intensive emotionale Erfahrungen in einer Gruppensituation pflegt. Nichts davon läuft jedoch auf einen der Hysterie ähnlichen Zustand oder hysterische Besessenheit hinaus.

Gibt es im Werk von Fritz Perls irgendetwas, auf das sich solch ein Vorwurf stützen könnte? Wir behaupten, es gibt so etwas. In den sechziger Jahren dienten Fritz Perls, das Esalen Institut und die politische und soziale Einstellung des »Alles ist möglich« dazu, ein neues Modell der Gestalttherapie zu verbreiten. Yontef hat diesen Gestaltstil mit »Hauruck-Therapie« gleichgesetzt und ihn als »einen theatralischen und im höchsten Maß an Katharsis orientierten Ansatz« charakterisiert, der »arrogant, dramatisch, simplifizierend und schnelle Veränderung versprechend« sei (1991, 8). Einige Beispiele von Perls' *eigenem* Werk (wie es sich in den Transkripten darstellt), scheinen in erster Linie auf dramatische Katharsis statt auf Bewußtheit, Verständnis und Dialog abzuzielen (beispielsweise Baumgardner und Perls 1975, 147, 156[2]; Perls 1969b, 80, 139). Diese Art von Therapie zog Therapeuten an, die ein Bedürfnis hatten, charismatisch zu sein, und die Gipfelerlebnisse oder dramatische Erfahrungen suchten, anstelle sorgfältiger phänomenologischer Erforschung und Respekt für die Sicherheit des Klienten und seine natürliche Tendenz zum Wachstum.

Viele Trainees imitierten entweder Perls' eher dramatische Arbeit oder taten das, was Perls *scheinbar* machte, ohne Perls' Hintergrundwissen oder seine geniale und genaue Beobachtung. Liebermans, Yaloms und Miles' Erforschung verschiedener Gruppentherapien (1973) spürte einen Gestalttherapeuten auf, der zu dieser Kategorie paßte (s. S. 214). Perls erkannte schließlich, daß seine theatralische und manchmal vereinfachende Präsentation der Gestalttherapie dem Ansatz Schaden zugefügt hatte, und er sprach sich gegen diesen Stil aus, den er selbst gefördert hatte (1969b). Unglücklicherweise äußerte er sich zu spät. Der Schaden war angerichtet (1969b). Viele, wie Kovel, setzten (und setzen immer noch) Gestalttherapie mit dem dramatischen, aktiven, manchmal herabwürdigenden und konfrontativen Stil gleich, den Fritz Perls *manchmal* an der Westküste demonstrierte. Yontef (1991) behauptete, daß sich schon in den sechziger Jahren zwei gegensätzliche Gestaltstile entwickelt hatten - der eine theatralisch und kathartisch, der andere gründlich und wirklich arbeitend, von Person zu Person, dialogisch und gleichwohl innovativ. Yontef ist überzeugt, daß der letztere Stil und eine Betonung der paradoxen Theorie der Veränderung weitgehend das kathartische Modell der Gestalttherapie ersetzt hätten.

Wir anerkennen daher vollständig die Grundlage für katharsisorientierte Arbeit, die zu Kovels Eindruck der »Hysterie-Ähnlichkeit« geführt haben *könnte*, aber wir unterscheiden zwischen Katharsis und Hysterie und finden in der Arbeit von Perls nichts, was diesen speziellen Begriff unterstützen könnte.

Massons Anschuldigungen

Jeffrey Masson war von 1970 bis 1980 Professor für Sanskrit an der Universität von Toronto. Während dieser Zeit unterzog er sich einem klinischen Training in Psychoanalyse am *Toronto Psychological Institute* und schloß als Psychoanalytiker und Mitglied der *International*

Psychoanalytical Association im Jahr 1978 ab. Im Vorwort zu seinem Buch *Against Therapy* (1989) berichtet er, daß er wegen seiner Zweifel an der Gültigkeit der Psychoanalyse nicht als Psychoanalytiker tätig sei.

Masson bezichtigt Perls unethischen Verhaltens, insofern er sexuellen Kontakt mit seinen Klientinnen pflegte; zudem sei er außerordentlich selbstüberzeugt und habe grandiose Ansprüche für sich und für die Gestalttherapie erhoben; auch habe er sich selbst die Macht eines traditionellen Gurus angemaßt, einschließlich der Macht, anderen große Schmerzen und Verletzungen zuzufügen. Hier handelt es sich um außerordentlich schwerwiegende Anschuldigungen, die eine weite Leserschaft erreichten und sorgfältig in Betracht gezogen werden müssen. Wir werden jede einzelne prüfen.

Verhielt sich Perls unethisch, indem er sexuellen Kontakt mit seinen Klientinnen hatte?

Wie Masson gesagt hat, machte Perls keinen Hehl aus der Tatsache, daß er sexuellen Kontakt mit Klientinnen hatte. Er schrieb offen darüber in seiner Autobiographie. Einige Besucherinnen von Esalen haben über seine sexuellen Annäherungen ihnen gegenüber berichtet (Gaines 1979), und Marty Fromm hat ausführlich über ihre langjährige Beziehung mit Perls gesprochen und geschrieben (Gaines 1979; Shephard 1975).

Im ersten Kapitel haben wir bereits unsere Einstellung gegenüber diesem Aspekt von Perls' Verhalten deutlich gemacht. Wir stimmen mit Masson vollständig darin überein, daß Perls sich in dieser Hinsicht unethisch und unverantwortlich verhalten hat. Sexueller Kontakt zwischen Therapeut und Klient verstößt gegen die gegenwärtigen Ethik-Richtlinien für die Praxis der Gestalttherapie, und qualifizierte Gestalttherapeuten und Gestalttrainees arbeiten jetzt nach diesen Ethik-Richtlinien. Perls' unethisches Verhalten würde innerhalb des größten Teils der Gestalt-Gemeinde der neunziger Jahre nicht geduldet werden. Auch viele Therapeuten jener Zeit verabscheuten dies (z.B. Alexander Lowen, wie in Gaines 1979 zitiert).

Wir verteidigen Perls in keinerlei Hinsicht, aber wir sehen sein Verhalten im Kontext seiner Zeit, indem wir die Aufmerksamkeit auf die Tatsache lenken, daß er und Paul Goodman Anarchisten waren, die es darauf anlegten, Konventionen grundsätzlich in Frage zu stellen, und dies schloß leider die Verletzung der notwendigen Grenzen und Tabus hinsichtlich des sexuellen Kontakts zwischen Therapeut und Klient ein. Masson kritisiert Perls wegen seines dreisten Bekenntnisses, daß er sexuelle Beziehungen zu seinen Patientinnen hatte. Wir stimmen Masson nicht darin zu, daß das Bekenntnis das Vergehen schlimmer machte. Das offene Anerkennen der sexuellen Beziehung zwischen Therapeut und Klient entschuldigt den Verstoß nicht, aber läßt ihn deshalb auch nicht schwerwiegender werden als den vieler Psychotherapeuten aller Richtungen, die diese Grenze heimlich überschritten haben (Rutter 1990). Einige würden statt dessen behaupten, daß aus Gründen der Ehrlichkeit und des Ausmaßes des Schadens Offenheit das Vergehen nicht schwerwiegender macht, sondern eher lindert.

Erhob Perls grandiose Ansprüche für die Gestalttherapie und für sich selbst?

Perls glaubte leidenschaftlich an die Bedeutung des therapeutischen Ansatzes, der durch ihn entwickelt wurde, und gab daher wie die meisten Vertreter neuer Ansätze oder neu integrierter Ansätze manchmal globale Aussagen über die Vorzüge der Gestalt von sich: »Aber wie öffnen wir die Ohren und Augen der Welt? Ich betrachte meine Arbeit als kleinen Beitrag zu diesem Problem, der die Möglichkeit des Überlebens der Menschheit betrifft« (Perls in Masson 1989, 254). Inwieweit, wenn überhaupt, erhärtet Forschung seine Ansprüche von Gestalt?

Die Kontroversen über die relativen Verdienste oder Untiefen der verschiedenen Psychotherapien halten an. Andererseits zeigten die Fiedler-Studien (1950), daß es weniger Unterschiede zwischen kompetenten und erfahrenen Therapeuten unterschiedlicher psychotherapeutischer Ansätze als zwischen unerfahrenen und erfahrenen Psychotherapeuten innerhalb ein und desselben Ansatzes gibt. Aktuelle Forschungen durch Kliniker in der ganzen Welt stützen die Überzeugung, daß die wesentlichen Komponenten effektiver Therapie die speziellen Klientenmerkmale und die helfende Beziehung sind und nicht notwendigerweise die Wahl des psychotherapeutischen Systems. Weder empirische Studien noch umfassende Auswertungen weisen darauf hin, daß irgendein therapeutischer Ansatz einem anderen gegenüber überlegen genannt werden kann (Bergin 1971; Frank 1979; Landman und Dawes 1982; Luborsky, Singer und Luborsky 1975; Smith, Glass und Miller 1980). Berücksichtigt man das Gewicht solcher objektiven

Belege, so ist Vorsicht angesagt, wenn man ein Beratungs- oder Therapiesystem mit einem anderen vergleicht (Clarkson 1988).

Die Forschung unterstützt Perls' Anspruch auf eine Vorrangstellung der Gestalttherapie nicht. So gesehen ist Massons Kritik gerechtfertigt.

Perls' persönliche Grandiosität und Selbstüberheblichkeit

Masson zitiert ausführlich aus Perls' Autobiographie, um seine Behauptung zu stützen, daß Perls selbstüberheblich war, und wir akzeptieren, daß diese Kritik, wenn auch nicht durchgängig, so doch für die meiste Zeit gültig war. Wir stimmen mit Masson auch überein, wenn er behauptet, daß vielleicht einige der besonders grandiosen Ansprüche Perls' sowohl eine humorvolle als auch eine narzißtische Qualität hatten: »Ich glaube, daß ich der beste Therapeut für jede Art von Neurose in den Staaten, vielleicht in der ganzen Welt bin« (Perls in Masson 1989, 254).

Viele andere haben Massons Kritik an Perls' persönlicher Selbstüberheblichkeit bestätigt (beispielsweise Enright, Naranjo und Hall in Gaines 1979). Selbst liebevolle Beschreibungen von Perls während seiner Zeit in Esalen zeichnen das Bild eines Menschen, der es liebte, im Mittelpunkt der Aufmerksamkeit zu stehen: Er wurde als Schausteller beschrieben (Yalom 1985), als Ringmeister und Direktor (Gaines 1979). Kürzlich bestätigte Yontef (1991), der selbst in den sechziger Jahren einige Zeit von Perls ausgebildet wurde, daß »Fritz theatralisch, unverschämt, narzißtisch ... [war]. Nachdem er frei vom Einfluß der Gestalttherapiegruppe von New York City war, traten alle seine Tendenzen, eine Show abzuziehen, nach Aufregung Ausschau zu halten ... sein theatralischer Hintergrund, in den Vordergrund« (7).

Wie Yontef jedoch treffend bemerkte, nahm Perls Menschen ebenso für sich ein, wie er sie wütend machte, und es gibt fast ebenso viele Menschen, die von seiner Liebe, Zärtlichkeit und sogar seiner Bescheidenheit wie solche, die von seinem Narzißmus sprechen. George Brown beispielsweise sagte, als er einen zärtlichen Augenblick zwischen Perls und Browns Frau Judith beschrieb: »Es ist schade, daß man diese Art von Aussagen über Fritz nicht sehr häufig hört, denn er war manchmal ein sehr liebevoller, zärtlicher und sorgender Mensch« (Gaines 1979, 230). Auch Gabrielle Roth war von seiner liebevollen Sanftheit angetan. Barry Stevens, die Autorin von *Don't Push the River* (1970), sprach von Perls' Bescheidenheit und Flexibilität:

»Ich kannte ihn während der drei letzten Jahre seines Lebens, und ich sah, wie er sich während dieser Zeit seines Lebens veränderte. Er lernte und veränderte sich *immer*. Es gab bei Fritz auch eine wahre Bescheidenheit, die sich auf unterschiedliche Weise zeigte. Sie war zu sehen, wenn er sagte, daß er entdeckt hatte, etwas falsch gemacht zu haben.« (Gaines 1979, 362).

Die Texte, die Perls in den späten vierziger Jahren veröffentlichte und verbreitete (1948; 1979), weisen auch auf Beispiele seiner Fähigkeit hin, gegenüber seiner eigenen Arbeit zu dieser Zeit offen und bescheiden zu sein. In dem Vortrag, den er am *William Alanson White Institute* im Jahr 1946/47 hielt, verwendet er eine Fallgeschichte, bei der er den Eindruck hatte, einen Fehler gemacht zu haben, als Veranschaulichung für sein Thema; und einen Vortrag, den er vor der *Association for the Advancement of Psychotherapy* hielt, schließt er, indem er seine Zuhörer bescheiden zu wohlwollender Skepsis einlädt:

»Ich werde sehr glücklich sein, wenn mein Vortrag Sie dazu ermutigt hat, wohlwollend skeptisch gegenüber Ihren eigenen und meinen hier vorgetragenen Überzeugungen zu sein, und den Übergang von jeglichem zwanghaften Dogmatismus zur experimentellen, unsicheren, aber kreativen Pionierhaltung zu wagen, für den ich kein besseres Beispiel finden kann als den Mut Sigmund Freuds.« (Perls 1948, 586).

War Perls ein Guru, der anderen große Schmerzen und Schaden zufügte?

Masson geht jedoch in seiner Kritik an Perls wesentlich weiter: Er hat den Eindruck, daß Perls mehr als narzißtisch war. Er behauptet, daß Perls sich die Kräfte eines Gurus anmaßte, einschließlich der Macht, anderen große Schmerzen und Schaden zuzufügen. Wir werden zunächst die Behauptung prüfen, Perls hätte anderen Schmerzen zugefügt, und dann die Frage erörtern, ob und in welchem Ausmaß er ein Guru war.

Zweifellos verursachte Perls seinen eigenen Familienmitgliedern große Schmerzen: Masson zitiert die bitteren Erinnerungen der Tochter an ihren Vater. Viele haben die Tatsache bezeugt, daß seine Behandlung von Laura oft abschätzig, harsch und sehr inkonsistent war. Wenn man deren Beziehung jedoch einschätzen will, ist es wichtig, sich daran zu erinnern, was Virginia Satir sagte: »Die Art und Weise, wie er mit Laura manchmal umging ... schrecklich! Aber ich weiß genug, um zu wissen, daß dies ein transaktionales Phänomen und nicht nur einseitig ist« (in Gaines 1979, 235) - das heißt, daß Laura ebenso wie Fritz für das Feld, das sie zusammen schufen, Verantwortung trug. Wir haben seine Beziehung zu seinen Kindern im ersten Kapitel kurz berührt, und diese wie auch seine Beziehung zu Laura sind ausführlich in Shepard (1975) und Gaines (1979) dokumentiert.

Masson (1989) legt nahe, daß Perls auch in seinen Workshops Schmerzen und Schaden zufügte, »entweder unmittelbar oder indem er die Gruppe dazu veranlaßte, sich gegen eines ihrer Mitglieder zu wenden, dieses anzugreifen und zu schikanieren« (257). In den Transkripten von Perls' Demonstrations-Workshops (Perls 1969b; 1976; Baumgardner und Perls 1975) haben wir dafür keinen Beleg gefunden. Unseres Wissens stachelte Perls keine Gruppenmitglieder an, sich gegen andere Teilnehmer zu wenden, sie anzugreifen oder zu schikanieren. Tatsächlich entmutigte er, wie gesagt, die Beteiligung anderer Gruppenmitglieder. Sein eigener Therapiestil in diesen Workshops konnte jedoch *extrem* fordernd und konfrontativ sein. Wenn ein Klient ihm nicht zuhörte oder herumzuspielen und unkooperativ zu sein schien, entließ er ihn beispielsweise manchmal vom heißen Stuhl mit bissigen Bemerkungen. Viele Teilnehmer sprachen von der Furcht und dem Zittern, das diese Verhaltensweise bei ihnen auslöste, auch wenn sie oft darauf bestanden, daß Perls' Scharfsinnigkeit zu Einsichten führte, die sie schätzten. Schutz[3], der anerkennt, wieviel er von Fritz Perls gelernt hat, kritisierte einige seiner extrem konfrontativen Verhaltensweisen als unnötig schmerzlich:

> »Das Fritzsche Modell hat ein bißchen zu viele Show-Effekte. Andererseits habe ich etwas sehr Wichtiges von ihm übernommen - die Vorstellung, daß Du für Dich selbst verantwortlich bist ... Aber ich mag die Art nicht, wie er damit umging. Ich glaube, er ging dabei zu weit. Wenn jemand nichts tun wollte, wenn er im heißen Stuhl saß, pflegte Fritz einzuschlafen oder sie rauszuschmeißen oder so etwas, was sehr dramatisch und gewöhnlich effektiv war, aber ich glaube, es war entwürdigend.« (Gaines 1979, 179)

Dann gibt es aber auch wieder viele, die Perls verteidigen und sagen, daß er mißverstanden wurde. Barry Stevens lenkte die Aufmerksamkeit auf die Rolle der anderen Person bei der Transaktion: »Menschen, die glauben, er sei grausam gewesen, nehmen ihn in dieser Weise wahr« (Gaines 1979, 307); während John Stevens, der Autor von *Awareness* (1989) und Rollo May, der existentielle Psychotherapeut und Autor, betonten, wie diskriminierend Perls in seiner Art zu konfrontieren war. Virginia Satir, eine vielgelesene Familientherapeutin, die eine Kollegin und Freundin von Perls in den sechziger Jahren war, faßt die Kontroverse zusammen: »Der Mensch hatte viele Seiten. Ich habe oft gesagt, wenn Fritz Gestalt machte, war er großartig; wenn er auf Fritz machte, konnte er ein Schurke sein« (Gaines 1979, 267).

Masson scheint also darin Recht zu haben, wenn er behauptet, Perls konnte große Schmerzen verursachen. Masson gibt jedoch kein vollständiges Bild von Perls, der eine ungeheure Reichweite als Therapeut hatte und der außerordentlich aufmerksam, respektvoll, präsent, zärtlich, spielerisch, unterstützend, auf sanfte Weise humorvoll und außergewöhnlich sensibel war - wie dies in den Transkripten seiner Demonstrationen deutlich wird und wie wir hoffentlich in unserer Erörterung seiner Beiträge für die Praxis im dritten Kapitel gezeigt haben. Viele Klienten sprachen von seiner einzigartigen Fähigkeit, sie zu erreichen und ihnen zu helfen:

> »Ich empfand ihn als absolut vertrauenswürdig und als Therapeut wirklich genial.« (Sam Keen in Gaines 1979, 288)

> »Fritz besaß eine außerordentliche Aufmerksamkeit, Unmittelbarkeit, Schlichtheit, Konzentration.« (Erving Polster 1992)

> »Er war einer der ersten Menschen in meinem Leben, mit dem ich einfach spielen konnte, total, ohne irgendwelche Gedankenmuster. Wir konnten in mimische Bewegungen oder Theater-Bereiche gehen und zusammen absurd sein ... Fritz war gerade zum richtigen Augenblick da, als ich zuerst begann, mit Gruppen Bewegungsarbeit zu machen. Ich war sehr unsicher, denn ich hatte keine Theorien darüber; ich hatte keine Ausbildung darin ... Und Fritz ermutigte mich wirklich, das zu tun. Er hat es sicherlich unterstützt.« (Gabrielle Roth in Gaines 1979, 262f.)

Der konfrontative Stil, der manchmal mit Perls und seinen Nachfolgern in den sechziger Jahren verbunden wird, wird heute von vielen Gestalttherapeuten als ein recht begrenzter Stil der Gestalttherapie angesehen, und er war nicht einmal der einzige Stil, den Perls in seiner Lebenszeit benutzte. Heute verkörpert Gestaltpraxis Dialog, Präsenz und Unterstützung ebenso wie kreative Konfrontation, die auf den Gestaltprinzipien der phänomenologischen Bewußtheit und der Feldtheorie gründen. Die Gestaltpraxis ist sehr flexibel, während sich der Hintergrund der Gestalttherapie und das Umfeld der Psychotherapie selbst wandeln (Yontef 1991; Clarkson 1991b).

Masson (1989) behauptet, daß Perls sich selbst offensichtlich für einen Guru hielt, weil er sich so kleidete und so aussah, mit langem weißen Bart und Haaren, Perlen, Sandalen und fließenden Gewändern. Es ist unwidersprochen, daß Perls sich in seinen Jahren in Esalen und seinem kurzen Aufenthalt in Cowichan wie beschrieben kleidete, aber zu jener Zeit war dies nicht notwendigerweise der Stil eines Gurus, sondern der einer ganzen Generation von Hippies und Blumenkindern. Perls präsentierte sich so auch nicht während des größten Teils seines professionellen Lebens; Fotos von ihm in Deutschland und in Südafrika zeigen vielmehr einen eher traditionell aussehenden Analytiker. Masson ist jedoch nicht der einzige, der im Perls der sechziger Jahre einen Guru sieht; auch Simkin behauptete, daß Perls eine Neigung hatte, sich als Guru darzustellen.[4]

Andere stimmen in die Kritik an der Selbstüberheblichkeit Perls' ein. Yontef (1991) sagt, daß Perls und die Therapeuten, die seinen theatralischen Stil übernommen hatten, oft mit Charisma statt mit dialogischem Kontakt und phänomenologischer Fokussierung leiteten. Philip Reif, der Benjamin-Franklin-Professor an der Universität von Pennsylvania, und Sol Kurt berichteten, daß Perls ein Egozentriker und Größenwahnsinniger war (in Gaines 1979). Erving Polster sagte (1992): »Ich glaube, daß Fritz' Ansichten die Gestalttherapie für immer in den Hintergrund verdrängt haben und es über die Jahre schwierig war, über seine Person hinauszugelangen und dazu zu kommen, die neuen Ideen hervorzuheben, die er beeinflußt hat.«

Keiner dieser Zeugen jedoch gelangt in die Nähe der überraschenden Schlußfolgerung, mit der Masson (1989) seine Einschätzung von Perls abschließt: »Perls fackelte nicht mit seiner Selbstanmaßung aller Privilegien und der Macht eines traditionellen Gurus ... Alle Gurus ... sind nur wenige Schritte entfernt von Jonestown« (257). Die

Gemeinde von Jim Jones in Jonestown war exklusiv und geheimbündlerisch. Im Jahr 1978 verdiente er zwischen 5 und 10 Millionen Dollar. Er ließ einen amerikanischen Abgeordneten erschießen, und er und seine Leibwächter organisierten den Massen-Selbstmord von etwa 900 Menschen, er selbst eingeschlossen. Perls mit Jones gleichzusetzen, ist Unsinn. Was immer auch seine Fehler gewesen sein mögen - und deren gab es viele - und wie immer auch sein persönlicher Stil gewesen sein mag, Perls war einer der ersten Psychotherapeuten, der es zuließ, daß der therapeutische Prozeß gefilmt wurde. Seine Arbeit stand mehr als die fast jedes anderen Psychotherapeuten (Rogers ausgenommen) für öffentliche Kritik zur Verfügung. Durch die überraschende Assoziation des gewalttätigen Massakers von Jonestown mit der Person und Praxis von Fritz Perls entwertet Masson seine Argumente, statt sie zu unterstützen.

Wie wir in den weiteren Abschnitten dieses Kapitels zeigen werden, waren Kovel und Masson leider nicht die einzigen, die Anschuldigungen gegenüber der Gestalttherapie erhoben und sie tatsächlich in einer Form darstellen, die für gegenwärtige Gestalttheoretiker und -praktiker nicht wiederzuerkennen ist. Warum wurde Gestalt so sehr reduziert und trivialisiert und zog so viel Kritik auf sich? Wir haben bereits darauf hingewiesen, daß Perls selbst zum Mißverständnis nicht nur von Gestalttherapie, sondern manchmal auch seiner eigenen theoretischen Arbeit beigetragen hat. Wir werden im folgenden gründlicher untersuchen, auf welche Weise Perls Verkürzungen und Mißverständnisse hervorrief.

Dublin und die falsche Gleichsetzung von Gestalttherapie und Perls-ismus

Dublin (1977, 141) hat Gestalttherapie klar von dem, was er »Perls-ismus« nennt, unterschieden. Er bezieht sich auf Perls-ismus als derjenigen Art von Gestalt, die *weder* Gestalttherapie *noch* existentielle Gestalttherapie ist, sondern eine besondere Ausdrucksform von Fritz Perls' »biologisch-hedonistischem Existentialismus« (Clarkson 1991c). Dublin wies darauf hin, daß es eine ganze Reihe von Merkmalen gibt, die zwar mit Perls' Ideen und seiner Praxis in den sechziger Jahren in Verbindung gebracht werden, jedoch nicht eigentlich Gestalttherapie sind. Sein Text ist wichtig, denn viele Leute (einschließlich Masson und zu einem geringeren Teil Kovel) haben irrtümlicherweise angenommen, daß Perls-ismus ein Synonym für Gestalttherapie sei. Sie beschrieben und bewerteten die Praxis von Perls, wie sie sie in seinen Workshops oder durch die veröffentlichten Transkripte erlebten, und sie nahmen an, daß sie dabei Gestalttherapie beschrieben und einschätzten. Dies ist nicht der Fall. Wir hoffen, daß das vierte und fünfte Kapitel dieses Buches ausreichend veranschaulichen, daß es von Anfang an andere wichtige Exponenten der Gestalttherapie gab, daß sich die Gestalttherapie seit Perls' Tod vor über zwanzig Jahren weiterentwickelt und verändert hat und sich radikal von der Therapie unterscheidet, die mit Perls' Demonstrations-Workshops assoziiert wird. Unglücklicherweise bedeutet dies, daß viele der verbreiteten Zusammenfassungen von »Gestalttherapie« (Kovel 1976, Brown und Pedder 1991 beispielsweise) in die Irre führen und in mancherlei Hinsicht Karikaturen des Perls-ismus sind, statt einer wirklichen Einschätzung von Gestalttherapie.

Die Aspekte des Perls-ismus, von denen Dublin behauptet, daß sie nicht eigentlich Teil der Gestalttherapie sind, sind in der Hauptsache direkte Kritikpunkte an Perls' Werk und schließen ein:

1. seine anti-intellektuelle Haltung;
2. seine Ansicht über Reife als extrem hedonistische Isolation, wie sie im Gestalt-Gebet repräsentiert ist;
3. seine wenig unterstützende Haltung als Therapeut.

Wir werden die Gültigkeit jeder dieser Kritiken nacheinander überprüfen.

Perls' anti-intellektuelle Haltung

Dublin behauptet, daß Perls intellektuelle Prozesse nicht nur geringschätzte oder ihnen wenig Bedeutung beimaß, sondern sie aus seiner Art von Gestalttherapie verbannte, indem er sie *»mind-fucking«* nannte. Es ist richtig, daß Perls Intellektualisieren, Rationalisieren und die meisten theoretischen Diskussionen in dieser Weise beschrieb. Tatsächlich geht er noch weiter und kanzelt das Darüberreden, das Geplauder und den Austausch sozialer Klischees als »Hühnerkacke« ab; Rationalisieren und Erklären als »Kuhscheiße«; und abgehobene intellektuelle Diskussionen oder Theoretisieren (wie beispielsweise seine eigenen Reden über Therapie) als »Elefantenscheiße« (Perls 1979b; 1970). Viele haben sich Dublins Kritik an Perls (und daher an »Gestalt«) wegen seiner anti-intellektuellen Haltung angeschlossen (Corey 1991, Rooth 1987). Diese Kritik wurde durch Fritz' fehlende Gelehrsamkeit (Wysong und Rosenfeld 1982, 12, 15; Dublin 1977, 133, 140; Yontef 1982, 23), seine Abscheu gegenüber etabliertem Akademikertum und im späteren Lebensalter seine beißende Abwertung intellektueller Anstrengungen angeheizt.[5]

Obwohl wir daher glauben, daß die Kritik am Anti-Intellektualismus Perls' sehr wohl berechtigt ist, trifft die Beschuldigung nicht in jeder Hinsicht zu und muß im größeren Zusammmenhang gesehen werden.

Perls entwickelte seine aufdringlich anti-intellektuelle Einstellung erst in den sechziger Jahren - und tatsächlich investierte er viel Mühe und Energie in intellektuelle Beiträge in der frühen Phase seiner Laufbahn. Beispielsweise schrieb Fritz zusammen mit seiner Frau Laura eine akademische Abhandlung und präsentierte sie auf der Internationalen Psychoanalytischen Konferenz im Jahr 1936, als er von Südafrika nach Europa reiste, um an dieser intellektuellen Debatte *par excellence* teilnehmen zu können. In Kooperation mit Laura schrieb er *Ego, Hunger and Aggression* (1947/1969a) Anfang der vierziger Jahre; dies kann im Rückblick als erste Skizzierung des Gestalt-Ansatzes angesehen werden. Yontef (1992b) nannte es »eine klare, wenn auch unsystematische Exposition der Feldtheorie« (102). In den späten Vierzigern arbeitete Perls an akademischen Texten und präsentierte sie vor den höchst angesehenen akademischen Vereinigungen in New York (1979, vorgetragen 1946/47; 1948) - dem *William Alanson White Institute* und der *Association for the Advancement of Psychotherapy*. Besonders *Theory and Technique of Personality Integration* (1948) ist eine klare, gut durchdachte und zusammenhängende Darstellung seiner Ideen und bietet treffende Veranschaulichungen seiner klinischen Praxis. Beide Texte sprechen in überzeugender Weise für die Vorstellung, daß die Philosophie oder theoretische Position des Psychotherapeuten seiner Praxis zugute kommt. Perls schrieb auch weiterhin Texte und hielt Reden während seines gesamten Lebens (1978a; 1978b; 1970), und viele Manuskripte sind noch immer unveröffentlicht (Joe Wysong 1992).

Perls war auch Mitautor von *Gestalt Therapy* (Perls, Hefferline und Goodman 1951/1973), dessen zweiter Band eine grundlegende theoretische Abhandlung der Gestalttherapie ist. Obwohl der literarische Stil dieses Bandes nahelegt, daß in erster Linie Goodman für dessen Entwicklung und Gestaltung und für den größten Teil der Endfassung verantwortlich war, behauptete From (in Wysong und Rosenfeld 1982), daß Perls ein ursprüngliches Manuskript dazu beisteuerte. Ein Vergleich von *Gestalt Therapy* (1951) mit *Ego, Hunger and Aggression* (1947/1969a) und *Theory and Technique of Personality Integration* (1948) legt nahe, daß Perls viele Ideen wie auch einige der Beispiele und Bilder zum späteren Buch beitrug - auch wenn diese noch vergleichsweise rudimentär waren.

Selbst in den sechziger Jahren, als er sich über das Intellektualisieren und die theoretische Diskussion mokierte, hielt Perls weiterhin Kurzreferate, um seine praktischen Demonstrationen zu veranschaulichen und zu erklären - wobei er sich selbst dafür, daß er das tat, manchmal auf den Arm nahm. Als er sich dessen bewußt wurde, wie andere seine Techniken kopierten, ohne die Theorie der Gestalt zu verstehen, sprach er sich gegen Instant-Therapien, die übereilte und simplifizierende Ansprüche für sich geltend machten, aus (Perls 1969b).

Wenn man Perls' Einstellung erwägt, ist es auch wichtig, seine Ziele und den Kontext, in dem er die Intellektualisierung anprangerte, zu verstehen. Die Psychoanalyse war in vieler Hinsicht rigide geworden (Yontef 1991), und Perls empfand, daß sie stickig und trocken theoretisch geworden war. Er wollte die Menschen schockieren, damit sie seine Ansicht teilten und sich dessen bewußt wurden, daß Heilung durch wirklichen, unmittelbaren menschlichen Kontakt geschieht und nicht durch Reden oder elaborierte theoretische Diskurse. Nach Erving Polster (1989) war Perls sehr geschickt darin, Schlagwörter zu kreieren, die die gewöhnlichen Wahrnehmungen der Menschen herausforderten; dies hat er oft praktiziert. Als Fritz Perls sagte: »Verlier' Deinen Kopf und komm zu Deinen Sinnen«, wollte er wahrscheinlich das Intellektualisieren mit einem Schlagwort unterminieren. Aber Perls versuchte nicht, Intelligenz zu unterminieren. Er war ganz eindeutig ein intelligenter Mensch, der Intelligenz bei anderen wertschätzte.

Perls' Provokation des Akademikertums seiner Zeit brachte jedoch eine Überreaktion oder Unausgewogenheit in der gegenteiligen Richtung hervor, so daß Gestalttherapeuten ein ganzes Jahrzehnt nach seinem Tod - mit wenigen Ausnahmen - im allgemeinen wenig begeisterte Schreiber waren und relativ wenige theoretische Beiträge lieferten (Yontef 1991) (s. S. 218). Perls wollte der übermäßig intellektualisierten Entwicklung der Psychoanalyse seiner Zeit abhelfen.

Aber seine Betonung des Körpers und der Gefühle, denen er in den sechziger Jahren offensichtlich den Vorzug gegenüber dem Geist gab, stand auch wieder in Widerspruch zu seinen früheren theoretischen Neuansätzen, das heißt zum Holismus der Gestaltpsychotherapie, der die Ganzheit und organismische Einheit des Organismus/Umwelt-Feldes betont. Bei einer Feldperspektive können die Leidenschaften des Herzens und des Körpers nicht vom Geist getrennt werden und dann immer noch Anspruch auf Holismus erheben (Clarkson 1988; 1991b). Die moderne Gestalttherapie erlebt eine Rückkehr zur Wertschätzung des Denkens, der Theorie und der intellektuellen Kreativität ebenso wie eine Betonung sinnlicher Lebendigkeit und emotionaler Expressivität.

Perls' Auffassung von Reife im Sinne der Autonomie

Perls (1969b; 1976; 1969; Vorwort zu Perls, Hefferline und Goodman 1951/1970) definierte Reife als kontinuierlichen Prozeß, bei dem die Unterstützung durch die Umwelt überwunden und Selbstunterstützung entwickelt wird, wobei Abhängigkeiten zunehmend reduziert werden. Dublin (1977) meint, daß in dieser Definition von Reife eine schreckliche Einsamkeit enthalten sei, die er am klarsten im »Gestalt-Gebet« widergespiegelt sieht:

> »Ich tu, was ich tu; und du tust, was du tust.
> Ich bin nicht auf dieser Welt, um nach deinen Erwartungen zu leben,
> Und du bist nicht auf dieser Welt, um nach den meinen zu leben.
> Du bist du, und ich bin ich,
> Und wenn wir uns zufällig finden, - *ist es* wunderbar.
> Wenn nicht, *kann man auch nichts machen.*« (Perls 1969b, 4, in Dublin 1977, kursiv durch Dublin)

Dublin weist auf geschickte Weise nach, daß, wenn Perls das Wort »es« durch »ich« ersetzt hätte, wozu er andere häufig ermahnt hatte, die Konsequenzen für Perls gravierend gewesen wären, weil die letzten Zeilen des »Gebetes« dann lauten würden: »Und wenn wir uns zufällig finden, bin ich wunderbar / Wenn nicht, kann ich auch nichts machen.« Dublin zitiert Tubbs radikale Revision des Perlsschen »Gebets« als Erinnerung an die soziale Interdependenz, die tatsächlich ein Teil aller Gestaltstile ist, außer den sehr extremen Stilen des »späten Perls«:

»Ich mache meine Sache, und Du machst Deine,
Wir stehen in der Gefahr, uns zu verlieren
und auch uns selbst.
Ich bin nicht auf dieser Welt, um nach Deinen Erwartungen zu leben;
Aber ich bin in dieser Welt, um Dich zu bestätigen
Als einzigartiges menschliches Wesen,
Und von Dir bestätigt zu werden.
Wir sind nur ganz wir selbst in Beziehung zueinander;
Das Ich, das von einem Du abgelöst ist,
Zerfällt.
Ich finde Dich nicht durch Zufall;
Ich finde Dich durch ein aktives Leben,
In dem ich mich strecke,
Statt die Dinge passiv geschehen zu lassen,
kann ich absichtsvoll dafür sorgen, daß sie geschehen.
Zwar kann ich bei mir selbst anfangen;
Aber ich darf nicht bei mir selbst aufhören:
Die Wahrheit beginnt zu zweit.« (Tubbs 1972, in Dublin 1977, 142)

Perls' Absicht in seinem »Gebet« war es, Inauthentizität auf prägnante Weise zu konfrontieren. Er sagte es ursprünglich zu einer Zeit, als viele Angehörige der helfenden Berufe zum Training zu ihm nach Esalen kamen. Er glaubte, daß einige von ihnen sich in dem Gedanken täuschten, daß sie alles taten, um für ihre Patienten »hilfreich« zu sein. Er wollte ihre Selbstzufriedenheit konfrontieren und sie dazu bringen, ihre Motivationen genauer anzuschauen und sich auf ihr eigenes Wachstum zu konzentrieren, statt auf »unechten« Altruismus (Miller 1989). Wieder einmal schockierte er mit einem griffigen, leicht zu verbreitenden Schlagwort, das die Aufmerksamkeit auf sich zog, das aber zu stark vereinfachte und nur ein Extrem eines Kontinuums darstellte. Sein »Gebet« repräsentierte schließlich die sorglose Polarität Perlsscher Theorie, die dem Individualismus und der Verantwortung für sich selbst eine höhere Priorität einräumt als der Verantwortung für das Selbst-und-die-anderen-in-Gemeinschaft (Clarkson 1991c).

Viele Gestalttheoretiker und Praktiker waren schockiert von der fast zwanghaften Autonomie und dem Isolationismus, der in Perls' Gebet und oft auch in anderen Teilen seiner späteren Arbeit zum

Ausdruck kam. Wheeler (1991) beispielsweise kritisierte Perls, weil er alles Interpersonale durch Vergleiche mit irgend etwas Autonomem in seinen posthum veröffentlichten Büchern entwertete.

Laura Perls empfand anscheinend »das Gebet« als die Antithese zur Gestalttherapie, wie sie als Mitbegründerin sie auffaßte:

> »Er [Fritz] hatte dieses Ideal, unabhängig und eigenständig zu sein. Aber es ist adoleszent, wenn man wie er in dem Gestalt-Gebet sagt: 'Ich mache meine Sache', oder: 'Ich bin ein eigenständiger Mensch', weil der Adoleszente nach Hause kommt, seine dreckigen Kleider fallen läßt, sich frische anzieht und ausgeht und es für selbstverständlich hält, daß die Mutter für alles sorgt. Wenn man über totale Verantwortlichkeit für sein eigenes Leben spricht, ist man arrogant: Unser Leben steht immer in wechselseitiger Abhängigkeit vom Leben anderer Menschen, und wenn man das ignoriert, bedeutet das, daß man Kontakt ignoriert. Ich glaube, Fritz ignorierte das in großem Ausmaß.« (in Gaines 1979, 12)

> »Während Fritz die 'Konfrontations'-Seite des Kontakts an einer Grenze betonte, akzentuierte Laura die Unterstützungs-Seite. Beispielsweise ermutigte sie mich nicht, mit irgendetwas herauszukommen, wenn ich keine angemessene Unterstützung hatte.« (Serlin 1992)

Perls' Betonung der Autonomie statt der Interdependenz als Zeichen der Reife stand nicht nur in direktem Gegensatz zu den Überzeugungen der Mitbegründer und der anderen wichtigen Gestalttheoretiker der fünfziger und sechziger Jahre, sie stand auch im Widerspruch zu seinen eigenen Ansichten. Perls, Hefferline und Goodman (1951/1973) beispielsweise anerkennen die intrinsische soziale Verbundenheit reifer und gesunder menschlicher Natur an vielen Stellen:

> »Die grundlegende soziale Natur des Organismus und der sich entwickelnden Persönlichkeit - Pflege und Abhängigkeit, Kommunikation, Imitation und Lernen, Wahl der Liebespartner und Freundschaft, leidenschaftliche Sympathie und Antipathie, gegenseitige Hilfe und bestimmte Rivalitäten - all dies ist äußerst konservativ, es kann unterdrückt, aber nicht ausgelöscht werden.

Und es ist sinnlos zu glauben, der Organismus besäße Triebe, die in diesem Sinn 'antisozial' sind, also im Gegensatz zu seiner sozialen Natur stünden, denn das wäre ein bleibender innerer Konflikt; und er würde sich nicht lange halten. Dagegen gibt es jedoch Schwierigkeiten der individuellen Entwicklung des Aufwachsens und des Erkennens seiner gesamten Natur.« (Perls, Hefferline und Goodman 1951/1973, 386)

Zu unterschiedlichen Zeiten während der fünfundzwanzig Jahre, in denen Perls sich äußerte und schrieb, betonte er sowohl extremen Individualismus als auch das Bedürfnis nach Interdependenz. Während dieser fünfundzwanzig Jahre widersprach er sich häufig in dieser wie auch in anderer Hinsicht. Manchmal betonte er die eine Polarität und manchmal die andere. Das Wesen der Gestaltsicht von Polaritäten besteht darin, daß sie koexistieren, sich wechselseitig definieren und bestimmen und beide Aspekte des Ganzen darstellen:

> »Das Ganze ist daher in jedem Teil seiner selbst repräsentiert. Es liegt in der Natur der Holons oder Ganzheiten, daß wir unterschiedliche Facetten zu unterschiedlichen Zeiten unterschiedlich erleben. Dies setzt die intrinsische Ganzheit des Phänomens nicht außer Kraft. Aber es schließt auch die Existenz von Gegensätzen nicht aus. Was immer vollständig gesagt wird, das Gegenteil kann auch wahr werden ... Dies liegt in der Natur des Konzepts der Polaritäten, die sich auf dem Gipfelpunkt in das jeweilige Gegenteil verwandeln. Sowohl Jung [1968] als auch Perls beziehen sich darauf unter dem Begriff 'Enantiodromia'. In der Chaos-Theorie ist dieses Phänomen als 'Übersprungs'-Effekt bekannt, und in der Gestalttherapie ist es uns durch die paradoxe Theorie der Veränderung vertraut.« (Clarkson 1991c, 28)

War Perls ein Therapeut, der nicht unterstützte?

Die Konsequenzen von Perls' Definition der Reife (als Überwinden der Umweltunterstützung und Erreichen der Autonomie oder Selbstunterstützung) für seine therapeutische Praxis während der sechziger Jahre waren weitreichend. Dublin (1977) behauptet, daß der »Perlssche« Stil eines Therapeuten, der diese Definition der Reife übernimmt, »fast völlig und durchgängig nicht unterstützend« ist (143). Im dritten Kapitel haben wir Perls' Glauben erläutert und begründet, daß *eine* wichtige Rolle des Therapeuten darin besteht, die Versuche des Klienten zu frustrieren, wenn er den Therapeuten zu seiner Fremdunterstützung bewegen will. Dublin leugnet nicht, daß die Rolle des Therapeuten manchmal darin besteht zu frustrieren, aber er meint, daß Perls nicht nur jemand war, der frustrierte, sondern der dies auf radikale Weise tat und die Kunst der Frustration ins Extrem trieb, indem er sich weigerte, Fragen zu beantworten oder dem Klienten in irgendeiner Weise zu »helfen«.

Dies ist wirklich übertrieben, denn Perls betonte immer, daß der Therapeut mit Unterstützung *ebenso* arbeiten muß, wie mit Frustration (s. S. 119f. und 147f.). Die Transkripte der Perlsschen Arbeit lassen viele Beispiele erkennen, in denen er sich absichtlich herausfordernd verhält. Manchmal schien sein absichtliches Unterlassen von Unterstützung dem Klienten zu helfen, Zugang zu seiner eigenen kreativen Vitalität zu finden. Zu anderen Zeiten wurde der wenig unterstützende Stil von Perls so extrem, daß er sich über den Klienten auf eine Weise lustig zu machen schien, die heute beleidigend erscheint. Aber die Transkripte zeigen auch viele Beispiele, in denen Perls mit großer Geduld arbeitet (wie zum Beispiel in der Arbeit mit May und der Wand, die im dritten Kapitel wiedergegeben wird - Perls 1969b) oder mit sanfter Unterstützung (wie zum Beispiel in der Arbeit mit Jean, die ebenfalls im dritten Kapitel wiedergegeben wird - Perls 1969b). Teilnehmer seiner Workshops haben dargestellt, wie aufmerksam und zartfühlend er mitunter sein konnte (s. S. 190) und wie seine Frustration und Konfrontation manchmal in ihrer existentiellen Forderung nach Selbstverstehen und der Suche nach Sinn tiefgreifend und stützend waren. Polster (1992) meinte, daß vieles von der Arbeit, die für die Filme und Bücher ausgesucht wurde, die farbigen, dramatischen Konfrontationen in den Vordergrund stellt, und er behauptet, daß es selbst in den sechziger Jahren viele Interaktionen zwischen Perls und Klienten gab, in denen sich der Klient unterstützt und im Einklang mit Fritz fühlte.

Yaloms Ansichten über Perls

Yalom (Professor für Psychiatrie an der *Stanford University of Medicine*) ist Autor dreier grundlegender Werke: *Existential Psychotherapy* (1980; dt.: *Existentielle Psychotherapie*, 1989), *Theory and*

Practice of Group Psychotherapy (1985; dt.: *Theorie und Praxis der Gruppenpsychotherapie*, 2. Aufl. 1992) und *Love's Executioner and Other Tales of Psychotherapy* (1989; dt.: *Die Liebe und ihr Henker*, 1999); er ist auch Mitautor einer gründlichen und umfassenden Forschungsarbeit über unterschiedliche Ansätze der Gruppenpsychotherapie (Lieberman, Yalom und Miles 1973).

Yaloms Beschreibungen von Perls' Beitrag zur existentiellen Therapie (1980) und zur Gruppentherapie (1985) waren im allgemeinen wohlwollend und zeigten ein wirkliches Verständnis des Wesens der Gestalttherapie und der Tiefe und Komplexität ihrer Theorie. Er stellte die Tatsache heraus, daß Gestalttheorie und -praxis oft schwerwiegenden Mißverständnissen unterliegen und stellte die Kernfrage: »Wie kommt es, daß so viele das Wesen des Gestaltansatzes mißverstanden haben?« Seine Antwort darauf: »Der Eckpfeiler für den Irrtum wurde unwissentlich von dem Gründer der Gestalttherapie, Fritz Perls, gelegt; dieser verfügte über eine kreative und technische Virtuosität, die sich mit seiner Neigung zur Selbstdarstellung solcherart verband, daß viele irrtümlicherweise das Mittel für die Botschaft hielten« (Yalom 1985, 447).

Yaloms und Perls' Haltung gegenüber Unterstützung und Verantwortung

Yalom (1980) vergleicht Perls' Einstellung zur Konfrontation des Klienten mit seiner eigenen Einstellung zur Verantworung für sich selbst, und er betrachtet Perls' Beiträge zu dieser Debatte als durchaus positiv, wobei er ein viel größeres Verständnis von Perls' existentieller Perspektive als die meisten anderen Kommentatoren zeigt:

> »Unter den Befürwortern eines aktiven Therapiestils im Zugang zur Verantwortung war niemand nachdrücklicher oder erfinderischer als Fritz Perls. Perls' Zugang gründet auf dem Konzept, daß die Vermeidung von Verantwortung erkannt und beendet werden muß.« (246)
>
> »Diese Umgehensweise mit Symptomen - indem man den Patienten auffordert, ein Symptom hervorzubringen oder zu verstärken - ist oft eine effektive Weise, die Bewußtheit der eigenen Verantwortung zu fördern ... Obwohl sie dies nicht in ein Konzept der Verantwortungsübernahme brachten, bedienten sich mehrere andere Therapeuten zu gleichen Zeit der gleichen

> Technik. Victor Frankl beispielsweise ... Don Jackson, Jay Haley, Milton Erickson und Paul Watzlawick schrieben alle über den gleichen Ansatz, den sie 'Symptomverschreibung' nennen.« (247f.)

Nachdem Yalom aber noch weiter Perls' Einsichten über Verantwortung gelobt hat, kritisiert er Perls' Art und Weise, in der dieser, wie er selbst sagte, typischerweise seine Workshops in den sechziger Jahren begann:

> »Ob ihr also verrückt werden, Selbtmord begehen, euch bessern, auf einen Trip gehen oder eine Erfahrung machen wollt, die euer Leben verändert, das liegt ganz bei euch. Ich mache meine Sache, und ihr macht eure Sache. Jeder, der die Verantwortung dafür nicht übernehmen möchte, sollte das Seminar nicht besuchen. Ihr seid hier aus freien Stücken hergekommen. Ich weiß nicht, wie erwachsen ihr seid, aber das Wesentliche an einer erwachsenen Person besteht darin, daß sie in der Lage ist, für sich selbst Verantwortung zu übernehmen - für ihre Gedanken, Gefühle und so weiter.« (Perls in Yalom 1980, 250).

Betrachtet man diese Passage, so nimmt Yalom einen Standpunkt ein, der dem von Dublin ähnelt, indem er behauptet, daß dies eine sehr problematische Ansicht über die persönliche Verantwortung von Klienten sei und schlägt vor, sie zu modifizieren.

Unseres Erachtens haben Yalom und Dublin völlig recht, wenn sie Perls dafür kritisieren, daß er es ablehnt, irgendeine besondere Verantwortung für seine Klienten in den zitierten Beispielen zu übernehmen, und wir sind der Ansicht, daß der Therapeut tatsächlich besondere Formen professioneller Verantwortung hat. Ohne von dem Potential der Person in der Verantwortungsübernahme für ihr eigenes Leben abzulenken, ist es notwendig anzuerkennen, daß realiter viele Klienten die Therapie in einer gestörten oder verzweifelten Situation beginnen und *zu dieser Zeit* nicht in der Lage oder gewillt sind, so viel Verantwortung zu übernehmen wie der Therapeut. Beispielsweise haben viele Gestaltkliniker vom Beginn der Geschichte der Gestalt an bis zur Gegenwart die besonderen Verantwortlichkeiten des Therapeuten in der therapeutischen Beziehung beschrieben (Laura Perls 1992; Yontef 1980; Hycner 1985; Jacobs 1989; Clarkson 1989,

1991b; usw.). Ein weiteres Beispiel spezieller professioneller Verantwortung besteht darin, daß einige Therapeuten aller Richtungen einschließlich der Gestalttherapie hochgradig belastete oder suizidale Klienten bitten, mit ihnen einen Vertrag zu vereinbaren (Shearman 1993), indem sie versichern, daß sie sich oder anderen während eines bestimmten Zeitraums nichts antun oder verrückt werden. Solch ein Ansatz kann das Risiko für den Klienten beträchtlich verringern. Außerdem nehmen anerkannte Anbieter von Gestalttrainings nicht mehr die unverantwortliche Haltung gegenüber ihren Trainees ein, die der von Perls ähnelt. Es ist eine unverzichtbare Voraussetzung jedes grundlegenden Gestalttrainings, daß die Trainees selbst mindestens während der Dauer ihres Trainingskurses in persönlicher Therapie sind, so daß sie einen sicheren Platz haben, um Aspekte zu erforschen, die als Folge ihrer Erfahrungen in ihrer Trainingsgruppe aufkommen, und damit sichergestellt wird, daß sie die Selbsterfahrung betrieben haben, die notwendig ist, wenn sie sichere und verantwortliche Therapeuten werden wollen.

Perls und die Reduktion der Gestalttherapie auf Gestalttechniken

Gestalttherapie wird häufig irrtümlicherweise für eine Reihe von Techniken oder strukturierten Übungen wie Rollenspiel, Zwei-Stuhl-Arbeit oder Bewußtheitsübungen gehalten. Diese reduktionistische Einstellung gegenüber Gestalttherapie wird deutlich in Kommentaren wie: »Ich wendete Gestalt auf meine Träume an« oder: »Ich verwende ein bißchen Gestalt in meiner Praxis.« Sogar Yalom (der, wie wir schon sagten, ein wirkliches Verständnis des Wesens von Gestaltarbeit zeigte) reduziert den Gestalt-Ansatz gelegentlich auf eine Reihe von Techniken, wenn er beispielsweise davon spricht, daß er Patienten in ein Wochenende mit »wirkungsvollen Gestalttechniken, die die Affekte aktivieren«, schickt (1980, 307), als ob dies ein Weg sein könnte, um die Wirksamkeit von Gestalttherapie zu erkunden.

Gestalttherapie ist jedoch alles andere als Techniken oder schnelle, griffige Tricks: Sie ist ein Arbeitsprozeß mit phänomenologischer Bewußtheit, Experimentieren, Kreieren und Im-Dialog-Sein. Nach Resnick wäre ein wirklicher Gestaltexperte kaum davon berührt, wenn jedwede Technik, die irgendein Gestalttherapeut jemals zuvor verwendet hat, niemals wieder verwendet würde. »Gestalttherapie hat im Kern holistische, phänomenologische, existentielle, humanistische und dialogische Elemente, deren Matrix entzündet wird und wächst; sie ist lediglich vom Hintergrund des Therapeuten, dessen kreativem Reichtum, begrenzt« (Resnick 1984, 19).

Wie, wenn überhaupt, hat Perls zu diesem Mißverständnis beigetragen? Er selbst behauptete, daß er keine Techniken als solche benutzte (eine weiterführende Diskussion dieser Kontroverse: s. S. 132f.). In seinen besten Arbeiten erfand er neue Experimente, um die Schwierigkeiten oder Unterbrechungen der Bewußtheit, die im Dialog zwischen jedem einzelnen Klienten und ihm entstanden, zu erforschen. »Obwohl er manchmal ähnliche oder fast gleiche Experimente wiederholte, waren sie doch jedesmal von einer ganz besonderen Qualität, die nicht vollständig vom Transkript wiedergegeben wird. Er suchte immer nach Neuem und Lebendigem« (Polster 1992). Er entdeckte neue Herausforderungen und fand neue Möglichkeiten, um die Menschen auf jeweils neu geprägte Weise zu dehnen und zu entwickeln. Einiges von der spontanen Eleganz und Originalität, mit der Perls oft auf kreative Weise Begegnungen von Augenblick zu Augenblick transformierte, wurde im dritten Kapitel veranschaulicht.[6] Perls' beste Arbeiten können gerade der forcierten Anwendung sogenannter »Gestalttechniken« entgegengesetzt werden; letztere bestehen beispielsweise aus routinemäßiger oder einfallsloser Verwendung der Zwei-Stühle-Technik, wo es gar keine unvollständige Gestalt gibt, die diese Art von Vervollständigung erforderte.

Die Experimente, die Perls aus dem Moment heraus schuf, waren hingegen effektiv und oft dramatisch. Viele Menschen kopierten entweder Perls' simplere und stereotypere Vorgehensweise oder sie machten das, was Perls zu tun schien, ohne daß sie dabei die Gestalttheorien der phänomenologischen Bewußtheit, des Dialogs oder des Experiments verstanden. Perls' wiederholendes Arbeiten und die *Imitationen* seines Stils *waren* oft Techniken und Tricks, und auf diese Weise wurde Gestalt oft mit bloßen strukturierten Übungen gleichgesetzt.

In einer späteren Veröffentlichung zeigt Yalom (1985), daß er sehr wohl den verbreiteten Irrtum verstand, der Perls' Beiträge auf eine Serie virtuoser Übungen reduziert. Er stellt fest, daß Gestalttherapie als hauptsächliche Quelle strukturierter Übungen »von einigen als eine rasche, vorgefertigte, trickorientierte Therapie [verstanden wurde], während sie in Wirklichkeit einen therapeutischen Zugang anbietet, der auf den tiefsten und schwerverdaulichsten Wahrheiten beruht« (447). Yalom betont, daß Perls auf dem Grunde seiner Sitzungen mit

Klienten (Perls 1969b; 1976) als auch im tiefsten Grunde seiner theoretischen Essays im wesentlichen »mit Problemen der Existenz, der Selbstbewußtheit, der Verantwortlichkeit, der Unvorhersehbarkeit, der Ganzheit - innerhalb einer Person und innerhalb des sozialen und physikalischen Universums einer Person - beschäftigt war« (447). Ein wahrer Gestalttherapeut beruft sich nicht auf die Techniken von Perls oder von irgendeinem anderen Therapeuten, sondern schreckt vor Technik oder Tricks, denen das Verständnis fehlt, zurück (Clarkson 1989).

Widersprüche zwischen Perls' Ideen und seiner Praxis

Häufig wird behauptet, daß Perls in bestimmten spezifischen Hinsichten eine Botschaft predigte aber eine andere praktizierte, oft ohne dies zu erkennen. Yalom (1980) hat die Aufmerksamkeit auf ein wichtiges Beispiel dieser Diskrepanz gerichtet: Perls sagte seinen Klienten, sie sollten Verantwortung für sich selbst übernehmen, und doch widersprach sein persönlicher Stil seinen Worten. Yalom behauptet, daß die gelebte Erfahrung, die der Klient machte, darin bestand, daß ein außerordentlich mächtiger, charismatischer, direktiver, weiser alter Mann ihm den verbalen Ratschlag gab: »Übernimm Verantwortung«, während er ihm gleichzeitig die nonverbale Mitteilung zukommen ließ: »Und ich werde Dir genau sagen wie, wann und warum Du es tust.« Der Klient erhielt daher zwei widersprüchliche Botschaften zur gleichen Zeit - eine explizite und eine implizite. Die Transkripte von Perls' Arbeit sind voller Beispiele, bei denen sein aktiver und autoritärer oder direktiver Stil dem Klienten wenig Wahl und wenig Raum läßt, persönliche Verantwortung in der gegenwärtigen Interaktion zu übernehmen, wie dies im folgenden Beispiel veranschaulicht wird, bei dem Perls mit Elaine an einem Traum gearbeitet hat, in dem sie sich vor einem Priester fürchtet, weil sie keine Kontrolle der Situation hat:

> F: Okay, setz das Durcheinander in diesen Stuhl da. Sprich zu Deinem Durcheinander ...
> E: Ich habe keine - Mein Durch- ... Du hast keine, keine Möglichkeit - Ich habe keine, keine Möglichkeit - ich habe keine Möglichkeit, mit Dir *umzugehen.*
> F: Jah. Sei jetzt das Durcheinander, das Dich kontrolliert. »Elaine, ich bin Dein Durcheinander. Ich kontrolliere Dich.«

E: Ich will Dich auf Trab halten. / F: Sag das nochmal. /
E: Ich will Dich auf Trab halten. / F: Nochmal. /
E: Ach, auf Trab. / F: Nochmal. /
E: Ich will Dich auf Trab halten. / F: Sag dies zu den Zuschauern. /
E: Ich werde Euch auf Trab halten. / F: Sag dies zu ein paar wenigen Leuten hier. /
E: Ich werde Euch auf Trab halten. Ich werde Euch auf Trab halten. Ich werde Euch auf Trab halten.
F: Aber wie machst Du das? Wie hältst Du Menschen auf Trab? ...
E: Indem ich sie an dem teilhaben lasse - an dem, was ich sage. / F: Umhum. / Aber ich habe die Kontrolle.
F: Umhum. Nun sprich wieder zur Gruppe und halte eine Rede von ungefähr einer Minute. »Ich bin kontrollbesessen. Ich muß die Welt kontrollieren, ich muß mich selbst kontrollieren -.«
E: Ich bin kontrollbesessen. Ich muß die Menschen kontrollieren. Ich muß mich selbst kontrollieren. Ich muß die Welt kontrollieren. Wenn ich die Welt kontrolliere, dann kann ich mit ihr umgehen. Aber wenn ich die Kontrolle habe, habe ich keine Mittel, um mit ihr umzugehen. Daher bin ich dann verloren, ich bin dann ... (Perls 1969b, 145)
[Mit einer wichtigen Ausnahme ist jede der zahlreichen Interventionen von Perls in dieser Passage eine Anweisung. Er sagte Elaine nicht nur immer wieder, was sie zu tun hat wie zum Beispiel »Sprich zu Deinem Durcheinander« oder »Sprich zur Gruppe«, sondern er formuliert sogar die Sätze für sie!]

Aufgrund dieser und vieler ähnlicher Belege stimmen wir Yalom darin zu, daß Perls das Paradoxon zwischen seinem eigenen aktiven, direktiven Stil und seinem Glauben, daß der Therapeut die Last der Verantwortung des Klienten nicht akzeptieren darf, nicht löste (und wahrscheinlich nicht einmal erkannte). In diesem Transkript arbeitet Perls mit Elaine daran, daß sie sich ihre eigene Kraft und Kontrolle, die sie auf den Priester in dem Traum projiziert hat, wieder aneignet. Aber aus dem zweifellos großen Vorteil der Distanz und des zeitlichen Abstands fragen wir uns, ob nicht auch Perls vielleicht *sein eigenes* unerkanntes Bedürfnis zu kontrollieren auf Elaine projizierte.

Zur Verteidigung von Perls kann diese Arbeit zu einem Beispiel umgedeutet werden, wie man eine Polarität übertreibt, um vollständiger in Kontakt mit dem, was *ist*, zu gelangen und auf diese Weise, nach der paradoxen Theorie der Veränderung (s. S. 124f.), Veränderung zu ermöglichen. Tatsächlich hört die Interaktion mit Elaine damit auf, daß sie den gegenteiligen Pol - ihre Verlorenheit - auf eine Weise erforscht, die für sie einzigartig ist und die Fritz Perls nicht zu kontrollieren versucht. In diesem Punkt erscheint er wirklich höchst respektvoll gegenüber ihrem eigenen persönlichen Raum zu sein:

> F: Was geschieht, wenn Du verloren bist?
> E: (entspannt) Oh, ich bewege mich langsam, bin mit mir selbst in Frieden.
> F: Jaa. / Umherwirbelnd ... sanft ... ohne Spannung.
> F: Fühlt es sich gut an? ...
> E: Im Gegensatz dazu: Ja.
> F: Jaa ... Was geschieht also, wenn Du verloren bist? Wenn Du nicht die Kontrolle hast? ...
> E: Es ist ... Ich kann - Ich kann es beschreiben - es ist die Bewegung des Meeres, wenn die Gezeiten langsam hereinrollen und - nur - ich bin ein Teil der Bewegung und des Herumwirbelns, es ist nicht heftig. Und ich bewege mich langsam im Kreis. Ich drehe mich, mein Körper bewegt sich langsam, so wie sich das Meer bewegt - so fühle ich mich. (Perls 1969b, 145)

Schlußbemerkung

In diesem Kapitel haben wir die Hauptkritikpunkte betrachtet, die gegen Perls und seine Arbeit erhoben wurden. Wir haben herausgefunden, daß einige dieser Kritiken sehr wohl gerechtfertigt sind, wie zum Beispiel die Anschuldigung, daß Perls sich unethisch verhielt, indem der mit Klientinnen sexuellen Kontakt hatte, oder der Vorwurf, daß Perls großartige Ansprüche für die Gestalttherapie und für sich selbst erhob. Einige der Kritiken - wie zum Beispiel, daß Perls Schmerz verursachte, daß er manchmal die verbalen Ausdrucksmöglichkeiten herunterspielte und daß er Techniken und Tricks verwandte - hielten wir teilweise für gerechtfertigt. Andere Kritiken an Perls sind, wie wir zeigten, einseitig und repräsentieren Perls nicht als Ganzheit, wenn sie aus dem Kontext herausgelöst werden. Wir haben versucht, die Kritiken, die in diese Kategorie fallen, in einen Zusammenhang zu stellen - zum Beispiel von Perls' anti-intellektueller Haltung, von seiner Ansicht von Reife und seiner Einstellung gegenüber Unterstützung und Verantwortung. Einige der Kritiken schließlich erscheinen uns völlig ungerechtfertigt und beruhen auf Tratsch, Vorurteilen oder einem sehr unvollständigem Verständnis von Perls. Ungerechtfertigte Kritik an Perls schließt die Behauptung ein, Perls habe die Vergangenheit abgewertet und keine Theorie der Übertragung besessen.

Zudem zeigt das vierte Kapitel, daß Perls nicht die Gestalttherapie ist. Das nun folgende Kapitel erörtert, inwieweit Perls und Gestalttherapie Synonyme sind oder nicht, indem Perls' umfassender Einfluß auf die nachfolgende Entwicklung der Gestaltpsychotherapie und auf das gesamte Feld der Beratung und der Psychotherapie dargestellt wird.

Anmerkungen

1. Dieser verbreitete Irrtum wird im dritten Abschnitt dieses Kapitels genauer dargelegt (s. S. 192).
2. Der Stil der Gestalttherapie, den Kovel beschreibt, ist derjenige, der in diesen Transkripten repräsentiert wird, und drei von vier seiner Referenzen beziehen sich auf dieses Buch.
3. Schutz, der Autor von Joy (1967), einer der Begründer der Encounter-Bewegung, lebte und arbeitete zur gleichen Zeit wie Perls in Esalen; es gab viele Zeugen der Rivalität zwischen Schutz und Perls zu jener Zeit.
4. Masson und Simkin verwenden das Wort »Guru« in einer recht negativen, auf den westlichen Sinn begrenzten Weise. Ursprünglich war es nicht als Beleidigung gemeint, sondern bedeutete einen geehrten, spirituellen Führer (Albery 1992).
5. Yontef schrieb (1982): »Perls' Stil war oft ungelehrt und unüberlegt. Sein Kenntnisse der Gestaltpsychologie waren begrenzt. Seine populären, klischeehaften Aussagen haben Beachtung gefunden und wurden von vielen für Gestalttherapie gehalten. Dieser Stil steht im Gegensatz zu jeder guten Tradition, einschließlich des sorgsamen wissenschaftlichen Ansatzes der klassischen Gestaltexperten. Darüber hinaus erscheinen manche dieser Aussagen nicht nur in Diskrepanz zur Gestaltpsychologie zu stehen, sondern sind, wenn man sie ohne sorgfältige Definition und ohne eine angemessene, umfassende gestalttherapeutische Perspektive verwendet, auch in sich widersprüchlich.«

6. Yontef (1992c) wies darauf hin, daß Perls selbst manchmal seine eigenen kreativen Erfindungen wiederholt verwendete, so daß sie zu recht trickreichen Techniken wurden, trotz seines eigenen Anspruchs, der im Gegensatz dazu stand und trotz seiner leidenschaftlichen Überzeugung, daß ein Gestalttherapeut in jedem sich entfaltenden Augenblick auf neue Weise reagieren kann.

5. DER GESAMTEINFLUSS VON FRITZ PERLS

Einführung

In diesem Kapitel wird der Einfluß von Fritz Perls auf die Theorie und Praxis der Gestalttherapie sowie auf das gesamte Feld der Psychotherapie und der Beratung erörtert. Im ersten Teil des Kapitels wird der Einfluß Perls' auf die Theorie und Praxis der Gestalttherapie eingeschätzt. Dabei wird seine Rolle als Mitbegründer und Verbreiter der Gestalttherapie im allgemeinen beschrieben; dann wird sein praktischer Einfluß auf das Ansehen und die Praxis wie auf die Theorie der Gestalttherapie untersucht; in beiden Fällen gehen wir davon aus, daß sein persönlicher Einfluß die Entwicklung der Gestalttherapie sowohl unterstützte als auch behinderte. Der zweite Teil des Kapitels ist ein Abriß der Entwicklung der Gestalttherapie seit dem Tod von Perls im Jahr 1970. Dabei beschreiben wir einige der vielen neuen, theoretischen und praktischen Beiträge, die sich in der Gestalttherapie entwickelt haben, und erörtern, ob Fritz Perls einen Einfluß auf diese späteren Entwicklungen hatte oder nicht. Im dritten Teil des Kapitels werfen wir einen Blick darauf, wie einige Ideen von Perls seit seinem Tod von Theoretikern vieler Schulen in das weite Feld psychotherapeutischer und beraterischer Theorie übernommen oder »neu erfunden« wurden. Schließlich gehen wir einigen Fragen nach, die sich bei unserem Versuch stellten, das Wesen von Perls' Werk in diesem Buch zusammenzufassen oder einzufangen.

Mitbegründer und Verbreiter der Gestalttherapie

Fritz Perls wird meist immer noch als Gründer oder Haupbegründer der Gestalttherapie angesehen (zum Beispiel Nelson-Jones 1982; Corey 1991). Im ersten Kapitel haben wir nachgewiesen, daß er nicht der alleinige Begründer der Gestalttherapie, sondern einer der drei Mitbegründer - Fritz Perls, Laura Perls, Paul Goodman - war, die jeder für sich ihre frühen Ideen in Diskussionen mit anderen wichtigen Beiträgern entwickelten. Über den genauen Anteil der Rolle von Fritz - im Gegensatz zu der von Laura oder Paul Goodman - wird immer noch debattiert. Aber wie auch immer - fälschlich oder berechtigterweise war und ist er unter den drei Mitbegründern der bekannteste jenseits der Grenzen der gestalttherapeutischen Disziplin.

Perls war außerordentlich energisch in seinen Bemühungen, Gestalt als eine unabhängige psychotherapeutische Schule sowohl zu begründen als auch in den Vereinigten Staaten und Kanada zu verbreiten. Innerhalb weniger Jahre nach seiner Ankunft in New York entwickelte er einen Lebensstil, demzufolge er ständig unterwegs war und die ganzen Vereinigten Staaten bereiste, um seine Ideen bekannt zu machen. Im Jahr 1950 beispielsweise verbrachte er einen Teil des Jahres in Los Angeles, wo er und Isadore From versuchten, seinen »Hier-und-Jetzt«-Ansatz der Therapie zu verbreiten, und wo er einige Klienten in individueller Therapie hatte. In den frühen fünfziger Jahren unternahmen er, Isadore From und Laura Perls regelmäßige Besuche in Cleveland, wo er zum Training des jungen Erving Polster und anderen beitrug, die dann rasch zu Gründungsmitgliedern des *Cleveland Gestalt Institute wurden.*

Sein bewegter Lebensstil dauerte an. Von New York ging er nach Florida; von Florida ging er nach Ohio und wieder zurück nach Florida. Er verließ Florida wieder, als er zum Berater am *Mendocino State Hospital* berufen wurde - eine hervorragende Möglichkeit, Gestalttherapie bei Professionellen im staatlichen System von Psychiatrie und Psychologie einzuführen. Dann waren es San Francisco und Los Angeles, von wo aus er wöchentliche Reisen entlang der großen Routen unternahm und Trainings beziehungsweise Therapiegruppen in verschiedenen Krankenhäusern und Zentren *en route* leitete. Als er sich schließlich in Esalen niederließ, blieb er dort fünf Jahre lang, aber er veranstaltete weiterhin in den ganzen Vereinigten Staaten und Kanada Gespräche und Demonstrationen, und er zog auch nach Esalen Besucher aus der ganzen Welt an.

Der Gestalt-Ansatz, den Perls mitbegründete, und den er mit solcher Energie verbreitete, ist heute fest etabliert und blüht. Trainingszentren existieren an vielen Orten über die in den Vereinigten Staaten hinaus, etwa in Israel, Südamerika, Kanada, in allen Ländern Europas und in Japan. In vielen dieser Länder wurde der Gestalt-Ansatz auch auf breiterer Basis in die Psychotherapie- und Beratungsdienste integriert, beispielsweise in medizinische und psychiatrische Einrichtungen, in Bildungsinstitutionen, in den Bereich der Sozialarbeit und in private Praxen. Der Gestalt-Ansatz wird auch in der Organisationsentwicklung und -beratung sowohl in den USA als auch in Europa angewandt und gerade in den letzten Jahren sehr lebendig weiterentwickelt (siehe z.B. Nevis 1987; Clark und Fraser 1987; Fatzer 1987; Fatzer 1990; Clarkson und Shaw 1992; Fatzer 1993; Herman 1994).

Perls' persönlicher Einfluß auf die Praxis der Gestalttherapie

Perls ist also Mitbegründer einer psychotherapeutischen Schule, die in der westlichen industrialisierten Welt heimisch geworden ist. Sein Einfluß auf die Verbreitung der Gestalttherapie und andere Therapien ist jedoch umfassender, als dieser Satz ahnen läßt. Perls unterstützte und behinderte gleichzeitig die Verbreitung von Gestalt als eigenständige und respektierte Therapie-Schule. Er machte Gestalttherapie für ein breites Publikum zugänglich, indem er unzählige Workshop-Demonstrationen durchführte, Aufzeichnungen, Videos und Filme von seiner Arbeit machen ließ und Publizität durch Interviews, Fernsehauftritte und journalistische Berichterstattung suchte - so daß Gestalttherapie, wie Perls sie in Esalen praktizierte, sowohl vielen Laien als auch Professionellen bekannt wurde. Perls machte auch die Theorie, die seiner Therapie zugrunde lag, für einen durchschnittlich intelligenten Leser verständlich, indem er immer wieder versuchte, seine Botschaft zu vereinfachen (Perls 1969b; 1976; Baumgardner und Perls 1975). Darüber hinaus hatte Perls eine Gabe, kluge und witzige Bonmots und Schlagworte zu erfinden, die bei den Leuten ankamen und die Verbreitung einer populären Form von Gestalttherapie förderten.

All diese Beiträge zur Verbreitung der Perlsschen Gestalttherapie der sechziger Jahre hatten jedoch auch Nachteile, weil sie dazu führten, einen ernsthaften, reichhaltigen und komplexen Ansatz zu popularisieren und zu vereinfachen. Viele Menschen, die die früheren, substantiellen theoretischen Arbeiten von Perls und seinen Kollegen nicht kannten und die Perls' intuitive Begabung und Reichweite nicht verstanden oder erlebten, sahen in Gestalt einen cleveren, reibungsvollen und spektakulären Ansatz, der Katharsis und Konfrontation überbetonte. Im vierten Kapitel haben wir erörtert, daß diese Form nicht *die* Gestalttherapie, sondern nur *ein* Stil von Gestalttherapie war, der Perls' »Techniken« ohne seine Flexibilität und Kreativität imitierte. In Anlehnung an Dublin (1977) nannten wir diesen Gestaltstil »Perlsismus« oder Perlssche Gestalttherapie. Die Art, wie wir Gestalttherapie in den neunziger Jahren lehren und verwenden, ist ein integratives, theoretisches und methodologisches System, das Physiologie, Emotionalität, Verhalten, intellektuelle Stoffe, gesellschaftliche Aspekte und Spiritualität einschließt. Die Exzesse einiger Praktiker der sechziger Jahre führten jedoch zu einem weitverbreiteten und nachhaltigen Mißtrauen gegenüber Gestalttherapie sowohl in der Öffentlichkeit als auch in professionellen Bereichen; dieser Trend hat sich erst in der letzten Zeit allmählich zu verändern begonnen. Es gibt immer noch Gestaltexperten, die dem überholten Ethos eines kämpferischen und feindseligen Stils als Merkmal von Gestalt anhängen. Aber wie Perls selbst schrieb: »Wie kann es in dieser sich schnell verändernden Welt Gleichartigkeit geben?« (1969b, 30)

Die weitverbreitete und gleichzeitig zwiespältige Natur des persönlichen Einflusses von Perls auf die Praxis der Gestalttherapie in den siebziger Jahren wird von Lieberman, Yalom und Miles (1973) gut veranschaulicht, indem sie den Stil und die Effizienz von siebzehn Gruppen betrachteten und einschätzten, wobei diese Gruppen neun unterschiedliche Gruppentypen oder »Gruppentechnologien« repräsentierten, die zur Zeit von Perls' Tod populär waren.[1] Zwei von sechzehn Gruppenleitern beschrieben sich selbst als Gestaltexperten, während zwei weitere behaupteten, von Gestalt wesentlich beeinflußt zu sein.

Einer der Gestalttherapeuten (Leiter der Gruppe drei) wurde als anti-Intellektueller beschrieben, der aktiv war und eine große Zahl an »strukturierten Übungen« verwendete. Er war mehr an der Interaktion im Hier-und-Jetzt (sowohl intra- als auch interpersonal) als an historischem Material oder abstrakten Themen interessiert. Er war offen und offenbarte sich selbst hinsichtlich seiner eigenen Gefühle im Hier-und-Jetzt sowie seiner persönlichen Werte. Er wurde als sehr fordernd angesehen und brachte eine Gruppe hervor, die Konfrontation und emotionalen Ausdruck bevorzugte. Er wurde auch als sehr unterstützend, kompetent und warm eingeschätzt. Insgesamt wurde dieser Gestaltgruppenleiter von den Teilnehmern und fast im gleichen Maße von den Beobachtern an die zweite Position gesetzt. In dieser Gruppe gab es keine psychischen Zusammenbrüche.[2] Der Einfluß von Perls' Stil und Praxis auf diesen Gruppenleiter scheint offenkundig zu sein, und das Ergebnis war hervorragend. Solche Forschungsbefunde unterstützen sicherlich den Anspruch an Effizienz und an die Vorzüge des Gestalt-Ansatzes im Sinne eines gut integrierten (nicht introjizierten) Perlsschen Gestaltstils.

Ein anderer Gestalttherapeut (Leiter der Gruppe vier) erschien hingegen als jemand, der immer im Mittelpunkt der Aufmerksamkeit stehen mußte, dominant, melodramatisch, anti-intellektuell und unverantwortlich war. Er schien die übelsten Aspekte von Perls' charismatischem Stil ohne dessen Erfahrung, Originalität oder Genialität kopiert und übertrieben zu haben. Beispielsweise machte er sich über Gruppenmitglieder lustig und beleidigte sie, schlief regelmäßig ein (oder gab vor zu schlafen), wie Perls es gelegentlich getan hatte, und er verwendete fast identische Ausdrücke, wie sie von Perls wiedergegeben wurden. Er trieb Perls' herausfordernde Einstellung zur persönlichen Verantwortlichkeit (s. Kap. 4) noch weiter ins Extrem. Seine abfällige Einstellung kann der manchmal sehr gewissenhaften Arbeit von Perls mit Klienten, die in einer Sackgasse feststeckten (s. S. 160ff.) kontrastierend gegenübergestellt werden. Dieser Gestalt-Leiter berührte schließlich sowohl männliche als auch weibliche Gruppenmitglieder auf offenkundig sexuelle Weise (wie es auch Perls getan hatte).

Diese Gruppe hatte der Studie zufolge die größte Zahl psychischer Ausfälle, und die Teilnehmer berichteten allgemein von einem geringeren Selbstwertgefühl, sie wurden sich selbst gegenüber weniger nachsichtig und schätzten die Umgebung als weniger nachsichtig ein. Teilnehmer der Gruppe wollten nicht noch einmal mit diesem Gruppenleiter zusammenkommen. Sie hatten den Eindruck, daß er zu aufdringlich war, und ein Gruppenmitglied hielt ihn für destruktiv. Der Gruppenleiter demonstrierte sarkastisches Desinteresse, als ein Untersucher ihn später auf die psychischen Verletzungen aufmerksam machte, die die Gruppenmitglieder erlitten.

Obwohl Perls weder im guten noch im schlechten für die therapeutische Arbeit, die andere Gestalttherapeuten durchführten, verantwortlich gemacht werden kann, wird sowohl der günstige als auch der schädliche *Einfluß* seines persönlichen Stils auf die Praxis der Gestalttherapie in den siebziger Jahren an diesen beiden Beispielen offensichtlich. Yontef (1991) schlußfolgerte daraus: »Wie der Therapeut praktiziert, führt offensichtlich zu einer großen Spannbreite von Ergebnissen, die von sehr heilsam bis zur Auslösung psychotischer Zusammenbrüche reicht. Und das Etikett, das der Therapeut verwendet - zum Beispiel Gestalttherapeut -, weist für sich genommen nicht die Qualität der Therapie aus.« (12)

Yontef weist auch darauf hin, daß Perls selbst, auch wenn sein Einfluß auf die Praxis der Gestalttherapie in den sechziger und siebziger Jahren sehr groß war, sogar in dieser Periode nicht der einzige prägende Faktor war. Beispielsweise hatte Simkin einen ganz anderen Stil - fürsorglich, kontaktvoll, aktiv präsent und das existentielle Thema der Verantwortlichkeit betonend, ohne den Klienten unter Druck zu setzen. Simkin leitete in Esalen und Los Angeles Trainings-Workshops mit und ohne Perls und hatte daher einen beträchtlichen Einfluß auf eine ganze Reihe von Gestalttherapeuten einschließlich Yontef, der seinerseits auf die Entwicklung der Gestalttherapie einen großen Einfluß nahm, besonders durch seine vielen und reichen wissenschaftlichen Schriften. Von den fünfziger Jahren an bildeten auch Paul Goodman, Isadore From, Laura Perls und andere Gestalttherapeuten in einem anderen Stil in New York, Cleveland und an anderen Orten aus:

> Der Stil, den Fritz Perls in Demonstrations-Workshops für Professionelle während der letzten wenigen Jahre seines Lebens entwickelte, wurde weithin bekannt ... Die Dramatisierung von Träumen und Phantasien ist eine wunderbare Demonstrationsmethode ... Aber sie ist nur *ein* Aspekt der unendlichen Möglichkeiten des Gestalt-Ansatzes. Er ist nicht sinnvoll in der Arbeit mit sehr gestörten Menschen und überhaupt nicht brauchbar bei wirklich schizophrenen oder paranoiden Patienten. Fritz Perls wußte das sehr wohl und mied einfach Workshop-Teilnehmer, bei denen er die schizoide oder paranoide Störung spürte. (Laura Perls 1992, 51)

Der Einfluß der anderen Mitbegründer und Trainer der Gestalttherapie in den frühen Jahren war jedoch nicht so dramatisch oder weitreichend, und Fritz Perls' Einfluß blieb vorherrschend, bis andere ihre Gedanken und Beispiele klinischer Praxis in den späten siebziger und achtziger Jahren zu veröffentlichen begannen und auf diese

Weise allmählich eine ebenso große Leserschaft erreichten, wie es Perls zu seinen Lebzeiten möglich war: »Sie äußerten sich vernehmlicher, nachdem die theatralischen Demonstrationen von Fritz und seinen Imitatoren einen unauslöschlichen Eindruck bei den Professionellen und Laien hinterlassen hatten« (Yontef 1991, 10).

Perls' Einfluß auf die Theorie der Gestalttherapie

Zusammen mit Laura Perls und Paul Goodman begründete Perls einen radikal neuen psychotherapeutischen Ansatz. Perls schrieb *Ego, Hunger and Aggression* (1947/1969a) unter Mithilfe von Laura Perls; er schrieb *»Theory and Technique of Personality Integration«* (1948) und andere Texte; und er war Mitautor von *Gestalt Therapy* (Perls, Hefferline und Goodman 1951/1973). Perls (1947/1969a) und seine Kollegen (1951/1973) hoben hervor, was die Menschen lernen können, wenn sie ihre Bewußtheit entwickeln. Perls (1947/1969a) führte den Gedanken ein, daß Therapeut und Klient wachsen können, indem sie im Kontakt des therapeutischen Austauschs aktiv präsent und engagiert sind und die Erfahrung des Klienten von Augenblick zu Augenblick wertschätzen, statt auf den manchmal undurchschaubaren Interpretationen dieser Erfahrung in Kategorien der Übertragung und einer komplexen Theorie der Kindheitsentwicklung zu bestehen.[3] Er, Laura Perls und Goodman entwickelten die wirkungsvolle und kreative Idee des Experimentierens und der aktiven Therapie. Die Klienten wurden ermutigt, etwas Neues auszuprobieren und zuzulassen, so daß aus dem experimentellen Verhalten gesteigerte Bewußtheit und Einsicht hervorgingen. Bemühungen, durch Versuch und Irrtum zu lernen, wurden wertgeschätzt (Perls 1947/1969a), statt sie als »Ausagieren« zu etikettieren. Perls half dabei, die Feldtheorie von Wertheimers Gestaltpsychologie und von Kurt Lewin mit ihrer Betonung der psychologischen Realität der Gegenwart und der wechselseitigen Verbundenheit aller Aspekte des wahrgenommenen Feldes zu verbreiten. Er half auch dabei, das Interesse am Prozeß statt am Inhalt und an den Ursachen zu nähren (s. Kap. 2)

Perls' Beiträge zur Theorie blieben die Grundsteine und Eckpfeiler der Gestalttherapie. Fünfzig Jahre haben sie nicht entwertet oder beiseite geschoben. Die Kenntnis und das Verstehen der theoretischen Beiträge von Perls und seinen Kollegen sind immer noch wesentlich für Studenten der Gestalttherapie und jeden, der den Gestalt-Ansatz verstehen will. Workshops, die auf Perls, Hefferline und Goodman basieren, werden immer noch in Trainings-Zentren in der ganzen Welt angeboten, um den Studierenden dabei zu helfen, sich mit einem Buch auseinanderzusetzen, es durchzukauen und zu assimilieren, das beim ersten Lesen nicht leicht zu verstehen ist, ganz so, wie Isadore From die Gestalttheorie nach dem Text von Perls, Hefferline und Goodman in den frühen Tagen des Cleveland-Instituts lehrte. Daher bleibt Perls' Einfluß auf die Gestalttheorie der Vergangenheit, der Gegenwart und wahrscheinlich auch der Zukunft nachhaltig.

Perls' Wirkung auf die theoretische Entwicklung der Gestalttherapie war jedoch nicht nur positiv. Obwohl er und seine Kollegen zur ersten theoretischen Begründung der Gestalttherapie beitrugen, hatte Perls' spätere anti-intellektuelle Einstellung eine behindernde Wirkung auf die Entwicklung der Gestalttheorie in den sechziger und siebziger Jahren. Es ist ein merkwürdiges und bedauernswertes Phänomen, daß so viele der besten ursprünglichen Gründer und Theoretiker der Gestalttherapie nichts veröffentlichten. Laura Perls beispielsweise war liebenswürdig, überlegt, intellektuell - psychologisch gesehen der Gegenpol zu dem extravertierten Darsteller, den sie heiratete. Obwohl sie eine der besten Quellen einer verantwortlichen, sorgsamen, hochkompetenten Gestaltpsychotherapie war, veröffentlichte sie nur ein wenige Artikel und kurz vor ihrem Tod ein Buch, dessen englischsprachige Version erst posthum erschien. Gab es etwas an Perls und seinem Ambiente, das Kollegen, Trainees und Absolventen davon abhielt zu schreiben? Bevorzugten die damaligen Gestaltexperten einfach die mündliche Tradition? Oder hatten sie keine Lust, die schwierige Arbeit des Formulierens und des Organisierens von Material, die mit dem Schreiben zusammenhängt, auf sich zu nehmen? Vielleicht ging ihre geringe schriftliche Produktivität zum Teil auf Perls' häufig sehr scharfe Verurteilung des Intellektualisierens, der sogenannten »Hühnerkacke«, der »Kuhscheiße« und der »Elefantenscheiße« zurück (um seine Worte zu gebrauchen - From 1984, 9f.). Da Perls' Trainees wußten, daß der Mann, zu dem sie aufschauten, intellektuelle Bemühungen mit solch offensichtlicher Mißachtung abtun würde, war dies wahrscheinlich ein gravierendes Hindernis für diejenigen unter ihnen, die andernfalls bereit gewesen wären zu schreiben. Perls' theoretisches Geschick lag in seiner Fähigkeit, viel Wissen durch eine Art Osmose von anderen, die mehr wußten und mehr lasen, als er es jemals tun wollte, zu sammeln und zu vereinheitlichen; seine Bezüge und Quellenangaben waren bekanntermaßen nachlässig und unzuverläßlich; seine praktische Kunst lag in dem Augenblick der Entdeckung und des Engagements für eine Person. Kurz - seine Talente waren nicht in erster Linie wissenschaftlich, und er fand es schwierig zu akzeptieren, daß andere Wege, Gestalt zu verkörpern oder darzustellen, von gleichem und anderem Wert wie seine eigenen sein könnten.

»Wie Fritz Perls selbst behaupten würde, kann keine einseitige Artikulation von Erfahrung wirklich Gestalt sein, da Gestalt immer Figur im Grund, Organismus im Umwelt-Feld, Inhalt im Kontext impliziert« (Clarkson 1991c, 29). Eine Gestalttherapie, die den Intellekt leugnet, ist ebensowenig ganzheitlich wie Therapien, die den Körper, die Emotionen oder den Geist unterbewerten. Die Zeiten haben sich geändert. Um Perls zu zitieren (1947/1969a): »Alles ist im Fluß begriffen - sogar die Dichte der gleichen Substanzen bei unterschiedlichem Druck, unterschiedlicher Schwerkraft und Temperatur« (22). Die Gestalttheorie ist auch im Fluß. Sie ist immer wieder in einem Prozeß der Veränderung und bewegt sich häufig von einer Polarität zur anderen. Perls reagierte extrem auf das, was er als überintellektualisierten und erstarrten Ansatz der Psychoanalyse erlebte. In den siebziger Jahren begann das Pendel langsam von Perls' späterer, extrem anti-intellektueller Position zurückzuschwingen, und in den letzten fünfzehn oder mehr Jahren haben sich Gestaltdenker hervorgetan und eine Fülle von neuen Theorien veröffentlicht, ohne das Frische, Direkte, Kontaktvolle des Gestalt-Ansatzes in der Praxis einzubüßen.

Jenseits von Perls: Entwicklungen der Gestalttheorie seit 1970

Die Literatur über Gestalttherapie begann in den siebziger Jahren langsam zuzunehmen. Fagan und Shepherd (1970) gaben einen wichtigen Sammelband über Gestalt heraus und trugen selbst dazu bei. Perls' zwei posthume Bücher (1976; Baumgardner und Perls 1975) wurden veröffentlicht. Die Polsters (1974) schrieben eines der heute lesbarsten Bücher über Gestalttherapie. Simkin (1974) und Latner (1974) schrieben Bücher über Gestalttherapie, während Zinker (1978) einen weiterhin vielgelesenen, gefühl- und schwungvollen Beitrag zur Erforschung des kreativen Prozesses in der Gestalttherapie schrieb. Zwei weitere Sammelbände erschienen, *Gestalt Is* (Stevens 1975) und *The Growing Edge of Gestalt Therapy* (Smith 1977); während das *Gestalt Journal* 1978 in New York gegründet wurde und zu einem größer werdenden Reichtum an theoretischer Diskussion und Entwicklung in den achtziger und neunziger Jahren beigetragen und diese verbreitet hat. Das Cleveland-Institut hat unter anderem Bücher veröffentlicht wie *Organizational Consulting: A Gestalt Approach* (Nevis 1987; dt.: *Organisationsberatung* 1988); *Body Process: A Gestalt Approach Working with the Body in Psychotherapy* (Kepner 1987; dt.: *Körperprozesse* 1988) und *Gestalt Reconsidered* (Wheeler 1991; dt.: *Kontakt und Widerstand* 1993). 1989 wurde *Gestalt Counselling in Action* von Petruska Clarkson veröffentlicht. In den letzten Jahren gibt es einen ständigen Anstieg an Gestaltveröffentlichungen, einschließlich *Leben an der Grenze* (Laura Perls 1989), *Personality Disorders* (Delisle 1993), *Awareness, Process and Dialogue* (Yontef 1992c; dt.: *Gestalttherapie: Awareness, Prozeß und Dialog* 1995) und *Geistes Gegenwart. Philosophische und literarische Grundlagen einer weisen Psychotherapie* (Schoen 1990).

Während der letzten zehn Jahre gab es eine Fülle wichtiger theoretischer Entwicklungen in der Gestalttheorie, deren umfassende Erörterung hier aus Platzgründen nicht möglich ist. Wir haben uns entschieden, die folgenden Aspekte kurz zu erörtern:

1. Entwicklungen und diagrammatische Veranschaulichungen des Gestaltzyklus,
2. die Entwicklung von Theorien des Gruppenprozesses,
3. die Erweiterung der Konzepte der Beziehung und des phänomenologischen Dialogs,
4. die Integration von Wissen und Gedankengut anderer Disziplinen einschließlich der Psychoanalyse,
5. die Neu-Überprüfung des Stellenwerts der Feldtheorie,
6. die Wiedergewinnung der kreativen Lebenskraft - Physis - in der Gestaltpsychotherapie.

In diesem Abschnitt werden wir die obigen Beispiele der Reihe nach beschreiben und dabei untersuchen, wie sich die gegenwärtigen Ideen in diesen Theoriebereichen entwickelt haben und von Perls' Position abgewichen sind. Dabei überprüfen wir, inwieweit Perls sie beeinflußte oder nicht.

Entwicklungen und diagrammatische Veranschaulichungen des Gestaltzyklus

Viele Gestalttheoretiker haben Perls' Zyklus der wechselseitigen Abhängigkeit (1947/1969a) von Organismus und Umwelt-Feld sowie den Kontaktprozeß von Perls, Hefferline und Goodman (1951/1973) weiterentwickelt und verfeinert. Jeder hat den Zyklus in seiner eigenen einzigartigen Weise verstanden und ihn jeweils etwas anders strukturiert, wobei er oft unter neuen Namen erscheint (z.B. der Zyklus der Erfahrung, der Zyklus von Kontakt und Rückzug, der Zyklus der Gestaltbildung und -zerstörung). Eine der wichtigsten Entwicklungen des Zyklus besteht in der Tatsache, daß viele Theoretiker sich entschieden haben, ihn als Diagramm darzustellen (Hall 1977; Kepner 1987; Zinker 1978; Parlett und Page 1990; Clarkson 1989), und zwar entweder als Welle oder als Kreis. Wir führen zwei Beispiele der vielen Darstellungen in den Abbildungen 5.1 und 5.2 an. Wir glauben, daß diese häufige und graphische Veranschaulichung dazu beigetragen hat, daß der Gestaltzyklus einer der am besten bekannten und verstandenen Aspekte der Gestalttheorie ist.

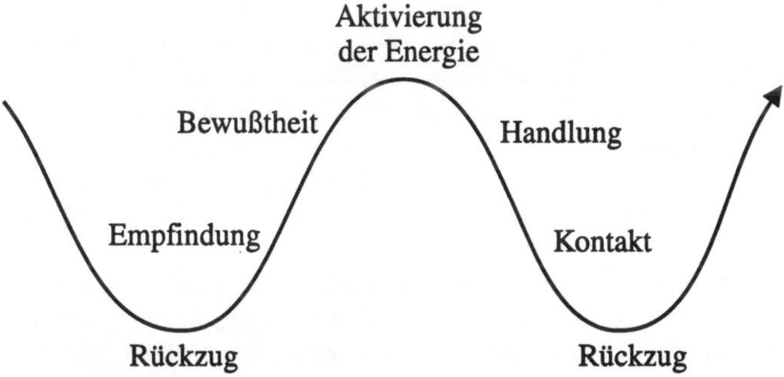

Abb. 5.1: Zyklus Bewußtheit-Erregung-Kontakt
(aus: Gestalttherapie als kreativer Prozeß
von Joseph Zinker 1978)

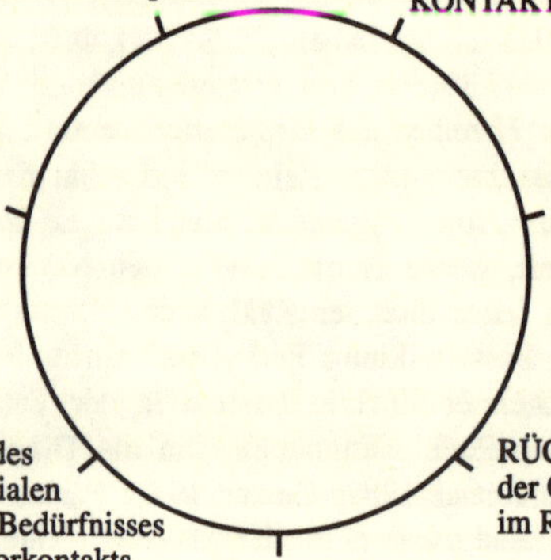

Abb. 5.2: Der Zyklus der Gestaltbildung und -zerstörung (aus: Gestalt Counselling in Action *von Petruska Clarkson 1989)*

Inwieweit trug Perls zu der diagrammatischen Veranschaulichung des Zyklus bei? Obwohl er selbst niemals eine Veranschaulichung des Zyklus veröffentlichte, zeigt ein Vergleich von Zinkers Stufen mit Perls' Version (1947/1969a) und Perls', Hefferlines und Goodmans Version (1951/1973), daß er Perls als Ausgangspunkt nahm. Zinkers Stufen gründen ganz offensichtlich auf Perls, und Clarkson stellt fest, daß der Zyklus, den sie verwendet, auf Zinker, Perls, Hefferline und Goodman gründet; sie weist dafür wiederum auf einen Vorgänger in Smuts hin (Clarkson 1989). Ihr spezieller Beitrag besteht darin, daß sie den Zyklus verwendet, um den psychotherapeutischen Prozeß zu strukturieren und zu erläutern, sowohl in seinen fortschreitenden Entwicklungen als auch in seinen Unterbrechungen.

In den letzten Jahren entstanden auch zahlreiche deutschsprachige Veröffentlichungen zum Kontaktkonzept wie Hartmann-Kottek-Schroeder *Gestalttherapie* (1987; in: Corsini, J.R. (Hg.): *Handbuch der Psychotherapie.*); Petzold *Konfluenz, Kontakt, Begegnung und Beziehung als Dimension therapeutischer Korrespondenz in der*

Integrativen Therapie (1986; in: *Integrative Therapie* 4, 320-41); Fuhr/Gremmler-Fuhr *Faszination Lernen* (1988), Dreitzel *Reflexive Sinnlichkeit* (1993).

Entwicklung von Theorien des Gruppenprozesses in der Gestalttherapie

Gestalt Therapy Now (Fagan und Shepherd 1970) ist eine umfassende Textsammlung von führenden Gestaltpraktikern, Psychologen und Psychiatern jener Zeit, einschließlich Elaine Kepner, Claudio Naranjo, Erving Polster, Laura Perls, Ruth Cohn, Joen Fagan, Irma Lee Sheperd und James Simkin. Einige dieser Autoren schreiben über die Integration von Perls' Methode des heißen Stuhls in die Gruppeninteraktion; andere beschreiben Gestalt in der Familientherapie und in interaktiven Therapiegruppen, in denen die Teilnehmer ermutigt werden, miteinander Kontakt aufzunehmen und sich direkt miteinander auseinanderzusetzen. Polster und Polster (1974) widmen ein Kapitel den Gruppen und dem Gruppenprozeß, und sie weisen darauf hin, daß die Methode des Heißen Stuhls nur eine Möglichkeit ist, mit Gruppen zu arbeiten. Sie beschreiben sowohl praktisch als auch theoretisch andere Möglichkeiten, wie sie Gestaltgruppentherapie durchführen.

Zinker (1978) skizziert die Prinzipien des Gestaltgruppenprozesses, wie sie im *Gestalt Institute of Cleveland* entwickelt wurden: »1) die Priorität fortlaufender Gruppenerfahrung; 2) der Prozeß der Entwicklung von Gruppenbewußtheit; 3) die Bedeutung aktiven Kontakts zwischen den Teilnehmern; und 4) die Verwendung interaktiver Experimente, die von einem aktiv beteiligten Leiter angeregt werden« (162). Zinker sieht in der Gruppe einen Mikrokosmos der Gesellschaft, der die Fähigkeit hat, das soziale System nicht nur zu reproduzieren, sondern auch zu modifizieren.

Dies ist offensichtlich eine erhebliche Abkehr von der Art und Weise, in der Perls seine Demonstrationen durchführte. Aber Zinker (1978) erkennt den Einfluß und den Wert von Perls' Praxisarbeit an, und er erzählt uns, daß die Gruppenmitglieder »[ihn] umringten und beobachteten und oft begeistert von dem Geschick und der Kunstfertigkeit der Arbeit von Fritz mit einzelnen Mitgliedern waren« (159).

Beyond the Hot Seat (Feder und Ronall 1980; dt.: *Gestaltgruppen* 1983) ist eine Sammlung theoretischer Diskussionen über Gestaltgruppenprozesse. Einer der einflußreichsten Beiträge war der Aufsatz *»Gestalt Group Process«* von Elaine Kepner. Kepner, die auch zum

Gestalt Insitute of Cleveland gehört, beschreibt Gestaltgruppenprozesse, wie dies am Institut entwickelt wurde, mit einem anderen Akzent und detaillierter als Zinker (1978). Sie bietet die Integration einer Systemperspektive in die Gestaltgruppenpraxis an, und sie anerkennt ihre Verpflichtung gegenüber anderen Theoretikern wie Bion, Berne und Yalom. Sie glaubt, daß Therapie ein Prozeß ist, der innerhalb der Grenzen eines sozialen Systems stattfindet, und sie glaubt ferner, daß innerhalb der Grenzen dieses sozialen Systems phänomenologische Prozesse gleichzeitig auf drei Ebenen stattfinden: der intrapersonalen Ebene, der interpersonalen Ebene und der Systemebene, und sie gibt Beispiele aus ihrer eigenen Praxis, um zu veranschaulichen, was sie unter diesen drei Ebenen versteht. Kepner skizziert mehrere Stadien der Gruppenentwicklung - Identität und Abhängigkeit, Einfluß und Unabhängigkeit, Intimität und Interdependenz sowie das Abschlußstadium - und sie geht davon aus, daß die Aufgaben des Gruppenleiters in jedem Stadium andere sind. Zinkers Beitrag in *Beyond the Hot Seat* (1980) erörtert ebenfalls mehrere ähnliche, wenn auch anders benannte Stadien der Gruppenentwicklung.

Kepners wie Zinkers Praxis ist offensichtlich ganz anders als die von Fritz Perls. So behauptet Kepner: »Sie unterscheidet sich wesentlich von der verbreiteten Auffassung über Gestaltgruppen, nämlich daß dort Einzeltherapie in der Gruppenkonstellation auf eine Weise betrieben wird, wie sie von Fritz Perls und anderen in ihren Workshops durchgeführt wurde« (Kepner 1980, 7). Sie gerät jedoch in große Schwierigkeiten, als sie den historischen Hintergrund beschreibt, auf dem das integrierte Gruppenprozeßmodell von Cleveland beruht[4], und weist darauf hin, daß der Gestalt-Workshop ein ideales Modell für die Trainer jener Zeit und für die Zwecke von Perls war:

> Die Workshop-Methode, die von Perls entwickelt wurde, und die später unter anderen von Isadore From, Paul Goodman und Paul Weisz benutzt wurde, erwies sich als ein dramatisches und wirksames Lehrmodell und sehr guter Weg, Professionelle aus dem Psychiatrie-Bereich für die Weiterbildung zu gewinnen. Es war ein angemessenes Modell für die Bedürfnisse und Lernziele der Trainees. Zu jener Zeit waren die Teilnehmer dieser Workshops entweder praktizierende Therapeuten oder fortgeschrittene Studenten in einer der psychiatrischen Disziplinen. Viele von

> ihnen hatten Selbsterfahrung als Therapieklienten. Die meisten von ihnen wußten eine Menge über psychotherapeutische Theorien und klinische Praxis, aber kaum etwas darüber, was sie mit einem lebenden Klienten anfangen sollten. Gestalttherapie mit ihrem Akzent auf dem, was und wie etwas zu tun sei, lieferte dringend benötigtes Werkzeug, und das Workshop-Arrangement ermöglichte es, die Wirkungen der Methoden zu sehen und zu erleben. (9f.)

Kepner würdigt, daß Perls »durch seine jahrelange Erfahrung die Macht der Gruppe im Prozeß des individuellen Wandels endeckt hatte«, aber sie behauptete auch, daß das Gruppenprozeß-Modell »auf dem aufbaut, was Fritz in der Gestalttheorie äußerte, aber nicht praktizierte« (7).

Perls' Theorie, wenn auch nicht seine Praxis, hat also zu den Entwicklungen der Theorie des Gruppenprozesses seit seinem Tod beigetragen. Sie wurde mit einer Wiederentdeckung von Lewins starker Gruppenbezogenheit verknüpft, und Theorien über den Gruppenprozeß anderer Schulen und die sich erweiternde Erfahrung von Gestaltpraktikern von Brasilien bis Bristol wurden integriert (Ribiero 1985; Clarkson und Clayton 1992). Clarkson, Mackewn und Shaw (1992) entwickelten einen neuen Ansatz des Gestaltgruppenprozesses und der Chaostheorie unter dem Begriff Quanten-Gruppendynamik.

Die Erweiterung des Konzepts der Beziehung in der Gestalttherapie

Moderne Gestalttheoretiker haben Perls' radikale Umwertung der Bedeutung des Kontakts von Person zu Person in der Therapie weiterentwickelt und das Konzept dieser personalen Beziehung in der Gestalttherapie viel gründlicher erforscht, als Perls dies jemals selbst versuchte. Die meisten Gestalttheoretiker, die über die therapeutische Beziehung geschrieben haben, beziehen sie auf Martin Bubers Erörtung der Ich-Du-Begegnung als Quelle der Inspiration (1987). Darin folgen sie Laura Perls, die in Frankfurt bei Buber studierte und dadurch direkt von Bubers Gedanken beeinflußt war. Fritz Perls war zwar auch von Buber beeinflußt (Perls 1978b), jedoch in viel allgemeinerer Weise und indirekt durch Laura.

Yontef (1980), Hycner (1985; 1989; 1991) und Jacobs (1978; 1989) haben Gestalttherapie als dialogischen Ansatz erörtert.[5] Sie haben hervorgehoben, daß die Beziehung das Medium sei, durch welches die Bewußtheit erhöht wird und der Klient wieder in die Lage versetzt wird zu wachsen. Die Begegnung oder Beziehung (nicht der Therapeut) heilt, da sich das innerste Selbst in der Begegnung mitteilt. Besonders eine Ich-Du-Beziehung hat die größte Heilwirkung. Yontef definiert eine Ich-Du-Beziehung als Kontakt von Person zu Person - oder als Kontakt zwischen dem Kern einer Person und dem einer anderen Person: »Solch eine heilende Begegnung entwickelt sich, wenn zwei Menschen, jeder mit seiner getrennten Existenz und seinen persönlichen Bedürfnissen, Kontakt miteinander aufnehmen und die Unterschiede zwischen sich zulassen. Dies ist mehr als die Kombination zweier Monologe, vielmehr stehen zwei Menschen in einem bedeutsamen Austausch miteinander« (1980, 15).

Obwohl das Ergebnis oder die Qualität des Austauschs in der therapeutischen Beziehung nicht von dem determiniert wird, was zwischen den beiden Menschen geschieht, und von keinem von ihnen kontrolliert oder forciert werden kann, hat Yontef sich sehr deutlich dazu geäußert, was der Therapeut verkörpern muß, damit er ein Klima schafft, so daß die dialogische Beziehung blühen kann. Er muß Aufnahmebereitschaft zeigen, präsent sein, sich auf den Dialog einlassen, darf nicht ausbeuten, muß die Beziehung leben und ein experimentierfreudiger, phänomenologischer Führer sein; Yontef (1980) gibt eine nähere Erklärung dieser Begriffe.

Hycner (1985) beschreibt die Grundannahmen von Bubers Philosophie des Dialogs auf sehr klare und einfache Weise, und er erklärt, daß dialogische Gestalttherapie eine therapeutische Anwendung dieser Philosophie des Dialogs sei (26). Er behauptet, daß sowohl die Ich-Du-Beziehung als auch die Ich-Es-Beziehung wichtige Aspekte einer dialogischen Beziehung seien - das schließt den rhythmischen Wechsel von Ich-Du- und Ich-Es-Augenblicken ein: »Wenn man eine Ich-Du-Beziehung forciert, macht man sich moderner »Hybris« schuldig. Der Versuch, dies zu tun, bringt paradoxerweise eine Ich-Es-Beziehung hervor!« (Hycner 1991, 50) Bewußtheit ist für Hycner ein Mittel, das dem Klienten hilft, eine bessere Beziehungseinstellung gegenüber der Welt, eine gesündere Interaktion zwischen Person und Umwelt zu entwickeln. Diese bessere Beziehungseinstellung kann durch die Beziehung entstehen, die zwischen Therapeut und Klient wachsen kann, wenn sich die Einzelpersonen in einer Mischung aus harter Arbeit und »Anmut« (Buber 1987) als menschliche Wesen begegnen und berühren.

Jacobs (1989) erforschte darüber hinaus die Rolle der Beziehung im gesamten Therapieprozeß - sowohl die Bedeutung der Beziehung als Heilfaktor als auch das Ausmaß, in dem Beziehung *an sich* ein Fokus der Therapie ist. Sie erläutert, wie Bubers Philosophie des Dialogs mit den Konzepten Kontakt, Bewußtheit und Paradoxe Theorie der Veränderung harmonisiert und führt klinische Beispiele dafür an. Sie widmet der entscheidenden Frage, in welchem Ausmaß der Therapeut sich selbst zeigen muß, um »präsent« zu sein, viel größere Aufmerksamkeit als Yontef oder Hycner.[6]

Clarkson (1990; 1991b) unterscheidet theoretisch und mit Hilfe von Beispielen fünf Variationen der Ich-Du-Beziehung: die Arbeitsallianz, die unerledigte (Übertragungs-)Beziehung, die kompensierende/entwicklungsmäßig notwendige Beziehung, die »wirkliche« Beziehung oder die Beziehung von Person zu Person und die transpersonale Beziehung. Sie betont auch (1988; 1991b), daß Gestalt nicht *entweder* mit der existentiellen und phänomenologischen Präsenz *oder* mit regressiven Stadien und Übertragungsmaterial arbeitet, sondern *sowohl* existentielle Begegnung als auch regressive Erforschung einschließt.

Wie sehr hat Perls diese wichtigen Entwicklungen zur Beziehung in der Gestalttherapie beeinflußt? Obwohl die hauptsächliche Quelle der Inspiration zweifellos Buber ist, hatte Perls, wie wir glauben, einen fruchtbaren Einfluß darauf, und zwar auf zwei fast widersprüchliche Weisen. Perls war selbst sowohl direkt als auch indirekt durch seine Frau Laura von Buber beeinflußt (1978b). Eine seiner wichtigsten frühen Neuerungen war sein Bestehen darauf (1947; 1969a), daß der Therapeut damit aufhört, eine neutrale, spiegelähnliche Figur zu sein, und es sich statt dessen erlauben sollte, als menschliches Wesen auf der gleichen Ebene wie der Patient zu stehen: »Nicht nur muß der Psychoanalytiker den Patienten verstehen, sondern der Patient muß auch den Analytiker verstehen. Er muß das menschliche Wesen sehen« (239). Perls, Hefferline und Goodman (1951/1973) entwickelten das Konzept wirklichen menschlichen Kontakts als wesentlichen Kern therapeutischer Beziehung, wobei sie Begriffe benutzten, die denen Yontefs und Hycners nicht unähnlich sind: Die Therapie ist eine »Begegnung« zwischen zwei menschlichen Wesen. Der Gestaltkliniker teilt dem Klienten seine eigenen Antworten und Reaktionen auf authentische Weise mit.

Yontef (1980) bestätigt die Ansicht, daß Perls Einfluß auf die spätere Erforschung der Beziehung hatte. Er betont die Tatsache, daß Gestalttherapie von Anfang an auf eine Behandlung Wert legte, die die aktive Präsenz des Therapeuten als hauptsächliches Werkzeug hervorhebt, und er erläutert, daß die frühe Gestaltliteratur, wenngleich in anderer Sprache, eine Form der dialogischen Therapie beschrieb, selbst wenn sie das Wort »Dialog« nicht ausdrücklich benutzt. Indem er Perls' Bücher (1947/1969a; Perls, Hefferline und Goodman 1951/1973) als Beispiele zitiert, schließt er: »In der Praxis lehrte Gestalttherapie die Präsenz des Therapeuten, die der Anfang der Behandlung durch Dialog ist« (2). Hycner (1985) sieht ebenfalls den Einfluß Perls' auf seine Erörterungen, wenn er seine Leser an einige der Aussagen Perls' und seiner Kollegen erinnert, die die Gestalttherapie in der Person/Umwelt-Feld-Matrix begründet gesehen haben, und er hebt das »Zwischen« hervor, das an der Kontaktgrenze existiert (s. S. 120f.).

Der zweite Weg, auf dem Perls die breite nachfolgende Diskussion über die Beziehung in der Gestalttherapie beeinflußt hat, ist viel direkter. Im Gegensatz zu seinen früheren Schriften betont Perls in seinen späteren Arbeiten und in seiner Praxis oft die Individualität und Selbständigkeit bis dahin, daß Beziehung und Interdependenz manchmal vergessen zu sein scheinen wie im vieldiskutierten »Gestaltgebet«. Es ist gut möglich, daß Perls' spätere Betonung der isolierten Selbstgenügsamkeit zu Leidenschaft und Poesie beigetragen hat, mit denen die Gestaltexperten, die wir in diesem Abschnitt erwähnten - im Gegenzug - für das Miteinander, die Gegenseitigkeit und den Dialog argumentierten. Wie viele moderne Gestaltexperten betonten auch Perls, Hefferline und Goodman die im wesentlichen soziale Natur des menschlichen Wesens. Dies ist das Prinzip der *»Enantiotropie«* (Jung 1968; Perls 1969a; Clarkson 1992b).

Die Übernahme von Wissen anderer Disziplinen in die Gestalttheorie

Yontef (1988) argumentiert dafür, daß Gestalttherapie das Wissen und die Gedanken anderer Disziplinen einschließlich der psychoanalytischen und diagnostischen Perspektiven integrieren muß. Yontef besteht darauf (1991), daß die Gestalttherapeuten ein Verständnis der Übertragungsprozesse besitzen und wissen müssen, wie man beispielsweise mit Übertragungs- und Gegenübertragungsphänomenen arbeitet. Er behauptet, daß Gestalttherapeuten ihr Konzept des Hier-und-Jetzt erweitern müssen, um ein reicheres Spektrum der »Raum-Zeit-Zonen« einschließlich des »Da-und-Jetzt«, des »Hier-und-Dann« und des »Da-und-Dann« zu erfassen. Besonders Erving Polster (1987) ermutigt die Gestalttherapeuten, mit dem Konzept des vollen Engagements für das Hier-und-Jetzt auf viel flexiblere Weise zu arbeiten. Im Gegensatz zu Perls' häufiger Kritik am Reden-Über zeigt Polster den einfachen und doch ungeheuren Wert auf, den das Erzählen der Lebensgeschichte, der Beschreibung unserer Vergangenheit hat. Er hat auf wunderbare Weise veranschaulicht, wie der Gestaltpsychotherapeut - genauso wie der Romanautor - dem Klienten dabei helfen kann, das alltägliche Drama und das Interesse an sich selbst und seiner Geschichte, die er zuvor vielleicht für selbstverständlich gehalten oder abgetan hat, zu beachten. Durch sein kundiges Zuhören und seine ursprüngliche Neugier kann der Therapeut die Aufmerksamkeit des Klienten auf den Zusammenhang, die Ausrichtung, die Struktur der Geschichte lenken und den Klienten in die Lage versetzen, wieder die »Federführung« in seinem Leben zu übernehmen:

> Das Hier-und-Jetzt ... Die Betonung der dramatischen Technik überschattet das, was in der Gestalt-Therapie methodologisch immer entscheidend gewesen war, das gemeinsame menschliche Engagement. Dazu zählt viel Alltägliches: Unterstützung, Neugier, Güte, freimütige Sprache, Lachen, Zynismus, Integration von Tragischem, Wut, Sanftheit und Zähigkeit ... Diese umfassenderen Interessen, wie sie insbesondere vom Schriftsteller geäußert werden, können Therapeuten helfen, soviel sie können, davon zu erfassen, wie Menschen leben, nicht nur *hier*, sondern auch *dort*, nicht nur *jetzt*, sondern auch *früher*. (Polster 1987, 223)

Yontef (1988) geht zudem davon aus, daß Gestalttherapeuten in der Lage sein müssen, Klienten zu erkennen, die an Persönlichkeitsstörungen leiden, besonders an narzißtischen und Borderline-Störungen, und daß sie wissen müssen, wie man diese Klienten angemessen behandelt, indem sie Konzepte und Ansätze der Objektbeziehungstheorie integrieren. Tobin (1982) kritisierte die Begrenztheit der Ansicht Perls' vom Selbst als Prozeß, besonders hinsichtlich der Arbeit mit Klienten, die narzißtische Störungen zeigen. Er meint, daß die

Beschreibung des Selbst durch Perls, Hefferline und Goodman (1951/1973) als ein organisierender Prozeß offenbar impliziert, daß jeder ein gleich effektiv und gut funktionierendes Selbst besitzt, und daß sie es versäumt hätten, in ihr Konzept des Selbst die wichtigen Selbstfunktionen der Stabilität, Gegründetheit, des Vertrauens und der Flexibilität einzuschließen. Indem Tobin sich ausführlich auf Kohuts Definition des Selbst (1971; 1977; Kohut und Wolf 1978) und auf Theorien der Selbstentwicklung und der stufenbezogenen Pathologie (Klein 1964; 1975; Winnicott 1958; 1965; Mahler, Pine und Bergman 1975) bezieht, bietet Tobin einige Methoden an, wie man Klienten mit einer Selbststörung behandeln kann, Methoden, die eine Integration von Gestalt und selbstpsychologischen Ansätzen für Selbststörungen ermöglichen.[7]

Greenberg (1989) beschreibt die Arbeit mit Klienten mit Borderline-Persönlichkeitsstörungen, bei der sie eine besondere Adaption der Gestalttherapie verwendet und sich auf Mahler, Pine und Bergman (1975), Kernberg (1976), Masterson (1976; 1981; 1983) und Blanck und Blanck (1974) bezieht.[8] Sie weist nach, daß Gestalttherapie ursprünglich nicht für die Arbeit mit solchen Störungen entworfen wurde, sondern mit »überintellektualisierten Neurotikern«, und sie schlägt eine ganze Reihe sehr spezifischer, praktischer und hilfreicher Wege vor, wie man mit Klienten arbeiten kann, die Borderline-Züge haben, und wie man Gestalt so anpassen kann, daß man ihren Bedürfnissen entgegenkommt. McLeod (1991) argumentiert, daß Tobins Übernahme der psychoanalytischen Auffassungen vom Selbst Perls' und Goodmans Konzept des Selbst als Kontakt verwässert und auf diese Weise den ganzheitlichen und beziehungsorientierten Ansatz der Gestalttherapie in gewisser Weise geschwächt habe. Delisle (1988) hat ein kreatives und nützliches Modell entworfen, das Gestaltansätze mit der Diagnose des individuellen *Prozesses* der Kontaktaufnahme oder der Selbstunterstützung mit dem DSM-III-R (*American Psychiatric Association*, 1987), einem System beobachtbarer Kriterien für die Diagnose integriert.

Welchen Einfluß hat aber Perls auf diese wichtigen Entwicklungen gehabt, in denen die Gestalttherapie das Wissen und die Ideen anderer Disziplinen, insbesondere der psychoanalytischen Praxis und Literatur integriert? Greenberg (1989) erwähnt Perls nicht und schließt ihn auch nicht in ihre Quellenliste ein; Perls hatte also wenig oder keinen direkten oder speziellen Einfluß auf ihre Arbeit gehabt, außer insofern im weitesten Sinn, als sie Gestalttherapeutin ist. Tobin (1982) andererseits zitiert Perls und scheint beim Schreiben in einer Art von aktivem Dialog mit Perls und seinen Kollegen zu stehen; dabei nimmt er deren Definition des Selbst als Ausgangspunkt, auf dem er aufbaut und auf den er reagiert. McLeod (1991) ist von Perls und Goodman sehr stark beeinflußt.

Clarksons neuerer Beitrag besteht darin, daß sie die Kontinuität der Gestaltgedanken vom präsokratischen Heraklit über Perls, Hefferline und Goodman bis zur Quantenpyhysik und heutigen Chaostheorie aufzeigt. In *»2500 years of Gestalt«* (1992b) zeigt sie, wie diese Ideen einen Faden der holistischen, organismischen, zyklischen und beziehungsorientierten Bewußtheit erzeugen, und zwar seit Beginn der westlichen philosophischen Tradition bis zu den Grenzen der Naturwissenschaften, wie wir sie am Übergang zum einundzwanzigsten Jahrhundert wahrnehmen.

Perls selbst machte natürlich Anleihen bei der Psychoanalyse, reagierte auf sie und schuf auf diese Weise ein Modell für den gegenwärtigen Ideenaustausch zwischen der Gestalttherapie und dem psychoanalytischen Feld: »Wir sind immer ein integrierender Rahmen gewesen. Das ist eines der Dinge, die ich an Gestalttherapie mag« (Yontef 1988, 6).

Neu-Überprüfung von Feldtheorie und Gestalttherapie

Wheeler (1991) behauptet, daß Perls weder mit dem Wissen der Gestaltpsychologie noch mit Kurt Lewins Feldtheorie gründlich vertraut war. Besonders betont Wheeler, daß »das Kontaktmodell, das uns von Goodman und Perls überliefert und durch viele nachfolgende Autoren ausgearbeitet wurde, im theoretischen Sinn *figurgebunden* ist; daß die Analyse dieses Kontaktprozesses (oder der Bewußtheit oder der Erfahrung) unvollständig ist ohne direkte Berücksichtigung der *Organisationsprinzipien oder Strukturen des Grundes*« (11). Wheeler würdigt die Arbeit Lewins und Goldsteins neu, von der er glaubt, daß sie in der Gestalttherapie unterbewertet wurde. Er ist der Auffassung, daß die Gestalttherapie dazu tendiert, sich zu sehr auf episodische, dramatische, kontaktvolle Arbeit zu konzentrieren, weil Perls die *Figur* des Kontakts überbetonte, und daß die Gestalttherapie zu wenig Aufmerksamkeit für die langfristige Assimilation dieser Episoden der therapeutischen Arbeit in den *Grund* beachtete. Wheeler argumentiert dahingehend, daß Gestalttherapeuten mit der Struktur des Grundes ebenso wie mit der Figur arbeiten müssen. Sein Buch erforscht die Feldtheorie sehr gründlich und es enthält Beispiele, die diese Konzepte veranschaulichen.[9]

In *»Individuality and Commonality in Gestalt«* (1991) betont Clarkson erneut die Gültigkeit von Lewins Feldtheorie als eines der Kernkonzepte von Gestalt, das die Verlagerung von den Objektbeziehungen zum subjekthaften Dialog ermöglicht, wie es insbesondere im Werk des Phänomenologen Merleau-Ponty (1962) beispielhaft dargestellt wird. Parlett (1992) stellt aktuelle Beispiele dar, die die Feldtheorie von Lewin veranschaulichen und erläutern. Er erinnert daran, daß die Feldtheorie für die Gestalttherapie grundlegend ist, aber er weist auch darauf hin, daß diese Tatsache wegen der späteren Betonung des Individualismus (Saner 1989) und einer Unterschätzung der Bedeutung der Gemeinschaft im Leben der Menschen zu wenig gewürdigt wurde. Parlett empfiehlt die Einbeziehung der Feldtheorie nachhaltig, da so dem Grund der persönlichen Geschichte ebenso Aufmerksamkeit zugewandt wird wie den unmittelbaren Problemen. Er schlägt ein sehr schönes Bild für den Lebensraum der Person vor, welcher dabei in Schichten oder Ebenen vorzustellen ist, und sagt, daß die Gestalttherapie ausgezeichnet dazu geeignet sei, sich zwischen den Schichten und Ebenen zu bewegen, indem man die Kontexte oder Positionen wechselt; einmal können Therapeut und Klient daher bei einer regressiven Neu-Inszenierung tief in die Vergangenheit hineingehen, während sie ein anderemal einfach auf die gegenwärtige Beziehung achten.

Welchen Einfluß hatte nun wiederum Perls auf diese neuerliche Betonung der Feldtheorie in der Gestalttherapie? In vieler Hinsicht einen entscheidenden. Zunächst einmal formulierte er zusammen mit Laura Perls und Paul Goodman zum erstenmal die Theorie der Gestalttherapie und stützte sich dabei auf Gedanken, Methoden, Metaphern und Ansichten, die aus vielen verschiedenen Disziplinen stammen, *einschließlich der Feldorientierung von Lewin und Wertheimer*; dabei leisteten sie eine großartige neue Synthese. Parlett (1992) erinnert uns daran, daß die ursprüngliche Intention der Gestalttherapie darin bestand, »menschliches Leid und menschliche Verwirrung nicht in die Grenzen einer persönlichen Pathologie zu verweisen, sondern sie statt dessen in der Interaktion zwischen Menschen und ihren Situationen zu begreifen« (5), und daß Goodman und Perls ebenso wie Lewin Sozialkritiker waren. In seinem späteren Leben war

Perls zumindest teilweise verantwortlich für die Betonung des anderen Pols gegenüber dem extremen Individualismus (Saner 1989), die jetzt dazu geführt hat, daß Naranjo (1982), Clarkson (1989; 1991b), Wheeler (1991), Parlett (1992) u.a. sich so eloquent für die Neu-Überprüfung des anderen Poles der Gemeinschaft, des Hintergrundes und der Wechselbeziehung im Sinne eines besseren und umfassenderen Verständnisses der Feldtheorie in der Gestalttherapie einsetzen.

Wiedergewinnung der kreativen Lebenskraft - Physis - in der Gestaltpsychotherapie

Clarkson leitete eine besondere Entwicklung in der Gestalttherapie ein, indem sie den Begriff der Lebenskraft neu ins Spiel brachte. Kreatives Wachstum oder holistische Evolution zwischen den wichtigen Polaritäten der Individualität und des Gemeinschaftssinns können durch eine dritte lebendige Kraft vermittelt werden, die Heraklit »Physis« nannte, eine allgemeine kreative Kraft der Natur. Bergsons (1965) *élan vital*, der Perls beeinflußte (1969b, 63f.), ist mit dieser kreativen Lebenskraft oder Physis identisch; sie ist charakteristisch für die Gestalttherapie und ist das Erbe von Smuts (1926/1987). Perls anerkennt Smuts' Gedanken der energetischen Kraft, der kreativen Evolution als einen wesentlichen Einfluß auf sein Werk. Perls, Hefferline und Goodman (1951/1973) sprechen von der kreativen Transformation. Physis ist diese Lebenskraft, und sie hängt mit der Selbstaktualisierung, der Evolution, der Heilung und der Kreativität zusammen. Sie verbindet den biologischen und organismischen Aspekt der Gestalttherapie mit ihrem Potential für Transzendenz, unsere holistische Evolution und Spiritualität.[10]

Perls' Einfluß auf die Beratungs- und Psychotherapietheorie

Es gibt eine Fülle von Definitionen für Beratung und Psychotherapie und ebenso viele Versuche, zwischen den zwei Disziplinen zu unterscheiden. Obwohl dies eine interessante Diskussion ist, liegt sie jenseits des Interesses dieses Buches, und daher akzeptieren wir in diesem Kapitel Nelson-Jones' (1982) Argumente, daß die Versuche, zwischen Beratung und Psychotherapie zu unterscheiden, nie ganz treffend sind (Clarkson und Carrol 1993), und folgen dem Beispiel von Truax und Carkhuff (1967), die die Begriffe synonym verwenden.

Viele der theoretischen und praktischen Beiträge von Perls und anderen Neuerern der Zeit wurden quasi durch Osmose im gesamten Feld der Psychotherapie und Beratung, wie sie heute praktiziert wird, aufgenommen. Psychotherapeuten vieler Ausrichtungen haben diese Gedanken, die von Perls und seinen Zeitgenossen stammten oder verbreitet wurden, integriert. Gedanken, die in den vierziger und frühen fünfziger Jahren erneuernde Reaktionen auf die Psychoanalyse waren, sind heute so vollständig akzeptiert, daß es schwer ist, sich vorzustellen, wie radikal sie zu jener Zeit waren. Ein Geschmack davon, wie neuartig Perls' Beiträge zu seiner Zeit erschienen (im Gegensatz dazu, wie sie im heutigen Kontext erscheinen), wird in einem Interview mit Erving Polster deutlich:

> Ich ... erinnere mich an die Kraft, die davon ausging, wenn wir erlebten, wie jemand tiefe persönliche Erfahrungen in einer Gruppe von Menschen machte, die zuvor keinen engeren Kontakt miteinander gehabt hatten. Das war eine Offenbarung für mich. Es wurde damals nicht häufig praktiziert. Heute wird es für selbstverständlich gehalten, aber damals war es eine Erleuchtung, jemanden zu beobachten, der etwas sagte, das so mächtig war, daß die anderen zu weinen beginnen würden, gerade da, unter fünfzehn Leuten aus der Gegend, die nicht verwandt miteinander waren, die nicht einmal Freunde waren. (In Wysong und Rosenfeld 1982, 48)

Perls' Einfluß auf die humanistischen Psychotherapierichtungen

Perls hat eindeutig einen großen Einfluß auf die Entwicklung der humanistischen Psychotherapie gehabt. Gestaltgedanken und Methoden sind jetzt in den meisten humanistischen, transpersonalen und existentiellen Therapien weit verbreitet. Rowan (1988; 1992) hat einen umfassenden Überblick über die Art und Entwicklung humanistischer, existentieller und transpersonaler Psychotherapierichtungen gegeben. Seine Bücher sind von Referenzen auf Perls und Gestalt durchsetzt, und dennoch unterschätzen sie auf subtile, aber eindrückliche Weise das Ausmaß von Perls' Einfluß auf viele Gedanken, die er erörtert. Beispielsweise widmet er ein Kapitel den »Encountergruppen als Paradigma integrativer Psychotherapie« (1992, 118ff.), in dem er die wesentlichen Beiträge von Will Schutz, Jim Elliott und Elisabeth Mintz zur humanistischen Psychotherapie erwähnt. Obwohl er anerkennt, daß »Encounter mit den Körpertherapien und Gestalt übereinstimmt« (124), versäumt er es zu erläutern, daß Schutz (und in geringerem Ausmaß Mintz) in der *Entwicklung* ihrer Ideen nachhaltig und direkt von Fritz Perls und der Gestalttherapie ***beeinflußt war***. Fritz Perls und Will Schutz waren in Esalen zu jener Zeit feste Trainer, und zwar bevor Schutz die meisten seiner Bücher schrieb. Im Laufe der Zeit enzfernten sich die beiden Männer voneinander, aber im ersten Jahr ihrer Bekanntschaft war Schutz Teilnehmer in Perls' Workshops, und er schrieb selbst, wie sehr er Perls bewunderte und von ihm beeinflußt wurde (in Gaines 1979). An einer anderen Stelle zitiert Rowan Schutz (1973), um die Verpflichtung gegenüber der holistischen Integration des menschlichen Organismus zu belegen, welche ja einer der grundlegenden Glaubenssätze der humanistischen Richtung ist, ohne darauf hinzuweisen, welche entscheidende Rolle Perls in der Synthese von Körper und Psychotherapie in den frühen vierziger Jahren hatte (Perls 1947/1969a). Schließlich fügt Rowan seine eigenen Richtlinien für Gruppenteilnehmer hinzu und behauptet, sie seien auf einer Verschmelzung der Prinzipien von Schutz, Elliott und Mintz gegründet. Er erwähnt Perls als Quelle dieser Prinzipien nicht, obwohl diese Liste Aspekte einschließt wie Körperbewußtheit, das Hier-und-Jetzt, Verantwortungsübernahme, Unterstützung und Konfrontation, Aufmerksamkeit für die Sprachgewohnheiten wie zum Beispiel die Verwendung von Fragen statt Aussagen, die direkte Ansprache von Menschen und die Formulierung »ich« statt »es«. Dies waren alles Konzepte, die Perls bekannt gemacht hatte, bevor sie von den erwähnten Autoren aufgegriffen wurden, von denen einer (Schutz) direkt von Perls beeinflußt wurde, während eine andere (Mintz) nachfolgend im *Gestalt Journal* veröffentlichte. Natürlich steht es Rowan frei, für Ideen, die heutzutage weit verbreitet sind, diejenigen Quellen zu zitieren, die er möchte, aber wir hoffen, daß diese kurze Erörterung zeigt, wie Perls' direkter Einfluß auf das gesamte Feld humanistischer Beratung und Psychotherapie oft subtil geringgeschätzt oder übersehen wurde.

Parallelen zwischen Perls' Gedanken und einigen aktuellen psychoanalytischen Konzepten

Darüber hinaus wurden einige von Perls' Ideen unbewußt vom Hauptstrom psychodynamischer Psychotherapie assimiliert, oder sie wurden während der letzten zwanzig Jahre neu entdeckt, als die

Psychoanalyse zu neuem Leben erwachte, vor allem durch die Entwicklung der Objektbeziehungstheorie und der Selbstpsychologie. Dieser Abschnitt betrachtet die Parallelen zwischen einigen von Perls' Gedanken und bestimmten Aspekten heutiger Objektbeziehungstheorie und psychodynamischer Theorie. Er erforscht, wie Perls' Ideen *indirekt* von den psychodynamischen und psychoanalytischen Ansätzen ebenso wie auf offensichtlichere Weise von humanistischen Ansätzen assimiliert wurden. Es wird jedoch *nicht* der Versuch gemacht zu zeigen, daß die psychodynamischen und psychoanalytischen Therapeuten, die wir zitieren, *direkt* von Perls beeinflußt wurden, da es im großen und ganzen nicht zutrifft. Statt dessen behaupten wir, daß Perls zu gleicher Zeit ein Bestandteil und ein wesentlicher Initiator eines *Zeitgeistes* oder einer kulturellen Revolution war, die die Entwicklungen der letzten zwanzig Jahre ermöglichte: »Die Gestalttherapie ... ist bedroht von einer Form der Assimilation, die ihre besondere Identität zunehmend unterhöhlen wird. Es gibt Anzeichen dafür, daß die Gestalttherapie quasi durch Osmose von den psychotherapeutischen Hauptströmungen absorbiert wird, ohne daß ihre Beiträge erkannt oder anerkannt würden« (Miller 1989, 23).

Perls' Holismus und seine Synthese von Körper und Psychotherapie

Perls (1947/1969a; Perls, Hefferline und Goodman 1951/1973; Perls 1969b; 1976) verbreitete den Gedanken, daß das menschliche Wesen ein ganzer Organismus ist, der sich ständig mit anderen Menschen und dem Umweltfeld in einem Prozeß kreativen Austauschs befindet. Er glaubte, daß man menschliche Wesen nur verstehen kann, wenn man sie als Ganzes im Kontext ihrer Umwelt sieht. Eine holistische Haltung gegenüber Menschen und gegenüber dem Heilen ist heute weitgehend akzeptiert. Die meisten humanistischen Therapie- und Gesundheitsansätze behandeln die ganze Person, nicht das Symptom, und viele Ärzte bemühen sich, ihre Patienten holistisch zu behandeln. Es gibt auch Parallelen zwischen Perls' holistischer Auffassung des Selbst und dem Objektbeziehungskonzept des Selbst als kreatives, flexibles und sich selbst regulierendes Ganzes, das sich im Kontext der Beziehungen zu anderen Menschen entwickelt: »Eine Person ist ein ganzheitliches Selbst« (Guntrip 1973, 181).

Freuds Psychoanalyse hatte im großen und ganzen mit den verbalen und intellektuellen Prozessen des Patienten gearbeitet. Reich betonte im Gegensatz dazu den physischen Körper und die muskulären Spannungen des Patienten. Perls (1947/1969a; 1948) und Perls, Hefferline und Goodman (1951/1973) verschmolzen Aspekte der beiden Ansätze, kritisierten jedoch die Beschränktheit von beiden. Sie entwickelten eine einheitliche Methode der Psychotherapie, die Körper und Psychotherapie zu einer Synthese brachte, in der sich ihre holistische Grundauffassung spiegelte (s. S. 51ff.). Diese umfassende Einstellung, die damals neu und erfrischend war, hat seither so sehr auf die psychotherapeutische Welt gewirkt, daß sie fast selbstverständlich ist; so daß ein psychodynamischer Berater seine Trainees dazu anleitet, ihre grundlegenden Techniken des Hörens und Erinnerns durch die genaue Beachtung der nonverbalen Mitteilungen und Reaktionen des Klienten zu ergänzen. Die Bedeutung der Integration holistischer Ansätze in der Psychotherapie wird heute in vielen Zweigen der Psychoanalyse anerkannt: »Obwohl Reich in den fünfziger Jahren in Mißkredit geriet, greift man heute wieder gern auf seine Gedanken zurück. Viele seiner Ideen über die Charakterpanzerung und die Persönlichkeitsentwicklung werden heute als wesentliche Beiträge zur psychoanalytischen Theorie angesehen« (Bohart und Todd 1988, 91). Selten, wenn überhaupt, wird anerkannt, daß Perls sehr früh (in den dreißiger, vierziger und fünfziger Jahren) und in fruchtbarer Weise an Reich anknüpfte.

Korb, Gorrell und Van der Riet (1989) fassen zusammen, wie Gestalttherapie in vieler Hinsicht ihrer Zeit voraus war, insbesonder was die holistische Konzeption des menschlichen Wesens betrifft:

> In mancherlei Hinsicht haben die gegenwärtige Konzeptbildungen der therapeutischen Arbeit die Gestalttherapie eingeholt. Von Anfang an haben wir die Menschen als ganze Organismen betrachtet, die Teile enthalten, welche zusammen in einer Art und Weise funktionieren, die mehr als nur mechanistisch ist. Heutzutage, 1988, wird der holistische Standpunkt in zunehmendem Maß als Integration der Körper/Geist-Theorien und -forschungen akzeptiert. Heilung wird als einer der Prozesse eines ganzen und dynamischen Individuums betrachtet. Die Auffassung, daß jedes Individuum sich andauernd im Interaktionsprozeß mit seiner Umwelt befindet, wurde in neue Therapieansätze und in die Revisionen traditioneller Ansätze übernommen. (131)

Die therapeutische Beziehung:
Von der Übertragung zu Kontakt und Dialog

In seinem ersten Buch *Ego, Hunger and Aggression* (1947/1969a, zuerst: 1942) kritisierte Perls Freuds Überbetonung der Abstinenz des Therapeuten und der Übertragungsbeziehung. Er bestand darauf, daß der Therapeut sich selbst als menschliches Wesen und nicht als weiße Leinwand zeigt. Perls, Hefferline und Goodman (1951/1973) schlugen vor, die therapeutische Beziehung als Dialog zu gestalten, in dem der Therapeut in einem gleichwertigen Austausch Kontakt mit dem Klienten aufnimmt. Therapeut und Klient begegnen sich von Person zu Person. In diesem Dialog oder dieser Begegnung sollen sich - so schlagen sie vor - die Therapeuten als vollblütige, menschliche Wesen verhalten, die mitunter auch ihre gegenwärtigen Reaktionen auf den Klienten mitteilen oder ihre ursprünglichen Gefühle und Erfahrungen mit ihm austauschen. Die Therapeuten akzeptieren und bestätigen gleichzeitig die Gefühle des Klienten als in sich in der gegenwärtigen Situation gültig, ganz gleich, ob sie auch Gegenübertragungsmomente aufweisen oder nicht. Wenn ein Klient also ärgerlich auf den Therapeuten ist, nimmt der Gestalttherapeut nicht an, daß der Klient »in Wirklichkeit« ärgerlich auf seine Mutter, seinen Vater oder seinen Liebhaber ist, sondern akzeptiert, daß der Klient *jetzt* ärgerlich auf ihn *ist*, und er begegnet diesem Ärger auf seine eigene Weise - vielleicht in Form einer Entschuldigung für das Mißverständnis, das zwischen ihnen entstanden ist, vielleicht auch in Form einer ärgerlichen Erwiderung. Der Gestalttherapeut nimmt mit dem ärgerlichen Klienten von Person zu Person Kontakt auf. Obwohl Perls manchmal über Übertragung auf sehr verächtliche Weise sprach, verleugnete er deren Existenz größtenteils nicht; er wollte seine Leser jedoch auf die Tatsache hinweisen, daß die Psychoanalyse bis dahin die Begegnung von Person zu Person weitgehend ignoriert hatte.

Bis in die späten dreißiger und frühen vierziger Jahre glaubte die traditionelle Psychoanalyse, daß der Therapeut so weit wie möglich neutral bleiben sollte; er war ein leerer Spiegel, auf den der Klient seine eigene Geschichte und seine eigenen vergangenen Beziehungen projizieren konnte. Zumindest in der Theorie teilte der Psychoanalytiker seine wirklichen Gefühle dem Klienten nicht mit und versuchte wirklich, so wenig wie möglich von sich selbst zu zeigen - oft glaubte man, daß die ganze Psychoanalyse bedroht sei, wenn der Klient persönliche Informationen über den Therapeuten entdeckte.[11]

Perls verbreitete die Auffassung (die zuvor schon u.a. von Horney, Sullivan, Ferenczi und Buber zur Sprache gebracht worden war), daß die Beziehung von Person zu Person zwischen zwei realen und gleichen menschlichen Wesen in der Therapie ebenso wichtig für den Heilungsprozeß sei wie die Übertragungsbeziehung; und er betonte die Notwendigkeit eines kooperativen Dialogs zwischen Therapeut und Klient. Die Gedanken von Perls und seinen Vorgängern zu den Themen Beziehung und Dialog haben ganz sicher eine sehr starke Wirkung auf die nachfolgende Entwicklung der Psychotherapie gehabt; sie wurden aber *auch* ganz unabhängig davon in anderen therapeutischen Schulen neu entdeckt.

Viele humanistischen, existentiellen, psychodynamischen und psychoanalytischen Therapeuten bzw. Berater haben seither die wirkliche oder erwachsene Beziehung betont, während andere viele unterschiedliche Beziehungen beschrieben haben, die in die gesamttherapeutische Beziehung eingewoben sind (Rowan 1988; Yalom 1980; Greenson 1967, 1971; Greenson und Wexler 1969; Jacobs 1988; Clarkson 1990). Viele Autoren der Selbstpsychologie und der Objektbeziehungstheorien betonen die selektive Nutzung der Selbstoffenbarung des Therapeuten, wie dies in den folgenden Beispielen veranschaulicht wird, die Parallelen mit Perls' Gedanken zeigen.[12] Kohut (1984) riet den Psychoanalytikern eine entspannte, leichte und empathische Art an den Tag zu legen und emotional für den Klienten verfügbar zu sein. Guntrip (1973) glaubte ganz fest daran, daß der Therapeut eine echte Person in der Therapie sein sollte: »[Der Therapeut muß] ... ein ganzes, wirkliches, menschliches Wesen [sein] ... und nicht nur ein professioneller Interpretor ... Nur dann kann der Patient sich selbst finden und zu einer eigenständigen Person werden« (66). Masterson (1981) bestand ebenfalls darauf, daß die traditionelle therapeutische Neutralität aufgegeben oder modifiziert werden sollte, damit die Klienten mit der Destruktivität einiger ihrer Verhaltensweisen konfrontiert werden können. Kahn (1991), ein integrativer Psychologe, empfahl dem Therapeuten, ursprünglich und transparent zu sein und sich nicht hinter einer Maske zu verstecken.

Die Assimilation von Perls' Betonung des Hier-und-Jetzt

Perls (1947/1969a) kritisierte Freud wegen seiner Überbetonung der Vergangenheit und seines »archäologischen Ansatzes«. Zu der Zeit, als Perls das schrieb, haßte er das psychoanalytische Establishment.

Seither haben einige Psychoanalytiker selbst Freud in ähnlicher Weise kritisiert. Spence (1982) beispielsweise meint, daß Freuds »archäologisches« Therapiemodell unangemessen sei.

Perls erweiterte das professionelle und das laienhafte Interesse am existentiellen Konzept des Hier-und-Jetzt vielleicht mehr als jeder seiner Zeitgenossen, und er betonte, »daß das Wichtigste, worauf man achten muß, eben das ist, was gerade jetzt vor sich geht, sei es im Klienten oder zwischen den anwesenden Teilnehmern« (Rowan 1992, 119). Die Bedeutung der Interaktion im Hier-und-Jetzt zwischen Klient und Therapeut ist inzwischen gemeinsam mit der Bewußtheit des gegenwärtigen Prozesses von vielen unterschiedlichen humanistischen, psychoanalytischen und psychodynamischen Schulen übernommen worden. Die meisten humanistischen und existentiellen Therapien betonen das Konzept des Hier-und-Jetzt. Rowan (1992) sagt, daß zu den »Ansätzen, die sich auf diesen Aspekt spezialisieren, Gruppenanalyse, persönliche Konstrukttherapie, kognitiv-behaviorale Therapie, neurolinguistisches Programmieren, existentielle Analyse, personzentrierte Therapie gehören« (119), aber auch Gestalttherapie und Encountergruppen. Auch der Objektbeziehungsansatz legt viel Wert auf die gegenwärtigen Beziehungen und auf gegenwärtige Bewußtheit:

> Gleichzeitig liegt die Konzentration auf die Interaktion im Hier-und-Jetzt zwischen Klient und Therapeut auch im gegenwärtigen Trend traditioneller neofreudianischer Therapie, außer in sehr altmodischen Zentren; dies rührt zweifellos teilweise vom Einfluß der Gestalttherapie her und von der Konkurrenz mit ihr und anderen gegenwartszentrierten Therapien, aber teilweise auch von der gleichzeitigen Entwicklung der Objektbeziehungstheorie, die der Vergangenheit zwar in etwas direkterer Weise ursächliches Gewicht geben mag, aber im Hinblick auf die Verwendung der gegenwärtigen Interaktion in der Therapie zu einem ganz ähnlichen Ergebnis gekommen ist (s.z.B. Winnicott 1986). (Wheeler 1991, 95f.)

Die moderne psychodynamische Beratungstheorie legt in der Beratungssituation gleich viel Wert auf die »Gegenwart hier« und die »Gegenwart dort« wie auf die »Vergangenheit dort« (Jacobs 1988). Untersuchungen zufolge (Nicholson und Berman 1983) sind therapeutische Behandlungen, die das frühe Kindheitsmaterial nicht ausführlich erforschen, ebenso effektiv wie Therapien, die dies tun. Das scheint Perls' Betonung der gegenwärtigen Bewußtheit zu unterstützen, obwohl Perls und andere Gestaltexperten die Vergangenheit nicht ignorieren: Sie arbeiten auf aktive und spontane Weise damit, indem sie das unerledigte Geschäft der Vergangenheit in die gegenwärtige Situation bringen.

Während Perls viele humanistische, existentielle und transpersonale Psychotherapien und Autoren (z.B. Gabrielle Roth, Will Schutz, Rollo May, Sam Keen) zweifellos direkt beeinflußte, kann nicht nachgewiesen werden, daß Perls auch die Positionen der gegenwärtigen Objektbeziehungstheoretiker oder der psychodynamischen Theoretiker unmittelbar geprägt hat. Perls' Beitrag bestand darin, daß er wie kein anderer seiner Zeit die Aufmerksamkeit eines breiten Publikums auf die gegenwärtige Bewußtheit und die phänomenologische Erforschung des bestehenden Feldes als therapeutische Zugänge lenkte. Er half also dabei, eine Atmosphäre herzustellen, in der eine ganze Reihe künftiger Theoretiker die Bedeutung des Hier-und-Jetzt-Prozesses unweigerlich integrierten.

Perls' Betonung der existentiellen Konzepte von Wahlfreiheit und Verantwortung

Freuds Sicht der Menschheit war im wesentlichen deterministisch. Primäre und grundlegende Triebe bestimmen das gesamte menschliche Verhalten. Die Reaktionen der Menschen werden von ihren instinktiven Trieben, die biologisch vererbt sind, festgelegt. Die grundlegenden Prämissen seiner Triebtheorie bestimmten durchgängig Freuds theoretische Perspektive, auch wenn er später eine Reihe von Modifikationen einführte, die die ausschließliche Betonung der Triebprozesse als einzige Determinanten menschlicher Erfahrung und menschlichen Verhaltens zurücknahmen. Freud glaubte, daß Verdrängung universell sei und notwendigerweise aus der grundlegend antisozialen Natur menschlicher Leidenschaften hervorgehe. Wir alle haben also unterdrückte Wünsche. Ob wir dann gestört oder relativ symptomfrei sind, hängt davon ab, wie unsere Persönlichkeiten diese unterdrückten Wünsche regulieren. Das hängt den Freudianern zufolge von den entscheidenden, prägenden Erfahrungen in unseren Familien in der frühen Kindheit ab: »Die Psychoanalyse nimmt an, daß man in wirklich wichtigen Augenblicken seines Lebens unbewußt von der Vergangenheit gefangen ist« (Adelson und Doehrman 1980, 100).

Perls verbreitete die Konzepte des freien Willens und der existentiellen Wahlfreiheit. Er behauptete, daß die Menschen von Augenblick zu Augenblick wählen, wer und wie sie sind, daß sie daher für viele Aspekte ihres Lebens einschließlich ihrer neurotischen Symptome, der Bedeutung, die sie ihren Erfahrungen beimessen und der Institutionen, die sie schaffen und dulden, verantwortlich sind. Selbst heute noch sind dies Gedanken, die uns grundsätzlich herausfordern. Zur Zeit, als Perls sie niederschrieb, waren sie radikal.

Zwar ist Yalom (1980) gegenüber Perls' gelegentlicher Überbetonung der Verantwortlichkeit[13] nicht unkritisch; er anerkennt aber im vollen Umfang das Ausmaß und die Qualität von Perls' Beitrag zum Konzept der Verantwortung als wichtiges therapeutisches Thema: »Unter den Befürwortern eines aktiven Therapiestils beim Verständnis von Verantwortung war niemand eindeutiger und erfinderischer als Fritz Perls« (Yalom 1980, 264). Yalom hat den weitreichenden Einfluß von Perls' Werk auf das Verständnis von Verantwortung im gesamten Feld der Psychotherapie sowie im allgemeinen Denken und in den Veröffentlichungen in Amerika gründlich untersucht. Er behauptet, daß das Konzept der Verantwortung ins öffentliche Bewußtsein gedrungen ist und die Themen und das Verhalten der Gruppenleiter (er zitiert Rollo May und Albert Ellis) in psychotherapeutischen Workshops mitbestimmt sowie Autoren populärer psychologischer Schriften wie Dyer (1978) und Weinberg (1978) beeinflußte. Yalom überprüft auch die Forschungslage zur Frage, ob das Bewußtsein von Verantwortung als Folge von Therapie erhöht wird und ob die Übernahme von Verantwortung wirklich bedeutsam und wohltuend oder nützlich ist. Er kommt zu dem Schluß: »Alle diese Daten legen nahe, daß der erfolgreiche Psychotherapiepatient sich seiner persönlichen Verantwortung für sein Leben bewußter wird« (Yalom 1980, 266) - eine Schlußfolgerung, die die große Wirkung von Perls' Popularisierung des Konzepts persönlicher Verantwortung auf das gesamte Feld der Psychotherapie belegt.

Perls' Verbreitung der phänomenologischen Untersuchungsmethode

Perls (1957/1969a) führte das Konzept phänomenologischer Untersuchung in das Feld der Psychotherapie und Beratung ein, damit wir ein richtiges Gespür für »die Sache an sich« erhalten. Er drängte die Therapeuten dazu, alle Vorannahmen beiseite zu lassen und das zu beschreiben, was sie wahrnahmen, ohne es zu erklären oder zu interpretieren, und er sah darin einen Weg, das Wesen der Erfahrung aufzuspüren.

Das stand in direktem Gegensatz zu der gut etablierten psychoanalytischen Methode der freien Assoziation und der Interpretation. Die meisten Analytiker dieser Zeit diagnostizierten und analysierten die Reaktionen ihrer Klienten in eben der Weise, wie Perls sie kritisierte. Weit davon entfernt, dem Klienten ohne Voreingenommenheit zu begegnen, glaubten sie, daß es zu ihrer wesentlichen Aufgabe gehöre, ein gründliches Wissen über Freuds komplexe Theorien der Kindheitsentwicklung zu besitzen und dies dann auf die Klienten, die sie behandelten, anzuwenden sowie die gegenwärtigen Verhaltensweisen ihrer Klienten in einer Sprache der Vergangenheit zu erklären.

Wenn Perls also empfahl: »Wendet die Beschreibungstechnik an ... Ich meine nicht, daß ihr psychoanalysieren sollt«, (1947/1969a) dann forderte er die am meisten geschätzten Methoden seiner Profession heraus. Perls (1947/1969a) und Perls, Hefferline und Goodman (1951/1973) eröffneten erneut die Diskussion über verschiedene technische Fragen, von denen man vorher geglaubt hatte, sie seien erledigt; und auf diese Weise bereitete er den Weg für die Fülle verschiedener theoretischer Ansätze, die sich in den fünfziger und sechziger Jahren entwickelten. Yontef (1991) hat darauf hingewiesen, daß sich heute einige Arten der Psychoanalyse sehr viel mehr in die Nähe der gegenwärtigen Erfahrung von Klient und Therapeut begeben und sich dabei der phänomenologischen Zugehensweise angenähert haben. Er glaubt jedoch, daß selbst das neuere psychoanalytische Verständnis der Phänomenologie begrenzt ist:

> Aber es gibt eine Grenze für den phänomenologischen Fokus selbst der modernsten psychoanalytischen Therapien. Sie kommen immer noch vom Erbe der freien Assoziation und Interpretation her und erweitern das phänomenologische Vorgehen nicht in der Weise, daß sie das phänomenologische Fokussierungstraining oder das Experimentieren einschließen. Experimentelle Phänomenologie ist noch kein Bestandteil der erweiterten psychoanalytischen Therapien. (18)

Die Wirkung des Holismus und der Feldtheorie auf die Psychotherapie

Perls (1947/1969a) war von Smuts (1987; zuerst 1926) und Lewin (1935) dazu inspiriert worden, die Perspektiven der Feldtheorie in den

Bereich der Psychotherapie einzuführen und machte sie einer breiteren und anderen Leserschaft bekannt als Lewin es getan hatte. Die damalige Psychoanalyse schien tief in die verborgenen Bedeutungen der individuellen Charakterstruktur, der Träume und Kindheitserinnerungen einzutauchen und ignorierte dabei manchmal die gegenwärtige soziale Welt. Sie untersuchte Symptome und forschte nach Erklärungen und Lösungen innerhalb des Individuums, sie ermutigte die Klienten, ihr gegenwärtiges Leben neu zu überprüfen, um herauszufinden, wie ihre unbewußten Gefühle ihre gegenwärtigen Wahrnehmungen einfärbten. So schreiben Bohart und Todd (1988) die wachsende Popularität der Psychologie und Psychoanalyse in der ersten Hälfte dieses Jahrhunderts auch der Tatsache zu, daß sie im wesentlichen konservativ waren: Probleme konnten so definiert werden, als ob sie innerhalb des Individuums angesiedelt wären. Daher konnten Lösungen gefunden werden, die keine Veränderung bei irgend jemand anderem erforderten - nicht in der großen Gemeinschaft, in der Gesellschaft oder in der Politik und im Erziehungssystem.

Perls' Betonung der Ganzheiten und der Interdependenz zwischen dem einzelnen und seiner Umwelt forderte den politischen Status quo heraus. Er und Goodman waren sehr kritisch gegenüber den sozialen Sitten, den Institutionen und den Erziehungsmethoden ihrer Zeit, und sie glaubten, daß diese zur Enstehung des modernen, gespaltenen Menschen beitrugen. Wenn die Institutionen zur Malaise des modernen Menschen beitragen, dann müssen sie verändert werden: »Und nichts ist leider deutlicher, als daß bestimmte Spannungen und Blockierungen nicht gelöst werden können, wenn es nicht einen wirklichen Wandel in der Umwelt gibt, der neue Möglichkeiten anbietet. Wenn die Institutionen und Sitten sich änderten, würden viele der lästigen Symptome sehr plötzlich verschwinden« (Perls, Hefferline und Goodman 1951/1973, 281).

Viele Psychotherapieansätze halten es heute für selbstverständlich, daß man den einzelnen vor seinem Hintergrund betrachtet, und einige Familientherapeuten bevorzugen die Arbeit mit dem ganzen Familiensystem. Aber zu der Zeit, als Perls *Ego, Hunger and Aggression* schrieb (in den frühen vierziger Jahren), war das Denken in Begriffen des umfassenderen Feldes eine radikale Neuerung, während sich heutzutage holistisches Gedankengut im Zusammenhang mit dem zunehmenden Verständnis der Chaostheorie verbreitet (Clarkson 1992b).

Die Wirkung von Perls' Betonung der Gesundheit und der Selbst-Verwirklichung

Perls und seine Kollegen glaubten, daß menschliche Wesen eine natürliche Fähigkeit besitzen, gesund zu sein und sich kreativ zu entwickeln. Warum war dies solch eine wichtige Neuerung? Bis in die späten dreißiger Jahre hinein war die Psychoanalyse weitgehend pessimistisch geblieben, und sie hob hervor, daß die menschlichen Triebe antisoziale, dunkle, unmenschliche Kräfte seien. Die Integration in die Gesellschaft erforderte die Kontrolle oder Unterdrückung dieser Triebe und daher glaubte man, daß in den menschlichen Wesen konkurrierende Kräfte wirkten; die Menschen waren in ständigem Konfklikt mit sich selbst. Menschliche Gesundheit wurde daher darin gesehen, daß das Selbst durch die höchst wertvollen sozialisierten Anteile dominiert wurde. Als Perls (1947/1969a) dann aber behauptete, daß die menschlichen Wesen über eine ihnen innewohnende Fähigkeit verfügen, sich zu regulieren und zu verwirklichen, vollzog er einen radikalen und dramatischen Bruch mit den psychoanalytischen Glaubenssätzen jener Zeit. Perls, Hefferline und Goodman (1951/1973) arbeiteten die Strukturen und Dynamiken der sich selbst regulierenden und selbst aktualisierenden Bedürfnisse beim Menschen heraus und beschrieben sie. Diese komplexe Theorie hatte einen sehr großen Einfluß auf das *Human Potential Movement* und die Humanistische Psychotherapie, die sich in den fünfziger und sechziger Jahren entwickeln sollte.

Perls und seine Kollegen waren auch innovativ und einflußreich in der Art und Weise, wie sie ihre Prinzipien menschlicher Entwicklung bei gewöhnlichen Menschen anwandten. Sie diskutierten ausführlich die normalen, gesunden Prozesse gewöhnlicher Menschen, und ihre Schriften sind voll von Beispielen gesunder Menschen unter ganz gewöhnlichen Umständen. Bis dahin waren Psychologie und Psychiatrie weitgehend damit beschäftigt, schwer gestörte Menschen zu behandeln und deren Verhaltensweisen zu erklären oder Soldaten und Opfer von Kriegsneurosen und -traumen zu versorgen. Die psychoanalytischen Schriften betonten im allgemeinen die Erforschung und Beschreibung pathologischer Prozesse. Die tatsächliche Erfahrung mit Psychoanalyse war teuer, zeitaufwendig und intellektuell anspruchsvoll; zum größten Teil war sie daher nur für eine winzige intellektuelle und wohlhabende Minorität verfügbar.

Auf diesem Hintergrund war es revolutionär, einen großen Teil von *Ego, Hunger and Aggression* (Perls 1947/1969a) und auch *Gestalt*

Therapy (Perls, Hefferline und Goodman 1951/1973) an gewöhnliche Menschen als Anleitung zur Selbsthilfe zu richten. Die »Anleitungen« stellen Übungen bereit, die den gewöhnlichen Menschen in die Lage versetzen, seine gegenwärtige Funktionsweise zu erkunden und Experte für seine eigene Psychologie zu werden. Für heutige Leser, die für alles einen Do-it-yourself-Führer bekommen können, ist es schwer vorstellbar, wie förderlich dieser Schritt war. Obwohl die theoretischen Teile beider Bücher anspruchsvoll sind, sind die Selbsthilfe-Teile relativ benutzerfreundlich.

Perls' erstes Buch markiert einen historischen Wendepunkt im psychotherapeutischen Feld. Es war Teil einer allgemeinen Bewegung, zu der es gleichzeitig einen Beitrag leistete, einer Bewegung, die den Würgegriff der psychiatrischen Profession lockerte und die Stärkung des einzelnen förderte, sich selbst zu helfen und zu verwirklichen. Die Veröffentlichung von *Ego, Hunger and Aggression* in Südafrika im Jahr 1942 beispielsweise fiel mit der Veröffentlichung von Rogers' erstem Buch zusammen; die Veröffentlichung in Großbritannien im Jahr 1947 geschah dann zur gleichen Zeit, als die erste »T-Gruppe« oder das erste Sensibilisierungs-Training im *National Training Laboratory* in Bethel/Maine/USA durchgeführt wurde, wo in einem Sommer-Workshop zum ersten Mal quasi therapeutische Dienste für nicht gestörte einzelne verfügbar wurden.

Perls' Karriere blieb dann weiter fruchtbar in dem populären Bestreben, psychologische Prinzipien auf die menschliche Entwicklung für gewöhnliche Menschen anzuwenden. Nach *Gestalt Therapy* werden die von Perls veröffentlichten Bücher zunehmend populär im Ton. Obwohl die anti-intellektuelle Natur der Perlsschen Gestalt seinerzeit nachteilige Effekte auf die unmittelbare theoretische Entwicklung der Gestalttherapie hatte (s. Kap.4), vermittelte Perls die Konzepte persönlicher Entwicklung und psychischen Wachstums an eine breite Auswahl von Laien ebenso wie an professionelle Zuhörer in den USA. Er reiste durch Amerika und zeigte seine Techniken vor überfüllten Auditorien; während Perls in Esalen war, bot er Selbsterfahrung für kluge, gut funktionierende Amerikaner an, die sich entschlossen hatten, die Ferien für ihre persönliche Erforschung zu nutzen. In den Jahren zwischen 1947 und 1970 hatte sich das Bild der Psychologie in der westlichen Welt erweitert und verwandelt, so daß man es kaum noch wiedererkennen konnte, und Perls hatte - neben vielen anderen - bei dieser Expansion eine Schlüsselrolle eingenommen.

Wenn wir diesen Abschnitt zur Übernahme der Ideen Perls' durch die allgemeine psychotherapeutische Theorie zusammenfassen, können wir feststellen, daß Perls und seine Kollegen als Neuerer sehr wirksam waren und eine Reihe von psychotherapeutischen Prinzipien und Praktiken beschrieben, die längst vom allgemeinen Feld der Psychotherapie absorbiert worden sind. Weitere werden jetzt von anderen Therapeuten aller Richtungen neu entdeckt. Miller (1989) beschreibt ein spezielles Beispiel für diesen Prozeß:

> Neulich las ich zufällig das Manuskript eines Buches von Dr. Michael Robbins (1991), einem bekannten Analytiker, über die Therapie »primitiver Persönlichkeiten«, also Borderline-, narzißtische und schizoide Charaktertypen ... Der Autor argumentiert in diesem Text, daß ein orthodoxer psychoanalytischer Ansatz, der auf inneren Konflikten, Abwehrmechanismen und einer Therapie gründet, die die Intention hat, unbewußte Kräfte ans Licht zu bringen, nicht mit solchen Persönlichkeiten arbeitet. Er will das traditionelle analytische Modell in der Weise revidieren, daß es dem Wechselspiel zwischen dem Selbst und anderen Rechnung trägt, statt das Selbst auf die innere Welt eines einzelnen Menschen zu beschränken. Er definiert Introjektion und Projektion als mentale Konstrukte, die ständig in den gegenwärtigen Beziehungen einer Person hervorgebracht und neu geschaffen werden, statt als übriggebliebene Reste, die in der Persönlichkeit von früher Kindheit an verankert sind. Er schlägt einen existentialistischen Ton an, wenn er behauptet, daß unauthentisches Verhalten entsteht, wenn man sich selbst aktiv in der Weise vergewaltigt, daß man die Erwartungen anderer erfüllt, statt die Wahrheit seines eigenen Wesens zu erfassen. Er bezeugt seinen Respekt für den Erfindungsgeist, der bei der Symptombildung verlorengeht; das heißt, er entdeckt deren Wurzeln in den kreativen, wenn auch schmerzlichen Verrenkungen von Kindern, die ihre Verbindung zu gestörten Familiensettings, die ja für das Überleben der Kinder wesentlich sind, aufrechterhalten. Er gibt der Erfahrung des Patienten Priorität gegenüber den Interpretationen des Therapeuten. Und er weigert sich, die Beziehung zwischen Therapeut und Patient auf ein bloßes Beispiel der Übertragung zu reduzieren. *Dieser Text formuliert in der Sprache der psychoanalytischen Objektbezie-*

hungstheorie praktisch alle grundlegenden Prinzipien der Gestalttherapie, die von Frederick und Laura Perls und Paul Goodman vor vierzig Jahren zum Ausdruck gebracht wurden. Vielleicht hatte Perls recht, als er sagte, daß er sie nur wiederentdeckt hatte, denn heute scheinen sie von anderen wieder neu entdeckt zu werden. (23, kursiv d.A.)

Schlußbemerkung: Die Ideen sind oft größer als der Mensch

Perls war Mitbegründer eines der kreativsten Ansätze der Psychotherapie, die in diesem Jahrhundert entwickelt wurden, und er verbreitete diesen Ansatz. Er war ein außergewöhnlich scharfsinniger und intuitiver Trainer und Therapeut. Und doch rufen viele Aspekte dieses Menschen persönliche Abneigung hervor. Glücklicherweise sind die Ideen, wie dies oft der Fall ist, größer als der Mensch. In der Ästhetik tobt eine wilde Debatte darüber, ob ein Kunstwerk getrennt vom Leben des Künstlers beurteilt werden soll (Orwell 1980). Wissenschaftler und Laien denken darüber nach, in welchem Ausmaß Oppenheim persönlich für Nagasaki verantwortlich ist. In ähnlicher Weise müssen wir jeweils in Betracht ziehen, in welchem Umfang ein psychotherapeutisches System am Leben und der ethischen Einstellung seiner Erfinder gemessen werden kann.

Fritz Perls wurde von vielen als ein inspirierendes Genie betrachtet, das »die Möglichkeiten der Therapie erweiterte« (Polster 1992) und »brillant in seiner Konzeptualisierung sowohl der Theorie als auch der Praxis war« (Yontef 1992a). Diese positiven Einschätzungen beleuchten den Kontrast zwischen seinen außergewöhnlichen Errungenschaften auf der einen und seinen Schwächen - wie seine unberechenbare Theorieentwicklung, seine beschämenden Kontakte mit Klientinnen oder seine unethische Ausbeutung von Gruppenteilnehmern - auf der anderen Seite.

Solch eine Polarisierung trifft natürlich nicht nur auf Fritz Perls zu, sondern wird beim Studium vieler herausragender Persönlichkeiten deutlich.[14] Ihr persönliches Versagen steht oft in schmerzlichem Gegensatz zu ihren Gaben. Freuds Beitrag zum Verständnis der Sexualität beispielsweise muß durch seine offensichtliche Leugnung der Realität weitverbreiteten sexuellen Mißbrauchs in der Kindheit vieler Frauen, die er behandelte, modifiziert werden (Masson 1989, 89ff.).

Berne sah Intimität als Ziel der Transaktionsanalyse an, aber er konnte offensichtlich selbst niemals eine befriedigende und anhaltende Liebesbeziehung verwirklichen (Jorgensen und Jorgensen 1984, 129). Der große Protestant und existentialistische Theologe Paul Tillich (1973) hatte einen Anteil an sado-masochistischer Sexualität, die in krassem Gegensatz zu seinen inspirierten und inspirierenden Predigten stand (Hannah Tillich 1973). Jung offenbarte Rassismus in seinen Schriften.[15] Wie Fritz Perls hatte auch Jung sexuelle Beziehungen zu Patienten außerhalb seiner Ehe, und er vermischte die Therapie mit seiner eigenen Traum-Analyse. Melanie Klein, Expertin der Psychologie und Psychotherapie des Kindes, analysierte ihre eigenen Kinder (was heute als extrem unethisch angesehen wird) und hatte offensichtlich die scheußlichsten Beziehungen zu ihnen (Grosskurth 1985). Scheinbar gibt es selten große Talente ohne große Fehler. Wir möchten hervorheben, daß wir *nicht* versuchen, Perls' Fehltritte zu entschuldigen, sondern sie in einen größeren Zusammenhang zu stellen, und wir behaupten, daß er ungeachtet seiner Fehler einen bedeutenden Beitrag für das Feld der Psychotherapie leistete.

Gleichzeitig scheint es ein verbreitetes kollektives Bedürfnis zu sein, diejenigen, die mehr erreichen als das Mittelmaß, zu beschimpfen, zu kritisieren oder ihnen Fehler anzuhängen. Oft ist die Verunglimpfung, die der anfänglichen Verherrlichung folgt, umso größer, je größer die Errungenschaft ist. Selbst Rogers (1951; 1959), der für viele einer der hervorragendsten und beispielhaftesten Psychotherapeuten ist, wurde heftig kritisiert, letztlich wegen seines »Wohlwollens« (Masson 1989, 243)! Der unvermeidbare Preis für Errungenschaften scheint der Neid anderer Menschen zu sein (Berke 1989). Kein Wunder also, daß Rollo May vom »Mut zur Kreativität« (1975) schreibt, und dies als Titel für eines seiner besten Bücher wählt. Fritz Perls war sicherlich kreativ und außergewöhnlich. Er hatte den Mut, sich dafür zu entscheiden, beneidet zu werden statt zu beneiden, und zog mehr als die ihm zukommende Kritik auf sich, vielleicht weil er so außergewöhnlich offen im Hinblick auf viele Aspekte von sich selbst, seiner Arbeit und seinem Leben war. Philippson (1992) meint, daß Perls ironischerweise *innerhalb seines eigenen Rahmens* sehr integer war: »Seine Handlungen waren offen und stimmten mit seinen Werten, einschließlich der sexuellen Überzeugungen, überein. Wir haben unterschiedliche Werte!« Was heute verpönt ist, kann morgen zur guten Praxis werden. Und was heute gute Praxis ist, kann in

Zukunft als einschränkend oder sogar schädlich eingeschätzt werden.[16] Die unwidersprochenen Wahrheiten einer Epoche erscheinen oft sehr fehlerhaft im Licht der Geschichte oder der Entwicklungen in den Naturwissenschaften und der Kunst. Fritz Perls als Person, sein Leben und Werk sind diesen Wechselspielen des Schicksals bereits unterworfen gewesen.

Während eines großen Teils seines Lebens wurden die innovativen Ideen, die Perls zusammen mit Laura Perls und Paul Goodman kreierte, vollkommen ignoriert, außer von einigen wenigen Personen, die ihr Potential erkannten und in der Lage waren, Goodmans poetische und komplizierte Prosa zu verstehen. In dem Jahrzehnt vor seinem Tod errang Perls internationalen Ruhm. Er wurde von vielen verehrt. Nach seinem Tod gaben einige Gestalttheoretiker ihre Schuld ihm gegenüber zu, aber viele versuchten rasch, die Balance im Berühmtheitsgrad wiederherzustellen und betonten die Tatsache, daß Laura Perls' und Paul Goodmans Rolle bei der Enstehung der Gestalttherapie stark unterschätzt worden war. Bei ihren Versuchen, Laura Perls, Paul Goodman und andere wertzuschätzen, haben diese Leute oft unglücklicher- und überflüssigerweise wiederum die Beiträge von Fritz Perls entwertet. Vielleicht wird es jetzt möglich sein, die einzigartigen und unterschiedlichen Beiträge von jedem der Gründer der Gestalttherapie anzuerkennen, ohne die der anderen zu verunglimpfen.

Es ist eine große Versuchung, eine zusammenfassende Aussage über Fritz Perls zu formulieren, die die vielen Paradoxa seines Werkes und seines Lebens auflöst. Aber wie die Gestalttherapie selbst ist das Leben und der Beitrag von Fritz Perls eine Ganzheit, in der viele andere Ganzheiten eingebettet sind, und in denen Polaritäten miteinander existieren. Wann immer irgendein Aspekt von Fritz oder seinem Werk Figur wird, sind die anderen Aspekte notwendigerweise Hintergrund im gesamten Feld. Es liegt in der Natur der Ganzheiten, daß wir unterschiedliche Facetten auf unterschiedliche Weise zu verschiedenen Zeiten erleben. So mag der Betrachter unserer Zeit in einem Moment Perls' Fähigkeit, viele unterschiedliche theoretische und kreative Strömungen zu einer Synthese zu bringen, und auf diese Weise eine neue in sich stimmige Ganzheit hervorzubringen, bewundern. Zu einem anderen Zeitpunkt ist er vielleicht entsetzt über dessen ungehöriges Benehmen und seine Schlampigkeit. Dann ist er womöglich tiefgehend schockiert von dessen konfrontativem und unethischem Verhalten. Später bewundert er wiederum dessen Intuition und scharfe Beobachtungsgabe, um dann plötzlich von seiner sanften Geduld überrascht zu sein. Wir haben jene Aspekte von Perls und seinem Werk beschrieben, die uns am wichtigsten erschienen, und haben dem Leser unsere Reaktionen mitgeteilt, aber letztlich sehen wir Perls holistisch und aus einer Feldperspektive.

Paraphrasiert man Perls selbst, so führt die genaue Untersuchung isolierter Teile der Person nur zu einem Verständnis jener isolierten Teile. Das Wesen des ganzen Perls kann niemals durch Analyse der Teile erfaßt werden. Die Ganzheit der Person muß respektiert werden. Analytische Versuche, sie aufzubrechen, ihr Leben und ihr Werk in Stücke aufzuteilen, vernichten das Wesen der ganzen Person und ihres Werkes, das man zu untersuchen beabsichtigte. Dieses Buch ist kein Gerichtsverfahren, sondern im wesentlichen ein phänomenologischer Bericht über Fritz Perls' Vermächtnis auf der Grundlage der Erfahrungen dieser Autoren zu dieser Zeit in diesem Feld. Es gründet auf Perls' eigenen Aussagen; den Erinnerungen, Überzeugungen und Erfahrungen anderer Menschen; unserem subjektiven Verständnis und unserer unausweichlichen Parteilichkeit. Wir bieten keine abschließende Aussage an. Es gibt ebensoviele Möglichkeiten, eine Person zu betrachten, wie es Menschen gibt, die sie betrachten. Wie in Kurosawas Film *Rashomon* (1969) gibt es keine letzte Wahrheit. Wir laden jeden Leser dazu ein, seine ganz eigene, existentielle Deutung aus den Eindrücken, die wir wiedergegeben haben, zusammenzustellen.

Anmerkungen

1. Die Untersuchung von Lieberman, Yalom und Miles wurde 1967 konzipiert und 1973 veröffentlicht.
2. Lieberman, Yalom und Miles (1973) definieren es als psychischen Zusammenbruch, wenn eine Person »durch die Erfahrung [des Gruppenencounters] psychologisch Schaden genommen hat ... der Gruppenteilnehmer hat nicht nur irgendeine psychologische Dekompensation erlebt, sondern dies muß auch anhaltend geschehen sein, und es muß Belege dafür geben, daß die Gruppenerfahrung das auslösende Moment war« (6, 172).
3. Einige Aspekte der Freudschen Theorie hinsichtlich der Kindheitsentwicklung wurden natürlich seither von vielen bedeutenden Psychoanalytikern in Frage gestellt und modifiziert, beispielsweise von Klein und Kohut.

4. Beispielsweise erörtert Kepner die Ähnlichkeit zwischen vielem, was Perls schrieb, und den Theorien Kurt Lewins. Sie erklärt die sehr unterschiedliche Praxis von Perls und Lewin mit deren unterschiedlichen Aufmerksamkeitsrichtungen. Lewin war Sozialpsychologe, und für ihn war die soziale Umwelt die Figur; Perls dagegen war Arzt und Psychotherapeut, und in der Praxis wurde vor allem die Person und der persönliche Wandel für ihn zur Figur. Seine Theorie folgte jedoch wie die Lewins einer ähnlichen Linie der Gestaltpsychologie und der organismischen Theorie Goldsteins (siehe 1. und 2. Kapitel).
5. Siehe hierzu auch die jüngeren deutschsprachigen Arbeiten Portele (1994) oder Fuhr, R./Gremmler-Fuhr, M. (1991).
6. Siehe hierzu auch Fuhr, R. (1992).
7. Siehe hierzu auch neuere deutschsprachige Arbeiten: Müller-Ebert, J. u.a. (1988); Beaumont, H. (1987); Beaumont, H. (1991); Petermann, F.(1988).
8. Siehe hierzu auch Votsmeier, A. (1988).
9. Philippson (1991) behauptet in seiner Kritik an Wheeler, daß Wheeler die Position von Goodman/Perls zu sehr vereinfache und daß Perls, Hefferline und Goodman (1951/1973) in der »kreativen Auflösung« die Struktur des Grundes nicht ignorierten. In einer anderen Kritik an Wheelers Arbeit besteht Yontef (1992b) darauf, daß Perls (1947/1969a) ein klares Verständnis der Feldtheorie demonstrierte und von Wertheimers ebenso wie von Lewins Feldorientierung beeinflußt war. Siehe dazu auch neuere deutschsprachige Arbeiten: Portele (1990); Portele (1992).
10. »Nun, normalerweise wird der *élan vital*, die Lebenskraft, durch das Fühlen, das Erkunden aktiviert ... diese grundlegende Energie ... diese Muskeln werden benutzt, damit man sich bewegt, von der Welt nimmt, die Welt berührt, mit ihr in Kontakt ist ...« (Perls 1969b, 63f.). Siehe zum Gedanken der Transformation und Transzendenz in der Gestalttherapie auch Fuhr/Gremmler-Fuhr (1988).
11. Wie häufig nachgewiesen wurde, gab es eine große Diskrepanz zwischen Freuds offensichtlicher Unterbewertung der Bedeutung der wirklichen Beziehung zwischen Patient und Therapeut und seiner eigenen Praxis, denn seine Fallstudien weisen darauf hin, daß er tatsächlich oft viel von sich offenbarte und sich erstaunlich persönlich gegenüber seinen Patienten verhielt (so z.B. Yalom 1980).
12. Wie wir hier noch einmal darauf hinweisen, daß wir *nicht* behaupten, Perls hatte diese Autoren direkt beeinflußt, wir meinen lediglich, daß es Parallelen zwischen den innovativen Ideen hinsichtlich der Beziehung gab, die er verbreitete, und den nachfolgenden Beiträgen der erwähnten Autoren.
13. Siehe hierzu auch Kap. 4
14. Miller (1989, 11f.) hat ähnliche Fragen bei der Diskussion über Fritz Perls' Vermächtnis gestellt: »Viele bekannte Kliniker und Pioniere in der Psychotherapie, seit Freud - Reich, Jung, Milton Erickson, Ronald D. Laing, um nur einige bekannte Beispiele zu erwähnen - werfen ein zwiespältiges Licht auf

den Rang ihrer Nachfolger. Sie tauchen in unklaren Rollen bedrohlich vor uns auf: Sind sie Wissenschaftler, die die Geheimnisse der menschlichen Natur ergründen, religiöse Heiler? Verfügen sie über besondere Gaben oder sind es Taschenspieler? Scharlatane? Mißverstandene Genies, Fanatiker oder sogar Verrückte? ... Perls hinterließ in seinen späten Jahren ein Vermächtnis unterschiedlicher Segnungen.«

15. Siehe z.B.: »Das 'arische' Unbewußte besitzt ein höheres Potential als das jüdische; das ist sowohl der Vorteil als auch der Nachteil der Jugendlichkeit, die noch nicht ganz der Barbarei entwöhnt ist« (in Masson 1989, 140f.). Er übernahm die Herausgabe des *Zentralblatt* (das mit der Nazi-Ideologie konform ging) zu einer Zeit, als die Juden vertrieben wurden, und blieb der Herausgeber, auch nachdem seine antisemitischen Aussagen Anstoß erregt hatten. Er wurde Präsident einer anitsemitischen Gesellschaft.
16. Siehe den Artikel von Woodmansey (1988) im *British Journal of Psychotherapy*, der die Frage stellt, ob die Klienten nicht auch dadurch Schaden nehmen können, daß ihnen die Berührung in vielen Psychotherapien *fehlt*.

LITERATUR

Adelson, J./Doehrman, M.J. (1980), The Psychodynamic Approach to Adolescence, in: *Adelson* (Hg.), Handbook of Adolescent Psychology, New York

Albery, N. (Hg.) (1992), The Book of Visions: An Encylopaedia of Social Innovations. London

American Psychiatric Association (1987), Diagnostic and Statistical Manual of Mental Disorder: DSM-III-R. Washington

Baumgardner, P./Perls, F.S. (1975), siehe: *Perls, F.S./Baumgardner, P.* (1975)

Beaumont, H. (1987), Prozesse des Selbst in der Paartherapie. Betrachtungen zu einer Gestalttherapie für Paare mit fragilen Selbstprozessen, *Gestalttherapie*, 1(1), 38-51

Beaumont, H. (1991), Identität, Kontakt und Middle-Mode, *Gestalttherapie*, 5(2), 16-28

Beisser, A.R. (1970), The Paradoxical Theory of Change, in: *Fagan, J./ Shepherd, I.* (Hg.), Gestalt Therapy Now. Palo Alto

Bergin, A.E. (1971), The Evaluation of Therapeutic Outcomes, in: *Garfield, S.L./ Bergin, A.E.* (Hg.), Handbook of Psychotherapy and Behaviour Change, 217-270

Bergson, H. (1965), Creative Evolution. London

Berke, J.H. (1989), The Tyranny of Malice. London

Berne, E. (1970), Book Review, *American Journal of Psychiatry*, 126(10), 163-4

Blanck, G./Blanck, R. (1974), Ego Psychology. New York

Blankertz, S. (1988), Der kritische Pragmatismus Paul Goodmans. Zur politischen Bedeutung der Gestalttherapie. Köln

Blankertz, S. (1990), Gestaltkritik. Paul Goodmans Sozialpathologie in Therapie und Schule. Köln

Bocian, B. (1992), Karen Horney. Eine Skizze zu Leben, Werk und zur Bedeutung für die Gestalttherapie, *Gestalttherapie* 6(1), 5-14

Bohart, A./Todd, J. (1988), Foundations of Clinical and Counselling Psychology. New York

Breshgold, E. (1989), Resistance in Gestalt Therapy: An Historical/Theoretical Perspective, *Gestalt Journal*, 12(2), 73-102

Brown, D./Pedder, J. (1991), Introduction to Psychotherapy: An Outline of Psychodynamic Principles and Practic, 2. Aufl. London, New York

Buber, M. (1965), Between Man and Man. New York

Buber, M. (1987), I and Thou. New York

Calveri, P. (1992), Karen Horney and Frederick Perls, *Quaderni di Gestalt*, 1(1992), 53-59

Clark, N./Fraser, S.T. (1987), The Gestalt Approach. 2. Aufl. Horsham

Clarke, K.M./Greenberg, L.S. (1986), Differential Effects of the Gestalt Two-Chair Invention and Problem Solving in Resolving Decisional Conflict, Journal of Counselling Psychology, 33(1), 11-15

Clarkson, P. (1988), Gestalt Therapy: An Update', *Self and Society*, 16(2), 74-79

Clarkson, P. (1989), Gestalt Counselling in Action. 2. Aufl. London

Clarkson, P. (1990), A Multiplicity of Psychotherapeutic Relationships, *British Journal of Psychotherapy*, 7(2), 148-163

Clarkson, P. (1991a), Laura Perls Memorial, *British Gestalt Journal*, 1(1), 3

Clarkson, P. (1991b), Keynote address at British Gestalt Conference. London

Clarkson, P. (1991c), Individuality and Commonality in Gestalt, *British Gestalt Journal*, 1(1), 28-37

Clarkson, P. (1992a), Physis in Transactional Analysis, *ITA News*, 3, 14-19; wieder in: *Transactional Analysis Journal*, 22(4), 202-209

Clarkson, P. (1992b), 2500 Years of Gestalt (from Heraclitus to the Big Bang), *British Gestalt Journal*, 2

Clarkson, P./Carroll, M. (1993), Counselling, Psychotherapy, Psychology and Psychiatry: The Same and the Different; in: *Clarkson, P.* (Hg.), On Psychotherapy. London

Clarkson, P./Clayton, S. (1992), Professional Development, Personal Development and Counselling or Psychotherapy: How to Differentiate and Negotiate Boundaries in Organisational Work; unveröffentl. MS

Clarkson, P./Mackewn, J./Shaw, P. (1992), Quantum Group Process. Training workshop at Metanoia, London

Clarkson, P./Shaw, P. (1992), Human Relationships at Work - The Place of Counselling Skills and Consulting Skills and Services in Organisations, *Journal of the Association of Management Education and Development*, 23(1), 18-29
Corey, G. (1991), Theory and Practice of Counselling and Psychotherapy. Pacific Grove
Davidove, D. (1991), Loss of Ego Function, Conflict and Resistance, Gestalt Journal, 14(2), 27-43
Delisle, G. (1988), Balises II: A Gestalt Perspective of Personality Disorders. Montreal
Delisle, G. (1993), Personality Disorders: A Gestalt Perspective. Highland
Dreitzel, H.P. (1992), Reflexive Sinnlichkeit. Mensch, Umwelt, Gestalttherapie. Köln
Dublin, J.E. (1977), Gestalt Therapy, Existential-Gestalt Therapy and/versus »Perlsism«, in: *Smith, E.W.L.* (Hg.), The Growing Edge of Gestalt Therapy. Secaucus
Dyer, W. (1978), Pulling your Own Strings. New York
Fagan, J./ Sheperd, I.L. (Hg.) (1970), Gestalt Therapy Now: Theory, Techniques, Applications. New York
Fatzer, G. (1987), Ganzheitliches Lernen. Humanistische Pädagogik und Organisationsentwicklung. Paderborn
Fatzer, G. (Hg.) (1990), Supervison und Beratung. Ein Handbuch. 4. Aufl. Köln 1993; zuerst: 1990
Fatzer, G. (Hg.) (1993), Organisationsentwicklung für die Zukunft. Ein Handbuch. Köln
Feder, B./Ronall, R. (Hg.) (1980), Beyond the Hot Seat: Gestalt Approaches to Group. New York; dt.: *Ronall, R./Feder, B.* (Hg.), Gestaltgruppen, Stuttgart 1983
Fengler, J. (1993), Supervision in gestalttherapeutischer Perspektive, *Gestalt Theory*, 15(3/4), 208-216
Fiedler, F.E. (1950), A Comparison of Therapeutic Relationships in Psychoanalytic, Nondirective and Adlerian Therapy, *Journal of Consulting Psychology*, 14, 436-445
Frank, J.D. (1979), The Present Status of Outcome Studies, *Journal of Consulting and Clinical Psychology*, 47, 310-316
Frankl, V.E. (1973), Man's Search for Meaning. London
Frew, J.E. (1983), Encouraging What is Not Figural in the Gestalt Group, Journal for Specialists in Group Work, 8(4), 175-181

Friedlaender, S. (1918), Schöpferische Indifferenz. München
From, I. (1981), Persönliches Gespräch
From, I. (1984), Reflections on Gestalt Therapy after Thirty-Two Years of practice: A Requiem for Gestalt, Gestalt Journal, 7(1), 4-12
From, I. (1991), Persönliches Gespräch
Fuhr, R. (1992), Jenseits von Kontaktprozessen, *Gestalttherapie*, 6(1), 225-38
Fuhr, R./Gremmler-Fuhr, M. (1988), Faszination Lernen. Transformative Lernprozesse im Grenzbereich von Pädagogik und Psychotherapie. Köln
Fuhr, R./Gremmler-Fuhr, M. (1991), Dialogische Beratung. Person, Beziehung, Ganzheit. Köln
Fuhr, R./Gremmler-Fuhr, M. (1995), Gestalt-Ansatz: Grundkonzepte und -modelle aus neuer Perspektive. Köln
Gaines, J. (1979) Fritz Perls Here and Now. Millbrae
Gestalttherapie (1993), Paul Goodman [Paul Goodman gewidmetes Heft der Zeitschrift], 7(1)
Goldstein, K. (1939), The Organism. New York
Goodman, P. (1947), Communitas. Means of Livelihood and Ways of Life. New York; dt.: *Goodman, Paul/ Goodman, Percival*, Communitas, Lebensformen und Lebensmöglichkeiten menschlicher Gesellschaften. Köln 1994
Goodman, P. (1960), Growing Up Absurd: Problems of Youth in the Organized Society. New York; dt.: Aufwachsen im Widerspruch. Über die Entfremdung der Jugend in der verwalteten Welt. Darmstadt 1971
Goodman, P. (1962), Utopian Essays and Practical Proposals. New York
Goodman, P. (1990), The Drama of Awareness, in: Theaterprogramm für Stop-Light: Five Noh Plays, Charas Theater, New York, 16.12.1990
Goodman, P. (1991), Nature heals: Psychological essays. New York, zuerst: 1977; dt.: Natur heilt. Psychologische Essays. Hg. v. T. Stoehr. Köln 1989
Greenberg, E. (1989), Healing the Borderline, *Gestalt Journal*, 12(2), 11-55
Greenberg, J.R./Mitchell, S.A. (1983), Object Relations in Psychoanalytic Theory. New York

Greenberg, L.S. (1975), A Task Analytic Approach to the Study of Psychotherapeutic Events, *Dissertation Abstracts International*, 37, 4647B

Greenberg, L.S. (1979), Resolving Splits: Use of the Two-Chair Technique, Psychotherapy: Theory, Research and Practice, 16(3), 316-324

Greenberg, L.S./Clarke, K.M. (1986), siehe: *Clarke, K.M./Greenberg, L.S.* (1986)

Greenberg, L.S./Rice, L.N. (1984), Patterns of Change: Intensive Analysis of Psychotherapy Process. New York

Greenson, R.R. (1967), The technique and Practice of Psychoanalysis, Bd. 1. New York

Greenson, R.R. (1971), The »Real« Relationship between the patient and the Psychoanalyst, in: *Greenson, R.R.* (Hg.), Explorations in Psychoanalysis (1978), 425-440

Greenson, R.R./Wexler, M. (1969), The Nontransference Relationship in the Psychoanalytic Situation, in: *Greenson, R.R.* (Hg.), Explorations in Psychoanalysis (1978), 359-386

Grosskurth, P. (1985), Melanie Klein: Her World and Her Work. London; dt.: Melanie Klein. Ihre Welt und ihr Werk. Weinheim 1993

Guerriere, D. (1980), Physis, Sophia, Psyche, in: *Sallis, J./Maly, K.* (Hg.), Heraclitean Fragments: A Companion Volume to the Heidegger/ Fink Seminar to Heraclitus, 86-134

Guntrip, H. (1973), Psychoanalytic Theory, Therapy and the Self. New York

Hall, R. (1977), A Schema of the Gestalt Concept of the Organismic Flow and its Disturbance, in: *Smith, E.W.L.* (Hg.), The Growing Edge of Gestalt Therapy, 53-57

Harman, R. (1984), Recent Developments in Gestalt Group Therapy, *International Journal of Group Psychotherapy*, 34(3), 473-483

Heidegger, M. (1962), Being and Time, New York; orig.: Sein und Zeit. Philosophische Untersuchung; zuerst: Halle 1927 (= Jahrbuch für Philosophie und phänomenologische Forschung)

Henle, M. (1978), Gestalt Psychology and Gestalt Therapy, *Journal of the History of the Behavioral Sciences*, 14(1), 23-32

Herman, S.M. (1994), A Force of Ones. Reclaiming Individual Power in a Time of Teams, Work Groups, and Other Crowds. San Francisco

Hill, C.E./Carter, J.A./O'Farrell, M.K. (1983), A Case Study of the Process and Outcome of Time-Limited Counselling, *Journal of Counselling Psychology*, 30(1), 3-18

Horney, K. (1937), The Neurotic Personality of Our Times. New York

Horney, K. (1939), New Ways in Psychoanalysis. New York; dt.: Neue Wege in der Psychoanalyse. Frankfurt/M. 1977

Humphrey, K. (1986), Laura Perls: A Biographical Sketch, *Gestalt Journal*, 9(1), 5-11

Husserl, E. (1931), Ideas: General Introduction to Pure Phenomenology, Bd. 1. New York

Husserl, E. (1968), The Idea of Phenomenology. The Hague; dt.: Die Idee der Phänomenologie

Hycner, R.H. (1985), Dialogical Gestalt Therapy: An Initial Proposal, *Gestalt Journal*, 8(1), 23-49

Hycner, R.H. (1989), Zwischen Menschen - Ansätze zu einer Dialogischen Psychotherapie. Köln

Hycner, R.H. (1991), The I-Thou Relationship and Gestalt Therapy, *Gestalt Journal*, 13(1), 41-54

Jacobs, L. (1978), I-Thou Relation in Gestalt Therapy. Phil. Diss. Los Angeles

Jacobs, L. (1989), Dialogue in Gestalt Theory and Therapy, Gestalt Journal, 12(1), 25-68

Jacobs, M. (1988), Psychodynamic Counselling in Action. London

Jorgensen, E.W./Jorgensen, H.I. (1984), Eric Berne, Master Gamesman: A Transactional Biography. New York

Jung, C.G. (1968), Archetypes of the Collective Unconscious, in: The Collected Works of C.G. Jung, Bd. 9.1, 2. Aufl. London

Kahn, M. (1991), Between Therapist and Client: The New Relationship. New York

Kempler, W. (1973), Principles of Gestalt Family Therapy: A Gestalt Experiential Book. Tryberr

Kepner, E. (1980), Gestalt Group Process, in: *Feder, B./Ronall, R.* (Hg.), Beyond the Hot Seat, 5-24; dt.: Der Gestaltgruppenprozeß, in: *Ronall, R./Feder, B.* (Hg.), Gestaltgruppen, 19-43

Kepner, J.I. (1987), Body Process: A Gestalt Approach to Working with the Body in Psychotherapy. New York; dt.: Körperprozesse. Ein gestalttherapeutischer Ansatz. Köln 1988

Kernberg, O. (1976), Object relations Theory and Clinical Psychoanalysis. New York

Kierkegaard, S. (1941), The Point of View for My Work as An Author. New York; orig.: (entstanden 1848) Kopenhagen 1859

Kierkegaard, S. (1941), Concluding Scientific Postscript. Princeton; orig.: Kopenhagen 1846

Kierkegaard, S. (1944), The Concept of Dread. Princeton; orig.: Kopenhagen 1844

Klein, M. (1964), Contributions to Psychoanalysis, 1921-1945. New York

Klein, M. (1975), Envy and Gratitude and other Works, 1946-1963. New York

Koffka, K. (1935), Principles of Gestalt Psychology. New York

Köhler, W. (1969), The Task of Gestalt Psychology. Princeton

Köhler, W. (1970), Gestalt Psychology: An Introduction to New Concepts in Modern Psychology. New York; zuerst: 1947

Kohut, H. (1971), The Analysis of the Self. New York

Kohut, H. (1977), The Restoration of the Self. New York

Kohut, H. (1984), How does Psychoanalysis Cure? Chicago

Kohut, H./Wolf, S. (1978), The Disorders of the Self and Their Treatment: An Outline, *International Journal of Psycho-Analysis*, 59, 413-424

Korb, M.P./Gorrell, J./Van der Riet, V. (1989), Gestalt Therapy: Practice and Theory. New York

Kovel, J. (1976), A Complete Guide to Therapy. New York

Kurosawa, A. (1969), Rashomon: A Film by Akira Kurosawa from the Film Script by Akira Korusawa and Shinobu Hashimoto. New York

Landman, J.T./Dawes, R.M. (1982), Smith and Glass' Conclusions Stand Up Under Scrutiny, *The American Psychologist*, 37, 504-516

Latner, J. (1974), The Gestalt Therapy Book. New York

Lewin, K. (1926), Vorsatz, Wille und Bedürfnis, Psychologische Forschung, 7, 440-447

Lewin, K. (1935), A Dynamic Theory of Personality. New York

Lewin, K. (1952), Field Theory in Social Science: Selected Theoretical papers. London; zuerst: 1951; dt.: Feldtheorie in den Sozialwissenschaften. Stuttgart 1953

Lieberman, M.A./Yalom, I.D./Miles, M.B. (1973), Encounter Groups: First Facts.

Lowen, A. (1975), Bioenergetics. New York; dt.: Bioenergetik. Reinebek 1979

Luborsky, L./Singer, B./Luborsky, L. (1975), Comparative Studies of Psychotherapies: Is It True that »Everybody Has Won and All Must Have Prizes«?, *Archives of General Psychiatry*, 32, 995-1008

Mackewn, J. (1991), Transference and Countertransference: A Gestalt Perspective; unveröffentl. MS

McLeod, L.T. (1991), The Self in Gestalt Therapy Theory; unveröffentl. Magisterarbeit, Antioch Univ. London

Mahler, J.S./Pine, F./Bergman, A. (1975), The Psychological Birth of the Human Infant. New York

Marcel, G. (1952), The Metaphysical Journal, London; orig.: Journal métaphysique. Paris 1928

Maslow, A. (1954), Maturation and Personality. New York

Maslow, A. (1968), Toward a Psychology of Being. 2. Aufl. New York; zuerst: Princeton 1962; dt.: Psychologie des Seins. München 1973

Masson, J. (1989), Against Therapy. London; dt.: Die Abschaffung der Psychotherapie. München 1991

Masterson, J.F. (1976), Psychotherapy of the Borderline Adult: A Developmental Approach. New York; dt.: Psychotherapie bei Borderline-Patienten. Stuttgart 1980

Masterson, J.F. (1981), Narcissistic and Borderline Disorders: An Integrated Developmental Approach. New York

Masterson, J.F. (1983), Countertransference and Psychotherapeutic Technique: Teaching Seminars on Psychotherapy of the Borderline Adult. New York

Masterson, J.F./Tolpin, M./Sifneos, P. (1993), Blick hinter den Vorhang. Objektbeziehungstheorie, Selbstpsychologie und Psychodynamische Kurztherapie im Vergleich. Köln 1993; orig.: Comparing Psychoanalytic Psychotherapies. New York 1991

May, R. (1950), The Meaning of Anxiety. New York

May, R. (1975), The Courage to Create. New York

Merleau-Ponty, M. (1962), Phenomenology of Perception. London; orig.: La phénoménologie de la perception. Paris 1945; dt.: Phänomenologie der Wahrnehmung. Berlin 1966

Miller, M.V. (1989), Introduction to »Gestalt Therapy Verbatim«, *Gestalt Journal*, 12(1), 5-24; zuerst in: *Perls, F.S.*, Gestalt Therapy Verbatim. Highland 1988

Moreno, J.L. (1934), Who shall Survive? A New Approach to the Problem of Human Interrelations. Washington; dt.: Die Grundlagen der Soziometrie. Wege zur Neuordnung der Gesellschaft. Opladen 1954

Moreno, J.L. (1964), Psychodrama, Bd. 1., rev. Aufl. New York; zuerst: 1946

Moreno, J.L. (1989), Psychodrama und Soziometrie. Essentielle Schriften. Köln 1989; orig.: The Essential Moreno. New York 1987)

Müller-Ebert, J. u.a. (1988), Narzißmus. Ein Vortrag anläßlich der DVG Tagung 1988 in Heidelberg, *Gestalttherapie*, 2(2), 27-58

Naranjo, C. (1982), Opening Address: 1981 Gestalt Conference, *Gestalt Journal*, 5(1), 3-19

Nelson-Jones, R. (1982), The theory and practice of Counselling. London

Nevis, E. (1987), Organizational Consulting: A Gestalt Approach. New York; dt.: Organisationsberatung. Ein gestalttherapeutischer Ansatz. Köln 1988

Nevis, E. (1992), Persönliches Gespräch

Nicholson, R.A./Berman, J.S. (1983), Is Follow-Up Necessary in Evaluating Psychotherapy? *Psychological Bulletin*, 93, 261-278

Ornstein, R.E. (1972), The Psychology of Consciousness. San Francisco

Orwell, G. (1980), Benefit of Clergy: Some Notes on Salvador Dali, in: Collected Essays, Journalism and Letters of George Orwell 1944-1945, 640-646

Ovsiankina, M. (1928), Die Wiederaufnahme von unterbrochenen Handlungen, *Psychologische Forschung*, 2, 302-389

Parlett, M. (1992), Field Theory. Plenary Lecture at European Gestalt Conference, Paris

Parlett, M./Page, F. (1990), Gestalt Therapy, in: *Dryden, W.* (Hg.), Individual Therapy in Britain, 175-198

Perls, F.S. (1947/1969a) Ego, Hunger and Aggression: A Revision of Freud's Theory and Method. New York; zuerst: Durban 1942; dt.: Das Ich, der Hunger und die Aggression. Stuttgart 1978

Perls, F.S. (1948), Theory and Technique of Personality Integration, *American Journal of Psychotherapy*, 2, 565-686; dt.: Die Integration der Persönlichkeit - Theoretische Erwägungen und therapeutische Möglichkeiten, in: *Perls, F.S.*, Gestalt, Wachstum, Integration. Aufsätze, Vorträge, Therapiesitzungen. Paderborn 1980, 27-50

Perls, F.S. (1969b), Gestalt Therapy Verbatim. Lafayette; dt.: Gestalt-Therapie in Aktion. Stuttgart 1974

Perls, F.S. (1969c), In and Out the Garbage Pail. Lafayette; dt.: *Perls, F.S.*, Gestalt-Wahrnehmung. Verworfenes und Wiedergefundenes aus meiner Mülltonne. Die ungewöhnliche Autobiographie des Begründers der Gestalt-Therapie. Frankfurt/M. 1981

Perls, F.S. (1970), Four Lectures, in: *Fagan, J./Shepherd, I.L.* (Hg.), Gestalt Therapy Now, 14-38; wieder in: *Fagan, J./Shepherd, I.L.* (Hg.), What is Gestalt Therapy? New York 1973, 11-49; dt.: Vier Vorträge (1966), in: *Perls, F.S.*, Gestalt, Wachstum, Integration. Aufsätze, Vorträge, Therapiesitzungen. Paderborn 1980, 89-117

Perls, F.S. (1976), The Gestalt Approach, and Eye Witness to Therapy. New York; zuerst: Palo Alto 1973; dt.: *Perls, F.S.*, Grundlagen der Gestalt-Therapie. Einführung und Sitzungsprotokolle. München 1976

Perls, F.S. (1978a), Psychiatry in a New Key. Part 1, *Gestalt Journal*, 1(1), 32-53; Part 2, Gestalt Journal, 1(2), 48-65; dt.: Ein neuer Schlüssel zur Psychiatrie (1959-1968), in: *Perls, F.S.*, Gestalt, Wachstum, Integration. Aufsätze, Vorträge, Therapiesitzungen. Paderborn 1980, 51-88

Perls, F.S. (1978b), Finding Self through Gestalt Therapy, Gestalt Journal, 1(1), 54-73; zuerst als Vortrag gehalten: Cooper Union New York City Forum Lecture Series on »The Self«, 6. März 1957; dt.: Selbstfindung durch Gestalttherapie (1957), in: *Perls, F.S.*, Gestalt, Wachstum, Integration. Aufsätze, Vorträge, Therapiesitzungen. Paderborn 1980, 129-147

Perls, F.S. (1979), Planned Psychotherapy, Gestalt Journal, 2(2), 5-23

Perls, F.S./Baumgardner, P. (1975), Gifts from Lake Cowichan/Legacy from Fritz. Palo Alto; dt.: Das Vermächtnis der Gestalttherapie, Stuttgart 1990

Perls, F.S./Hefferline, R.F./Goodman, P. (1973), Gestalt Therapy: Excitement and Growth in the Human Personality. London; zuerst: New York 1951; dt.: Gestalt-Therapie, [Bd.1.:] Lebensfreude und Persönlichkeitsentfaltung; [Bd.2.:] Wiederbelebung des Selbst. Stuttgart 1979

Perls, F.S./ Hefferline, R.F./Goodman, P. (1993), Gestalt Therapy: Excitement and Growth in the Human Personality. Highland [neueste Ausgabe durch *Gestalt Journal Publications* mit neuem Vorwort]

Perls, L (1989), Leben an der Grenze. Essays und Anmerkungen zur Gestalt-Therapie. Hg. M. Sreckovic. Köln

Perls, L. (1991), Living at the Boundary. Highland [amerik. Ausg. mit textlichen Abweichungen von der dt. Ausg.]

Perls, L. (1992), Concepts and Misconceptions of Gestalt Therapy, Journal of Humanistic Psychology, 32(3), 50-56; zuerst 1978 in: Voices, 14(3), 31-35; dt.: Begriffe und Fehlbegriffe der Gestalttherapie, in: *Perls, F.S.*, Gestalt, Wachstum, Integration. Aufsätze, Vorträge, Therapiesitzungen. Paderborn 1980, 255-261

Perls, R. (1992), Persönliches Gespräch

Petermann, F. (1988), Zur Dynamik narzißtischer Beziehungsstruktur, *Gestalttherapie*, 2(1), 31-41

Philippson, P. (1991), Book Review: Gestalt Reconsidered by Gordon Wheeler, *British Gestalt Journal*, 1(2), 103-106

Philippson, P. (1992), Persönliches Gespräch

Polster, E. (1985), Imprisoned in the Present, *Gestalt Journal*, 8(1), 5-22

Polster, E. (1987), Every Person's Life is Worth a Novel. New York; dt.: Jedes Menschen Leben ist einen Roman wert. Köln 1987

Polster, E. (1989), Persönliches Gespräch

Polster, E. (1991), Response to »Loss of Ego Functions, Conflict and Resistance«, *Gestalt Journal*, 14(2), 45-65

Polster, E. (1992), Persönliches Gespräch

Polster, E./Polster, M. (1974), Gestalt Therapy Integrated: Contours of Theory and Practice. New York; dt.: Gestalttherapie. Theorie und Praxis der integrativen Gestalttherapie. München 1975

Portele, G.H. (1990), Feld und Interdependenz. Zu den Grundlagen der Gestalttherapietheorie, *Gestalttherapie*, 4(2), 17-27

Portele, G.H. (1992), Der Mensch ist kein Wägelchen. Gestaltpsychologie, Gestalttherapie, Selbstorganisation, Konstruktivismus. Köln

Portele, G.H. (1994), Martin Buber für Gestalttherapeuten, *Gestalttherapie*, 8(1), 515

Posner, R. (1991), Persönliches Gespräch

Reich, W. (1945), Character Analysis. New York; orig.: Charakteranalyse. Köln 1989; zuerst: 1933
Reich, W. (1952), The Sexual Revolution. London; orig.: Geschlechtsreife, Enthaltsamkeit, Ehemoral, 1930; u.d.T.: Die sexuelle Revolution, 1966
Reich, W. (1968), The Function of the Orgasm. London; orig.: Die Funktion des Orgasmus, 1927
Resnick, R.W. (1984) Gestalt Therapy East and West: Bi-Coastal Dialogue, Debate or Debacle? *Gestalt Journal*, 7(1), 13-32
Ribiero, J.P. (1985), Gestalt-Terapie: Refazendo Um Caminho. Sao Paulo
Robbins, M. (1991), The Therapy of Primitive Personalities; unveröffentlichtes MS
Rogers, C.R. (1951), Client-Centred Therapy: Its Current Practice, Implications and Theory. Boston; dt.: Die klient-bezogene Gesprächstherapie. München 1973
Rogers, C.R. (1959), A Theory of Therapy, Personality and Interpersonal Relationships, as Developed in the Client-Centred Framework, in: *Koch, S.* (Hg.), Psychology. A Study of a Science, Bd. 3., 184-256; dt.: Eine Theorie der Psychotherapie, der Persönlichkeit und der zwischenmenschlichen Beziehungen, entwickelt im Rahmen des klientenzentrierten Ansatzes. Köln 1987
Rolf, I. (1977), Structural Integration: The Re-Creation of the Balanced Human Body. New York; dt.: Rolfing, Strukurelle Integration. München 1989
Ronall, R./Feder, B. (Hg.), siehe: *Feder, B./Ronall, R.* (Hg.)
Rooth, G. (1987), Gestalt Therapy, in: *Gregory, R.* (Hg.), The Oxford Companion to the Mind, 291-293
Rosenblatt, D. (1991), An Interview with Laura Perls, *Gestalt Journal*, 14(1), 7-26
Rosenblatt, D. (1975), Opening Doors: What Happens in Gestalt Therapy. New York; dt.: Türen öffnen. Was geschieht in der Gestalttherapie? Köln 1986
Rowan, J. (1992), Ordinary Ecstasy. London
Rowan. J. (1990), Breakthroughs and Integration in Psychotherapy. London
Rutter, P. (1990), Sex in the Forbidden Zone: When Men in Power - Therapists, Doctors, Clergy, Teachers and Others - Betray

Women's Trust. London; zuerst: 1989

Saner, R. (1989), Culture Bias of Gestalt Therapy: Made in the USA, *Gestalt Journal*, 12(2), 57-71

Sartre, J.P. (1938), Nausea, Harmondsworth; orig.: La nausée, 1938; dt.: Der Ekel, 1949

Sartre, J.P. (1958), Being and Nothingness. London; orig.: L'être et le néant. Essai d'ontologie phénoménologique, 1943; dt.: Das Sein und das Nichts. Versuch einer phänomenologischen Ontologie, 1952

Schoen, S. (1993), Presence of Mind: Literary and Philosophical Roots of a Wise Psychotherapy. Highland; zuerst dt.: Geistes Gegenwart. Philosophische und literarische Grundlagen einer weisen Psychotherapie. Köln 1990

Schutz, W. (1967), Joy: Expanding Human Awareness. London; zuerst: New York; dt.: Freude. Abschied von der Angst durch Psycho-Training. Reinbek 1971

Schutz, W. (1973), Elements of Encounter. Big Sur; dt.: Encounter. Hamburg 1977

Serlin, E.A. (1992), Tribute to Laura Perls, Journal of Humanistic Psychology, 32(3), 57-66

Shearman, C. (1993), An Integrative Approach to Working with Harmful Behaviours; unveröffentlichtes MS

Shepard, M. (1975), Fritz: An Intimate Portrait of Fritz Perls and Gestalt Therapy. New York

Sherill, R. (1974), Figure/Ground: Gestalt Psychology Relationship; Phil.Diss. Ann Arbor

Simkin, J. (1974), Gestalt Therapy Mini-Lectures. Milbrae; dt.: Gestalttherapie. Mini-Lektionen für Einzelne und für Gruppen. Wuppertal 1994

Smith, E.W.L. (Hg.) (1977), The Growing Edge of Gestalt Therapy. Secaucus

Smith, E.W.L./Glass, G.V./Miller, T.I. (1980), The benefits of Psychotherapy. Baltimore

Smuts, J.C. (1987), Holism and Evolution. Cape Town; zuerst: 1926; dt.: Die holistische Welt, 1938

Spence, D.P. (1982), Narrative truth: Meaning and Interpretation in Psychoanalysis. New York

Spinelli, E. (1989), The Interpersonal World: An Introduction to Phenomenological Psychology. London

Staemmler, F.-M. (1995), Der Leere Stuhl. Ein Beitrag zur Technik der Gestalttherapie. München
Stevens, B. (1970), Don't Push the River (It Flows by Itself). Lafayette
Stevens, J.O. (Hg.) (1975), Gestalt Is. Moab
Stevens, J.O. (1989), Awareness: Exploring, Experimenting, Experiencing. London; zuerst: Lafayette 1997; dt.: Die Kunst der Wahrnehmung. Übungen der Gestalttherapie. München 1975
Stoehr, T. (1995), Paul Goodman's Contribution to Gestalt Therapy. Cleveland
Stoehr, T. (1994), Here, Now, Next. Paul Goodman and the Origins of Gestalt Therapy. San Francisco; dt. Ausgabe in Vorbereitung u.d.T.: Paul Goodman und die Gestalttherapie. Köln 1996
Sullivan, H.S. (1953), The Interpersonal Theory of Psychiatry. New York
Sullivan, H.S. (1962), Schizophrenia as a Human Process. New York
Sullivan, H.S. (1964), The Fusion of Psychiatry and Social Science. New York
Tillich, H. (1973), From Time to Time. New York
Tobin, S.A. (1982), Self Disorders, Gestalt Therapy and Self Psychology, *Gestalt Journal*, 5(2), 3-44
Truax, C.R. (1967), Toward Effective Counselling and Psychotherapy. Chicago
Tubbs, W. (1972), Beyond Perls, Journal of Humanistic Psychology, 12, 5
Van Deurzen-Smith, E. (1988), Existential Counselling in Practice. London
Votsmeier, A. (1988), Gestalttherapie mit Borderline-Patienten, *Gestalttherapie*, 2(2), 5-15
Watts, A.W. (1951), Psychotherapy East and West. New York
Watts, A.W. (1957), The Way of Zen. London
Weinberg, G. (1978), Self-Creation. New York
Wertheimer, M. (1925), Gestalt Theory, in: *Ellis, W.D.* (Hg.), A Sourcebook of Gestalt Psychology. London 1938, 1-11
Wertheimer, M. (1938), The General Theoretical Situation, in: *Ellis, W.D.* (Hg.), A Sourcebook of Gestalt Psychology. London 1938, 12-16
Wertheimer, M. (1944), Gestalt Theory, *Social research*, 11(1), 78-99
Wertheimer, M. (1959), Productive Thinking. 2. Aufl. New York; zuerst: 1945; dt.: Produktives Denken. Frankfurt/M. 1964

Wheeler, G. (1991), Gestalt Reconsidered: A New Approach to Contact and Resistance. New York; dt.: Kontakt und Widerstand. Ein neuer Zugang zur Gestalttherapie. Köln 1993

Winnicott, D.W. (1958), Through Paediatrics to Psycho-analysis. London; dt.: Von der Kinderheilkunde zur Psychoanalyse. München 1976

Winnicott, D.W. (1965), The Maturational Process and the Faciliating Environment. New York; dt.: Reifungsprozesse und fördernde Umwelt. München 1974

Winnicott, D.W. (1986), Home is Where We Start From. London; dt.: Der Anfang ist unsere Heimat. Stuttgart 1990

Woodmansey, A.C. (1988), Are Psychotherapists Out of Touch? British Journal of Psychotherapy, 5(1), 57-65

Wysong, J. (1992), persönliches Gespräch

Wysong, J./Rosenfeld, E. (1982), An Oral History of Gestalt Therapy: Interviews with Laura Perls, Isadore From, Erving Polster, Miriam Polster. Highland

Yalom, I. (1980), Existential Psychotherapy. New York; dt.: Existentielle Psychotherapie. Köln 1989

Yalom, I. (1985), The Theory and Practice of Group Psychotherapy, 3. Aufl. New York; zuerst: 1970; dt.: Theorie und Praxis der Gruppenpsychotherapie: Ein Lehrbuch. München 1989

Yalom, I. (1989), Love's Executioner and Other Tales of Psychotherapy. London; zuerst: New York 1988; dt.: Die Liebe und ihr Henker. Und andere Geschichten aus der Psychotherapie. München 1990

Yontef, G.M. (1980), Gestalt Therapy: A Dialogic Method, in: Awareness, Dialogue and Process. Essays on Gestalt Therapy. Highland 1993, 202-237; dt.: Gestalttherapie als dialogische Methode, *Integrative Therapie*, 9(2/3), 98-130

Yontef, G.M. (1982), Gestalt Therapy: Its Inheritance from Gestalt Psychology, *Gestalt Therapy*, 4(1/2), 23-39; wieder in: Awareness, Dialogue and Process: Essays on Gestalt Therapy. Highland 1993, 238-256; dt. Ausg. in Vorbereitung u.d.T.: Das gestaltpsychologische Erbe der Gestalttherapie, in: Gestalttherapie. Awareness - Dialog - Prozeß. Köln 1996

Yontef, G.M. (1987), Gestalt Therapy 1986: A Polemic, *Gestalt Journal*, 10(1), 41-68; wieder in: Awareness, Dialogue and Process: Essays on Gestalt Therapy. Highland 1993, 100-125;

dt. Ausg. in Vorbereitung u.d.T.: Gestalttherapie: Eine Polemik, in: Gestalttherapie. Awareness - Dialog - Prozeß. Köln 1996

Yontef, G.M. (1988), Assimilating Diagnostic and Psychoanalytic Perspectives into Gestalt Therapy, *Gestalt Journal*, 11(1), 5-32; wieder in: Awareness, Dialogue and Process: Essays on Gestalt Therapy. Highland 1993, 257-282; dt. Ausg. in Vorbereitung u.d.T.: Assimilierung diagnostischer und psychoanalytischer Perspektiven, in: Gestalttherapie. Awareness - Dialog - Prozeß. Köln 1996

Yontef, G.M. (1991), Recent Trends in Gestalt Therapy in the United States and What We Need to Learn from Them, *British Gestalt Journal*, 1(1), 5-20; wieder in: Awareness, Dialogue and Process: Essays on Gestalt Therapy. Highland 1993, 3-41; dt. Ausg. in Vorbereitung u.d.T.: Was wir aus der neueren Entwicklung der Gestalttherapie in den USA lernen sollten, in: Gestalttherapie. Awareness - Dialog - Prozeß. Köln 1996

Yontef, G.M. (1992a), persönliches Gespräch

Yontef, G.M. (1992b), Considering »Gestalt Reconsidered«: A Review in Depth, *Gestalt Journal*, 15(1), 95-118

Yontef, G.M. (1992c), Awareness, Dialogue and Process: Essays on Gestalt Therapy. Highland 1993; dt. Ausg. in Vorbereitung u.d.T.: Gestalttherapie. Awareness - Dialog - Prozeß. Köln 1996

Zeigarnik, B. (1927), Über das Behalten von erledigten und unerledigten Handlungen, Psychologische Forschung, 9, 1-85

Zinker, J. (1978), Creative Process in Gestalt Therapy. New York; zuerst: 1977; dt.: Gestalttherapie als kreativer Prozeß. Paderborn 1982

Zinker, J. (1980), The Development Process of a Gestalt Therapy Group, in: *Feder, B./Ronall, R.* (Hg.), Beyond the Hot Seat, 55-77; dt.: Der Entwicklungsprozeß einer Gestalttherapiegruppe, in: *Ronall, R./Feder, B.* (Hg.), Gestaltgruppen, 83-110

PERSONENREGISTER

Adler, A. 24

Baumgardner, P. 47, 161
Beck, J. 36
Beisser, A.R. 170 Anm.
Berne, E. 37, 224, 249
Bion, W. 224
Bohart, A. 244
Brown, G. 43, 187
Buber, M. 19, 22, 85, 91, 225, 239

Clarkson, P. 89, 178, 197, 225, 227, 231ff.
Cohn, R. 223

Delisle, G. 223, 231
Deutsch, H. 23, 24
Dublin, J.E. 192ff.
Dyer, W. 242

Elliot, J. 234
Ellis, A. 242

Fagan, J. 179, 219, 223
Federn, P. 23
Fenichel, O. 24
Ferenczi, S. 24, 239
Frankl, V.E. 86, 114 Anm.
Freud, S. 30, 241, 248, 251f. Anm.; Einfluß auf F.P. 23f.; F.P.' Kritik an 67, 82, 102, 120, 239f.
Friedlaender, S. 18, 78
From, I. 34f., 43 Anm., 195, 212; und das *Cleveland Institute* 39, 218

Fromm, E. 33
Fromm, M. 40, 185

Gelb, A. 19, 69
Goldstein, K. 19, 21f., 231; Einfluß der auf F.P.' Holismus 61, 99f., 150
Goodman, P. 37, 185, 217, 245; Beerdigungsansprache für F.P. 48; Einfluß auf F.P. 35ff.; Co-Autor von *Gestalt Therapy* 38f., 84, 195; Mitbegründer der Gestalttherapie 34f., 211, 217, 232, 250; über das Selbst91f.; und das *Cleveland Institute* 39; und der Gestaltzyklus 78; und die Feldtheorie 69
Gorrell, J. 237
Greenberg, L.S. 146, 230
Gunther, B. 43
Guntrip, H. 239

Hall, R. 43, 221
Halprin, A. 43, 48, 153
Happel, C. 19, 23
Harnik, E. 24f.
Hefferline, R. 37; Co-Autor von *Gestalt Therapy* 38f., 218
Heidegger, M. 77, 91, 111
Heraklit 70, 78, 223
Hitschmann, E. 23f.
Horney, K. 19, 26, 239; bürgt für F.P.' Immigration in die USA 33; Einfluß auf F.P. 24, 60
Husserl, E. 69, 77
Hycner, R.H. 225ff.

Jacobs, L. 227
Jones, E. 28
Jones, J. 191f.
Jung, C.G. 24, 199, 249

Kahn, M. 239
Keen, S. 43, 190, 241
Keleman, S. 43
Kepner, E. 89, 122, 179, 223f., 252 Anm.; über Gruppenprozesse 225
Kierkegaard, S. 91, 92, 111

Klein, M. 249
Knopf, F. 16, 17, 18
Köhler, W. 20, 21, 69
Koffka, K. 20, 21, 60, 69
Kohut, H. 239
Korb, M.P. 237
Kovel, J.; Beschreibung der Gestalttherapie 175f.; Kritik der Gestalttherapie 176ff.
Kurt, S. 190

Latner, J. 220
Lederman, J. 43, 45, 153
Levitsky, A. 43, 48
Lewin, K. 61, 63, 69, 113 Anm., 231, 243, 252 Anm.
Lieberman, M.A. 214, 251 Anm.
Lowen, A. 50 Anm., 185
Lyon, T. 45

Mackewn, J. 181, 225
Malina, J. 36
Marcel, G. 92
Maslow, A. 43, 114 Anm.
Masson J. Anschuldigungen gegen F.P. durch 184ff.
Masterson, J.F. 239
May, R. 43, 111, 190, 200, 241, 242, 249
McLeod, L.T. 231
Merleau-Ponty, M. 92, 232
Miles, M.B. 214, 251 Anm.
Miller, M.V. 247, 252
Mintz, E. 234f.
Moreno, J.L. 36f., 93, 141

Naranjo, C. 43, 133f., 223, 233
Nevis, E. 220

Ovsiankina, M. 20, 60, 69

Palucca, G. 18f., 153
Parlett, M. 232

Perls, A. (Mutter von F.P.) 14f.
Perls, E. (Schwester von F.P.) 15
Perls, G. (Schwester von F.P.) 14f., 47
Perls, L. (Ehefrau von F.P.) 15, 47 Anm.; Flucht nach Holland 1933 28; Heirat mit F.P. 26; in Südafrika 29ff.; Krankheit von F.P. 48; Mitarbeit an *Ego, Hunger and Aggression* 31, 83, 194, 217; Mitbegründerin der Gestalttherapie 29, 211, 232; trifft F.P. in New York 33f.; über Demonstrations-Workshops 133f.; über F.P. 198; und *Gestalt Institute* 39, 212; und Buber 19, 91, 225; und Existentialismus 91; und *Gestalt Therapy* 38; und Übertragung 180; Veröffentlichungen von 217ff.
Perls, N. (Vater von F.P.) 14ff.
Perls, Rae (Schwiegertochter von F.P.) 40
Perls, Renate (Tochter von F.P.) 26ff.
Perls, S. (Sohn von F.P.) 29, 32
Philippson, P. 249, 252 Anm.
Polster, E. 50 Anm., 89, 114 Anm., 212, 219; über F.P. 134, 190f., 195, 200, 204, 234 und der »Heiße-Stuhl-Ansatz« 179, 223; und die Vergangenheit 177, 229; und Übertragung 180f.
Polster, M. 50 Anm., 89, 114 Anm., 219
Posner, L. (später Laura Perls) siehe Perls, L.

Rank, O. 24
Reich, W. 237; sein Einfluß auf F.P. 26, 27, 61, 83, 151
Reif, Ph. 191
Reinhardt, M. 16, 61, 153
Resnick, R.W. 204
Rhyne, J. 43
Rice, L.N. 146
Rogers, C.R. 249f.
Rolf, I. 42
Rosenfeld, E. 43
Roth, G. 43, 155, 187, 190, 241
Rowan, J. 234f., 239f.

Sagan, G. 42
Sartre, J.-P. 77, 111
Satir, V. 43, 190
Schoen, S. 220

Schutz, W. 43, 45, 208 Anm.; beeinflußt von F.P. 189, 234f., 241
Schwarz, G. 156f.
Shapiro, E. 34
Shaw, P. 225
Shephard, M. 19, 40
Shepherd, I.L. 179, 219, 223
Simkin, J. 50 Anm., 170 Anm., 179, 219, 223; arbeitet mit F.P. 41, 216; über F.P. als Guru 191
Smith, E.W.L. 220
Smuts, J. 32, 114 Anm.; Einfluß auf F.P. 30, 61, 69, 78, 83, 233
Spence, D.A. 240
Spinelli, E. 85, 111
Stevens, B. 43, 45, 132f., 187f.
Stevens, J. 43, 44, 189, 220f.
Sullivan, H. 33, 61, 69, 78, 91, 239; Ideen über Sprache 93, 150; Sicht von Persönlichkeit 92

Thompson, C. 33
Tillich, H. kap. 5
Tillich, P. 19, 26, 91, 249
Tobin, S.A. 229
Todd, J. 244

Van der Riet, V. 237
Van Deurzen-Smith, E. 111, 144
Van Dusen, W. 41f.

Warner, B. 114 Anm.
Watts, A. 34, 115
Weinberg, G. 242
Weisz, P. 34
Wertheimer, M. 20f., 60, 63, 69
Wheeler, G. 113 Anm., 198, 220; und die Feldtheorie 231f.
Wysong, J. 43

Yalom, I. 214, 224, 251 Anm.; Sicht von F.P. 200ff.; über F.P. 242
Yontef, G. 113 Anm., 194, 231; *Awareness, Prozeß and Dialog* 220; über Beziehungen in der Gestalttherapie 225f.; über den phänomenologischen Ansatz 243, 251 Anm.; über F.P. 187, 191, 208f. Anm.,

216; über Hysterie 183f.; über Therapeuten 216; und die Übertragungstheorie 181f. und die Entwicklung der Gestalttherapie 21, 33, 69; und Kenntnis anderer Disziplinen 228

Zeigarnik, B. 20, 60, 69
Zinker, J. 50 Anm., 221f., 223f.

Angst 111 f
Hören

Am Haselbusch 16, 50827 Köln

Herausgeber der Reihe: Anna und Milan Sreckovic

Redaktion: Marein von der Osten-Sacken, Christine Unckel und Andreas Kohlhage

Die Deutsche Bibliothek - CIP-Einheitsaufnahme
***Clarkson, Petrūska:** Frederick S. Perls und die Gestalttherapie /*
Petrūska Clarkson/Jennifer Mackewn.
[Aus dem Engl. von Reinhard Fuhr und Martina Gremmler-Fuhr].
- Köln: EHP, 1995
Einheitssacht.: Fritz Perls <dt.>
ISBN 3-926176-52-0
NE: Mackewn, Jennifer

Umschlagentwurf: Klaus Eckhardt

Satz: Birkhölzer Electronic Publishing, Köln

Gesamtherstellung: J. Ebner, Ulm

ISBN 3-926176-52-0

Reinhard Fuhr / Martina Gremmler-Fuhr

Gestalt-Ansatz

Grundkonzepte und -modelle aus neuer Perspektive

Die Autoren legen mit diesem Buch eine grundlegende Einführung in den Gestalt-Ansatz vor. Sie stellen zunächst die Basiskonzepte dar: Gestalt, Organismus/Umwelt-Feld und Figur-Grund-Formation, das Kontaktmodell sowie das Verständnis vom Gestaltbewußtsein und vom Selbst. Diese werden aus der Perspektive eines ganzheitlich-zyklischen Denkens beschrieben, wie es dem Gestalt-Verständnis zugrundeliegt. Damit zeigen sie, wie Gestalttherapie und Gestaltberatung, Gestaltbildung und Gestaltpädagogik dazu beitragen können, kausales und mechanistisches Denken durch einen Wandel der Grundüberzeugungen zu überwinden. In einem zweiten Teil wird diese Sichtweise beispielhaft an Themen veranschaulicht, mit denen sich jeder Therapeut, Berater, Erwachsenenbildner und Pädagoge in seiner Praxis auseinandersetzen muß: die besondere Beziehung zwischen Therapeut und Klient oder Lehrendem und Lernendem, Schuld und Scham, Wertorientierungen sowie Machtdynamiken.

Christoph J. Schmidt-Lellek
Barbara Heimannsberg (Hrsg.)

Macht und Machtmißbrauch in der Psychotherapie

Macht ist eine Dimension zwischenmenschlicher Beziehung, die aufbauen und zerstören kann. Auch in der Psychotherapie gibt es (natürlich) Machtausübung über andere Menschen. Zumindest besteht ein »Machtgefälle« zwischen Psychotherapeut und Klienten, sei es eine Ungleichheit im Wissen, Interaktionskompetenz oder Selbstsicherheit. Deshalb ist der Psychotherapeut um so mehr gefordert, mit seiner Macht verantwortlich umzugehen. Und genau dieser verantwortliche Umgang mit Macht in der Psychotherapie, ihre positiven Einsatzmöglichkeiten und ihre Grenzen sowie Aspekte des Machtmißbrauchs sind Thema dieses Buches. Dabei stehen theoretische Überlegungen (Was ist Macht? Formen und Mittel der Machtausübung oder des Machtmißbrauchs etc.) neben Erfahrungen aus der Praxis, die wiederum entsprechende Perspektiven eröffnen. Da die einzelnen Beiträge von Vertretern verschiedener Therapieschulen (z. B. tiefenpsychologischer, systemischer oder humanistischer Orientierung) verfaßt wurden, ist dieses Buch sowohl für den Praktiker, als auch für den in Ausbildung Stehenden interessant und sollte Pflichtlektüre werden.

Gordon Wheeler

Kontakt und Widerstand

Ein neuer Zugang zur Gastalttherapie

In diesem Buch untersucht und revidiert Gordon Wheeler zentrale Konzepte der theoretischen Grundlagen der Gestalttherapie. Bei aller Wertschätzung für die Begründer der Gestalttherapie stellt Wheeler fest, daß das vorherrschende Gestalt-Modell zu figurzentriert sei, also mehr der Veränderung der Kontaktfiguren im Augenblick diene als der Neuorganisation der Strukturen des Grundes. Durch eine Akzentverlagerung vom Vordergrund des Kontaktgeschehens auf die Strukturen des Grundes wird ein Neuverständnis der Widerstandsformen im Kontaktprozeß möglich.
Anhand ausführlicher Falldarstellungen aus dem Bereich der Psychotherapie, der Organisationsberatung und der therapeutischen Ausbildung verdeutlicht Wheeler, wie mit Hilfe dieses Neuverständnisses Verzerrungen in der Entwicklung der Gestalttherapie überwunden und damit ganz neue Möglichkeiten für bisher schwer lösbare theoretische und praktische Probleme gefunden werden können.